Felizes para sempre

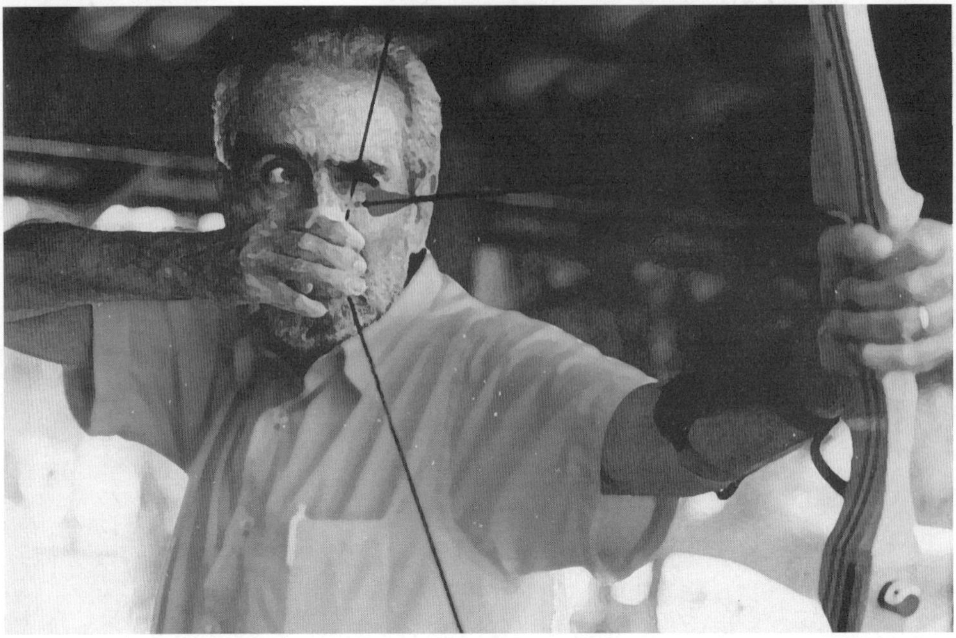

O ARQUEIRO

Geraldo Jordão Pereira (1938-2008) começou sua carreira aos 17 anos, quando foi trabalhar com seu pai, o célebre editor José Olympio, publicando obras marcantes como *O menino do dedo verde*, de Maurice Druon, e *Minha vida*, de Charles Chaplin.

Em 1976, fundou a Editora Salamandra com o propósito de formar uma nova geração de leitores e acabou criando um dos catálogos infantis mais premiados do Brasil. Em 1992, fugindo de sua linha editorial, lançou *Muitas vidas, muitos mestres*, de Brian Weiss, livro que deu origem à Editora Sextante.

Fã de histórias de suspense, Geraldo descobriu *O Código Da Vinci* antes mesmo de ele ser lançado nos Estados Unidos. A aposta em ficção, que não era o foco da Sextante, foi certeira: o título se transformou em um dos maiores fenômenos editoriais de todos os tempos.

Mas não foi só aos livros que se dedicou. Com seu desejo de ajudar o próximo, Geraldo desenvolveu diversos projetos sociais que se tornaram sua grande paixão.

Com a missão de publicar histórias empolgantes, tornar os livros cada vez mais acessíveis e despertar o amor pela leitura, a Editora Arqueiro é uma homenagem a esta figura extraordinária, capaz de enxergar mais além, mirar nas coisas verdadeiramente importantes e não perder o idealismo e a esperança diante dos desafios e contratempos da vida.

NORA ROBERTS

QUARTETO DE NOIVAS · 4

Felizes para sempre

ARQUEIRO

Título original: *Happy Ever After*

tradução: Janaína Senna
preparo de originais: Sheila Til
revisão: Ana Grillo e Renata Dib
diagramação: Valéria Teixeira
capa: Miriam Lerner
imagem de capa: © hillaryfox / iStock
impressão e acabamento: Associação Religiosa Imprensa da Fé

CIP-BRASIL. CATALOGAÇÃO NA PUBLICAÇÃO
SINDICATO NACIONAL DOS EDITORES DE LIVROS, RJ

R549f Roberts, Nora, 1950-
Felizes para sempre/Nora Roberts; [tradução de Janaína Senna]. São Paulo: Arqueiro, 2014.
304 p.; 16 x 23 cm

Tradução de: Happy ever after
ISBN 978-85-8041-342-7

1. Ficção americana. I. Senna, Janaína. II. Título.

CDD 813
14-15782 CDU 821.111(73)-3

Editora Arqueiro Ltda.
Rua Funchal, 538 – conjuntos 52 e 54
Vila Olímpia – 04551-060 – São Paulo – SP
Tel.: (11) 3868-4492 – Fax: (11) 3862-5818
E-mail: atendimento@editoraarqueiro.com.br
www.editoraarqueiro.com.br

Para meus meninos,

Bruce, Dan, Jason e Logan.

Lutar pelo amor é bom, mas encontrá-lo
sem luta é melhor.

– William Shakespeare

A beleza nasce da ordem.

– William King

prólogo

A DOR VINHA EM ONDAS, pesada e violenta, acertando em cheio seu coração e deixando-o em pedaços. Em outros dias, as ondas eram lentas e pareciam querer submergi-la, ameaçando afogar sua alma.

As pessoas – gente legal, que gostava dela – diziam que o tempo curava tudo. Parker tinha esperanças de que elas estivessem certas, mas parada ali, na varanda do seu quarto, ao sol do final de verão, meses depois da morte súbita e chocante dos seus pais, sentia que aquelas ondas volúveis continuavam seu movimento.

Tentava lembrar que tinha tantas coisas boas... Seu irmão – e não sabia se teria sobrevivido àquele sofrimento sem Del – tinha sido uma rocha à qual ela se agarrara naquele oceano de estupefação e sofrimento. As amigas: Mac, Emma e Laurel, que faziam parte de sua vida, parte até *dela mesma*, desde a infância. Elas vinham colando e mantendo no lugar todos os pedaços estilhaçados de seu mundo. Tinha o apoio constante e inabalável da Sra. Grady, que trabalhava como governanta em sua casa havia anos, uma verdadeira ilha de consolo.

Tinha sua casa. Agora a beleza e a elegância da propriedade dos Browns lhe pareciam de certa forma mais profundas, mais agudas, pois ela sabia que não veria mais os pais circulando pelos jardins. Nunca mais desceria a escada correndo e encontraria a mãe rindo na cozinha com a Sra. G., nem ouviria o pai tratando de um negócio qualquer no escritório que tinha em casa.

Em vez de aprender a surfar nessas ondas, tinha a impressão de estar sendo puxada cada vez mais para baixo, para a escuridão.

Então decidira que o tempo precisava ser usado, empurrado, posto em *movimento*.

Achava – tinha esperanças – que havia encontrado um jeito não apenas de usar o tempo, mas de exaltar o que os pais tinham lhe dado, de unir todas aquelas dádivas à família e às amizades.

Ser produtiva, concluíra ela quando o ar começava a se encher dos primeiros odores acentuados do outono. Os Browns *trabalhavam*. Construíam, produziam e nunca, nunca achavam que era hora de simplesmente descansar e aproveitar o que já haviam conquistado.

Seus pais não iriam querer que ela fizesse menos que seus antecessores.

As amigas talvez achassem que ela enlouquecera, mas Parker havia pesquisado, calculado e traçado um sólido plano de negócios, um modelo consistente. E, com a ajuda de Del, preparara um contrato justo e razoável.

Era hora de nadar, dissera a si mesma.

Simplesmente se recusava a afundar.

Voltou para o quarto e pegou os quatro pacotes volumosos que tinha posto em cima da cômoda. Um para cada uma. Ia entregá-los durante a reunião, embora não tivesse dito às amigas que fariam uma reunião.

Deteve-se por um instante para prender o cabelo castanho sedoso num rabo de cavalo, depois fitou os próprios olhos até que um brilho surgisse naquele azul profundo.

Ela conseguiria. Não, *elas* conseguiriam.

Só precisava convencê-las primeiro.

No térreo, encontrou a Sra. Grady dando os últimos retoques no jantar. A mulher robusta, que estava diante do fogão, virou-se e lhe deu uma piscadela.

– Pronta?

– Pelo menos preparada. Estou nervosa. É bobagem, não é? Elas são as minhas melhores amigas.

– É um grande passo que você pretende dar. Um grande passo que está pedindo que elas deem também. Só uma louca não ficaria meio nervosa. – Ela se aproximou e segurou o rosto de Parker entre as mãos. – Aposto em você. Vá em frente. Resolvi caprichar, portanto vocês vão tomar vinho e comer as entradas no terraço. Minhas meninas cresceram.

Ela queria mesmo ser adulta, mas, céus, dentro dela havia uma criança que queria os pais, conforto, amor e segurança.

Saiu, pôs os pacotes em cima da mesa, debruçou-se para pegar a garrafa de vinho no balde de gelo e se serviu de uma taça.

Depois ficou ali parada, segurando a taça de vinho e olhando, à luz que se tornava mais branda nos jardins, para o laguinho e o reflexo dos salgueiros na superfície da água.

– Nossa! Quero um pouco.

Laurel surgiu com o cabelo louro cortado curtíssimo – decisão que a amiga já lamentava. Ainda estava com o uniforme de chef de sobremesas de um restaurante local bem chique.

Seus olhos, claros e azuis, se reviraram enquanto ela se servia do vinho.

– Quando troquei meu horário por causa deste encontro, quem poderia imaginar que teríamos uma reserva de última hora para um almoço com vinte pessoas? A cozinha virou um verdadeiro hospício a tarde toda. A cozinha da Sra. G., por outro lado... – Ela soltou um grunhido ao se sentar, depois de ter passado tantas horas em pé. –... é um oásis de calmaria com aroma de paraíso. O que vamos ter para o jantar?

– Não perguntei.

– Pouco importa – retrucou Laurel, acompanhando a frase com um gesto. – Mas se Emma e Mac se atrasarem, vou começar sem elas.

Foi então que viu a pilha de pacotes.

– O que é aquilo tudo?

– Uma coisa que não podemos começar sem elas. Laurel, você pensa em voltar para Nova York?

A outra a fitou por sobre a borda da taça.

– Está me expulsando?

– Só quero saber o que você pensa. Está satisfeita com o rumo das coisas? Você voltou por minha causa, depois do acidente, e...

– Estou vivendo um dia de cada vez e acho que vou acabar descobrindo o que quero. Neste exato momento, não tenho nenhum plano em mente, OK?

– Bom...

Parker se interrompeu quando viu Mac e Emma surgirem juntas, rindo.

Emma, pensou ela, tão linda com aquele cabelo cacheado, aqueles olhos escuros exóticos brilhando, divertidos. Mac, com o cabelo ruivo repicado, os olhos verdes maliciosos, alta e magra, com aquele jeans e uma camiseta preta.

– Qual é a piada? – perguntou Laurel.

– Homens – falou Mac, colocando na mesa as travessas com folhado de queijo *brie* e tortinhas de espinafre que a Sra. Grady tinha depositado em suas mãos quando ela passara pela cozinha. – Os dois que acharam que podiam disputar Emma no braço.

– Até que foi legal – comentou Emma. – Eram irmãos e vieram até a loja comprar flores para o aniversário da mãe. Uma coisa leva a outra...

– Aparecem homens no estúdio o tempo todo – disse Mac, enfiando na boca uma uva vermelha glaceada que pegara na tigela em cima da mesa. – Nenhum deles jamais saiu no braço para ver quem ficaria comigo.

– Tem coisas que nunca mudam – observou Laurel, erguendo a taça na direção de Emma.

– E tem outras que mudam, sim – acrescentou Parker. Precisava começar, tinha que se mexer. – Foi por isso que pedi que viessem aqui hoje.

Emma, que ia se servir do folhado de queijo, se deteve.

– Algum problema?

– Não. Mas eu queria falar com todas vocês ao mesmo tempo. – Decidida, Parker serviu vinho para Mac e Emma. – Vamos sentar.

– O-ou! – fez Emma.

– Não tem nada de "o-ou" – insistiu Parker. – Antes de mais nada, quero dizer que amo muito vocês, sempre amei e sempre vou amar. Passamos por muitas coisas juntas, boas e más. E nos piores momentos, sabia que podia contar com vocês.

– Todas nós podemos contar umas com as outras – disse Emma, inclinando-se para a frente e pondo a mão sobre a de Parker. – É para isso que servem as amigas.

– É verdade. Quero que saibam o que representam para mim e que, se alguma de vocês não topar o que vou propor, seja por que motivo for, nada vai mudar entre nós.

Ergueu a mão antes que alguém pudesse falar.

– Vamos começar assim. Você quer ter sua própria floricultura um dia, não é, Emma?

– Sempre foi o meu sonho. Na verdade, gosto de trabalhar na loja, e o patrão me dá bastante liberdade, só que espero ter o meu negócio daqui a algum tempo. Mas...

– Deixe os "mas" para depois. Você, Mac, é talentosa demais, criativa demais para passar o dia inteiro tirando fotos de passaporte ou de crianças fazendo pose.

– Meu talento não tem limites – brincou Mac –, mas preciso de um ganha-pão.

– Você preferiria ter seu próprio estúdio fotográfico.

– Eu também preferiria que Justin Timberlake saísse no braço com Ashton Kutcher por mim, e uma coisa é tão improvável quanto a outra.

– Você, Laurel, estudou em Nova York e em Paris com a intenção de se tornar uma chef confeiteira.

– Uma verdadeira sensação internacional.

– E acabou vindo trabalhar no Willows.

A moça engoliu o pedaço de tortinha de espinafre que tinha na boca.

– Ora, mas...

– Em parte, fez isso para ficar comigo depois que perdi mamãe e papai. Já eu – prosseguiu Parker – estudei porque pretendia abrir uma empresa. Sempre tive uma ideia do tipo de negócio que seria, mas parecia um sonho maluco. Nunca lhes contei isso. Mas durante esses últimos meses tudo começou a me parecer mais plausível, mais concreto.

– Pelo amor de Deus, Parker, o que é? – perguntou Laurel.

– A minha proposta é abrirmos um negócio juntas. Nós quatro, mas cada uma trabalhando no seu ramo, de acordo com sua área de interesse, sua especialidade, porém juntando todas elas debaixo de um mesmo guarda-chuva, digamos assim.

– Abrirmos um negócio? – repetiu Emma.

– Lembram que sempre brincávamos de Casamento? Que nos revezávamos nos papéis, usávamos fantasias, planejávamos os temas?

– O que eu mais gostei foi casar com Harold – disse Mac sorrindo ao se lembrar do cachorro dos Browns, que tinha morrido fazia muitos anos. – Ele era tão lindo e tão leal...

– Podíamos fazer isso para valer, transformar a brincadeira de casamento num negócio.

– Fornecendo fantasias e cupcakes, além de cachorros superpacientes para garotinhas? – indagou Laurel.

– Não. Fornecendo um local único e fantástico: esta casa, este quintal. Bolos e doces espetaculares. Buquês e arranjos de tirar o fôlego. Fotos lindas e criativas. Quanto a mim, vou supervisionar cada detalhe para fazer de um casamento, ou de qualquer outro evento importante, o dia mais perfeito da vida dos clientes.

Mal parou para recobrar o fôlego.

– Já tenho milhares de contatos por meio dos meus pais. Bufês, vendedores de vinho, serviços de limusines e de decoração, tudo. E o que não tenho, vou conseguir. Um serviço completo para casamentos e outras datas importantes, e nós quatro com participação igualitária na sociedade.

– Trabalhar com casamentos... – Os olhos de Emma assumiram um ar sonhador. – Parece fantástico, mas como poderíamos...

– Tenho um projeto. Números, planilhas e respostas para dúvidas jurídicas que vocês possam ter. Del me ajudou a preparar tudo.

– Ele está de acordo com isso? – perguntou Laurel. – Delaney não se importa que você transforme a propriedade, a casa de vocês, em uma empresa?

– Del me dá total apoio. E o amigo dele, Jack, está disposto a ajudar, reformando a casa da piscina para transformá-la num estúdio fotográfico com um apartamento no andar de cima, e a casa de hóspedes numa floricultura, também com um apartamento no segundo andar. Podemos transformar a cozinha auxiliar aqui de casa em seu espaço de trabalho, Laurel.

– E viríamos morar aqui, na propriedade? – perguntou Mac.

– É uma opção – respondeu Parker. – Vamos ter muito trabalho e seria mais prático se estivéssemos todas aqui. Vou lhes mostrar os números, o projeto, as projeções, as reformas. Mas é claro que isso só faz sentido se todas vocês gostarem do conceito básico. E se não gostarem... bom, vou tentar convencê-las – acrescentou ela, rindo. – E se detestarem a ideia, desisto.

– Uma ova! – exclamou Laurel, passando a mão pelo cabelo curtinho. – Há quanto tempo vem trabalhando nisso?

– A sério? Para valer? Há uns três meses. Tinha que conversar com Del e a Sra. G., porque sem o apoio deles nada aconteceria. Mas quis preparar tudo antes de falar com vocês. É uma empresa – disse Parker. – Seria a nossa empresa, portanto, precisa ser formada por todas nós, desde o início.

– Nossa empresa – repetiu Emma. – Casamentos. Existe alguma coisa mais feliz que um casamento?

– Ou mais louca – observou Laurel.

– Nós quatro conseguimos lidar com loucura. Parks? – chamou Mac, com as covinhas de seu rosto se acentuando quando ela estendeu a mão e pousou-a sobre a da amiga. – Eu topo.

– Você não pode assumir um compromisso antes de ver o projeto, os números.

– Posso, sim – replicou Mac. – Quero fazer isso.

– Eu também – disse Emma, pondo a mão em cima das de Mac e Parker.

Laurel respirou fundo, prendeu o ar nos pulmões e depois o soltou.

– Acho que é por unanimidade. – E pôs a própria mão em cima das outras três. – Vamos arrasar.

capítulo um

A NOIVA MALUCA LIGOU às 5h28 da manhã.

– Tive um sonho – declarou ela, enquanto Parker continuava deitada no escuro com o BlackBerry.

– Um sonho?

– Um sonho impressionante. Tão real, tão *urgente*, tão cheio de cor e de vida! Tenho certeza que ele significa alguma coisa. Vou ligar para o meu psicanalista, mas queria falar com você primeiro.

– OK.

Com a desenvoltura adquirida pela experiência, Parker esticou a mão e acendeu o abajur da mesa de cabeceira, pondo a luz bem fraquinha.

– Com o que você sonhou, Sabina? – perguntou, pegando o caderninho e a caneta que ficavam perto do abajur.

– Alice no País das Maravilhas.

– Você sonhou com Alice no País das Maravilhas?

– Mais especificamente com o chá das cinco do Chapeleiro Maluco.

– Versão Disney ou Tim Burton?

– O quê?

– Nada – disse Parker, tirando o cabelo da frente do rosto para anotar as palavras-chave. – Continue.

– Bom, havia música e um grande banquete. Eu era Alice, mas usava meu vestido de noiva. E Chase estava incrível de fraque. Ah, as flores eram espetaculares. Todas cantavam e dançavam. Todo mundo estava tão feliz, fazendo brindes a nós dois, aplaudindo... Angelica estava vestida como a Rainha Vermelha e tocava flauta.

Parker anotou "madrinha" para Angelica e continuou a registrar as outras pessoas que ficariam no altar. O padrinho como Coelho Branco; a mãe do noivo como o Gato de Cheshire; o pai da noiva como a Lebre de Março.

O que será que Sabina tinha comido, bebido ou fumado antes de ir para a cama?

– Não é fascinante, Parker?

– Com certeza.

Assim como tinham sido o desenho formado pelas folhas de chá que determinara as cores a serem usadas no casamento, o tarô que previra onde o casal passaria a lua de mel e a numerologia que indicara a única data possível para a cerimônia.

– Acho que talvez meu subconsciente e o destino estejam me dizendo que preciso usar Alice como tema do casamento. Com as fantasias.

Parker fechou os olhos. Embora pudesse mesmo dizer – e agora seria bem adequado – que o chá das cinco do Chapeleiro Maluco combinava perfeitamente com Sabina, o evento ia acontecer em menos de duas semanas. A decoração, as flores, o bolo e os doces, o cardápio, tudo já havia sido escolhido.

– Humm – fez Parker, tentando ganhar tempo para pensar. – É uma ideia interessante.

– O sonho...

– Para mim – atalhou Parker –, é toda a atmosfera de celebração, magia e conto de fadas que você escolheu. É evidente que você tinha toda a razão.

– Verdade?

– Claro. Significa que você está empolgada e feliz e mal pode esperar pelo grande dia. Lembra que o Chapeleiro Maluco preparava o chá das cinco todos os dias? Esse sonho está dizendo que sua vida com Chase vai ser uma comemoração diária.

– Ah! É claro!

– Além disso, quando você estiver diante do espelho na suíte da noiva no dia do seu casamento, estará se vendo com o coração jovem, aventureiro e feliz de Alice.

Caramba, eu sou incrível, pensou Parker, ao ouvir a noiva maluca suspirar.

– É mesmo, tem razão. Você está mais do que certa. Estou tão contente por ter ligado para você. Sabia que você *sabia*.

– É para isso que estamos aqui. Vai ser um casamento lindo, Sabina. Seu dia perfeito.

Depois que desligou, Parker voltou a se deitar por um instante, mas, quando fechou os olhos, a cena do chá das cinco do Chapeleiro Maluco versão Disney não saía de sua cabeça.

Resignada, levantou-se e abriu as portas francesas que davam para a varanda daquele quarto que um dia havia sido de seus pais. Foi recebida pelo ar da manhã e respirou fundo a aurora quando o sol começava a despontar no horizonte.

As últimas estrelas foram sumindo num mundo maravilhosamente quieto, como se tudo houvesse prendido a respiração.

O lado bom de haver noivas malucas e pessoas do gênero era que elas a acordavam ao amanhecer, quando parecia que nada nem ninguém além dela se mexia, que nada nem ninguém além dela presenciava aquele instante em que a noite passava o bastão para o dia e a luz prateada ia assumindo um tom pérola reluzente que – quando tudo voltasse a respirar – se transformaria num ouro claro e luminoso.

Ao voltar para o quarto, deixou as portas abertas. Pegou um elástico na caixinha de prata martelada que ficava em cima da cômoda e fez um rabo de cavalo. Tirou a camisola para vestir a calça de ioga e uma regatinha e apanhou uns tênis de corrida na prateleira da seção esportiva do seu closet impecavelmente organizado.

Prendeu o BlackBerry no cós da calça, ligou o fone de ouvido e foi para a sala de ginástica.

Acendeu as luzes, ligou a TV de tela plana no noticiário e ficou ouvindo sem prestar muita atenção enquanto fazia alguns exercícios de alongamento.

Como de costume, programou o elíptico para 5 quilômetros. Na metade do primeiro quilômetro, começou a sorrir.

Nossa, como adorava seu trabalho! Adorava as noivas malucas, as sentimentais, as obsessivas e até as noivas-monstro.

Adorava os detalhes e as exigências, as esperanças e os sonhos, a reafirmação de amor e compromisso que ela ajudava a personalizar para cada casal.

Ninguém, pensou ela com determinação, fazia isso melhor que a Votos. Aquilo que ela, Mac, Emma e Laurel tinham decidido criar já bem tarde numa noite de verão era hoje tudo o que haviam imaginado e muito mais.

E agora, pensou Parker, com o sorriso cada vez mais largo, estavam planejando o casamento de Mac para dezembro, o de Emma para abril e o de Laurel para junho.

Desta vez suas amigas eram as noivas, e ela mal podia esperar para mergulhar fundo naqueles detalhes fantásticos.

Mac e Carter – tradicional com toques artísticos. Emma e Jack – romance, romance, romance. Laurel e Del (Incrível, seu irmão ia se casar com sua melhor amiga!) – moderno e elegante.

Estava cheia de ideias.

Tinha acabado de completar 3 quilômetros quando Laurel entrou.

– Mil luzinhas. Milhares delas, quilômetros, rios de luzinhas brancas minúsculas espalhadas pelos jardins, pelos salgueiros, pelos diversos recantos, pela pérgula.

– Hã? – exclamou Laurel, piscando e bocejando.

– Seu casamento. Romântico, elegante, abundância sem exagero.

– Hã. – Com o cabelo louro preso para cima, Laurel subiu no aparelho ao lado do de Parker. – Ainda estou me acostumando à ideia de ter ficado noiva.

– Sei do que vocês gostam. Já tenho um esboço geral.

– Claro – disse Laurel, sorrindo. – Quantos quilômetros já fez? – perguntou, esticando o pescoço para ver o visor do aparelho da amiga. – Caraca! Quem ligou e a que horas?

– A noiva maluca. Um pouco antes de 5h30. Ela teve um sonho.

– Se me disser que ela sonhou com um novo modelo para o bolo, vou...

– Não se preocupe, já está tudo resolvido.

– Como pude duvidar de você?

Laurel terminou o aquecimento e começou a malhar.

– Del vai botar a casa dele à venda – contou ela.

– O quê? Quando?

– Bom, depois que conversar com você sobre isso. Mas, já que eu estou aqui e você também está... resolvi falar de uma vez. Conversamos a respeito ontem à noite. Aliás, ele volta de Chicago hoje. Bem... aí ele moraria aqui de novo, se você concordar.

– Em primeiro lugar, esta casa é tanto dele quanto minha. Em segundo, você vai ficar – falou Parker, com os olhos brilhando. – Você vai ficar – repetiu Parker. – Eu não queria forçar as coisas e sei que Del tem uma casa fantástica, mas... Meu Deus, Laurel, eu não queria que você se mudasse daqui. E agora não vai.

– Eu o amo tanto que posso até vir a ser a próxima noiva maluca, mas também não queria me mudar daqui. A minha ala tem um tamanho mais que suficiente. Ela *é* praticamente uma casa. E ele adora este lugar tanto quanto você, tanto quanto todas nós.

– Del está voltando para cá – murmurou Parker.

Sua família, pensou ela. Todos aqueles que amava logo estariam juntos. E ela sabia que era isso que criava um lar.

Às 8h59, Parker estava pronta, usando um terninho beringela com caimento impecável e uma blusa branca com leves babados. Levou exatos 55 minutos respondendo a e-mails e mensagens, retornando telefonemas, fazendo novas anotações em vários arquivos de clientes e checando e confirmando entregas com fornecedores para os próximos eventos.

Às 10h em ponto, desceu do escritório que ficava no terceiro andar para o seu primeiro compromisso do dia.

Já tinha feito sua pesquisa sobre os clientes em potencial. Noiva: Deeanne Hagar, artista local cuja obra um tanto onírica tinha sido reproduzida em pôsteres e cartões. Noivo: Wyatt Culpepper, paisagista. Ambos vinham de famílias ricas e tradicionais – setor bancário e imobiliário, respectivamente – e ambos eram os filhos caçulas de pais que estavam no terceiro casamento.

Sem muito esforço, conseguiu descobrir que o casal tinha se conhecido num evento sobre sustentabilidade, que ambos gostavam de ouvir *bluegrass* e adoravam viajar.

Obteve ainda outras informações em sites na internet, no Facebook, em entrevistas para jornais e revistas e com amigos de amigos de amigos. E já planejara começar sua abordagem com um tour pela casa, do qual a mãe do noivo e a da noiva também participariam.

Passando pelo andar térreo, foi observando os diversos ambientes e ficou feliz ao ver os arranjos românticos que Emma havia preparado.

Entrou na cozinha, onde, como era de esperar, a Sra. Grady dava os toques finais na bandeja do café. O chá natural gelado que Parker havia pedido e uma travessa de frutas frescas, além dos biscoitos amanteigados de Laurel, que eram finos como papel.

– Ficou perfeita, Sra. G.

– Está pronta. Quando quiser, é só avisar.

– Vamos colocar no salão principal. Se eles quiserem começar o tour pelos jardins, podemos levá-la lá para fora. Está um dia tão bonito.

Parker já se dispunha a ajudar, mas a Sra. Grady recusou a ajuda com um gesto.

– Pode deixar que eu faço. Só queria dizer que conheci a primeira madrasta da noiva.

– É mesmo?

– Não durou muito, sabe? – Começou a Sra. Grady, passando as bandejas para o carrinho de chá com movimentos precisos. – Se não me engano, nem chegaram a comemorar o segundo aniversário de casamento. Uma mulher bonita e delicada. Apagada como uma lâmpada fraquinha, mas com um coração de ouro. – A Sra. Grady passou as pontas dos dedos na saia do avental. – Ela se casou de novo, com um espanhol, e foi morar em Barcelona.

– Não sei por que perco tempo pesquisando na internet quando poderia simplesmente consultá-la.

– Se tivesse feito isso, eu teria lhe dito que a mãe de Mac andou flertando com o pai da noiva no intervalo entre as esposas dois e três.

– A Linda? Não chega a ser surpresa.

– Bom, todos devem dar graças a Deus por essa história não ter dado certo. Gosto dos trabalhos da garota – acrescentou ela, já empurrando o carrinho de chá para o salão.

– A senhora os viu?

– Não é a única que sabe usar a internet – retrucou a Sra. Grady com uma piscadela. – Pronto, a campainha. Vá atender. Fisgue mais um cliente para nós.

– O plano é esse.

A primeira coisa que passou pela cabeça de Parker foi que a noiva parecia a versão hollywoodiana de uma artista, com aquele cabelo de um ruivo dourado que lhe batia na cintura e olhos verdes amendoados. A segunda coisa que lhe ocorreu foi que Deeanne ficaria linda de noiva, e junto com esse pensamento Parker se pegou desejando fazer parte daquilo.

– Bom dia! Sejam bem-vindos à Votos. Eu sou Parker.

– Brown, certo? – indagou Wyatt, estendendo a mão para cumprimentá-la. – Só queria lhe dizer que não sei quem projetou o seu jardim, mas é um trabalho de gênio. Adoraria que tivesse sido eu.

– Muito obrigada. Entrem, por favor.

– Esta é minha mãe, Patricia Ferrell. E a mãe de Deeanne, Karen Bliss.

– É um prazer conhecer todos vocês.

Parker já tinha entendido tudo. Wyatt assumira a liderança do grupo, mas de uma forma muito sociável, e as três mulheres lhe davam essa liberdade.

– Por que não sentamos na sala de visitas por uns minutos para nos conhecermos melhor? – sugeriu Parker.

Mas Deeanne já estava circulando pelo salão espaçoso, observando a escádaria elegante.

– Achei que seria sufocante. Achei que daria essa *sensação* – disse ela, virando-se e fazendo sua linda saia de verão ondular. – Analisei sua página na internet. Tudo parecia perfeito, lindo. Mas pensei: não, perfeito *demais*. Ainda não estou convencida de que não seja perfeito demais, mas não é nada sufocante. Nem um pouco.

– O que minha filha poderia ter dito em muito menos palavras, Srta. Brown, é que a sua casa é linda.

– Podem me chamar de Parker – falou ela. – E obrigada, Sra. Bliss. Querem um café? – ofereceu. – Ou um chá gelado?

– Será que não podíamos dar uma olhada por aí antes? – indagou Deeanne. – Principalmente do lado de fora, já que Wyatt e eu queremos um casamento ao ar livre.

– OK, então que tal começarmos lá fora e depois entrarmos pelos fundos? Vocês estão pensando em se casar em setembro – prosseguiu Parker, dirigindo-se à porta que dava para a varanda lateral.

– Daqui a exatamente um ano. É por isso que viemos visitar o local agora, assim podemos ver como ficam a paisagem, os jardins, a luz...

– Temos várias áreas que podem ser utilizadas para casamentos ao ar livre. A preferida, sobretudo para eventos de maior porte, é o terraço do lado oeste e a pérgula, mas...

– Mas? – repetiu Wyatt, enquanto o grupo passeava pela casa.

– Vendo vocês dois, imagino algo um pouco diferente. Algo que fazemos de vez em quando. O lago – disse ela, enquanto se dirigiam para os fundos. – Os salgueiros, a ondulação dos gramados... Vejo um dossel todo feito de flores e uma passadeira branca fluindo como um rio entre as fileiras de cadeiras, todas elas brancas, enfeitadas de flores. Tudo isso refletido na água do lago. Muitas flores por todo lado, mas nada formal: arranjos mais naturais. Flores do campo, só que em quantidade inimaginável. Minha sócia Emmaline, que é nossa florista e decoradora, é uma verdadeira artista.

Os olhos de Deeanne brilharam.

– Adorei o trabalho dela que vi no site.

– Você pode falar direto com ela se decidir fazer seu casamento aqui ou mesmo se estiver apenas considerando essa possibilidade. Também vejo luzinhas cintilando, velas tremeluzindo. Tudo natural, orgânico, mas suntuoso, brilhante. O caramanchão de Titânia, a rainha das fadas imaginada por Shakespeare. Você usando algo vaporoso – prosseguiu ela, dirigindo-se a Deeanne. – Com certo ar de fada. Sem véu, só o cabelo solto, entremeado de flores.

– Perfeito. Vocês são ótimas, não é mesmo?

– É o que fazemos aqui. Criamos o dia que reflita o que vocês mais querem e quem são, tanto individualmente quanto um para o outro. Vocês não querem nada formal, mas algo leve e onírico. Nem contemporâneo nem antiquado. Querem *vocês*, seguindo para o altar ao som de *bluegrass*, tocada por um trio.

– "Never Ending Love" – acrescentou Wyatt, com um sorriso. – Já decidimos que será essa a música. A sua artista das flores vai trabalhar conosco não apenas na decoração da festa, mas também nos buquês e tudo o mais?

– Absolutamente tudo. Cuidamos só de vocês e tratamos de criar o dia perfeito, até mesmo perfeito demais, para os dois – disse ela, sorrindo para Deeanne.

– Adorei a ideia do lago – murmurou a moça quando estavam parados na varanda, olhando para o terreno da propriedade. – Adorei a imagem que você fez surgir em minha cabeça.

– Porque essa imagem é você, querida – falou Karen Bliss, pegando a mão da filha. – É a sua cara.

– E se a dança for no gramado? – sugeriu a mãe de Wyatt, olhando ao redor. – Também entrei no seu site e sei que vocês têm aqui um magnífico salão de baile. Mas talvez seja possível dançar aqui fora.

– Com certeza. As duas coisas, aliás. O que vocês quiserem. Se estiverem interessados, podemos marcar uma reunião com minhas sócias para discutir esses locais e outros detalhes.

– Que tal darmos uma olhada no resto da propriedade? – propôs Wyatt, inclinando-se para beijar a testa de Deeanne.

Às quatro e meia, Parker estava de volta à sua escrivaninha ajustando planilhas, gráficos e horários. Como os compromissos do dia haviam terminado, o paletó do seu terninho estava pendurado no encosto da cadeira e seus sapatos estavam no chão, debaixo da mesa.

Calculou ter mais uma hora de trabalho com a papelada e considerou aquele um dia incrivelmente tranquilo. O resto da semana prometia ser uma correria enlouquecida, mas, com um pouco de sorte, por volta das seis poderia trocar de roupa, mimar-se com uma taça de vinho e sentar para fazer uma refeição de verdade.

– Hum? – fez ela, respondendo à batida em sua porta.

– Tem um minuto? – perguntou Mac.

– Por acaso tenho vários aqui comigo, pode ficar com um deles – brincou, girando a cadeira e vendo a amiga com duas sacolas de compras. – Senti sua falta na ginástica hoje de manhã, mas pelo visto você está caprichando no levantamento de peso.

Com um risinho, Mac mostrou o bíceps.

– Nada mau, não é?

– Está sarada, hein, Srta. Elliot? Vai estar com os braços fantásticos no dia do casamento.

Mac se deixou cair numa cadeira.

– Tenho que fazer jus ao vestido que você encontrou para mim. Olhe, jurei não ser uma noiva maluca, uma noiva chorona, nem qualquer versão da noiva chata, mas o dia está chegando e preciso que a rainha das cerimonialistas me passe alguma tranquilidade.

– Vai ser perfeito e vai dar tudo certo.

– Mudei de ideia com relação à primeira dança de novo.

– Isso não tem a menor importância. Pode mudar de ideia até a hora que a cerimônia começar.

– Mas isso é sintomático, Parks. Não consigo me decidir com relação a um detalhe simples como a porcaria de uma música.

– É uma música importante.

– Carter está fazendo aulas de dança?

Parker arregalou os olhos.

– Por que veio perguntar isso para mim?

– Eu *sabia*! Que amor! Você arranjou essas aulas para ele não pisar no meu pé na nossa primeira dança...

– Foi ele quem me pediu. Mas é surpresa, então não vá estragar tudo.

– Fico até emocionada – confessou ela, erguendo os ombros e os soltando com um suspiro de felicidade. – Talvez eu não esteja conseguindo me decidir porque tenho andado emocionada. Bom, mudando de assunto, fiz aquela sessão de fotos de noivado hoje à tarde.

– E como foi?

– Perfeito. Eles são tão fofos que eu me casaria com os dois. Depois fiz a maior burrada quando voltava para casa. Dei uma passada no setor de sapatos da Nordstrom.

– O que eu já tinha sabiamente deduzido pelas sacolas.

– Comprei dez pares. Vou devolver a maioria, mas...

– Por quê?

Mac estreitou os olhos verdes.

– Não incentive a loucura. Mais uma vez, não consegui decidir. Já comprei o sapato do casamento, não é? Todas nós concordamos que ele é perfeito.

– Perfeito e lindo.

– Isso mesmo. Então, por que diabos comprei outros quatro pares?

– Achei que você tivesse dito dez.

– Os outros seis são para a lua de mel. Bom, quatro deles, mas eu estava precisando de um sapato novo para trabalhar. E ele era tão lindo que comprei um em tom de cobre e outro verde-escuro. Mas isso não tem importância.

– Quero ver.

– Primeiro os do casamento. E não diga nada até eu ter enfileirado todos eles – disse Mac, com as duas mãos abertas no ar. – Faça cara de paisagem. Nenhuma expressão, nenhum som.

– Vou me virar e continuar mexendo na minha planilha.

– Antes você que eu – murmurou Mac, e começou a pegar os sapatos.

Parker ignorou o barulho do papel de seda, os suspiros, até que por fim Mac lhe disse que podia olhar.

Então ela se virou e correu o olhar pelos sapatos. Levantou-se, passou para o outro lado da mesa, olhou tudo de novo. Manteve o rosto inexpressivo e não disse uma única palavra. Pegou um dos sapatos, examinou-o com cuidado e o pôs de volta no lugar. Passou então ao seguinte.

– Você está me deixando maluca – disse Mac.

– Fique quieta.

Ela foi até uma pasta de arquivos, de onde tirou a foto de Mac vestida de noiva. Trouxe a foto para junto dos sapatos e assentiu.

– Com toda a certeza! – exclamou, pegando um deles. – Você seria louca se não usasse este aqui.

– Sério? – disse Mac, batendo palmas. – *Sério?* Porque esse aí é o sapato.

O sapato. Mas fiquei só olhando, virando ele para um lado, para o outro... Ah, mas veja como ele é lindo. O salto é todo cintilante e a tira do calcanhar é tão sexy. Mas não é sexy demais. Não acha?

– É a combinação perfeita de brilho, sensualidade e sofisticação. Vou devolver os outros.

– Mas...

– Vou devolver sim, porque você encontrou o sapato perfeito e tem que ficar com ele. Não deve mais olhar para os outros e precisa se manter longe de sapatarias até depois do casamento.

– Você é tão sensata...

Parker inclinou a cabeça.

– Sou mesmo. E, sendo uma mulher sensata, tenho certeza de que esse aqui pode perfeitamente ser o sapato do casamento de Emma. Vou trocar pelo tamanho dela e vamos ver como fica.

– Mais uma vez, um show de sensatez! – exclamou Mac, pegando o sapato que Parker tinha mostrado. – É mais romântico, faz mais o estilo princesa. Fantástico. Estou exausta.

– Deixe os sapatos de casamento comigo, todos eles. Leve os outros. Ah, e dê uma olhada na agenda quando chegar em casa. Acrescentei algumas reuniões.

– Quantas?

– Das cinco visitas à casa que tive hoje, ficamos com três reuniões marcadas. Uma ainda tem que ir falar com o pai, que é quem vai pagar as contas. E outra ainda está sondando as possibilidades.

– Três em cinco?! – exclamou Mac, comemorando. – U-huuu!

– Estou contando com quatro em cinco, porque a que depende do pai quer que seja aqui, e quer mesmo. Quanto à quinta, bom, a noiva simplesmente ainda não está preparada para decidir. A mãe quer que o casamento seja feito por nós. E meus instintos me dizem que, nesse caso específico, isso é um ponto negativo. Vamos ver o que acontece.

– Bom, estou empolgadíssima. Três reuniões marcadas e o sapato perfeito para o casamento. Vou para casa cobrir meu homem de beijos, e ele nem vai ficar sabendo que é porque ele está fazendo aula de dança. Obrigada, Parker. Até mais tarde.

Parker se sentou e ficou observando os sapatos em cima da mesa. Pensou em Mac correndo ao encontro de Carter. Pensou em Laurel recebendo

Del, que voltaria para casa depois de passar dois dias em Chicago a trabalho. E Emma talvez estivesse sentada no seu pequeno jardim, tomando um vinho com Jack e sonhando com as flores do próprio casamento.

Girou a cadeira para olhar a planilha na tela do computador. Tinha seu trabalho, lembrou a si mesma. Um trabalho que adorava. E que era o mais importante agora.

O BlackBerry tocou e o visor lhe mostrou que outra noiva precisava conversar.

– Sempre tenho vocês – murmurou Parker antes de atender. – Oi, Brenna. O que houve?

capítulo dois

PARKER TROCOU OS SAPATOS que Mac havia comprado e, já que andava com a agenda muito apertada, só se permitiu comprar um par para si. Almoçou com uma noiva, a tia favorita que a levaria ao altar e a dama de honra, para conversarem sobre as lembrancinhas, a música e, por coincidência, os sapatos.

Passou por uma loja onde, a pedido de outra noiva, ajudou nas últimas provas dos vestidos das damas, deu palpites em roupas íntimas e arranjos de cabelo, depois se encontrou com outra noiva e seu grupo para participar da escolha dos tecidos. Em seguida, correu até o Coffee Talk para um rápido encontro com Sherry Maguire, a adorável irmã de Carter, que logo iria se casar.

– Diane está cada vez mais chata – declarou Sherry, apoiando o queixo na mão.

– Mas não é o casamento dela.

– Eu sei, eu sei, só que mesmo assim ela está sendo uma chata. Uma desmancha-prazeres. Fica procurando defeito em tudo.

– Sherry, em menos de duas semanas você vai se casar com o homem que ama, não é verdade?

Uma luz se acendeu nos olhos azuis da moça.

– Ah, claro.

– Todos os detalhes desse dia foram pensados para deixar vocês dois felizes, para celebrar esse amor. Não é verdade?

– Ah, meu Deus, foram mesmo. Todas vocês foram incríveis.

– Pois então, fique feliz. Comemore. E se a sua irmã está pegando no seu pé, tudo o que tenho a dizer é que isso é problema dela.

– É exatamente o que Nick diz. – Sherry jogou as mãos para o alto, depois desceu os braços e correu os dedos pelo cabelo louro-dourado. – E minha mãe também. Mas ela está dizendo que não vai comparecer ao ensaio nem ao jantar de ensaio.

Uma chata mesmo, pensou Parker, mas tudo o que fez foi dizer:

– Puxa, que pena. E por quê?

– Ela diz que não foi incluída no casamento. Na verdade, ela não *quis* ser. Eu a chamei para ser minha madrinha, mas ela recusou. Disse que não entendia por que tinha que se meter naquela confusão, por que eu precisava de *duas* madrinhas.

– Sua irmã e sua melhor amiga.

– Exatamente – concordou Sherry, dando um soco na mesa e enfiando a colher no creme que cobria seu café caprichado. – Aí agora resolveu que não vai pagar uma babá só para poder ir ao meu jantar. Eu disse que as crianças também estavam convidadas, aí ela alegou que não vai passar a noite inteira tomando conta de crianças e depois ainda ter que tomar conta delas no casamento também. Os filhos ficam empolgados demais, segundo diz, e ela vai ficar exausta. Aí nós nos oferecemos para pagar a droga da babá para que ela e Sam pudessem ir. Resultado: ela ficou ofendidíssima. Não consigo convencê-la de jeito nenhum.

– Então pare de tentar.

– Mas ela é minha irmã, Parker. É o meu casamento.

Surgiram lágrimas nos olhos de Sherry e a emoção fez sua voz falhar.

E isso, pensou Parker, vinha acontecendo desde o começo com uma noiva tão doce, entusiasmada e compreensível.

De jeito nenhum ia deixar que estragassem um momento sequer do casamento dela.

– Vou falar com ela.

– Mas...

– Confie em mim, Sherry – disse Parker, pousando a mão sobre as da moça.

– Está bem. – Ela respirou fundo e soltou o ar pela boca, piscando para conter as lágrimas. – Desculpe, sou uma idiota.

– Não é, não. – E para enfatizar essa afirmação, Parker apertou por um segundo a mão de Sherry. – Sei o que estou dizendo porque conheço um monte de idiotas e você simplesmente não se enquadra no grupo. Então, por favor, tire isso da cabeça por enquanto. Esqueça e pense apenas em como as coisas estão indo bem e que, daqui para a frente, só vão melhorar.

– Tem razão. Sabia que você ia fazer eu me sentir melhor.

– É para isso que estou aqui.

Disfarçando sob a mesa, Parker virou o pulso para ver as horas. Ainda podia ficar uns dez minutos.

– E então, já marcaram as datas do spa e do salão, os preparativos finais?

Os dez minutos se estenderam por quase quinze, mas Parker podia compensar esse tempo na viagem de volta para casa, onde tinha uma reunião marcada para o fim da tarde. Nem a chuva que começou a cair quando ia pegar o carro a preocupou.

Tinha tempo bastante para chegar à mansão, se arrumar um pouco, pegar as pastas, verificar as bebidas e repassar os dados das clientes com suas sócias. Para adiantar as coisas, porém, colocou o fone do celular e ligou para Laurel.

– Votos. Confeitaria.

– Oi, sou eu, já estou a caminho. Está tudo pronto?

– Temos café, chá, champanhe, uns canapés simples, porém fabulosos, e chocolates. Emma já aprontou a parte das flores. Todas vamos estar com os nossos portfólios. Nossa, isso foi uma trovoada?

– Foi. Começou a chover ainda agora – respondeu Parker, dando uma olhada para as nuvens carregadas. – Chego em uns vinte minutos. Tchau.

A tempestade havia desabado com toda a força e ela pensou que seria ótimo estar abrigada em algum lugar. Mas logo estaria, consolou a si mesma e, por precaução, reduziu a velocidade, pois a chuva varria seu para-brisa.

Enquanto seguia pela estrada que levava à sua casa, ia repassando mentalmente os detalhes relativos aos novos clientes.

Aconteceu de repente; apenas um borrão em meio ao aguaceiro.

O cachorro – ou o veado, talvez – atravessou correndo. O carro que vinha em sentido contrário tentou desviar e derrapou de traseira. Parker tirou o pé do acelerador e pisou no freio, apesar de seu coração ter voltado ao ritmo normal quando o bicho saiu da sua frente.

Mas o outro carro derrapou de novo e foi direto para cima dela.

Mais uma vez, seu coração deu um pulo. Parker não teve alternativa a não ser virar o volante de um golpe para evitar a batida. Seu carro derrapou e deslizou para o acostamento. Depois foi saindo de traseira, até parar de lado. O outro carro passou a centímetros do dela.

E seguiu seu caminho.

Parker ficou sentada, com as mãos grudadas ao volante, as pernas trêmulas e o coração batendo tão forte que ela chegava a ouvi-lo.

– OK – disse ela, tentando recobrar o fôlego. – Está tudo bem. Ninguém se feriu. Eu não me machuquei.

E já que queria continuar sã e salva, decidiu parar o carro inteiro no acostamento até que a tremedeira passasse. Do jeito que estava, outro veículo podia surgir e bater na lateral do dela.

O máximo que conseguiu foi provocar um chacoalhar e um baque.

Pneu vazio, pensou, fechando os olhos. Perfeito.

Pegou o guarda-chuva no porta-luvas e saiu do carro para ver o que tinha acontecido.

– Ah, não é um pneu vazio – murmurou consigo mesma. – Um só seria pouco. São *dois*. Dois malditos pneus furados.

Ergueu os olhos para o céu e percebeu, chateada, que ele começava a clarear. Naquelas circunstâncias, o brilho suave do arco-íris que se formava numa mísera réstia de sol era um insulto a ela.

Era quase certo que se atrasaria para a reunião, mas pelo menos não chegaria encharcada.

Estava tentando ver o lado bom.

Voltou para o carro e ligou para o socorro mecânico. Como suas mãos ainda tremiam, preferiu esperar mais alguns minutos antes de telefonar para casa.

Decidiu que diria apenas que tinha furado um pneu e estava esperando o sujeito que viria trocá-lo. Poderia muito bem fazer isso sozinha, pensou, mas só tinha um estepe.

Passou a mão na barriga, que a incomodava, então pegou uma pastilha de antiácido na bolsa.

Provavelmente esperaria uma boa meia hora pelo reboque, se tivesse sorte. E depois ainda teria que pedir ao motorista que a levasse em casa ou então precisaria chamar um táxi. Não ia ligar para casa e pedir a uma das sócias que viesse buscá-la. Não queria que elas vissem o carro.

Não antes de uma reunião.

Um táxi, decidiu. Se chamasse um táxi naquele instante, ele deveria chegar junto com o reboque. Era a melhor solução. Se ao menos conseguisse parar de tremer, poderia resolver tudo. Poderia lidar com aquela situação.

Ouviu o barulho de um motor e seus olhos se dirigiram rapidamente para o retrovisor. Mas ficou mais calma e soltou o ar pela boca ao perceber que o condutor já diminuía a velocidade. Era uma moto, que teria espaço suficiente para passar por ela sem bater. Mas não foi o que aconteceu.

Em vez de contornar o carro, a moto parou bem atrás dele.

Um bom samaritano, pensou Parker. Nem todo mundo é como aquele outro motorista: um babaca displicente. Abriu a porta e saiu do carro para dizer ao motociclista que já tinha ligado para o socorro mecânico.

E viu Malcolm Kavanaugh tirando o capacete preto.

Melhor, impossível, pensou ela. Agora ia ser "salva" pelo amigo do irmão e seu atual mecânico, um homem que quase sempre a irritava.

Parker ficou só olhando enquanto ele analisava as condições do carro sob a chuva agora mais fraca que encharcava seu cabelo preto e desordenado. A calça jeans de Malcolm estava rasgada no joelho e tinha manchas de óleo na altura das coxas. A blusa preta e a jaqueta de couro completavam a imagem de *bad boy* sexy feito para o pecado.

E uns olhos, pensou Parker quando ele a fitou, que desafiavam uma mulher a cometer uma loucura. Aliás, mais de uma.

– Você se machucou?

– Não.

Ele a olhou de alto a baixo, como se quisesse comprovar a informação.

– Seu airbag não abriu.

– Eu não estava andando tão depressa assim e não bati em nada. Na verdade, *evitei* ser atingida por um babaca que desviou para não atropelar um cachorro e veio na minha direção. Tive que dar uma guinada para o acostamento e...

– Onde ele está, o outro motorista?

– Seguiu em frente. Quem faz uma coisa dessas? Como alguém pode fazer isso?

Sem dizer nada, Malcolm foi na direção dela e estendeu a mão para pegar a garrafa de água que estava no porta-copos do carro.

– Sente-se. Tome um pouco de água.

– Estou bem. Só estou zangada. Estou muito, muito furiosa.

Ele a empurrou um pouco, com toda a delicadeza, e ela acabou se sentando de lado no banco da frente.

– Como está o seu estepe? – perguntou Malcolm.

– Nunca foi usado, é novinho. Troquei todos os pneus no inverno passado. Que droga!

– Agora vai precisar de dois novos.

Ele se agachou por um instante e aqueles olhos verdes e profundos ficaram no mesmo nível dos dela. Parker levou alguns segundos para perceber que aquele movimento e o tom casual de sua voz provavelmente eram intencionais, para acalmá-la. E já que parecia estar funcionando, ela só podia ficar agradecida.

– Vamos arranjar uns que sejam iguais aos que você já tem – prosseguiu ele. – Quero dar uma olhada no carro enquanto fizermos a troca.

– OK, tudo bem. – Parker tomou um gole de água, e só então percebeu quanto sua garganta estava seca. – Obrigada. Só estou...

– Muito, muito furiosa – completou Malcolm, voltando a se levantar. – O que é normal nessa situação.

– E ainda por cima vou me atrasar. Detesto chegar atrasada. Tenho uma reunião marcada... ai, droga!, para daqui a vinte minutos. Preciso chamar um táxi.

– Não precisa, não – falou ele e, ao olhar para trás, viu o reboque aproximando-se.

– Eles chegaram depressa. Você chegou depressa. Não esperava... – Parou por um instante, pois seu cérebro começava a funcionar de novo. – Você veio assim, de moto?

– Vim assim, de moto – afirmou Malcolm. – Afinal, você pediu socorro por ter sido jogada para fora da estrada. Não chamou a polícia?

– Não anotei a placa, nem sei que carro era. – E aquilo a deixou irritada. *Muito* irritada. – Tudo aconteceu tão depressa, estava chovendo e...

– E teria sido perda de tempo. Mesmo assim, Bill vai tirar umas fotos e registrar a ocorrência por você.

– Está bem. Obrigada – disse ela, levando a mão à testa. – Obrigada mesmo. Acho que estou um pouco atordoada.

– É a primeira vez que a vejo desse jeito. Espere aí.

Malcolm dirigiu-se ao caminhão e, enquanto ele conversava com o motorista, Parker tomou mais uns goles de água e disse a si mesma que precisava se acalmar. Estava tudo bem. Tudo certo. O motorista lhe daria uma carona até em casa e ela nem chegaria atrasada. Estaria lá em dez minutos e ainda lhe sobrariam cinco para se trocar. Contaria a história do pneu furado depois que a reunião acabasse.

Estava tudo certo.

Ergueu os olhos quando Malcolm se aproximou e lhe estendeu um capacete vermelho-vivo.

– Vai precisar disso.

– Por quê?

– Segurança acima de tudo, Pernas. – Ele mesmo pôs o capacete na cabeça de Parker e sorriu com um ligeiro ar de zombaria. – Que gracinha.

– O quê?! – exclamou ela, arregalando os olhos. – Se está pensando que vou subir nessa moto...

– Não quer chegar a tempo para a reunião? Manter a reputação de Rainha da Pontualidade e da Eficiência? Como a chuva parou, não vai nem se molhar.

Ele se debruçou de novo por trás dela, e dessa vez seus corpos esbarraram um no outro. Malcolm surgiu com a bolsa de Parker na mão.

– Acho que vai querer isso. Vamos.

– Será que o motorista... será que ele não pode me levar?

Malcolm prendeu a bolsa dela à moto e passou uma das pernas por cima do assento.

– Não vá me dizer que tem medo de andar de moto. E ainda por cima só por uns 10 quilômetros.

– Claro que não tenho medo.

Ele pôs o capacete, ligou a moto e deu umas duas aceleradas fortes.

– O tempo está passando...

– Pelo amor de... – Ela engoliu as palavras, se aproximou da moto com aqueles saltos altos e, com os dentes cerrados, conseguiu passar uma perna sobre o assento e sentar atrás dele.

Sua saia subiu, expondo metade das coxas.

– Legal.

– Quer fazer o favor de calar a boca?

Ela mais sentiu que ouviu o riso dele.

– Já andou numa Harley, Pernas?

– Não. Por que andaria?

– Então vai ver o que é bom. Melhor segurar firme. Em mim – acrescentou ele, depois de um instante.

Parker pôs as mãos bem de leve no tronco dele, mas quando o rapaz voltou a acelerar o motor – e ela teve certeza de que ele fez isso de propósito –, ela engoliu o orgulho e o agarrou com força.

Por que será que alguém ia querer dirigir uma coisa tão barulhenta, tão perigosa, tão...

E lá estavam eles, voando pela estrada, com o vento fresco, perfumado e *magnífico* soprando em cada pedacinho de seu corpo.

OK, admitiu, era uma sensação e tanto, e seu coração deu um pulo quando ele inclinou a moto numa curva. Apavorante. Como uma montanha-russa, coisa que ela podia admitir ser empolgante, porém nem um pouco necessária.

A paisagem passava numa velocidade incrível. Parker sentia o cheiro da chuva, do mato, do couro da jaqueta dele, e a vibração da moto entre suas pernas.

Tinha algo de sexual. Acrescentava excitação àquela emoção assustadora. Com certeza era por isso que as pessoas andavam de moto.

Quando ele entrou pelo portão de sua casa, Parker teve que se conter para não erguer os braços e sentir o vento nas palmas das mãos.

Quando pararam diante da entrada da mansão, Del vinha saindo.

– Oi, Mal.

– Oi, Del.

– Onde está seu carro, Parker?

– Meu pneu furou na estrada. Malcolm apareceu. O reboque dele está lá resolvendo o problema. Tenho uma reunião agora.

Seu irmão balançou a cabeça, e ela percebeu um ligeiro movimento no canto de sua boca.

– Você andou de moto, Parker.

– E daí? – retrucou a moça, tentando descer da moto com a maior classe, mas os saltos e a saia não ajudaram muito.

Malcolm apenas pulou de seu lugar e a tirou da moto como se fosse um pacote a ser entregue.

– Obrigada. Muito obrigada. Agora tenho que correr senão...

– Vai se atrasar – completou ele, pegando a bolsa dela que tinha ficado presa na moto. – Provavelmente não vai querer usar isso – acrescentou, soltando a tira do capacete e tirando-o para ela.

– Obrigada.

– Você já disse isso. Mais de uma vez.

– Bom... – Sem saber o que fazer, o que não era nada comum, Parker se virou e entrou correndo.

Ela ouviu Del dizer:

– Entre, vàmos tomar uma cerveja.

E tentou não se abalar com a resposta do rapaz.

– Por que não?

Malcolm entrou acompanhando Del e ainda teve tempo de ver Parker, que subia a escada correndo. Que pernas tinha aquela mulher. Dignas de atrizes de Hollywood.

As outras sócias, a loura tranquila, a beldade de cabelo preto e a ruiva esguia, estavam paradas na porta do que ele imaginou ser uma sala de visitas, todas falando ao mesmo tempo.

Era uma cena e tanto.

– Pneu furado – murmurou Del e seguiu em frente.

A mansão dos Browns tinha estilo, pensou Malcolm, tinha classe, tinha o *peso* da tradição, mas mesmo assim, em vez de um museu, conseguia dar a impressão de ser um lar. Imaginou que o mérito era de quem morava ali e dos que haviam morado antes.

Cores aconchegantes, arte que atraía o olhar em vez de deixá-lo desnorteado, cadeiras confortáveis, mesas lustrosas, além de flores, flores e mais flores, misturadas com aquele estilo, aquela classe, aquela tradição.

Mas ele nunca sentira necessidade de enfiar as mãos nos bolsos por medo de deixar a marca de seus dedos em alguma coisa.

Já tinha estado em quase todas as dependências daquela casa, exceto na parte que correspondia ao apartamento de Parker (e não seria nada mal mudar isso), e sempre se sentira à vontade. Mas a parte mais aconchegante e convidativa era sem dúvida a cozinha da Sra. Grady.

E lá estava ela, que se virou do fogão, onde preparava algo que espalhava um cheiro maravilhoso pelo ambiente.

– Ora, ora, é o Malcolm.

– Como vai, Sra. Grady?

– Bem – respondeu ela, erguendo uma sobrancelha ao ver Del pegar umas cervejas na geladeira. – Leve isso lá para fora. Não quero vocês me atrapalhando aqui.

– Sim, senhora – disseram os dois ao mesmo tempo.

– Imagino que vá ficar para o jantar – acrescentou, dirigindo-se a Malcolm.

– Está me convidando?

– Estou, se Delaney esqueceu a boa educação que teve e não o convidou ainda.

– Ele acabou de chegar – resmungou Del.

– Como os outros rapazes já vieram me bajular em troca de um jantar depois da reunião, posso arranjar comida para mais um. Se ele não for chato para comer.

– Se é a senhora quem vai cozinhar, vou agradecer a Deus até se ganhar só um pedacinho.

– Você tem uma língua afiada, não é, meu rapaz?

– É o que as mulheres dizem.

A Sra. Grady soltou uma gargalhada e bateu a colher na borda de uma panela.

– Agora fora daqui, os dois.

Del abriu a geladeira e pegou mais duas cervejas. Entregou três das quatro garrafas a Malcolm e pegou o celular enquanto saíam.

– Jack, Malcolm está aqui. Vamos tomar umas cervejas. Chame Carter – disse, antes de desligar.

Malcolm reparou que ele ainda estava de terno e, embora tivesse tirado a gravata e aberto o colarinho, tinha toda a pinta de um advogado formado em Yale. Como a irmã, tinha uma cabeleira castanha e espessa e os olhos de um azul enevoado. Os traços dela eram mais brandos, mais suaves, mas qualquer um que não tivesse problemas de visão percebia que eram irmãos.

Del se sentou e esticou as pernas. Tinha um jeito mais descontraído e muito menos pose que a irmã. Com certeza era por isso que tinha se tornado seu companheiro de pôquer e depois, amigo.

Abriram as garrafas e, assim que Malcolm tomou o primeiro gole da bebida gelada, seu corpo relaxou pela primeira vez desde o momento em que pegara as ferramentas de trabalho, doze horas atrás.

– O que aconteceu? – perguntou Del.

– Como assim?

– Não tente me enrolar, Malcolm. Pneu furado uma ova. Se fosse isso, você teria trocado o pneu, ou ela mesma, e Parker não precisaria ter voltado para casa na sua moto.

– O pneu furou mesmo. – Malcolm tomou mais um gole de sua cerveja. – Na verdade, foram dois. Ficaram imprestáveis – acrescentou, dando de ombros.

Não ia mentir para um amigo.

– Pelo que ela disse e pela posição do carro quando cheguei lá, um babaca qualquer invadiu a pista dela para não atropelar um cachorro. Parker teve que jogar o carro no acostamento para não ser atingida. Com o asfalto molhado e talvez por ter feito uma manobra um tanto forçada, ela acabou derrapando, aí furou os dois pneus do lado esquerdo. Pelas marcas no chão, acho que o outro motorista estava correndo muito, o que não era o caso dela. E ele simplesmente se mandou.

– E deixou ela lá? – Era nítida a indignação tanto na voz de Del quanto no seu rosto. – Filho da puta! Ela anotou a placa? Viu a marca do carro?

– Nem uma coisa nem outra. E não a culpo. Isso deve ter acontecido quando a chuva estava mais forte e toda a atenção de Parker estava voltada para o próprio carro. Acho que ela se saiu muito bem. Não bateu em nada, o airbag nem foi acionado... Ela estava abalada e furiosa. Mais furiosa ainda pela possibilidade de chegar atrasada à reunião.

– Mas não se machucou – disse Del, meio falando consigo mesmo. – OK. Onde foi?

– A uns 10 quilômetros daqui.

– E você estava passando de moto?

– Não. – Maldito interrogatório. – Na verdade foi minha mãe que atendeu o telefone e veio me dizer que alguém tinha jogado Parker para fora da estrada. E que ela não tinha como tirar o carro. Então resolvi ir ver como Parker estava enquanto minha mãe mandava Bill sair com o reboque.

– Muito obrigada por isso, Malcolm – falou a Sra. Grady.

Ela se aproximou e pôs uma tigela de amendoins e um prato de azeitonas em cima da mesa.

– Para vocês não ficarem só na cerveja. Seus amigos estão vindo aí – acrescentou, indicando com um gesto de cabeça o gramado, agora na penumbra do crepúsculo. – Você – emendou ela, dando um tapinha no ombro de Malcolm – tem direito a mais uma cerveja, já que o jantar não vai sair antes de uma hora ou mais. E vão ser só essas duas até você ter estacionado aquela máquina monstruosa no quintal da sua casa.

– Antes disso, nós dois podíamos sair para dançar.

– Olha lá, hein? – retrucou a Sra. Grady com uma piscadela. – Ainda tenho muito pique para essas coisas.

E voltou para dentro da casa, deixando Malcolm com um sorriso no rosto.

– Aposto que tem mesmo.

Ele ergueu sua cerveja na direção de Jack e Carter, cumprimentando-os.

– Exatamente o que o médico me receitou – brincou Jack, abrindo uma garrafa de cerveja.

Jack Cooke era um arquiteto conceituado e colega de faculdade de Del. As botas pesadas e a calça jeans que usava deixaram claro para Malcolm que aquele dia tinha sido mais de trabalho em obras do que no escritório.

A roupa de Jack contrastava com a camisa social e a calça cáqui de Carter. No bolso da camisa dava para ver os óculos de leitura, e Malcolm pôde perfeitamente imaginá-lo sentado no seu novo escritório, corrigindo trabalhos de alunos, com o paletó de tweed de professor Maguire pendurado no armário com todo o cuidado.

Percebeu que formavam um grupo bem heterogêneo: Del no seu terno italiano impecável, Jack com suas botas de canteiro de obra, Carter com seu típico traje de professor, e ele mesmo...

Bom, se soubesse que seria convidado para jantar, teria trocado de calça. Provavelmente.

– O que houve? – perguntou Jack, pegando um punhado de amendoins.

– Alguém jogou Parker para fora da estrada. Malcolm foi socorrê-la.

– Está tudo bem? – indagou Carter, pondo a cerveja na mesa sem sequer tocá-la. – Ela se machucou?

– Não, ela está bem – assegurou Malcolm. – Foram só dois pneus furados. Nada sério. E por causa disso, acabei ganhando umas cervejas e um jantar. Nada mal, não é?

– Ele convenceu Parker a vir de moto.

Jack bufou e olhou de Del para Malcolm.

– É sério?

– Dos males, o menor – falou Malcolm, agora relaxado, pondo uma azeitona na boca. – Era enfrentar a moto ou se atrasar para a reunião. De qualquer jeito... – prosseguiu ele, jogando outra azeitona na boca –, acho que ela gostou. Tenho que levá-la para andar de moto de verdade.

– OK – disse Del com um risinho. – Boa sorte.

– Acha que não consigo fazê-la subir na moto de novo?

– Parker não é exatamente como a sua mãe motoqueira.

– Olha lá como fala da minha mãe – observou Malcolm, tomando um gole de cerveja. – Aposto 100 pratas que em duas semanas consigo fazê-la andar de moto por uma hora inteirinha.

– Isso é que é jogar dinheiro fora. Desse jeito, vou ter que continuar fornecendo sua cerveja.

– Eu topo – disse Jack, enfiando a mão na tigela de amendoins. – Não tenho nenhum problema em tirar dinheiro de você.

– Feito! – exclamou Malcolm, apertando a mão de Jack para selar a aposta. – Você ainda pode participar – acrescentou ele, dirigindo-se a Del.

– OK – concordou o rapaz e olhou para Carter. – Não vai participar?

– Não, acho que... Na verdade, vou apostar em Malcolm.

O mecânico então o fitou com ar pensativo.

– Talvez você seja mesmo tão inteligente quanto parece.

capítulo três

PELA EXPERIÊNCIA DE MALCOLM, a maior parte das pessoas não se sentava à mesa numa simples quinta-feira para comer presunto caramelizado, batatas assadas com minicenouras e aspargos delicadamente grelhados. E era bem provável que as poucas pessoas que faziam isso não jantavam à luz de velas, com flores e vinho reluzindo em taças de cristal.

Isso só mostrava, mais uma vez, que a mansão dos Browns não era como a maioria das casas.

Recusou o elegante vinho francês, embora a Sra. Grady não estivesse vigiando. Passara daquela fase em que tomava todas e depois saía de moto havia muito tempo.

Mais cedo, tinha pensado em voltar para casa e descansar do longo dia malhando um pouco, tomando uma chuveirada, enfiando alguma coisa entre duas fatias de pão, abrindo uma cerveja e ficando de bobeira diante da tevê.

Não teria sido nada mal.

Mas precisava admitir que aquilo ali era bem melhor.

Não apenas pela comida – apesar de a Sra. Grady ser uma cozinheira fantástica –, mas o lugar, o pacote completo. Mulheres bonitas, homens de quem gostava e aquela incrível Sra. Grady.

E, acima de tudo, a sempre intrigante Parker Brown.

Considerou que o rosto dela era perfeito para uma iluminação a luz de velas. Elegante, mas não frio, a menos que ela quisesse se mostrar assim. Sexy, porém sutil, como uma pontinha de renda que despontasse por baixo de uma camisa simples.

Além da voz, é claro – baixa e levemente rouca, mas que podia mudar como o tempo, passando de ríspida a branda, de acolhedora a glacial. Ela conseguia o que quisesse com essas nuances. Ao que tudo indicava, sabia muito bem como usá-las.

Parker teve que contar sobre seu quase acidente, e usou tons casuais mesclados a toques de indignação. Se ele próprio não a tivesse visto logo após o episódio, na certa teria engolido a história que ela tentava passar de não ter havido nenhum perigo real e ela apenas estar irritada com o pouco-caso do motorista e por ela mesma ter desperdiçado tanto energia naquilo.

Mesmo com essa encenação, os outros a cercavam de preocupação, faziam-lhe mais perguntas, esbravejavam contra o tal motorista. E demonstravam tanta gratidão a ele que Malcolm chegou a se sentir sufocado.

Imaginou que ele e Parker sentiram o mesmo alívio quando a conversa se desviou para outro assunto.

Gostava de ouvi-los falar, todos eles. O jantar entre amigos – que era mais um jantar em família – demorou um bom tempo, foi bem barulhento e cheio de conversas paralelas. Por ele, tudo bem. Desse jeito não precisava falar muito e, na opinião dele, é quando deixamos uma pessoa no controle que aprendemos mais sobre ela.

– O que você vai fazer com a mesa de sinuca, Del? – perguntou Jack.

– Ainda não sei.

Ao ouvir aquilo, Malcolm se animou.

– O que há de errado com a mesa de sinuca? – indagou.

– Nada.

– É que Del pôs a casa à venda e está se mudando para cá – contou Carter.

– Vai vender aquela casa? Quando resolveu isso?

– É coisa bem recente – falou Del e arqueou as sobrancelhas, fitando Malcolm, que passava manteiga num dos impecáveis croissants da Sra. Grady. – Por que, está interessado?

– Que diabos eu ia fazer com ela? É grande o bastante para uma família de dez pessoas e ainda teria lugar para os avós lá do Iowa – exclamou ele, cortando mais um pedaço de presunto. – Alguma possibilidade de me vender só a sala de jogos?

– Infelizmente, não. Mas tenho algumas ideias para ela.

– Quando quiser vender as máquinas de pinball, me avise.

– E onde você iria colocá-las? – provocou Jack. – Você mal consegue se mexer naquele apartamentinho em cima da garagem da sua mãe.

– Por peças clássicas, jogo minha cama fora e durmo no chão.

– Os meninos e seus brinquedos – disse Laurel, revirando os olhos para Del. – Você não pode pôr os seus no nosso quarto. Isso já está decidido, Delaney. Nem pense em tentar negociar.

– Eu estava pensando em outro lugar – replicou Del, olhando para a irmã. – Precisamos conversar sobre isso.

– OK. Imaginei que você talvez quisesse reformar um dos sótãos – começou Parker –, mas dei uma olhada por lá e não acho que seria um local seguro para aguentar tanto peso. A não ser que você se desfaça da mesa de ardósia.

– Eu não estava pensando lá no alto. Estava pensando na parte de baixo.

– De baixo? – repetiu Parker. – Onde... Ah, Del! Jura que está pensando num dos porões?

– Quantos sótãos e porões há nesta casa? – perguntou Malcolm, dirigindo-se a Emma num sussurro.

– Três sótãos e dois, não, três porões, contando com aquela casa de máquinas assustadora onde moram os demônios que devoram garotinhas.

– Maneiro.

– É, para um garotinho como Del... – retrucou Emma, estreitando os olhos escuros, que fitavam o outro lado da mesa. – Mas uma menina brincando de caça ao tesouro poderia ficar apavorada para o resto da vida se um garoto malvado, com uma lanterna vermelha, um andar meio trôpego e uma risadinha de maluco aparecesse. – Ela estremeceu e pegou sua taça de vinho, antes de acrescentar: – Até hoje não consigo descer lá.

Malcolm voltou sua atenção para o grupo que o cercava. Parker e Del discutiam a tal história dos porões. Laurel sorria, olhando para seu vinho. Jack pegou mais um croissant e Mac sussurrou alguma coisa no ouvido de Carter, algo que deixou a ponta de suas orelhas avermelhadas.

Interessante.

– Veja bem – disse Del –, vocês usam o porão da ala oeste para guardar os equipamentos de festas: mesas e cadeiras extras e coisas do gênero.

– Estamos comprando mais. Investindo em material próprio – observou Parker. – Com isso, podemos ganhar o aluguel em vez de gastar com ele.

– O que é um bom negócio. Nem sei mais quantas vezes já estive lá embaixo quando ajudei em algum evento. Vocês têm espaço suficiente para montar um showroom.

– Não é uma questão de espaço, Del. É claro que você pode ficar com o espaço – argumentou Parker, franzindo o cenho e fitando seu copo de água e depois o irmão, obviamente avaliando as opções. – Podíamos transferir o nosso depósito para o lado leste, mas mesmo assim...

– Não, não! – exclamou Emma, agitando as mãos. – Fica perto demais da Boca do Inferno.

– E ele continua lá – disse Del em tom soturno. – Esperando por você.

– Odeio você, Delaney. Bata nele, Jack – pediu Emma. – Muito!

– Tá, mas posso acabar este croissant primeiro?

– Leste, oeste – atalhou Parker –, tanto faz. Continua sendo um *porão*. Quase não tem iluminação natural, o teto tem só uns 2 metros de altura, o chão é de concreto, as paredes são de reboco e há canos por toda parte.

– Perfeito para uma Caverna Masculina. Ainda por cima, por que acha que ando tanto com ele? – acrescentou Del, apontando para Jack. – Ele não é apenas um rostinho bonito.

– Reformar um porão cavernoso e transformá-lo numa ADM? O que significa Área de Diversão Masculina, para os leigos – observou Jack, com os olhos já brilhando de entusiasmo. – Claro que posso fazer isso.

– As paredes têm 30 centímetros de espessura – prosseguiu Del. – Portanto, o lugar pode ser usado mesmo durante os eventos, que ninguém vai ouvir nada. – Ergueu a taça de vinho, fez girar ali dentro o restinho da bebida que ainda havia no fundo, olhou para Emma e acrescentou: – Como ninguém ouve os gritos apavorados das meninas que são comidas vivas pelo demônio de olho vermelho.

– Seu filho da mãe! – disse Emma, encolhendo os ombros.

– Que tal irmos dar uma olhada?

– Agora? – perguntou Parker, encarando o irmão.

– Claro.

– Eu não vou descer lá – murmurou Emma.

– Qual é, querida – disse Jack, passando o braço pelo seus ombros. – Estou aqui para protegê-la.

– Isso é o que você está dizendo agora – retrucou a moça, balançando a cabeça.

– Vão vocês, pessoal – disse Mac, agitando sua taça. – Carter e eu só vamos terminar esse vinho porque temos... umas coisas para fazer lá em casa.

– Mas ainda tem a torta de pêssego – atalhou a Sra. Grady.

– Bom... – replicou Mac, sorrindo. – Temos sobremesa em casa, não temos, Carter?

– Pelo visto... – respondeu ele, e mais uma vez suas orelhas ficaram vermelhas.

– Vamos lá, Mal – propôs Del. – Vou levá-lo para fazer um tour nas profundezas e abrir seu apetite para a torta.

– Claro.

Malcolm se levantou depois dos outros e já ia pegando o prato para levá-lo à cozinha.

– Pode deixar isso aí – disse a Sra. Grady com um gesto. – Primeiro vá desfrutar sua aventura.

– Está bem. Foi o melhor presunto que já comi na vida.

– Vou embrulhar um pedaço para você levar.

Ao passar diante da governanta, o rapaz se inclinou um pouco.

– Estou lhe devendo uma dança – sussurrou ele, e a Sra. Grady riu.

– O que foi? – Parker perguntou a ele.

– Assunto particular.

E lá se foi ele pela escada dos fundos. Imaginou que tinha sido por ali que um dia circulara a criadagem. E se perguntou por que Parker estava usando aqueles saltos altos e finíssimos.

Quando Del pressionou o interruptor, luzes florescentes bem fortes se acenderam, revelando um enorme labirinto.

Malcolm reparou no teto baixo, nas paredes inacabadas, nos canos à mostra e, quando penetraram num espaço mais amplo, pôde ver prateleiras, além de pilhas de mesas, cadeiras e banquinhos.

Aquilo era sem dúvida um porão. Com um quê de assustador que era até divertido, e limpíssimo, como a cozinha de um restaurante cinco estrelas.

– Não venham me dizer que vocês têm gnomos que aparecem para limpar tudo durante a noite.

– Não é por ser um depósito que o lugar não deve ficar limpo – observou Parker. – Del, isso aqui é tão deprimente...

– Vejam...

O rapaz se dirigiu para uma passagem, com uma agilidade que Malcolm deduziu ser produto da experiência, abaixou a cabeça por causa dos canos e seguiu pelo labirinto.

– Aqui é a velha casa de máquinas – disse Del, apontando para uma porta de madeira trancada. – Onde os demônios ficam babando e afiando as garras nos ossos de...

– Eu não caí nessa história quando tinha 8 anos... – atalhou Laurel.

– Que pena – retrucou Del, passando o braço pelos ombros da noiva, que o enlaçou pela cintura.

Malcolm acertou o passo para ir andando ao lado de Parker.

– Nossa, é muito espaço.

– Isso aqui já teve algumas encarnações e vários usos. Depósito de material de serviço, como hoje, e meu bisavô teve uma oficina neste porão. Ele gostava de fazer coisas e, pelo que me disseram, precisava de um espaço tranquilo para se refugiar quando minha bisavó ficava muito atacada. Usavam este lugar também para guardar conservas, legumes, tudo o que pudessem estocar durante a colheita. Meu pai contava que os pais dele adaptaram este porão para transformá-lo em abrigo antiaéreo nos anos cinquenta.

Quando chegaram a outro espaço mais amplo, ela parou e pôs as mãos no quadril.

– Ah, Del, isto aqui é *assustador*. Parece até uma catacumba.

– Eu gostei – observou Jack, estreitando os olhos e circulando pelo aposento para observar tudo. – Tiramos esta parede, aumentamos a abertura. Vigas, colunas. Ali dá para fazer outra janela e ganhar um pouco de luz.

– Você chama aquela fresta de janela? – questionou Laurel.

– Iluminação é a prioridade, e temos como conseguir isso – prosseguiu Jack, olhando para cima. – Vamos ter que refazer o traçado de alguns desses canos para ninguém ter que baixar a cabeça. Como espaço não é problema, posso revestir as paredes com madeira para passar a fiação elétrica por trás dela e instalar mais encanamentos. Coloco um banheiro legal daquele lado e, por uma questão de equilíbrio, um armário embutido do outro. Por mim, vale a pena instalar uma lareira a gás. Além do calor, cria certo clima. E talvez até pudéssemos pôr umas pedras ou uns tijolos naquela parede.

Piso de cerâmica, com aquecimento por baixo. Tem aquelas portas tipo abrigo que dão direto lá fora. Quero pensar um pouco no projeto, tirar as medidas, mas dá para fazer. Com certeza dá para fazer.

Del olhou para Parker com uma sobrancelha erguida.

– Se é o que você quer, por mim tudo bem – falou ela.

– Pronto, Cooke, sinal verde.

Jack esfregou as mãos, todo satisfeito.

– Perfeito.

– Agora eles vão começar a falar de paredes e encanamentos – disse Laurel, balançando a cabeça. – E eu vou subir. Ainda nem consegui me livrar do estresse da construção da minha cozinha auxiliar... Que, aliás, foi um trabalho de gênio – acrescentou, dirigindo-se a Jack.

– Nada menos que isso.

– Vou com você. – Parker fez menção de sair junto com Laurel, mas parou. – Jack, será que dá para pôr piso aquecido no nosso depósito?

– Isso e muito mais, minha cara.

– Talvez a gente possa conversar a respeito – retrucou ela, sorrindo.

Quando Malcolm voltou lá para cima – e, caramba, pela descrição de Jack, aquele lugar ia ficar incrível, talvez até mais incrível que o paraíso de testosterona que Del tinha na antiga casa –, a Sra. Grady, Emma, Laurel e Parker já tinham praticamente terminado de lavar a louça.

Ele pegou a mão da Sra. Grady, balançando a cabeça.

– Hã, hã, pode se sentar aqui – disse ele, apontando para um banco que ficava no cantinho do café da manhã. – Quem cozinha não lava. Essa é a lei dos Kavanaugh.

– Sempre gostei da sua mãe.

– Eu também. Quer mais vinho?

– Não, já bebi o bastante. Mas uma xícara de chá até que cairia bem.

– É para já.

Ele foi até o fogão, sacudiu a chaleira e depois empurrou Parker para o lado com o quadril para enchê-la na torneira da pia. Respondeu à altura ao olhar que ela lhe lançou.

– Algum problema?

– Não – respondeu Parker.

– O cheiro do seu cabelo é igualzinho ao das flores brancas que havia debaixo da janela do meu quarto na Flórida. Ele sempre me atrai.

Ele acendeu o fogão e pôs a chaleira no fogo. Quando os outros homens entraram na cozinha, Malcolm estava pegando uma pilha de pratos das mãos de Emma.

– Que azar! – exclamou Del. – Devíamos ter ficado lá embaixo um pouco mais.

– Vocês podem pegar o que ficou lá na mesa – disse Laurel. – Estamos desfalcados, já que Mac e Carter caíram fora para comer aquela sexobremesa.

– Se tivessem esperado mais uma hora, poderiam ter as duas coisas: torta e sexo – observou Malcolm, pegando uma xícara e um pires no armário. – Existe coisa melhor?

E ele não tardou a descobrir que a tal torta era simplesmente fantástica.

Foi sensato ao perceber que era o momento de se levantar da mesa. Del e Jack estavam debruçados sobre uns esboços que o arquiteto traçara num bloco de papel que surgira do nada. E Laurel estava conversando sobre receitas com a Sra. Grady.

– Agora tenho que ir. Obrigado, Sra. Grady.

– Não esqueça da noite do pôquer – disse Del erguendo os olhos. – É em dinheiro vivo.

– Claro, já que vou sair de lá com o seu.

– Dê lembranças minhas à sua mãe – falou a Sra. Grady e, batendo com um dedo na mesa, pediu a Parker: – Pegue o que eu separei para ele levar.

Maravilha, pensou Malcolm. Ele abriu um sorriso para a Sra. Grady quando ela lhe deu uma piscadela, depois seguiu Parker até a cozinha.

– Pelo visto, amanhã vou comer de novo feito um rei – disse ele, pegando o pote.

– A Sra. G. tem uma queda por gente que não é muito regrada. Não foi bem isso que eu quis dizer – apressou-se em acrescentar.

– Não foi bem isso que eu entendi.

– Muito obrigada por toda a ajuda hoje. Você me poupou muito tempo e muito aborrecimento. Vou acompanhá-lo até a porta.

Malcolm percebeu que ela assumira seu tom formal. Um tom que deixava bem claro para um homem que era hora de recuar. De propósito, chegou mais perto dela enquanto cruzavam a casa.

– Em quanto tempo será que meu carro fica pronto?

Agora iam tratar de negócios, pensou ele.

– Minha mãe vai telefonar para você de manhã para acertar a questão dos pneus. Mas, como ele está lá, eu podia aproveitar para dar uma olhada.

– Eu ia marcar uma revisão geral para o mês que vem, mas tudo bem, já que ele está lá...

– O carro estava com algum problema?

– Não. Nenhum.

– Bom, isso facilita as coisas.

Parker estendeu o braço para abrir a porta. Ele se adiantou.

– Obrigada de novo. Vou esperar a ligação de sua mãe amanhã.

Ríspida e seca como um aperto de mão, pensou ele. Ele pousou o recipiente numa mesinha onde havia um vaso cheio de rosas alaranjadas. Às vezes, pensou, o melhor era agir rápido; outras, ir devagar.

E ele agiu rápido. Puxou-a para si de tal forma que seus corpos colidiram. O jeito como ela disse "O que isso significa?!", como uma professora repreendendo um aluno levado, o fez sorrir antes de beijá-la.

Foi melhor até do que a torta.

Macio, saboroso, maduro, com um leve toque de surpresa para quebrar o doce. Malcolm sentiu os dedos dela pressionarem seus ombros, e o ligeiro tremor que percebeu poderia ter sido tanto de ofensa quanto de prazer.

Já tinha sentido aquele beijo antes. A primeira vez, quando ela o agarrara e lhe dera um beijo para provocar Del. A outra quando ele seguira os próprios instintos numa visita à casa dos Browns nos Hamptons.

E cada beijo só o fazia querer mais.

Muito mais.

Não se preocupou em ser educado. Ela já devia ter experimentado sua cota dos gentis e refinados, e Malcolm não estava a fim de ser nem uma coisa nem outra. Então se deliciou deixando as mãos percorrerem aquele corpo incrível, e gostou de perceber que aos poucos ela se encostava cada vez mais nele.

Quando ouviu o ligeiro ronronar que brotou da garganta de Parker e o sentiu na própria língua, ele a soltou. Recuou um passo e pegou o pote com a comida.

Sorriu para ela. Foi a primeira vez que a viu atônita, sem fala.

– Tchau, Pernas.

Saiu a passos rápidos, prendeu o recipiente na moto e, quando ligou o motor, olhou para trás para vê-la parada diante da porta aberta.

Era uma imagem e tanto, pensou Malcolm. Parker emoldurada ali, naquele terninho de mulher poderosa, um pouquinho descomposta, cercada por aquele casarão maravilhoso.

Levou a mão ao capacete num gesto de despedida e foi embora levando aquela imagem tão clara na cabeça quanto o gosto dela na língua.

Parker voltou para dentro de casa, fechou a porta, virou-se e tomou o maior susto quando viu Laurel no corredor.

– Será que posso dizer *uau*?

Parker balançou a cabeça. Adoraria ter alguma coisa para fazer com as mãos.

– Ele simplesmente... me agarrou.

– Ah, claro. E isso vale mais um *uau*.

– Ele é atirado, pretensioso e...

– Muito, muito sexy. Digo isso apesar de ser apaixonadérrima pelo seu irmão. E tenho que acrescentar – prosseguiu ela, aproximando-se da amiga – que, já que não fui educada o bastante para desviar os olhos e sair, pude perceber que você não estava exatamente lutando para afastá-lo.

– Ele me pegou de surpresa. Além do mais, eu não daria esse gostinho a ele.

– Não sei, não, ele parecia estar gostando muito. E você, Parker – acrescentou a moça, dando um tapinha no braço da amiga –, parecia agitada, radiante e atordoada.

– Não estou radiante coisa nenhuma.

Laurel se limitou a girar Parker pelos ombros, pondo-a de frente para o espelho do vestíbulo.

– O que estava dizendo?

Talvez seu rosto estivesse mesmo afogueado e seus olhos um tanto atordoados, mas...

– Pura irritação.

– Não vou chamá-la de mentirosa, mas você deve estar pegando fogo por baixo dessa saia.

– OK, OK. Ele beija muito bem, para quem gosta do estilo brusco, arrogante.

– E você pareceu gostar.

– Como eu já disse, ele me pegou de surpresa. E não sei por que continuamos nessa conversa idiota sobre nada. Vou subir.

– Era o que eu ia fazer. Foi por isso que pude ver tão bem assim esse nada.

Começaram a subir a escada juntas, mas, antes de se separarem, Parker parou no patamar.

– Eu estava com a cara de "cai fora".

– O quê?

– Não sou tão idiota assim. Ele se insinuou ligeiramente lá na cozinha. Na verdade, ele sempre se insinua quando nos encontramos, o que é desconcertante, mas consigo lidar com isso. Portanto, quando o levei até a porta, imaginei que ele pudesse tentar alguma coisa.

– Você usou a cara de "cai fora"? – perguntou Laurel de olhos arregalados. – O célebre escudo que repele homens de todas as idades, credos e filiações políticas?

– Exatamente.

– E ele não foi repelido... É imune aos seus poderes... – disse Laurel, dando um tapinha no braço da amiga. – Talvez seja um espécime único.

– Não tem graça nenhuma.

– Claro que ele tem. E ainda por cima é sexy.

– Não estou nem um pouco interessada em graça e sexo com Malcolm Kavanaugh.

– Parker, se você não estivesse interessada o mínimo que fosse, teria se livrado dele como se fosse um pelo na gola do casaco. Malcolm... – começou Laurel, mas fez uma pausa, procurando a palavra certa. – Ele a deixa intrigada.

– Não, ele... É, talvez.

– Estou falando como sua amiga. É ótimo ver você intrigada por um homem, ainda mais porque é um homem de quem eu gosto e que, pelo que percebi, também está intrigado por você.

Parker deu de ombros.

– Ele só quer me levar para a cama.

– Bom, é claro que ele quer levá-la para a cama. Mas não estou convencida desse "só".

– Não vou transar com ele. Temos uma relação profissional.

– Porque ele é seu mecânico?

– Agora ele é o mecânico da Votos, além de ser amigo de Del.

– Suas desculpas são tão esfarrapadas, Parks, que estou começando a achar que está preocupada por querer ir para a cama com ele.

– Não tem nada a ver com sexo. Nem tudo no mundo está relacionado a sexo.

– Mas foi você que levantou o assunto.

Acuada, Parker teve que admitir:

– Mas agora estou *abaixando*. E, de qualquer jeito, tenho tantas coisas em que pensar que não sobra espaço para isso. Estamos com a agenda lotada para amanhã. E para os próximos cinco dias.

– Verdade. Quer que eu suba também, para ficar um pouco com você?

Parker queria, queria mesmo, o que, a seu ver, só confirmava que ela estava dando importância demais ao assunto.

– Não, obrigada, está tudo bem. E quero adiantar algumas coisas antes de deitar. A gente se vê amanhã.

Subiu sozinha e ligou a televisão para ter um pouco de companhia. Depois de tirar os sapatos, olhou bem para ver se eles estavam sujos ou arranhados. Satisfeita com o que viu, foi colocá-los em seu devido lugar dentro do closet. Pôs o terno no cesto das roupas para lavar a seco e guardou as joias nos compartimentos destinados a elas nas gavetas mais estreitas.

Vestiu uma camisola, um robe e enfiou o telefone no bolso. Pensou em tomar um bom banho quente, mas desistiu, pois banhos assim encorajam sonhos e devaneios. E não estava a fim nem de uma coisa nem de outra.

Preferiu então concentrar-se na agenda do dia seguinte, enquanto limpava, tonificava e hidratava o rosto.

Radiante, pensou ela, lançando um olhar glacial para seu reflexo no espelho. Que palavra besta! Pessoas radiantes... isso não faz o menor sentido.

Laurel andava com o vírus do romance, algo que afetava quase todas as noivas. E um dos sintomas dessa virose era ver tudo e todos através de uma linda névoa de amor.

Bom para elas, pensou Parker, tirando o elástico que prendia seu cabelo. E bom para a Votos, em termos de negócios.

Aliás, por falar em negócios, aproveitaria a hora seguinte para registrar os dados da reunião que tivera naquela tarde e as opções iniciais dos clientes.

Uma lista de cerca de 225 convidados, pensou ao voltar para o quarto com a intenção de ir direto para o laptop que ficava na saleta contígua. Um cortejo de seis pessoas, incluindo a daminha que levaria as flores e que, até lá, em junho, já teria 5 anos.

As flores favoritas da noiva eram peônias; as cores escolhidas, pelo menos por enquanto, eram rosa e verde, em tons suaves.

Suaves, pensou Parker, e mudou de rumo ao abrir as portas da varanda e sair do quarto. Ia só pegar um pouco de ar fresco, absorver um pouquinho daquele ar da noite.

A noiva queria tudo suave e delicado. Pedira a Parker que fosse encontrá-la na loja para ver o vestido que ela havia escolhido – o que deixava claro que aquela moça compreendia que o vestido de noiva é o ponto central que determina o tom, o tema e o clima do casamento.

Todas aquelas camadas adoráveis, vaporosas, o brilho sutil das pequenas pérolas e os graciosos toques de renda.

Tons pastel e peônias, tule cintilante e promessas sussurradas.

Podia até ver. Providenciaria tudo. Era ótima em providenciar coisas.

Não havia motivo para se sentir tão inquieta, tão desconfortável, tão confusa.

Não havia motivo para ficar parada ali, olhando para os jardins molhados pelo orvalho e lembrando da incrível sensação inesperada de uma corrida de moto que não havia durado mais que alguns minutos.

E que tinha sido rápida, perigosa e estupidamente excitante.

Parecida, muito parecida, com o beijo selvagem daquele homem arrogante, ali mesmo na casa dela.

Não estava interessada nessas coisas. De jeito nenhum. Intrigada, talvez. Mas intrigada era algo diferente. Achava os tubarões intrigantes nadando naquele seu silêncio estranho dentro do tanque de um aquário. Nem por isso, porém, estava interessada em mergulhar com eles.

Comparação nada justa, admitiu ela com um suspiro. Não mesmo.

Malcolm podia ser presunçoso, abusado, mas não era um tubarão. Tinha sido tão espontâneo com a Sra. Grady... quase doce, até. E Parker tinha um radar infalível para comportamentos falsos em relação às pessoas que amava. E não houvera um vestígio de falsidade que fosse na atitude de Malcolm.

Além disso, ele era amigo de Del. E seu irmão podia tolerar relações profissionais com gente falsa e tubarões, mas nunca uma relação de amizade.

Então, era óbvio que o problema (se é que havia um) era com ela. Só precisava corrigi-lo. Corrigir, resolver e eliminar problemas era sua especialidade.

Neste caso, bastava encontrar a solução, botá-la em prática e seguir adiante. Primeiro precisava identificar o tal problema, mas tinha uma boa ideia de qual era a sua raiz.

Em algum nível daquele sentir-se intrigada – não estar interessada –, em algum nível *daquele* nível, ela estava atraída.

De um jeito instintivo, estritamente químico.

Ela era humana, era saudável, e Laurel tinha razão, Malcolm era sexy. Daquele seu jeito brusco, primitivo.

Motos e couro, jeans rasgados e sorrisos arrogantes. Mãos firmes e uma boca ávida.

Parker levou a mão à barriga. É, com certeza um tipo de atração. Agora que tinha admitido aquilo, podia descobrir a melhor maneira de eliminá-la.

Como uma bomba.

Como a bomba que havia explodido dentro dela quando ele a agarrou... Agarrou, pensou Parker. Não gostava de ser agarrada.

Ou será que gostava?

– Pouco importa – murmurou ela. Problemas se resolvem com respostas e não com mais perguntas.

Adoraria não ter tantas perguntas na cabeça.

O telefone tocou. Ela enfiou rápido a mão no bolso para pegar o aparelho, como alguém que procurasse uma boia num mar agitado.

– Graças a Deus – murmurou, aliviada.

Não tinha a menor dúvida de que a noiva maluca ia lhe trazer um problema, mas seria algo que ela poderia resolver com toda a eficiência e, ainda por cima, não a deixaria pensar naquele assunto.

– Oi, Sabina! Em que posso ajudá-la?

capítulo quatro

PARKER COMEÇOU A SE PREPARAR para a reunião matinal das sócias com o BlackBerry e o laptop. Sentou-se à grande mesa redonda no cômodo que havia sido a biblioteca de sua casa e onde agora funcionava a sala de reuniões da Votos.

As paredes cobertas de livros e o cheiro acentuado do couro permaneciam, e nos dias fechados de outono ou nas manhãs frias de inverno, acendiam a lareira – exatamente como sempre acontecera desde que ela podia se lembrar. As luminárias que davam a sensação de aconchego às confortáveis poltronas foram de sua avó. Os tapetes, um tanto desbotados e gastos pelo tempo e pelo uso, vinham da geração anterior. Artigos sobre a Votos e as mulheres que dirigiam a empresa, devidamente emoldurados, haviam sido dispostos com bom gosto nas paredes entre as estantes.

Na mesa comprida que ficava ali perto, reluzia o serviço de café de prata que pertencera à sua mãe, e debaixo dele, atrás das portas antigas, ficava um frigobar contendo água e refrigerantes.

Para Parker aquele cômodo era o exemplo perfeito da mistura de tradição e empreendimento, mescla essencial em suas metas pessoais e profissionais.

Deu uma olhada na agenda do dia, que incluía os compromissos matinais, o chá de panela que aconteceria à tarde e o ensaio para o evento de sexta à noite. Seu telefone tocou no momento em que Mac vinha entrando com uma cesta de muffins.

– Laurel já vem. E Emma mandou dizer que não vai se atrasar.

Parker assentiu.

– É a noiva de sexta à noite – explicou. – Bom dia, Cecily! Preparada para o grande dia?

Assentiu de novo quando Mac aproximou o bule de café de sua xícara.

– A-hã. Ah, que gracinha! Claro, podemos fazer isso. Ah, sem dúvida.

Continuou ouvindo, estremeceu ligeiramente.

– Acho que é um gesto muito generoso de vocês dois. Sei que deve estar – observou. – Ouça, estou aqui pensando, só tentando encontrar a solução ideal. Acho que, com o bolo de casamento e o bolo em homenagem ao noivo, um terceiro seria excessivo. Não seria algo tão especial quanto vocês querem. Que tal um cupcake? Em forma de coração, com uma cobertura de glacê bem trabalhada, incluindo os nomes deles. Ficaria perfeito na mesa principal, bem diante deles. Algo exclusivo, só para eles.

Enquanto a noiva falava, Parker começou a digitar com uma só mão no laptop.

– Pode deixar que eu me encarrego disso. Você sabe que Laurel vai caprichar, e o resultado vai ser muito especial.

E limitou-se a abrir um largo sorriso quando Laurel entrou na sala estreitando os olhos após ouvir aquela última frase.

– Qual é a flor favorita de sua irmã? – perguntou ela. – Dálias? Que lindo. Claro que pode se ele quiser. Diga-lhe que basta chegar uns minutinhos antes do horário marcado hoje à noite. Nós também estamos animadas. Não vou dizer nada, prometo. Até mais tarde, então.

– O que é que eu vou fazer de tão caprichado e especial? – perguntou Laurel.

– Um cupcake. Unzinho só – respondeu Parker, erguendo o indicador de uma das mãos. – Em forma de coração. Talvez um pouco maior que o normal, para ter mais impacto. E quem sabe com cobertura de glacê formando dálias e com os nomes Griff e Jaci, o irmão do noivo e a irmã da noiva de sexta à noite, que também vão ser o padrinho e a madrinha. Faz seis meses que os dois estão namorando. O brinde aos noivos vai culminar com o pedido de casamento.

– Por que ele resolveu fazer isso? – perguntou Mac.

– Sei lá. Porque ele está perdidamente apaixonado... porque quer demonstrar que o que sente pela namorada é o que o irmão sente pela irmã dela. Ele pediu a opinião dos noivos primeiro, e os dois *adoraram* a ideia. Estão chorando de alegria e – acrescentou Parker, lançando um olhar glacial a Laurel – ela queria um terceiro bolo. Consegui convencê-la a fazer um cupcake. Portanto, você está me devendo essa.

– Perdi alguma coisa? – indagou Emma, entrando às pressas. – Não estou atrasada.

– Está, sim – emendou Mac –, e o que perdeu foi o amor que está pairando nesta sala.

– Bom, isso não é novidade, ele anda pairando pela casa inteira.

– Só para pôr Emma a par: mais trabalho – disse Parker.

Ela reproduziu a conversa telefônica e o que precisaria ser adicionado à festa. Como imaginava, Emma ficou toda encantada.

– Que coisa mais fofa!

– Não será se ela disser não – observou Laurel.

– Ah, ela não vai dizer não – retrucou Emma, mas pareceu abalada. – Meu Deus! E se disser?

– Vamos observar bem os dois hoje à noite – sugeriu Parker. – Vamos tentar sentir como estão as coisas entre eles. Se acharmos que existe o menor risco, traçaremos um plano B. Bem, próximo assunto: o evento desta tarde. Chá de panela com os convidados chegando às duas horas.

– Elegância e Champanhe – disse Laurel. – É o nome do bolo, já que foi este o clima pedido por aquela esnobe da madrinha que está organizando o chá. Temos um bolo de casamento em tamanho menor, com toques de champanhe, uma grande variedade de cookies, docinhos e chocolates. O bufê vai fornecer todas as comidinhas que as mulheres adoram, o champanhe, o café e o chá. As lembrancinhas incluem bombons em caixas brancas translúcidas, com fitas prateadas contendo monogramas e fixadas por uma presilha de cabelo toda de pedrinhas.

– Trabalhei com rosas brancas, como me pediram – disse Emma, engolindo seu café. – Um buquê em cada mesa, bem contemporâneo, num vaso preto. Tink está terminando a decoração do deque e da pérgula, como combinamos. Vou pôr uns arranjos de rosas brancas nas jardineiras da entrada e nas varandas.

– Pediram aos convidados que viessem de branco – observou Parker. – Nós vamos usar preto, como todos os garçons e o trio de cordas que vai tocar enquanto as pessoas estiverem confraternizando e comendo petiscos. A meteorologia está prevendo um dia de sol, com ventos brandos, e temperatura máxima de 22 graus. Portanto é bem provável que o chá possa ser feito lá fora, como queríamos. A mesa dos presentes vai ficar debaixo da pérgula. Às 15h, levaremos a cadeira da noiva. E, às 15h15, ela começará a abrir os presentes. Eu me encarrego de anotar quem deu o quê. Lá pelas 16h15, já devemos poder levar os presentes para o carro. E, às 16h45, nos despedimos de todos. Mac?

– A madrinha não quer fotos posadas, o que significa, na verdade, que devo providenciar imagens bem estudadas, nas quais todo mundo, principalmente ela, saia fantástico, feliz, natural e uns 5 quilos mais magro. Ela quer também uma foto da noiva com cada presente e com cada convidado. Quanto a mim, portanto, não há problema.

– Os clientes do casamento Mason-Easterbay devem chegar às 17h30 para o ensaio. Fizeram reserva no Carlotta's para as 19h30. Portanto, têm que ir embora no máximo às 19h. Algum problema quanto a isso?

Diante das respostas negativas, Parker continuou.

– Perguntas, problemas, comentários, observações sarcásticas sobre esse evento?

– Se eu soubesse que haveria a possibilidade de fazermos observações sarcásticas, teria preparado uma – disse Laurel.

– Fora isso, hoje eu talvez precise de uma carona até a oficina para buscar meu carro. Ou então pego um táxi se todo mundo estiver ocupada. A

Sra. Kavanaugh vai me ligar agora de manhã e, se Deus quiser, vai dar tempo de fazer tudo. Porque tenho uma reunião aqui às dez – disse e, depois de uma ligeira pausa, acrescentou: – Com Diane, a irmã de Carter.

– Para tratar de quê? – indagou Mac.

– Do fato de ela estar sendo uma vaca. Desculpe, eu não devia chamar sua futura cunhada de vaca. Não na sua frente, pelo menos.

– Não se preocupe. Ela é meio vaca mesmo. Daquele tipo que fica dando indiretas e me dá vontade de partir pra agressão. Com muita frequência.

– Nada está bom para Diane – observou Emma. Sua família era amiga dos Maguire fazia anos.

– O que ela anda aprontando? – perguntou Laurel.

– Está deixando Sherry chateada. Não queria participar do casamento porque é muita confusão, dá muito trabalho.

– Ela vem criando caso com esse casamento há um bom tempo – acrescentou Mac. – Já me deu umas alfinetadas sobre o casamento de Sherry e sobre o meu também. Quem quer ter alguém assim por perto num dia tão especial? Sendo irmã ou não.

– Agora ela começou a dizer que não vem ao jantar de ensaio. Não faz parte do cortejo, não quer arranjar uma babá, não quer vir com as crianças e ter que cuidar delas. Eu diria: "Então, tudo bem, não participe." Mas Sherry quer que ela esteja presente. – E com os olhos brilhando, Parker acrescentou: – Então, ela vai estar.

– É isso aí, puxe as orelhas dela.

Parker sorriu para Laurel.

– Pode contar que vou. Depois que tiver feito isso, estou à disposição de quem precisar da minha ajuda até a hora de ir buscar meu carro.

– Talvez você ganhe mais alguns beijinhos.

– Laurel!

– O que foi? Estava achando que eu ia guardar segredo? – retrucou Laurel, sorrindo, enquanto Mac e Emma insistiam para que ela contasse.

– Malcolm Kavanaugh, no vestíbulo, numa agarração e tanto.

– Ora, ora! – exclamou Mac, erguendo as sobrancelhas.

– Não tem "ora, ora" nenhum. – E, louca para mudar de assunto, Parker assumiu aquele seu tom casual e displicente. – Ele só estava se exibindo.

– E é bom nisso – observou Laurel. – Cheguei a sentir o calor, e estava a uns 5 metros de distância.

– E então, vai se encontrar com ele? – perguntou Emma.

– Se está querendo saber se vou vê-lo quando for buscar meu carro, muito provavelmente vou, sim.

– Ah, qual é? Estou perguntando se vai se encontrar com ele, um encontro romântico – retrucou Emma, sendo mais específica.

– Não. Foi só uma... Ele foi um perfeito idiota, só isso.

– Mas foi você que começou com essa história de beijo – ressaltou Emma, com o dedo em riste. – No feriado de Quatro de Julho.

– Eu estava furiosa com Del. Aquilo foi um erro. Não significa que... – interrompeu-se quando ouviu o telefone tocar.

– Salva pelo viciante BlackBerry – declarou Mac.

– Oi, Buffy.

Aproveitando a deixa, Parker se levantou e saiu do aposento.

– Estavam com tesão. Os dois – contou Laurel, cruzando os braços. – Não tem como negar.

– Malcolm fica mesmo de olho nela. Não dê esse sorrisinho sarcástico – disse Emma, dirigindo-se a Mac. – Ele olha bastante para ela, e Parker tenta não olhar para ele. Com certeza têm tesão um pelo outro.

– Ele tem um arzinho de James Dean.

– O cara das salsichas? – perguntou Mac, franzindo o cenho.

– Caramba, Mac, claro que não. – Laurel revirou os olhos. – O da marca de salsicha é Jimmy Dean. Estou me referindo ao *James*. O *bad boy* cheio de marra.

– Acho ótimo ele conseguir desconcertá-la – prosseguiu Emma. – Nossa Parker não fica desorientada com tanta facilidade, e é isso que faz dela a nossa Parker, mas confesso que gosto quando isso acontece.

– O cara não é um cretino, o que o faz ganhar pontos comigo – falou Laurel, que deu de ombros e se levantou. – Bem, vamos ver no que isso vai dar. Se é que vai dar em alguma coisa. Enquanto isso, temos trabalho a fazer.

Ela parou na hora em que chegou à porta.

– Ah, querem saber o que Parker disse a ele depois desse beijo de tirar o fôlego?

– O quê? – perguntou Mac.

– Absolutamente nada.

Parker podia não ter dito nada a Malcolm naquela hora, mas tinha muita coisa a dizer para a irmã mais velha de Carter na manhã seguinte.

Foi ela mesma receber Diane à porta, estendeu-lhe ambas as mãos e lhe deu um sorriso radiante.

– Di, que bom ver você! Muito obrigada por ter arranjado um tempinho para vir aqui. Como estão as crianças? – acrescentou, levando a moça lá para dentro.

– Estão bem.

– Mac me disse que eles acabaram de ganhar um cachorrinho.

Passou um braço pelos ombros de Diane deliberadamente, como se fossem duas amigas fofocando, e a levou para o salão.

– Meu pai conseguiu me convencer. Mas não é ele quem tem que cuidar do bichinho, é claro.

– É sempre assim, não é mesmo? – prosseguiu Parker, em tom animado. – Se precisar de ajuda, conheço uma adestradora excelente. Ela é fantástica e tem lições em que as crianças podem ir junto, para se envolverem mais. Quer um café?

– Estou tentando cortar a cafeína.

– Eu também tomo muito. Mas temos um chá verde ótimo. Carter disse que é o seu favorito.

Diane desacelerou um pouco o passo, virou-se para Parker e perguntou:

– Carter disse isso?

– É surpreendente o que nossos irmãos percebem e conseguem lembrar, não acha? Vamos sentar. Você está linda, Diane. Como consegue fazer isso?

Diane passou a mão pelo cabelo castanho, admirada. Era uma mulher bonita, mas estava sempre com cara de insatisfeita, o que a deixava feia.

– Entrei para a ioga uns meses atrás, mas tem umas coisas tão absurdas que...

– Ah, eu adoro ioga!

Parker era toda sorrisos ao dizer isso e servir o chá. Não por acaso, havia escolhido um dos melhores jogos de chá da sua avó. Sabia bem que Diane prestava atenção nesses detalhes e dava o maior valor a eles.

– Com apenas quinze minutos de ioga, já consigo me livrar da tensão do dia todo. Fico feliz que esteja dedicando um tempo a si mesma – prosseguiu Parker. – Com o trabalho, a família e tantas obrigações, o dia precisaria ter umas 25 horas. Honestamente, não sei como consegue fazer isso tudo. E ainda venho eu lhe pedir que me ceda um pouco do seu tempo.

– Deduzi que era sobre o casamento de Sherry. Na verdade, não entendo o que isso tem a ver comigo.

– Dá para acreditar que já está quase chegando o dia?

Sem se abalar, Parker tomou um gole de chá antes de prosseguir.

– E depois, como bem sabemos, será a vez de Mac e Carter, o que vai nos transformar numa família – falou, pegando de novo a mão de Diane. – E foi por isso que tive uma ideia.

– Que ideia?

– Vou começar do início e dizer que o mérito é todo de Mac. Você sabe que o que Sherry mais quer é se divertir no próprio casamento. Quer um dia animado, para comemorar com a família e os amigos. Sabe, Di, muitas noivas ficam obcecadas com pequenos detalhes, com as minúcias. E, é claro, esse é o nosso trabalho. É parte do que oferecemos. Por isso trabalhar para sua irmã é tão estimulante, ela é uma mulher que enxerga as coisas por uma perspectiva mais ampla. Ela vê seus pais, bem, você...

– Eu?

– Você, Sam e as crianças. O que construíram juntos: a vida, a família, a continuidade. Como sabe, não é nada fácil construir isso tudo, e ela percebe o que você conquistou. E tudo isso começa com o casamento propriamente dito, a comemoração desses primeiros passos. Você é a irmã mais velha. Deu esses primeiros passos antes dela e a ajudou, mostrando o caminho a ser seguido. Sua influência sobre ela é enorme.

Diane fungou.

– Sherry nunca dá ouvidos a nada que eu digo.

– Sabe, acho que as pessoas que têm impacto e influência sobre nós em geral não percebem isso. Ainda outro dia... – Ela se interrompeu, balançando de leve a cabeça. – Não quero trair a confiança de ninguém, mas já que estamos em família... Ainda outro dia Sherry me falou da importância que você tem para ela e de quanto valoriza isso. Acho que é mais fácil dizer isso a alguém que não é tão íntima, não é?

Mais uma vez aquele ar espantado, os olhos piscando.

– Ela disse isso?

– Disse, o que me fez perceber... mais uma vez eu estou me adiantando. – Com um riso descontraído, Parker fez um aceno com a mão, como se quisesse afastar aqueles pensamentos. – Foi ideia de Mac. Ela juntou várias fotos de Sherry, de sua família, de Nick e da família dele. Tanto antigas quanto recentes. Uma espécie de retrospectiva cronológica. Mac é tão talentosa... Sei que sou suspeita, mas achei o CD que ela criou maravilhoso. Carinhoso, divertido, encantador, emocionante. A ideia é projetar as imagens durante o jantar de ensaio.

– Ah, mas eu não vou...

– A única coisa que está faltando – atalhou Parker – é um narrador. Um mestre de cerimônias, digamos assim. Alguém que conheça a história desde o começo. Não seus pais, já que vai ser uma surpresa para os dois também. E Mac acrescentou fotos do casamento deles para servir de ponto de partida. Pensei em Carter, já que, além de irmão, ele é professor, portanto, está acostumado a falar em público. Mas quando Sherry e eu conversamos, percebi que não era uma boa ideia. Isso é coisa para irmã. Uma irmã mais velha. Afinal, quem, senão você, tem uma visão mais exclusiva, perspicaz e íntima com relação a Sherry, sua família, Nick e a família dele? Por favor, aceite.

Mais uma vez, Parker estendeu a mão, tocando Diane e tornando aquele contato mais pessoal.

– Sei que é pedir demais e que está tão em cima da hora... mas as coisas foram acontecendo. Precisamos mesmo de você.

– Vocês querem que eu... faça a narração das fotos?

– Querer não é bem o termo, nós precisamos. E não são apenas fotos, é toda uma jornada, Diane. De Sherry e de Nick, claro, mas também de vocês todos. A família é tão importante para os dois... Durante esses últimos meses pude conhecê-los melhor e compreendi isso. Vai ser o ponto alto da noite. Carter já esboçou um roteiro e está torcendo para que você aceite trabalhar com ele para aprimorar o texto.

– Carter quer que eu... – começou ela, mas se interrompeu, atônita.

– Ah, eu sei que você já tem tantas coisas para fazer e que isso é pedir demais, mas pode contar comigo para ajudar no que for possível, qualquer coisa que você queira ou de que precise. Francamente, não acho que vá precisar de ajuda. Na minha opinião, alguém que consegue administrar uma família como você faz dá conta de qualquer coisa.

– Talvez eu possa fazer, sim, mas preciso ver o CD e o esboço de Carter antes de assumir esse compromisso.

Parker pegou uma pasta que estava em cima da mesa.

– Por acaso tenho uma cópia dos dois aqui mesmo. O CD dura uns doze minutos. Você teria tempo para ver agora?

– Acho... que sim.

– Perfeito, vou só pegar o meu laptop.

Vinte e seis minutos mais tarde, Parker levava o carrinho de chá de volta para a cozinha.

– Pelas penas de canário na sua boca, dá para ver que o ataque foi certeiro – comentou a Sra. Grady, pondo em cima da bancada uma cesta com tomates-cereja recém-colhidos na sua horta.

– Peguei pesado com ela, depois ainda aumentei a dose. Resultado: além de vir ao ensaio e participar do jantar, ela ainda vai narrar o CD que Carter e Mac prepararam. Bendito Carter, que aceitou não ser o mestre de cerimônias... afinal a ideia foi tanto dele quanto de Mac.

– Carter é um bom rapaz. E essa irmã mais velha sempre foi uma pedra no sapato de todo mundo.

– Bom, ela é bonita, mas não tem a vivacidade e aquela confiança natural de Sherry. É inteligente, mas não é tão brilhante quanto Carter, nem chega aos pés dele em termos de delicadeza. É a primogênita, mas, pelo visto, não é a primeira sob outros aspectos. E isso magoa. Só precisei fazer com que ela enxergasse que tinha tanta importância para ela quanto para Sherry – acrescentou Parker, dando de ombros. – E também lhe dizer umas verdades. A família a ama, ela é importante para eles. Algumas pessoas precisam ouvir isso... várias vezes.

– E aposto que não foi nem um pouco ruim o pedido vir de você. "Parker Brown precisa da minha ajuda!"

Mais uma vez, Parker deu de ombros.

– Contanto que funcione... A noiva conseguiu o que queria e merece – prosseguiu, dando uma olhada no relógio. – E eu não me atrasei por conta disso.

Foi ajudar na ornamentação do evento, checou os progressos de Laurel, falou com os fornecedores que chegavam e depois com os encarregados do estacionamento.

Foi até a varanda dar uma última olhada enquanto Mac tirava fotos da decoração e pensou: Elegância e Champanhe por todo lado.

Não tinha muito a ver com o seu gosto pessoal para um chá de panela – e, já que estava planejando três para as amigas, andava cheia de ideias –, mas aquilo ali tinha uma aparência meio déco que era bem atraente, quebrada apenas pelos toques de cor dos arranjos incríveis que Emma tinha feito.

– Totalmente Gatsby – disse Mac, baixando a câmera.

– Era o que eu estava pensando. Acho que tanto a anfitriã quanto a noiva vão ficar bem satisfeitas.

– Você já fez sua boa ação do dia. Carter me mandou uma mensagem de texto. A irmã dela quer vê-lo depois das aulas hoje para falar sobre o roteiro do jantar de ensaio. Belo trabalho, Parker.

– Acho que ela também vai fazer um belo trabalho. Acho mesmo. Ela estava bastante empolgada quando foi embora.

– Diane, empolgada?! Você botou alguma coisa no chá?

– De certa forma, sim... mas foi o CD que produziu esse efeito. Ela ficou com os olhos marejados em alguns momentos.

Mac ergueu as sobrancelhas.

– Subestimei meu poder. Tem mais alguma coisa para fazer lá dentro?

– Emma está terminando a parte externa. Laurel já terminou seu trabalho e já se entendeu com o fornecedor. Eu vou... – Ela levou a mão ao fone de ouvido. – Já estou a caminho. Nossa anfitriã acabou de chegar. Vou recebê-la e mostrar a decoração.

– Vou circular por aí e, disfarçadamente, tirar umas fotos das pessoas chegando.

Parker concordou com um aceno de cabeça e se dirigiu para a porta da casa.

– Emma, Laurel – chamou ao microfone. – Sinal verde.

Por uma hora, Parker ficou observando enquanto mulheres em terninhos brancos estilosos, vestidos brancos esvoaçantes ou calças brancas elegantíssimas formavam grupos na varanda. Todas tomavam champanhe, conversavam, riam, beliscavam alguma coisa das lindas bandejas de canapés.

Mac circulava entre elas, capturando os momentos. A explosão de felicidade da futura noiva ao jogar a cabeça para trás e rir, o abraço afetuoso de amigas se encontrando, o carinho do brinde entre neta e avó.

Como sempre acontecia, gostava de ver a felicidade espalhada por ali, de senti-la borbulhando no ar como o champanhe, de saber que sua casa podia ser um cenário para a alegria dos outros.

Naquele dia em especial estava feliz por ter a companhia feminina e por haver participado daquela versão individual de um ritual tão importante para as mulheres.

Na hora prevista, pediu às convidadas que se sentassem para almoçar e depois voltou para os bastidores. Em seguida, preparou-se para enfrentar o que quer que fosse quando viu a anfitriã se aproximar tensa.

– Olivia perguntou sobre as brincadeiras. Quer brincadeiras de chá de panela.

Que você vetou, pensou Parker, mas sorriu.

– Posso cuidar disso.

– Ela está querendo brincadeiras *e* prêmios. É claro que não me programei para...

– Não tem o menor problema. Posso providenciar tudo durante o almoço. Que tal três? Acho que é o bastante. Brincadeiras simples e divertidas, com prêmios bonitinhos para as ganhadoras.

– Não quero dar nenhum prêmio que seja cafona ou idiota. Tem que ser alguma coisa que se enquadre no clima da festa.

Puxa!, pensou Parker, e eu que ia pegar aqueles vibradores que brilham no escuro...

– Claro, pode deixar. Vai estar tudo pronto depois do almoço. Vamos lá, divirta-se, não se preocupe com nada.

Deixou a moça entrar na casa e chamou Laurel pelo rádio.

– Preciso que você assuma o meu posto aqui fora. A futura noiva quer brincadeiras e prêmios, preciso de uns quinze minutos para resolver essa história.

– Certo.

– Emma, vou precisar de uma mesinha para pôr os prêmios.

– Ai, pelo amor de Deus!

– Eu sei, eu sei, faça o que der. Em quarenta minutos.

Subiu correndo a escada dos fundos até a sala dos presentes, o local destinado não só a guardar presentes, mas também a embrulhá-los. Um dos armários tinha uma etiqueta: presentes já embrulhados. Passou os olhos por tudo aquilo, refletiu um pouco e pôs os três que escolheu numas sacolinhas brancas trabalhadas e forradas de tecido preto. Num outro armário pegou uma pilha de bloquinhos, lápis e outras coisas de que poderiam precisar.

Desceu também correndo, pôs as sacolas e a caixa com os apetrechos na mesa da sala de jantar e atravessou a cozinha às pressas, entrando na antiga despensa para escolher a bandeja adequada para dispor os presentes.

– O que está procurando? – perguntou a Sra. Grady às suas costas.

– A noiva quer brincadeiras, coisa que a organizadora tinha vetado quando planejamos o chá. Não acho que fique bom botar sacolas brancas numa bandeja branca e não temos uma preta que sirva para isso. Pensei em prata. Ou em vidro. Talvez vidro.

– Experimente os dois.

– Boa ideia. Pode vir comigo para dar palpite?

A Sra. Grady a acompanhou e de repente disse:

– Ah, seu carro já chegou.

– Chegou aonde?

– Aqui, ora.

Parker parou com o cenho franzido.

– Meu carro está aqui?

– Foi entregue há uns vinte minutos. Lavado e polido também. Pus a conta na sua escrivaninha.

– Mas não pedi que entregassem o carro. Eu ia...

– Assim você não precisou perder tempo.

Esse era um detalhe que, aos olhos da Sra. Grady, deixava uma coisa bem clara: Malcolm Kavanaugh não era bobo nem nada.

Parker ficou calada, mas continuou de cenho franzido enquanto dispunha as sacolinhas de presente na bandeja de prata.

– Acho que a de vidro fica melhor. A de prata parece um pouco exagerada. Além disso, Emma pode espalhar algumas pétalas de rosas brancas no vidro e, com os vasinhos pretos... Quem veio entregar o carro?

A Sra. Grady disfarçou um sorriso.

– Não guardei o nome dele. Quero dizer, deles. Já que o que veio dirigindo estava sendo seguido por outro no reboque.

– Ah. Hum... a de vidro?

– Acho que sim. Ela tem classe, mas é mais sutil que a de prata.

– Era o que eu queria – disse Parker, recuando um passo. – Vou deixar isto aqui e ver se posso ajudar Emma a preparar a mesa.

Já estava se dirigindo para a porta quando acrescentou:

– Eu podia perfeitamente ter ido buscar o carro.

– Claro que podia. O que é que se diz quando alguém nos faz um favor?

Parker suspirou ao perceber o tom de repreensão implícito naquela frase.

– Obrigada. Vou dizer. Na primeira oportunidade.

Que não poderia ser agora. Ou pelo menos foi o que ela disse a si mesma. O evento exigia toda a sua atenção e, por causa das brincadeiras não previstas, acabou se estendendo por mais meia hora, o que reduziu o prazo que elas tinham para preparar o ensaio da noite.

– As brincadeiras foram o maior sucesso – comentou Mac.

– É quase sempre assim.

– Os prêmios eram lindos. Adorei o estojo em couro verde para joias. Alguém que vá passar a lua de mel na Toscana bem poderia usar um desses.

– Talvez alguém tenha sorte – falou Parker, tomando ruidosamente alguns goles de água de uma garrafa. – Conseguimos nos virar muito bem. E nossa anfitriã nem se abalou com o custo adicional dos prêmios, ainda mais porque a meia hora extra de uso da casa saiu de graça para ela.

Deu uma última olhada na varanda. Já tinham retirado todas as mesas, mas a pérgula e as jardineiras continuavam enfeitadas. Bastava arrumar a mesa das bebidas e estaria tudo pronto.

Agora poderia perfeitamente tirar uns cinco minutos para ligar agradecendo. Mas antes precisava ver a nota. Com toda a certeza ele tinha lhe cobrado uma taxa pela entrega.

– Vou só...

Seu telefone tocou.

– Ai, Céus. É a noiva maluca – constatou Parker.

– Graças a Deus não é comigo. Pode atender. Damos conta disso.

A noiva maluca ocupou todo o tempo que ela teria sobrando e lhe deu a chance de pensar.

Parker mandaria um *bilhete* de agradecimento, junto com o cheque de pagamento do serviço e dos pneus. Enquanto realizava o ensaio, decidiu que essa era a forma mais apropriada.

– Cinco minutos antes da hora – disse ela –, o irmão e padrinho do noivo entra com a mãe e a leva até seu lugar. O pai vai logo atrás. Perfeito. O padrinho então se aproxima do noivo e fica à sua esquerda. Faltando três minutos para começar, o irmão da noiva entra com a mãe e a leva até o seu lugar. Aí fica à direita de George. Vire-se apenas um pouquinho, Sam. Isso. A música muda para a entrada do cortejo da noiva. Wendy, Nikki, Addy... e amanhã vou estar aqui para lhes dar todas as indicações. Não se esqueçam de sorrir, meninas. Depois é a vez de Jaci, a madrinha.

– Ótimo. Quando ela estiver na metade do caminho, é a hora do menino que carrega as alianças. É por aqui, Kevin.

O garoto de 5 anos entrou com a maior pose em meio a risos e aplausos.

– E, agora, a daminha das flores. Muito bom, Jenny, amanhã vai ter flores de verdade na sua cesta. Kevin fica do lado dos rapazes, Jenny fica com as moças. Você vai ficar bem ali, junto com o seu pai, Kevin. Então...

Ela estacou, atordoada, quando olhou para trás e viu Malcolm apoiado numa das jardineiras com um buquê nas mãos. Não dava para ver seus olhos, com o sol refletindo nas lentes dos seus óculos escuros, mas Parker podia ver o seu sorriso muito bem.

– Então... – disse o noivo, rindo –... eu me caso?

– Ainda falta um pouco. A música muda, todos ficam de pé. E a noiva entra acompanhada pelo pai.

Dirigindo-se ao noivo, acrescentou:

– Ela é a mulher mais linda do mundo. É tudo o que você sempre quis e logo, logo vai ser sua.

Fez uma pausa.

– Pare aqui. Como você pediu, sua mãe virá e ficará junto de você e de seu pai. O sacerdote vai perguntar quem entrega essa mulher. O que o senhor diz, Sr. Falconi?

– A mãe dela e eu.

Os dois beijaram a filha, pegaram sua mão e puseram entre as do noivo.

– Perfeito. Agora...

Ela os guiou por toda a cerimônia, insistindo nos destaques, frisando o tempo e a coreografia.

– E aí ele vai dizer que você pode beijar a noiva.

– Essa parte eu já entendi.

O noivo girou a noiva, curvou-a para trás enquanto ela caía na gargalhada e se inclinou para lhe dar um beijo de cinema.

– Se bater um frio na barriga amanhã, Cecily, posso substituí-la sem problemas.

A noiva riu de novo e deu uma piscadela para Parker.

– Minha barriga está bem quente. Mesmo assim, obrigada.

– Ah, não duvido. Nessa hora vocês vão se virar de frente para os amigos e a família, o sacerdote vai apresentá-los pela primeira vez como marido e mulher e todos que não tiverem desmaiado com um beijo desses vão aplaudir. A música muda mais uma vez e vocês começam a sair. Mac vai fotografá-los dali. A partir daqui, os outros membros do cortejo começam a sair em ordem inversa. A daminha das flores e o menino das alianças em primeiro lugar.

Muito bom, pensou ela, ótimo. Se amanhã todos estiverem sorrindo e radiantes como hoje, nem vai precisar fazer sol.

– Logo atrás do cortejo, saem os pais e os avós da noiva, depois os do noivo. Mac vai precisar de todos vocês para fazer as fotos. Os convidados serão levados para o solário, onde terão canapés e bebidas à sua disposição para distraí-los durante a sessão de fotos.

Ignorou a comichão que sentia na nuca. Tinha *certeza* de que Malcolm a fitava enquanto ela ia determinando os momentos certos e o que deveria ser feito para as apresentações, o jantar, os brindes, o deslocamento para o salão de baile, as primeiras danças, o corte do bolo e assim por diante.

– As suítes da noiva e do noivo estarão disponíveis para os membros do cortejo das quatro horas até o fim da festa. Levaremos os presentes da mesa em que estão expostos até a limusine dos recém-casados. Bem como as flores que eles queiram levar ou dar a outras pessoas. Sei que é muita coisa, mas minha sócia e eu estaremos aqui à disposição de todos vocês, em cada momento da cerimônia. Tudo o que têm a fazer é comemorar e aproveitar.

capítulo cinco

ELA COMANDAVA O ESPETÁCULO como um general de voz aveludada, pensou Malcolm. Circulando por todo lado com aqueles saltos altíssimos e aquele terno preto tão sério. No entanto, era toda sorrisos, como ele pôde perceber, e superagradável.

A não ser quando olhava na direção dele.

Esperou por ela lá fora, sentindo a fragrância daquelas rosas que faziam o buquê que trouxera parecer meio insignificante. E olha que tinha comprado as flores daquela moça meio gótica com piercing no nariz que trabalhava com Emma, de modo que ficava tudo em família.

Emma passou ao seu lado.

– São minhas?

– Foram.

– Mas continuam lindas. Parker ainda vai demorar uns minutos.

– Tenho tempo.

– Pegue um drink se quiser. É o que não falta por aqui. Ou então pode ir esperar lá dentro.

– Estou bem aqui, mas obrigado assim mesmo.

– Tenho que ir. Se passar pelo meu ateliê, vai ver que estamos até aqui de trabalho.

– Tem casamento amanhã?

– Na verdade, não. O casamento deles é na sexta à noite, mas houve um pequeno problema e eles precisaram fazer o ensaio hoje. Tenho um evento externo amanhã e Parker tem duas apresentações da casa. Além disso, temos uma reunião com toda a equipe e uma cliente. E quatro eventos no fim de semana.

– Que mulheres ocupadas! Estou ótimo aqui. Fique à vontade.

– Ela não vai demorar – acrescentou Emma e se afastou a passos rápidos.

Enquanto esperava por mais uns quinze minutos, imaginou que ela não estivesse nem tentando se apressar. Mas Parker apareceu de novo, com aquele andar a passos largos que adotava para parecer despreocupada e, ao mesmo tempo, graciosa.

– Desculpe tê-lo feito esperar – disse Parker. – Se soubesse que pretendia passar por aqui, teria avisado que tínhamos um ensaio.

– Mas não vim ver você.

Ela abriu a boca, mas a fechou sem dizer nada.

– Passei por aqui para ver a Sra. Grady – prosseguiu Malcolm, exibindo as flores. – Para agradecer de novo pelo jantar e pelo sanduíche de presunto que almocei hoje.

– Ah, mas ela saiu.

– Fiquei sabendo.

– Saiu com umas amigas. Foram jantar e depois iam ao cinema. Você lhe trouxe flores.

– Que é o que vocês mais têm por aqui.

– Ela vai adorar e vai lamentar que tenham se desencontrado. Vou pôr as flores na água para ela.

– OK.

Mas quando ela estendeu a mão para pegar o buquê, ele se virou e começou a andar em direção à casa.

– Você não vem? – perguntou Malcolm, olhando para trás.

– Não quero prendê-lo aqui por mais tempo – retrucou Parker, indo atrás dele.

– Não tenho nada programado. E você?

– Na verdade, ia ligar para você – disse ela, esquivando-se da pergunta. – Para agradecer por ter mandado entregar o carro. Não precisava ter se dado o trabalho, mas me ajudou muito.

– Nós dois estamos cheios de agradecimentos a fazer.

– Parece que sim.

Ela foi seguindo na frente em direção à cozinha e, de lá, à despensa. Ele parou, olhou ao redor e exclamou:

– Uau! Essa casa aumenta a cada dia.

– Minha família sempre gostou de receber convidados e, em geral, de uma forma que exigia muito espaço.

Ela tirou uma jarra de um armário.

– Del deve estar em casa, se quiser companhia.

– Quer saber de uma coisa? Tenho a impressão de que está tentando se livrar de mim.

– É mesmo? – Ela pôs água na jarra, acrescentou algum conservante e prosseguiu. – Isso seria muita grosseria minha.

– E você não é grosseira.

– Ah, posso ser, sim. Tudo depende das circunstâncias. Mas – acrescentou Parker depois de uma pequena pausa – me fazer um favor, na verdade dois, e trazer flores para uma das pessoas de quem mais gosto não se encaixa nessas circunstâncias.

– Na verdade, quando beijei você, não estava pensando em lhe fazer um favor.

Assim que disse isso, sentiu a temperatura cair uns 10 graus.

– Não foi isso que eu quis dizer.

– Aposto que geralmente funciona. Todo esse gelo – replicou Malcolm. – Mas o frio não me incomoda em nada.

– Tenho certeza de que isso pode ser bem conveniente para você. E também acho que teve a impressão errada.

Quando Parker se virou, ele fez um movimento rápido, que a deixou acuada.

– Não tive, não.

Os olhos dela faiscaram, um relâmpago azul num fundo de gelo.

– Não gosto de ser manipulada.

– Claro que não, você gosta de manipular, e é ótima nisso. Está aí uma coisa que admiro. Quando eu fazia aquelas cenas...

– Cenas?

– Aquelas cenas de filmes. O trabalho de dublê. Bom, mas o que eu ia dizer é que naquela época eu adorava ver os treinadores de cavalos sempre que podia. Você tem o mesmo tipo de habilidade com as pessoas. É impressionante.

– Eu poderia dizer obrigada, mas acho que já tivemos uma boa dose disso por hoje.

– De nada!

Ele relaxou.

– Gosto da sua casa. Claro, quem não gostaria? Mas o que estou querendo dizer é que gosto do jeito como ela funciona. Gosto de observar e tentar descobrir como as coisas funcionam.

– E como a casa funciona?

– Casa, lar, empresa. Uma tela.

Ao ouvir isso, Parker estacou com uma flor na mão e ficou só olhando para ele.

– Vocês deixam as pessoas pintarem a tela que quiserem. Guiam boa parte das pinceladas, talvez as influenciem em relação a certas cores, mas no fim elas acabam tendo o que querem. É um ótimo trabalho.

– Ob...

O telefone a salvou de mais um obrigada.

– Com licença. Olá, Bonnie. Posso ajudar em alguma coisa?

Ela se distanciou alguns passos. Malcolm pôde ouvir os gritos histéricos do outro lado do telefone antes mesmo de Parker afastá-lo alguns centímetros da orelha.

– Entendo. É, eu...

Ele ficou ouvindo – por que não? – e assumiu o trabalho de pôr as flores na jarra.

– Claro que entendo. Mas acho também que você está muito estressada neste momento. O que é perfeitamente compreensível. Aposto que Richie também está estressado. Veja bem, Bonnie, sua mãe não vai se casar com Richie e, embora eu saiba que ela o adora, ela não o conhece como você. Acho que se ele não tivesse pensado nisso como uma bobagem, uma tradição masculina para arejar a cabeça, nunca teria lhe falado a respeito. Só que ele falou, o que me faz acreditar que para ele isso é só uma brincadeira. O irmão dele só está fazendo o que os irmãos em geral fazem.

Fechou os olhos por um momento e ficou ouvindo, enquanto abria o frasco de antiácido.

– Eu entendo, claro, mas você não vai se casar com o irmão de Richie. Tenho certeza de que nem você nem ele querem que uma coisa tão insignificante como essa provoque um estremecimento na família.

Mais uma vez, ficou só ouvindo.

– É, hum-hum. Richie ama você? Hum-hum. Já lhe deu algum motivo para duvidar disso? Para não confiar nele? O que eu acho não tem a menor importância. O importante é o que você acha, o que você sente. Mas já que perguntou, acho que eu riria de tudo isso e sairia para me divertir com algumas amigas antes de passar a próxima semana inteirinha me preparando para me casar com o homem que eu simplesmente adoro.

Enquanto ela resolvia o problema, Malcolm terminou o arranjo e recuou alguns passos, com as mãos nos bolsos de trás, para avaliar o resultado.

– Ficou muito bom – observou Parker.

– É, não está nada mau. E, então, algum problema?

– Nada de mais.

– O irmão do noivo contratou uma stripper para a despedida de solteiro. E ela teve um desempenho fantástico – acrescentou Malcolm.

– Acho que sim. E a noiva ficou furiosa, instigada pela raiva e pelos conselhos da mãe, que na verdade acha que ninguém é bom o bastante para sua filhinha e, é claro, sempre joga a culpa em Richie.

– Ela queria que você a apoiasse.

– Claro.

– E você, com todo o jeitinho, conseguiu devolver a bola para ela. Belo trabalho, treinadora.

– Se alguém é maduro o suficiente para se casar, também devia ser maduro o suficiente para parar de chorar no colo da mamãe sempre que acontece alguma coisa chata. E se ela não confia naquele noivo tão afável, carinhoso e sincero o bastante para não se atirar em cima de uma stripper uma semana antes do casamento, então ela não devia se casar com ele.

– Mas não foi isso que você lhe disse.

– Porque ela é uma cliente – retrucou Parker, contendo-se. – Eu também não deveria estar dizendo isso para você.

– Não se preocupe, o que é dito na... o que é mesmo este lugar onde nós estamos?

– A despensa.

– Ah, não brinca! – exclamou o rapaz, soltando uma risadinha e olhando mais uma vez o local onde se encontravam. – OK, o que é dito na despensa fica na despensa.

Essa frase fez Parker sorrir. Um sorriso discreto.

– Você conseguiu acalmá-la.

– Pelo menos por enquanto. Eles vão se mudar para Atlanta daqui a uns dois meses. Richie foi transferido. A mãe dela está muito chateada com isso, mas é a melhor coisa que podia acontecer. Acho que esse casamento tem boas chances de dar certo se Bonnie sair da barra da saia da mamãe.

– Você ficou meio tensa.

Parker deu de ombros e pegou a jarra de flores.

– Vou superar.

– Queria lhe perguntar uma coisa.

Ela olhou para trás quando já estavam saindo.

– O quê?

– Você tem uma calça jeans?

– Claro que tenho.

– E tem uma jaqueta de couro, de marca ou não?

– Esse seu interesse pelo meu guarda-roupa é muito estranho.

Parker pôs a jarra em cima da bancada e estendeu um bloquinho e uma caneta para o rapaz.

– Você devia escrever um bilhetinho. Assim ela vai ver o recado e as flores quando chegar em casa.

– Tudo bem, enquanto eu faço isso, vá vestir o jeans e a jaqueta.

– O que isso significa?!

– Adoro o jeito como diz isso. Você vai curtir mais o passeio se não estiver de terninho.

– Gosto desta roupa. E não vou fazer passeio nenhum.

– E eu gosto de como você fica com esse terninho, mas calça jeans é bem mais confortável para andar de moto.

Ele enfiou o polegar no bolso da frente da calça e se apoiou no balcão.

– Está uma noite linda. Nem você nem eu temos nenhum compromisso. Então, vamos dar uma volta. Arejar sua cabeça. Eu lhe pago um jantar.

– Não vou subir naquela moto de novo.

– Não está com medo da moto ou de jantar comigo, está?

– Não é uma questão de medo, mas de preferência.

– Então prove – retrucou ele, sorrindo. – Vamos fazer um trato. Saímos de moto, jantamos num lugar simples, público e trago você de volta para casa. Se não se divertir, ou pelo menos não curtir fazer uma coisa diferente para variar, eu desisto. Para valer.

Dessa vez ela lançou um olhar superior, mas com certo ar divertido.

– Não preciso negociar para fazê-lo desistir, Malcolm.

– Tem toda a razão. – Ele fez uma pausa, enquanto ambos continuavam a se encarar. – Então por que ainda não fez isso?

Boa pergunta, pensou ela. E podia muito bem imaginar a resposta.

– Uma volta de moto, um jantarzinho descontraído e só.

– Foi o que propus.

– Vou me trocar.

Aquela mulher mexia com ele, pensou Malcolm, enquanto rabiscava no bloquinho a frase "A senhora ainda me deve uma dança". Não sabia exatamente como, mas que mexia, mexia.

Sem dúvida nenhuma, queria pôr as mãos nela, mas Parker Brown não era o tipo de mulher para se partir para cima, abater e fugir. Além do mais, ele prezava muito a amizade do irmão dela.

Saiu da cozinha e ficou circulando pelo térreo.

Se considerasse Parker uma transa casual e seguisse nesse rumo, sabia que Del quebraria a cara dele – ou pelo menos tentaria. Se fosse o contrário, ele faria a mesma coisa. E esse era um dos motivos pelos quais prezava tanto aquela amizade.

Espiou para dentro do que ele imaginou ser a sala de música por causa do piano de cauda que havia ali. As aquarelas que reluziam nas paredes eram com certeza originais e bem bonitas. Mas o que chamou sua atenção foi a coleção de instrumentos dentro de uma estante de vidro elegantíssima.

Violão, violino, várias flautas (talvez um flautim), uma sanfona, um tambor, uma gaita, algo que, se não lhe falhava a memória, era um saltério, um agogô, bongôs e umas poucas coisas que não conseguia identificar de imediato.

Se a estante não estivesse trancada, duvidava que tivesse resistido à vontade de abri-la e experimentar alguns daqueles instrumentos, só para descobrir que som tinham, para ver como funcionavam.

E, supôs, era por isso que ele não considerava Parker uma transa casual. Sentia essa vontade de abri-la, de ver como ela funcionava.

Uma garota rica – uma mulher de posses, emendou-se – com uma aparência excepcional, um pedigree, relações importantes, inteligência. E trabalhava duro. Talvez mais que qualquer outra pessoa que ele conhecesse. Podia simplesmente sentar aquele traseiro lindo numa bela poltrona, ou pegar um avião para tomar uns drinks em Maiorca, ou cruzar o mar Egeu de barco para bronzear aquelas pernas fantásticas, ou ficar tomando vinho num café parisiense, entre uma saída e outra para fazer compras.

Mas não, ela abrira uma empresa com as amigas de infância, um trabalho que a obrigava a estar sempre à disposição dos clientes.

Aproximou-se do piano e improvisou uns poucos acordes.

E não era pelo dinheiro, tinha certeza. Ela não passava a impressão de ser gananciosa. O dinheiro seria um resultado, uma consequência da empresa, mas não o ingrediente essencial. Ele sabia identificar quando alguém considerava o dinheiro essencial.

É claro que a satisfação contava, mas tinha que haver algo mais.

Queria descobrir o que era.

Percebeu a presença de Parker, um ligeiro calor na própria pele, e se virou. Encontrou-a parada à porta.

Ah, não restava dúvida: queria pôr as mãos nela.

Parker ficava tão bem de jeans quanto com aquelas roupas de empresária. Estava com botas de salto fino e baixo. Usava uma camiseta vermelha debaixo de uma jaqueta de couro, da mesma cor das botas, um marrom escuro. Argolas prateadas brilhavam em suas orelhas.

A típica motoqueira classuda?, pensou ele.

Não, simplesmente alguém com muita classe.

– Sabe tocar?

– Eu? Não – respondeu Malcolm dando de ombros. – Só brinco um pouco. É uma coleção e tanto.

– É verdade. Quase todos eram do meu pai. Ele não tinha nenhum talento para a música e por isso admirava os que tinham.

– Del é bem ruinzinho no piano, ainda mais depois de umas cervejas. E você?

– Piano, violino... com ou sem cerveja. E o saltério.

– Ah, bem que achei que era um saltério. E isso aqui?

Ela se aproximou da estante para ver o que ele mostrava batendo com o dedo no vidro. Era um pequeno instrumento que lembrava uma chave.

– É um berimbau de boca. Você segura entre os dentes ou entre os lábios e dedilha a lingueta. É um instrumento simples, eficaz e muito antigo.

– E isso aqui é um flautim?

– Não, é uma flauta soprano. O flautim é esse outro aqui. Posso ir pegar a chave da estante.

– Não, não precisa.

Ele imaginou vagamente de onde as pessoas tiravam nomes como "flautim" ou "saxofone".

– Eu só gosto de conhecer o que vejo. Além disso, se você abrir essas portas, vou querer tocar tudo o que tem aí dentro, e vamos acabar não saindo.

Ele se virou de forma que, em vez de ficarem ombro a ombro, os dois ficassem cara a cara.

– Talvez no fim desse passeio de moto eu conheça o que vejo.

– Não é tão complicado assim – replicou Parker, recuando.

– Não é você quem está vendo. Pronta?

Ela assentiu e foi saindo na frente. Pegou a bolsa de alça comprida e a colocou atravessada.

– Sei uma coisa a seu respeito. Você pensa em tudo – disse Malcolm, apontando o tronco dela. – Vai ter que subir na moto e precisa das suas coisas. Então, pôs tudo numa bolsa que não precisa ficar segurando. Esperta. Gosto de gente esperta.

Ele abriu a porta e ficou segurando até ela passar.

– Pois eu gosto de coisas práticas. E isso não é prático – retrucou ela, referindo-se à moto.

– Claro que é. Ela me leva aonde quero ir, consome pouco, e posso estacioná-la em qualquer cantinho.

– Quanto a esses aspectos, concordo com você. Mas duvido que seja prática no inverno em Connecticut.

– Depende.

Malcolm foi pegar o capacete.

– Antes que suba – disse ele, ao entregar o capacete a Parker –, quero jogar limpo. Fiz uma aposta.

– Uma aposta?

– Com Del. Jack e Carter também quiseram participar. Apostei 100 dólares com Del que conseguiria fazê-la subir de novo na moto.

Ele percebeu que os olhos de Parker não demonstraram irritação nem frieza. Só se estreitaram por um segundo.

– Ah, é?

– É. Del disse que nem morta você faria isso. Jack concordou com ele. Ou seja, são dois contra mim. Carter apostou os 100 dele em mim.

Parker girou o capacete nas mãos.

– E está me dizendo isso depois de eu ter aceitado dar uma volta, mas antes de eu ter subido na moto. Ou seja, posso atirar esse capacete na sua cara e mandá-lo para o inferno.

– Pode.

Parker assentiu.

– Carter pode ficar com a parte dele, mas vou querer metade da sua. Mais especificamente, os 100 de Del – propôs ela, pondo o capacete.

– É justo.

Sorrindo, ele subiu na moto. Percebeu que, dessa vez, não precisou dizer para ela se segurar. Com os braços de Parker em volta de seu tronco, ele acelerou o motor.

O coração de Parker disparava, principalmente nas curvas, mas ela não podia negar que gostava daquela sensação. Também não podia negar que tinha querido aquilo, do contrário não estaria ali.

Estava só curiosa, pensou. Agora tinha satisfeito sua curiosidade. Sim, sair pela estrada em meio ao vento era mesmo tão excitante como tinha achado naquele curto primeiro passeio.

Isso não significava que andar de moto viraria um hábito, mas gostava da ideia de poder guardar aquela experiência no arquivo das Coisas Que Eu Fiz.

Gostava de pensar nisso quase tanto quanto gostava da ideia de ganhar os 100 dólares de Del.

Ele merecia.

E, já que era o momento de admitir o que pensava, precisava reconhecer que fora muito inteligente da parte de Malcolm prever a reação dela. Claro que ele podia muito bem estar confiando naquele seu charme controverso para convencê-la a subir na moto mesmo sabendo da aposta. Só não entendia ainda qual o sentido daquilo. Não dizer nada era mais garantido.

Mas não era *esse* o X da questão?, pensou Parker.

Ele não era do tipo que tomava o caminho mais fácil.

Que se dane, decidiu. Aproveitaria a experiência antes que ela fosse apenas uma lembrança arquivada.

Seu prazer aumentou ainda mais quando ele começou a ziguezaguear em direção ao mar. Sentiu aquele cheiro, a umidade e toques de sal. Viu o sol espalhar sua luz vespertina, faiscar bruxuleante nos relevos da ilha Calf e alcançar as velas brancas dos barcos, que tremulavam.

Durante todo esse tempo, a máquina rugia debaixo dela, com uma vibração potente.

As obrigações, os horários e as tarefas se esvaíram de sua mente, sumindo como plumas levadas pelo vento. Seu coração descompassado voltou a bater num ritmo normal e tranquilo, enquanto ela observava gaivotas planando no céu e mergulhando. Se o telefone tocou lá na bolsa, não o ouviu, nem sequer pensou nele.

Perdeu a noção do tempo. Só percebia a brandura da luz e a suavidade do ar quando Malcolm deu meia-volta.

Ele desacelerou quando entraram em Old Greenwich. Turistas e moradores se misturavam na agitada rua principal, atraídos pelas lojas e pelos restaurantes ali perto da praia. Mas o movimento não diminuía a sensação de cidade pequena.

Ele contornou a rua principal, onde o trânsito era considerável, e parou num minúsculo estacionamento. Tirou o capacete e virou-se para olhar para ela.

– Está com fome?

– Acho que sim.

– Conheço um lugar aqui que tem a melhor pizza de Connecticut.

– Isso é porque você ainda não provou a da Sra. G.

– Talvez eu tenha a sorte de provar um dia, mas por enquanto... Já pode se soltar.

– Ah...

Ficou envergonhada quando percebeu que ainda estava com os braços em volta dele. Então se soltou e desmontou.

Malcolm acomodou os dois capacetes na moto.

– Não é longe daqui. É só uma caminhadinha para esticarmos as pernas antes de comermos.

– Não me importo de caminhar – começou Parker e abriu a bolsa ao ouvir um ruído. – Desculpe, são mensagens de voz. É melhor eu ver o que é.

– Quantas? – perguntou ele ao ouvi-la xingar baixinho.

– Três.

– Nunca dão folga para você à noite?

– Às vezes. É raro, mas acontece. Quando as pessoas resolvem planejar um casamento ou qualquer comemoração importante, seu mundo gira em torno disso por um tempo. Cada ideia, problema ou decisão assume enormes proporções.

Já ia guardar o celular na bolsa, pensando em responder na primeira oportunidade que tivesse para dar uma escapada ao banheiro, quando Malcolm lhe disse:

– Ande, retorne as ligações.

– Tudo bem. Não precisa ser agora.

– Vai ficar pensando nelas e em como escapar para resolvê-las. Então, melhor resolver de uma vez.

– Serei breve.

Ele reduziu o passo e ficou ouvindo-a falar com uma mulher chamada Gina sobre qual a escolha melhor: voile ou tafetá. Decidiram que Parker se encontraria com ela para que comparassem os dois modelos. Depois, ela falou com uma tal Sra. Seaman sobre uma carruagem de Cinderela. Parker prometeu que providenciaria uma e pegou um bloquinho para anotar as especificações. Por fim, assegurou a um sujeito chamado Michael que tanto ele quanto seu noivo, Vince, ainda teriam tempo para aprender a dançar swing e lhe deu o nome e o telefone de um professor.

– Desculpe – disse a Malcolm quando colocou o telefone de volta na bolsa. – E obrigada.

– Tudo bem. Bom, para mim voile ou tafetá, sua diferença de peso ou de brilho, dá tudo na mesma, mas o que queria saber é: onde diabos vai conseguir uma carruagem de Cinderela sem ser na Disney?

– Ficaria impressionado com o que se pode encontrar, sobretudo se tiver os recursos certos e, nesse caso, um orçamento praticamente ilimitado. A Sra. Seaman, dos Móveis Seaman, quer que a filha chegue e vá embora numa carruagem de Cinderela, e vou conseguir isso. Depois de confirmar com a noiva se é o que ela quer.

– Entendo. Agora me diga: por que Michael e Vince querem aprender a dançar swing?

– Eles vão se casar em fevereiro e escolheram como tema da comemoração a era das *big bands*. Vão até se vestir com aqueles paletós compridos de ombros largos e as calças amplas e estreitas no calcanhar.

Ele levou alguns segundos para registrar o que ela dissera.

– Está falando sério?

– Estou. E, se quer saber, acho que vai ser divertido. E é claro que eles querem aprender swing para se saírem bem na sua primeira dança.

– Quem vai conduzir? É sério – insistiu Malcolm, quando ela o fitou. – Alguém tem que conduzir.

– Podem tirar no cara ou coroa, creio eu, ou podem deixar que o professor decida. Acho que Vinnie, porque Michael é quem está preocupado com isso e Vinnie é bem mais desencanado.

– É, talvez... Ei, espere um instante. Você disse fevereiro? É o Vinnie Calerone?

– Ele mesmo. Você o conhece?

– Conheço desde que éramos pequenos. Minha mãe é amiga da dele. Quando soube que eu tinha voltado a morar aqui, veio me visitar. Fiz a revisão na sua Mercedes. Ele me disse que ia se casar em fevereiro e que me mandaria o convite.

– Vocês eram próximos?

– Não exatamente.

Malcolm ficou olhando para ela e decidiu contar.

– Um dia, eu o vi levando a maior surra. Achei que ele daria conta de um, mas dois era demais. Então, resolvi deixar as coisas equiparadas. E funcionou. Ele deu conta de um. Vinnie vai usar uma roupa daquela época? – Abriu um sorriso divertido. – Consigo imaginar direitinho.

– Você se meteu na briga por causa dele?

– Não foi bem por causa dele. Foi mais porque achei injusto serem dois contra um. Bater num cara porque ele é gay é muita ignorância. Mas em gangue? É a maior covardia. De toda forma, foram só alguns minutos. É aqui.

Parker ficou olhando para ele por alguns instantes e depois se virou para ver o restaurante. Apesar de ser na praia, era só um buraco com fachada de madeira e a pintura descascada.

– Não parece ser lá essas coisas, mas...

– Me parece ótimo, e estou doida para comer uma pizza.

– Então somos dois.

capítulo seis

ELES O CONHECIAM, notou Parker, quando dois garçons o chamaram pelo nome. Por mais que a pizzaria fosse pequena e ficasse do lado menos elegante da cidade, o cheiro que vinha da cozinha e as mesas lotadas indicavam que Malcolm entendia de pizza.

Os dois se espremeram numa mesa coberta com um jogo americano de papel estampado com pontos turísticos da Itália.

– Não aconselho o chianti – disse Malcolm –, mas dá para tomar um cabernet bem decente.

– Por mim, tudo bem.

Uma garçonete surgiu ao seu lado. Tinha o cabelo todo espetado, de um vermelho esquisitíssimo, e o nariz tão empinado quanto os peitos. Mal devia ter idade bastante para pedir um vinho.

– Oi, Malcolm.

– Tudo bom, Kaylee?

– Mais ou menos.

A garota deu uma olhada em Parker e desviou os olhos, mas eles permaneceram nela tempo suficiente para lhe mostrar desapontamento e raiva.

– Bebem alguma coisa?

– Para ela o cabernet. Para mim uma Coca, por favor. É o Luigi que está na cozinha hoje?

– É sim. Quer o de sempre?

– Ainda vamos escolher.

– OK, vou buscar as bebidas.

Parker arqueou uma sobrancelha quando a garota se afastou.

– Ela está a fim de você.

Malcolm se recostou na cadeira, com a jaqueta de couro aberta, a barba já sombreando o rosto e os olhos verdes brilhando com um humor sarcástico.

– O que eu posso fazer? As mulheres são loucas por mim.

– Ela adoraria quebrar a garrafa de cabernet na minha cabeça.

– Talvez – disse ele, voltando a se aproximar. – Ela tem 17 anos. Acabou de entrar para a faculdade. Quer ser designer de moda. Ou compositora. Ou...

– Aos 17, sempre há "ous". E paixões por homens mais velhos.

– Você teve?

Ela balançou a cabeça, não negando a pergunta, só achando-a divertida.

– Não vai tomar vinho?

– Tempos atrás, quando eu era um ano mais novo que Kaylee, fiz um trato com a minha mãe: para cada cerveja ou qualquer outra bebida que eu tomasse, tinha que esperar uma hora antes de dirigir.

– Você tomava cerveja aos 16 anos?

– Quando conseguia uma, com certeza. E sabendo que a possibilidade existia, ela estabeleceu essa regra. Para poder dirigir, eu tinha que aceitar o trato.

– Muitos adolescentes fazem tratos que não cumprem e nem pretendem cumprir.

– No meu mundo, trato é trato.

Parker acreditou no que ele disse e gostou do que ouviu, porque em seu próprio mundo era assim também.

– E agora, que você paga pelos próprios veículos?

– Isso não muda nada. Uma vez feito o trato, tenho que cumpri-lo.

– Já escolheram? – falou Kaylee de repente, pondo a Coca-Cola diante de Malcolm e dando um jeito de colocar a garrafa e a taça de vinho na frente de Parker sem olhar para ela.

– Ainda não – respondeu Malcolm ao pegar um dos cardápios.

– O que você costuma pedir? – indagou Parker.

– Pepperoni, azeitonas pretas e chilli.

– Parece bom.

– Perfeito. Peça a Luigi para fazer uma das grandes para nós, OK, Kaylee?

– Esta noite temos aquelas abobrinhas fritas de que você gosta, se quiserem um aperitivo.

– Maravilha. Vamos dividir uma porção.

Parker esperou a menina se afastar e perguntou:

– Ela fica arrasada assim toda vez que você vem aqui com uma mulher?

– Em geral não venho aqui com mulheres. Prefiro escolher um lugar mais tranquilo para um encontro.

– E isso não é um encontro – ressaltou Parker. – É um trato.

– Exato – retrucou ele, estendendo o braço, pegando a garrafa e servindo o vinho.

Parker tomou um golinho e assentiu em sinal de aprovação.

– É bom. Só espero que não tenha arsênico dentro. Quer dizer que seu pai era militar...

– Era. Ele serviu o exército até meus 8 anos. Foi morto em El Salvador.

– É duro perder um pai, ainda por cima tão jovem.

Os olhos de ambos se encontraram. Ambos compreendiam essa perda.

– Eu diria que é duro em qualquer época.

– Verdade. E aí sua mãe voltou para Greenwich.

– É. A família ganha uma pensão, uma bandeira e algumas medalhas. Eles ajudam como podem, mas minha mãe precisava trabalhar. O irmão dela tem um restaurante, como você deve saber.

– Sei, sim. Mas não conheço direito seu tio nem a mulher dele.

– No que me diz respeito, você não está perdendo grande coisa. Ele a botou para trabalhar como um burro de carga. E esperava que minha mãe fosse grata por ele nos dar um teto. E ela era grata mesmo. Ela...

Ele interrompeu a frase. Parker o deixou ficar em silêncio um instante, depois mudou de assunto.

– E como vai ela com o computador?

– Melhorando. Obrigado, Kaylee – acrescentou ele, quando a garota pôs a entrada e dois pratinhos na mesa.

– Luigi disse para você dar um pulo lá dentro antes de ir embora.

– Pode deixar.

– A primeira vez que vi sua mãe – prosseguiu Parker –, ela estava xingando o computador e não parecia nada feliz por você obrigá-la a usar aquela joça.

– Isso foi antes de ela descobrir o jogo de palavras cruzadas. Acabou de comprar um laptop para poder jogar em casa.

Parker provou as abobrinhas.

– Hum, muito bom – elogiou, antes de dar outra mordida. – Na verdade, delicioso.

– É meio chinfrim para os seus clientes – comentou Malcolm, quando a viu passando os olhos pelo restaurante.

– Não necessariamente. Poderia ser um cenário divertido, informal, para um jantar de ensaio de pequenas proporções. E também uma ótima sugestão para os convidados que não moram na cidade e que estão sempre procurando um lugarzinho gostoso para comer. As empresas familiares têm sempre um toque especial.

– Como sabe que é uma empresa familiar?

– Tem toda a pinta. Além do mais, está escrito bem na frente do cardápio.

– Converse com o Luigi, ele é o dono.

– Acho que vou fazer isso. Mas me diga, como é que você passou de dublê em Los Angeles a dono de oficina em Greenwich?

– Isso é só para a gente ter assunto ou está interessada mesmo?

– Talvez as duas coisas.

– OK. Uma acrobacia deu errado e me arrebentei todo. Alguém tinha resolvido cortar custos e fez isso na manutenção do equipamento. Então eles me pagaram uma indenização.

– Se arrebentou todo como?

– Vários ossos fraturados, alguns órgãos atingidos, cortes na pele – disse ele, dando de ombros.

Mas Parker não se convenceu com aquele gesto de desprendimento.

– Parece bem sério. Quanto tempo passou no hospital?

– Fiquei fora de combate por algum tempo – prosseguiu ele no mesmo tom indiferente. – Quando voltei a ficar de pé, a parte jurídica já estava resolvida. Ganhei uma grana considerável e decidi que já estava na hora de parar de saltar do alto de prédios e bater contra paredes. O que eu tinha dava para comprar uma casa, e esse tinha sido o meu objetivo desde o início.

– Não sente falta daquela vida? Hollywood, o mundo do cinema?

Malcolm fez um gesto com a abobrinha antes de levá-la à boca.

– Aquilo lá não é o que parece ser no cinema do seu bairro, Pernas.

– É, imagino que não seja mesmo. E adoraria que você não me chamasse assim.

– Não consigo evitar. Isso ficou gravado na minha cabeça desde aquele dia em que você e Emma jogaram futebol naquela festança dos pais dela.

– A festa do Cinco de Maio. Tenho um nome perfeitamente apresentável.

– É o nome do Homem-Aranha.

Ela esboçou um riso.

– O nome dele é Peter.

– O mais estranho é que é o sobrenome do Homem-Aranha. Trabalhei naqueles filmes.

– Trabalhou com Tobey Maguire nos filmes do Homem-Aranha? Qual era... – Parker estreitou os olhos. – Aposto que você vive usando esse tipo de relação para ganhar pontos com as mulheres.

– É uma forma de ver a coisa – replicou ele e sorriu quando Kaylee chegou com a pizza.

– Querem mais alguma coisa?

– Não, obrigado, Kaylee.

– A abobrinha estava maravilhosa – disse Parker, dirigindo-se à garota.

– Vou dizer a eles que você gostou – disse Kaylee apenas, com um leve dar de ombros.

– Ela vai me odiar para sempre – resignou-se Parker, com um suspiro. – Portanto, espero que a pizza compense os pensamentos terríveis que devem estar embaçando a minha aura.

– O chilli vai limpar essa aura logo, logo.

– Vamos ver... Você sempre se interessou por carros e mecânica?

– Eu já lhe disse que gosto de saber como as coisas funcionam. E o passo seguinte é mantê-las funcionando. Você sempre se interessou por casamentos?

– Sempre. Gosto de tudo o que tem a ver com eles. E o passo seguinte é ajudar a criá-los.

– O que envolve estar disponível praticamente 24 horas por dia.

– Pode ser. E você não está interessado em falar sobre casamentos.

– Como você não está interessada em falar sobre carros – replicou ele, pegando uma fatia e pondo-a no prato de Parker.

– Não, mas sempre me interesso por negócios. Vamos tentar outra área. Você disse que morou na Flórida. Onde mais?

– No Japão, na Alemanha, no Colorado.

– Verdade?

– Do Japão, não lembro nada. E da Alemanha tenho umas lembranças confusas – respondeu ele, servindo-se de uma fatia. – O primeiro lugar de que me lembro bem é Colorado Springs. As montanhas, a neve. Ficamos por lá uns dois anos, mas sempre me lembro da neve. Como me lembro do cheiro daquele arbusto diante da minha janela lá na Flórida.

Ele comeu um pedaço da pizza e inclinou um pouco a cabeça.

– Vai provar ou não?

Parker imaginou que a pizza já havia esfriado o bastante para não queimar o céu da sua boca, então provou uma garfada.

– É maravilhosa. Mesmo – disse, assentindo e comeu mais um pedaço. – Mas tenho que dar o primeiro lugar à Sra. Grady e considerar que esta aqui é a segunda melhor pizza de Connecticut.

– Está parecendo que vou ter que convencer a Sra. Grady a me dar mais do que só uma fatia de torta para descobrir se você está sendo sincera ou teimosa.

– Pode ser uma coisa ou outra, dependendo do humor e das circunstâncias.

– Então vamos testar o humor e as circunstâncias para valer. Por que saiu comigo?

– Porque fizemos um trato.

Ele balançou a cabeça, fitando-a por cima da fatia de pizza.

– Pode ser um dos fatores, mas não é o motivo.

Parker refletiu um pouco. Tomou um gole de vinho.

– Você me irritou.

– E costuma sair com caras que irritam você?

– Desta vez saí. Você pôs um toque de desafio nisso tudo, o que levou ao estágio seguinte. Além disso, eu estava curiosa. Esses são os vários fatores que compuseram o todo. Ou seja, o motivo pelo qual estou sentada aqui curtindo esta pizza fantástica em vez de... Ah, droga! – exclamou ao ouvir seu telefone tocar.

– Pode atender, depois voltamos ao assunto.

– Detesto gente que fala ao celular dentro de restaurante. Já volto.

Levantou-se e foi abrindo caminho até a porta.

– Oi, Justine, espere um minutinho só.

Cobrindo a taça de vinho com o guardanapo, Malcolm se deu conta que não era nada ruim vê-la se afastar. O jeans lhe caía muitíssimo bem.

Kaylee pôs outra Coca-Cola à sua frente e retirou a anterior.

– Achei que você precisava de mais uma.

– Acertou em cheio. E aí, está gostando da faculdade?

– É legal. Gosto mesmo da aula de arte. E então, quem é a sua amiga?

– Ela se chama Parker.

– É médica ou policial?

– Nem uma coisa nem outra. De onde você tirou essa ideia?

– Meu pai diz que as únicas pessoas que precisam atender telefone num restaurante são os médicos e os policiais.

Malcolm percebeu a borda do celular aparecendo no bolso do avental.

– Quantas mensagens de texto já mandou esta noite?

A menina sorriu.

– Sei lá, nem contei. Acho que ela é bonita.

– Tem toda a razão. Algum outro problema com o carburador?

– Não. Seja lá o que você fez, funcionou bem. O carro está perfeito. Mas continua tendo um milhão de anos de idade e aquele verde cor de vômito.

– Ele só tem cinco anos – emendou Malcolm. – Mas é verde cor de vômito mesmo. Se conseguir convencer o seu pai, conheço um sujeito que pode lhe fazer um bom preço para uma pintura.

– É mesmo?! – exclamou Kaylee, radiante. – Vou começar a tentar ainda hoje. Quem sabe você não podia... – Parou no meio da frase e perdeu aquele ar animado. – Sua amiga está vindo.

Dizendo isso, voltou para a cozinha. Não saiu pisando forte, mas quase. Ele achou graça e voltou sua atenção para Parker quando ela se sentou.

– Voile? Uma emergência com o tango? Alguém quer chegar ao casamento montado num camelo?

– Uma vez tive que convencer um noivo a desistir de uma charrete. E não foi fácil. Poderia fazer o mesmo com o camelo. Na verdade, uma das nossas noivas de outubro acabou de descobrir que o pai está em Las Vegas. Ele tinha largado a mãe dela para fugir com uma loura burra. A expressão é dela.

– Acontece.

– Pois é. O divórcio saiu esta semana, e ele não perdeu tempo. Também acontece. A nova esposa dele tem 24 anos, dois a menos que a filha.

– O que acrescenta mais uma mágoa à equação.

– Com certeza. E isso também acontece – retrucou Parker. – Mas juntando todos esses "acontece", o resultado é bem difícil de engolir.

– Claro. E provavelmente bem mais difícil para a primeira mulher que para a filha.

Embora ela não tivesse acabado a primeira fatia de pizza, Malcolm pôs outra no seu prato.

– E o que ela queria com você?

– Não quer nem um nem outro no casamento. Não quer que o pai a entregue ao noivo, como havia sido planejado. Estava disposta a tolerar a presença da tal loura burra como convidada do pai, mas está indignada com a ideia de ela comparecer como mulher dele. Como sua (que palavra horrível para dizer em público) madrasta, esfregando seu novo status na cara da mãe dela, que ainda está arrasada com o ocorrido.

– Tenho de admitir que ela parece ter razão em tudo.

– Claro. Tudo muito justificável. E se é assim que ela quer que seja, é assim que vamos fazer – assegurou Parker, tomando um pouco de vinho. – O problema é que ela adora o pai. Apesar dessa atitude discutível e da nítida possibilidade de ele estar sofrendo uma crise de insanidade masculina da meia-idade...

– Ei, isso não acontece só com a gente!

– É mais frequente com vocês. E em geral os sintomas são mais sérios. Apesar de tudo – repetiu Parker –, ela adora o pai e estou achando que o fato de não ir com ele até o altar pode ser mais nocivo para o seu dia do que a presença da LB. Ainda por cima, quando ela o perdoar, o que vai acontecer em algum momento, é muito provável que vá se arrepender da decisão que tomou.

– Foi o que disse a ela?

– Disse que vai ser o dia dela. Dela e de David. E que daríamos um jeito com relação a tudo que ela quisesse ou não quisesse. Só lhe pedi que pensasse por um ou dois dias para ter certeza.

– Acha que ela vai optar pelo pai?

– Acho. E, se for isso, vou ter uma conversa particular e bem clara com a LB com relação ao protocolo e ao comportamento exigido nos eventos da Votos.

– Vai deixar a pobrezinha apavorada.

– Não faço essas coisas – replicou Parker com um sorrisinho.

– E vai adorar fazer isso.

Deliberadamente, ela levou à boca um pedaço bem pequeno de pizza.

– Isso seria feio e mesquinho.

– De ponta a ponta.

Ela riu.

– É, vou curtir, sim.

– Isso nós temos em comum.

– Como assim?

– Acho que, se é para pôr alguém em seu devido lugar e lhe dizer umas boas verdades, é bom a gente ficar pelo menos um pouco satisfeito com isso. Ouvi dizer que foi o que fez com aquela esquisitona da mãe da Mac não tem muito tempo.

– E não acho que seja nem feio nem mesquinho isso ter me dado tanta satisfação. Ela precisava daquilo. Como ficou sabendo?

– Os homens também conversam. Del gosta muito da Mac e ver o que a mãe dela fazia o deixava furioso. Além do mais, eu mesmo tive que enfrentá-la bem antes disso. Portanto, conheço a peça.

– É verdade, quando Mac mandou rebocar o carro dela. – Parker suspirou com um ar feliz. – Bons tempos! Imagino então que Linda tenha chegado aborrecidíssima quando foi à sua oficina buscá-lo.

– Seria uma versão para os fatos.

Ela mordiscou mais um pedaço de pizza sem tirar os olhos dele.

– OK, desembuche – disse ela, balançando a cabeça. – Tudo o que sei é que você lhe disse que ela só teria o carro de volta depois de pagar o reboque e a taxa de permanência. E aí ela teve um dos seus ataques.

– É por aí. Ela armou o maior escândalo. Tentou jogar a culpa toda em Mac, mas não funcionou comigo, principalmente porque eu já tinha algumas informações, dadas por minha mãe.

– Sua mãe conhece Linda?

– Sabe bastante coisa sobre ela. E é uma fonte confiável. Mesmo assim, eu logo saquei a figura. E se reboquei o carro, tenho que ser pago, ponto final – prosseguiu ele com a Coca na mão. – Ela passou do ataque de fúria para o drama. Sabe como é: "será que eu não podia ajudá-la, fazer esse favorzinho para ela", mas a melhor parte do espetáculo foi quando ela propôs pagar com serviços pessoais.

– Ela... ai, meu Deus!

– Foi a primeira vez que alguém me ofereceu um boquete em troca de um reboque.

Atônita, sem saber o que dizer, Parker ficou só olhando para ele.

– Você perguntou.

– É verdade, mas se algum dia Mac perguntar, não conte essa parte a ela.

– Ela já perguntou, e não contei. Por que contaria? Se a mãe dela se presta a esses papéis, o problema é dela. Mac não tem nada a ver com isso.

– Não tem mesmo. Mas muita gente não consegue perceber isso com clareza.

E então Parker se deu conta de que ele conseguia. Por alguma razão, ele percebia aquilo com toda a clareza.

– Muitas das coisas que Linda aprontou ao longo dos anos já sobraram para Mac. Se pudesse, ela estragaria o casamento da filha, ou pelo menos o ofuscaria.

– Mas não vai fazer isso – disse Malcolm, dando de ombros e comendo sua pizza. – O que Mac não conseguir enfrentar, Carter enfrentará. E o que eles não conseguirem, você consegue.

– Vou me lembrar disso da próxima vez que tiver um pesadelo com Linda. Você contou a Del sobre... a proposta de Linda?

– Claro. Quando um cara recebe uma proposta como essa, tem o direito de se vangloriar com os amigos.

– Vocês são mesmo uma espécie muito estranha.

– Vocês também, Pernas.

Toda aquela experiência – e escolher essa palavra a ajudou a pôr em perspectiva o que acontecera – acabou sendo muito mais fácil e mais agradável do que ela imaginara. Mas precisava admitir que suas expectativas eram quase nulas.

Certamente, seria bem melhor ter uma relação amistosa com ele, já que era amigo de seu irmão. Era o que acontecia com Jack.

Só que ela não tinha aquela fagulha de atração insistente por Jack.

Mesmo assim, uma fagulha podia ser controlada até se apagar. Sobretudo quando o que sentia podia muito bem ser apenas uma reação a um homem muito bonito que se mostrava interessado nela, quando fazia uns bons anos que Parker não tinha nem tempo nem disposição para companhia masculina.

Foi refletindo sobre esses detalhes práticos enquanto voltavam à moto.

Prendeu o capacete e montou atrás dele.

E no momento em que pegaram a estrada saindo da cidade, Parker descobriu que andar de moto à noite provocava uma emoção diferente.

Sentiu-se tomada por uma sensação de liberdade absolutamente nova. Uma única luz cortando a estrada escura. O toldo de estrelas, a Lua lá em cima e seu reflexo no espelho de água negro.

Junto com a emoção, vinha uma sensação de relaxamento. De esvaziar a mente de todos aqueles detalhes que a ocupavam. Gostava da multidão, pensou, chegava até mesmo a se nutrir dela. Mas fazia tanto tempo que não se esvaziava para se recarregar...

Quem diria que uma noite com Malcolm causaria isso?

A realidade a aguardava, e Parker dava valor à sua realidade, mas ele tinha lhe dado uma folga, lhe proporcionado uma pequena aventura, uma pausa mais do que agradável na rotina.

Quando entraram no longo caminho sinuoso que levava à sua casa, ela se sentia renovada, satisfeita e até afável com relação a Malcolm Kavanaugh.

E no momento em que ele desligou o motor, o silêncio se instalou, produzindo mais uma sensação agradável. Ela desceu da moto, gostando de ver como aquele movimento tinha se tornado natural, e tirou o capacete.

Ao entregá-lo a Malcolm, riu.

– Tenho que admitir que foram os 100 dólares mais fáceis que já ganhei na vida.

– Digo o mesmo – replicou ele, acompanhando-a até a varanda. – Quer dizer que se divertiu?

– Claro, obrigada por...

Com as costas contra a porta e a boca de Malcolm colada à sua, o resto da frase desapareceu de seu cérebro. Aquele corpo forte se impunha ao seu. Então ele pegou suas mãos, ficou segurando-as ao lado de seu corpo, enquanto seus dentes lhe provocavam arrepios de excitação com pequenas mordidas ávidas.

Encurralada, Parker devia ter reclamado, negado, mas a sensação de impotência, um misto de pânico e empolgação, a impressão de estar sendo levada simplesmente fizeram o chão desaparecer sob seus pés.

Ela despencou, sem esboçar qualquer tentativa de se segurar, e correspondeu ao ataque com o mesmo fervor e uma avidez interminável.

O salto de seu próprio coração a trouxe de volta... ou quase.

– Espere um pouco – conseguiu dizer.

– Só mais um minuto.

Ele queria mais, teve mais. E ela também.

Tinha sido aquele fogo baixo e latente que ela continha sob sua aparência fria que o prendera desde o início. Agora que Parker tinha chegado ao ponto de fervura, ele estava feliz por sentir aquela chama queimá-lo até os ossos.

Segurava as mãos dela para impedir as suas de percorrer aquele corpo maravilhoso, para ter certeza de que não ia perder o controle e usá-las para tirar aquelas roupas elegantes e deixá-la nua.

Quando sentiu que podia perder o controle, ele ergueu a cabeça, mas não a soltou, nem recuou.

– Isso foi para mostrar que não pretendo desistir.

– Eu nunca disse...

– Fizemos um trato.

– O que não significa que você possa...

Parker fez uma pausa e ele pôde vê-la se recompor.

Céus, como admirava aquilo.

– Isso não significa que você possa me agarrar quando quiser e passar a mão em mim quando lhe der na telha.

– Eu não a agarrei – observou ele. – E não passei a mão em você – acrescentou, apertando de leve as mãos dela, que ainda segurava. – Mas bem que pensei nisso.

– Apesar de tudo, não vou... Será que você pode desgrudar um pouco?

– Claro.

Nesse momento ele soltou as mãos dela e recuou alguns centímetros.

– Não vou tolerar esse tipo de comportamento. Você não pode se atirar em cima de mim quando bem entender.

– Talvez eu tenha forçado um pouco a barra. Me declaro culpado.

No escuro, os olhos dele brilhavam como os de um gato. Um gato em plena caçada.

– Mas, querida, você não tentou fugir, e acho que admitiria isso.

Parker permaneceu em silêncio por um instante.

– Tudo bem, essa parte pode ser verdade. Mas é uma reação física e não significa... Por que está sorrindo?

– Por sua causa. Gosto muito do seu jeito de falar, principalmente quando assume essa postura orgulhosa.

– Que droga! Você é frustrante.

– É provável. Ia dizer que sinto alguma coisa por você e que quero descobrir como isso funciona. Mas podemos ficar com a expressão "reação física", se é o que prefere.

– Acho melhor você entender logo que levo relacionamentos a sério, portanto, se está achando que vou pular na sua cama só porque...

– Não chamei você para a minha cama.

Viu os olhos dela se inflamarem e teve que se controlar para não empurrá-la de novo contra a porta.

– Então vai dizer que não é isso que quer? Que não é o que pretende?

– Claro que quero ir para a cama com você. Para a cama ou para qualquer outro lugar que esteja disponível. E que pretendo ficar com você. Mas não tenho pressa nenhuma. Você pular na minha cama? Isso deixaria tudo fácil demais e gosto de dificuldade. Além disso, é complicado descobrir como as coisas funcionam quando se está ocupado trepando.

Aquilo foi tão sincero e tão incrivelmente lógico que Parker fraquejou.

– Que conversa mais ridícula!

– Pois eu a acho sensata e civilizada. A sua cara. Quer que eu diga que penso em tirar essas suas roupas chiques e descobrir o que tem debaixo delas? Em pôr as mãos no que encontrar aí? Em sentir o seu corpo se mexendo sob o meu, ou em cima dele, e saber como é estar dentro de você? Ver o seu rosto quando você gozar? Quando eu fizer você gozar? Pois penso, sim, Parker. Mas não tenho pressa.

– Não estou em busca disso...

– Todo mundo está. Você podia não estar, ou não estava buscando isso comigo. Entendo perfeitamente. Mas não vou desistir. Porque é óbvio que existe alguma coisa entre nós. Desculpe, existe uma reação física. E se você não quisesse que eu continuasse insistindo, já teria me mandado calar a boca, já teria me dispensado. Talvez até gostasse de fazer isso.

– Você não me conhece tão bem quanto imagina.

Ele balançou a cabeça.

– Só estou começando, Pernas. E vou descobrir mais.

Naquela discussão... Não era bem uma discussão, pensou Parker. Mas, fosse lá o que fosse, ela estava se dando mal.

– Vou entrar – disse.

– Então, a gente se vê...

Ela se virou, meio que esperando que ele se aproximasse de novo. Mas, quando abriu a porta, percebeu que Malcolm ficara parado onde estava, numa atitude que, na falta de expressão melhor, ela definiria como cavalheiresca, só esperando ela entrar e fechar a porta.

Parker ficou parada no vestíbulo por alguns instantes, tentando recuperar o equilíbrio que ele tinha conseguido romper. Ouviu o barulho do motor sendo acionado e quebrando a quietude da noite.

Era exatamente o que Malcolm tinha feito: quebrado a sua quietude.

Tudo o que lhe dissera era verdade.

Mais que isso: ele a compreendera por inteiro apesar de conhecê-la tão pouco, o que era... assustador e, ao mesmo tempo, gratificante.

Ninguém, ela admitiu para si mesma enquanto subia as escadas, ninguém que ela considerava parte da família a conhecia tão profundamente.

Não sabia dizer como se sentia depois do que Malcolm tinha lhe falado com tanta franqueza, e tampouco sabia se conseguiria detê-lo.

De um modo geral, pensou, não tinha a mínima ideia do que fazer com relação a ele.

capítulo sete

EMBORA AQUILO JÁ TIVESSE se tornado tradição, Parker adoraria evitar que a história sexy virasse assunto do café da manhã. Mas as motos têm um som inconfundível e, quando estava com Carter, curtindo o novo pátio de sua casa, Mac ouvira nitidamente Parker sair com Malcolm.

Ela podia ter chegado se arrastando na sala de ginástica quando Parker estava quase terminando a sua sessão e Laurel já havia começado a sua fazia um bom tempo, mas estava pensando em muito mais que ganhar músculos.

E levara Emma consigo.

– Pedi à Sra. G. que fizesse panquecas – anunciou ao chegar. – Tenho uma predileção toda especial por panquecas para acompanhar uma história sexy no café da manhã.

– História de quem? – perguntou Laurel.

– De Parker.

– O quê?! – exclamou Laurel virando-se para o local em que Parker se alongava de pé, abraçando as pernas, por mais tempo que o normal. – Quer dizer que você tem uma HS e nem me contou?

– Não é nada de mais. Além disso, estamos cheias de trabalho nos próximos dias.

– Não é nada de mais? Então aonde você e Malcolm foram ontem à noite, de moto, e demoraram quase três horas para voltar? Não. Não diga nada por enquanto – falou Mac, sorrindo e fazendo um gesto amplo e exagerado com as mãos quando Parker se levantou. – Para isso, precisamos das panquecas.

– Eu não fico controlando *suas* idas e vindas, Mackensie.

– Ah, não venha com essa de me chamar de *Mackensie* – retrucou a outra, fazendo mais um gesto para descartar o assunto e, em seguida, começando a trabalhar os bíceps num dos aparelhos. – Carter e eu ouvimos Malcolm chegar e vi vocês saírem porque estava lá no pátio. Portanto, fiquei, sim, prestando atenção para ouvir quando voltassem. Você não teria feito exatamente o mesmo?

– Vocês brigaram? – indagou Emma. – Está chateada?

– Não, não estou chateada – replicou Parker, enxugando o rosto com uma toalha e indo jogá-la no cesto de roupa suja. – Só não tenho tempo para panquecas e fofocas.

– A menos que a história seja sobre uma de nós três? – observou Laurel, inclinando a cabeça. – Nós contamos o que acontece conosco, Parker. É o que sempre fazemos. Se resolveu não tocar no assunto é porque está preocupada com o rumo que as coisas estão tomando...

– Não é nada disso – retrucou Parker.

Era sim, admitiu para si mesma. Era exatamente isso.

– Está bem, está bem. Vamos às panquecas e a tudo mais. Só que tenho muito trabalho pela frente. Aliás, todas nós temos, e, por isso, vou ser breve.

Quando ela saiu da sala de ginástica, dava para perceber que estava aborrecida. Emma olhou para as outras duas e perguntou:

– Será que é bom eu ir conversar com ela?

– Você sabe que temos de deixar a poeira baixar – respondeu Laurel, que pegou uma toalha para enxugar o rosto e o pescoço. – Ela ficou meio chateada, mas daqui a pouco passa...

– Concordo com você quando diz que essa história com Malcolm está deixando Parker bem desorientada – observou Mac e passou a trabalhar os tríceps. – Se não fosse nada de mais, ela nos contaria ou teria caído na risada ao me ouvir mencionar o assunto. Quando foi a última vez que um cara mexeu assim com Parker?

– Acho que nunca – declarou Laurel.

– Então é a primeira vez... Isso é bom ou ruim?

– Bom, eu acho – falou Emma.

Já que estava ali, resolveu escolher um aparelho.

– Malcolm é diferente dos caras com quem ela já saiu e isso pode ser parte do que a deixa desorientada. Mas Parker jamais teria saído com ele se não quisesse de alguma forma. Além do mais, Mac disse que ela estava de calça jeans e com uma jaqueta de couro marrom muito linda. O que significa que trocou de roupa para sair com ele.

– Eu não estava espionando – Mac apressou-se em dizer. – Só vi. Foi praticamente isso.

– E alguém aqui está dizendo o contrário? – disparou Laurel. – Se eu tivesse ouvido os dois saírem juntos, teria feito a mesma coisa. Nossa! Que bom que Del não sabe de nada... E vamos manter essa história entre nós até termos uma noção mais exata do que está acontecendo. Não quero que ele tenha, com Malcolm e Parker, a mesma reação que teve com Emma e Jack. Agora vou tomar banho e, graças a Deus, ele tinha uma reunião de trabalho na hora do café da manhã... Encontro vocês lá embaixo.

– Pensei que ela fosse se divertir – disse Mac quando ela e Emma ficaram sozinhas. – Não queria chateá-la...

– Não precisa se sentir culpada. Laurel tem razão: é o que sempre fazemos.

Era o que faziam, disse Parker para si mesma. Depois de tomar banho e se arrumar para o trabalho, sua chateação havia se transformado em culpa por ter se irritado com as amigas.

Tinha exagerado... E internalizara a história toda, coisa que, precisava admitir, tendia a fazer com frequência e com facilidade.

Então estava decidido, seguiriam com a tradição, como deveria ser. Iam rir um pouco e pronto.

Quando entrou na cozinha, a Sra. Grady estava apoiada na bancada, preparando a massa.

– Bom dia, minha Parker.

– Bom dia, Sra. G. Ouvi dizer que hoje tem panqueca.

– Hum-hum.

A governanta esperou até Parker se servir de café.

– Agora vai fazer uma tatuagem? – indagou então.

– O quê?

– Parece que é o que se faz depois de sair pelas estradas numa Harley.

Parker nem precisou olhar para a Sra. Grady para saber que ela estava com uma expressão travessa, empurrando a bochecha com a língua pelo lado de dentro.

– Considerando o meu trabalho, andei pensando em colocar um coraçãozinho num lugar bem discreto. Talvez com as iniciais FpS, de Felizes para Sempre.

– Uma graça. E bem apropriado – observou a outra.

Deixou a massa de lado e começou a preparar uma tigela de frutas vermelhas.

– Podemos acabar nos estranhando por causa dessa história, já que ele me trouxe flores *e* me convidou para dançar.

– A senhora está curtindo, não está?

– Claro. Ele me lembra alguém.

– É?! – exclamou Parker, debruçando-se na bancada. – Quem?

– Conheci um rapaz meio esquentado que também era muito confiante e sabia ter a língua afiada quando queria. Era bonito como ele só e tão sexy... Quando estava a fim de uma mulher, era impossível ela não perceber. Tive sorte. Casei com ele.

– Ai, Sra. G, ele não é... Ele é mesmo parecido com o seu Charlie?

– É o mesmo tipo. Aliás, tipo coisa nenhuma, já que eles não se enquadram em nenhum padrão. São homens que sabem enfrentar as dificuldades, encarar as cicatrizes que elas deixam e ir em frente até alcançar o sucesso. Com o meu Charlie, eu disse para mim mesma, ah, não, não vou cair na lábia desse sujeito. E continuei repetindo essa frase até já estar completamente envolvida por ele.

O sorriso animou o seu rosto e se estendeu até os olhos.

– É difícil resistir a um *bad boy* que é um bom homem. Eles nos passam uma bela rasteira. Por mais curto que tenha sido o tempo que passamos juntos, agradeço a Deus todos os dias por não ter resistido demais...

– Não é o que está acontecendo entre mim e Malcolm. É só...

E isso, Parker tinha que admitir, era parte do problema: ela não sabia o que estava acontecendo.

– Seja o que for, você merece atenção e merece se divertir mais. Além do trabalho aqui – falou a Sra. Grady, então pôs as mãos no rosto de Parker e deu umas batidinhas. – Coisa que, eu bem sei, você gosta muito. Mas tem que ter algo além disso.

– Não quero me divertir cometendo um erro.

– Ah, adoraria que você corresse o risco – ao dizer isso, a governanta puxou Parker para perto de si e lhe deu um beijo na testa. – Adoraria mesmo.

Ande, sente-se e tome seu café. O que você precisa agora é de um bom café da manhã e de suas amigas.

Talvez precisasse mesmo, admitiu Parker. Mas, assim que se sentou, recebeu um telefonema de uma das noivas nervosas do fim de semana. Como sempre, enfrentar preocupações e problemas de outras pessoas e tentar resolvê-los a acalmava. Aquilo já era da sua natureza.

– Emma e Mac estão chegando – disse Laurel, quando entrou na cozinha. – Quer ajuda, Sra. G.?

– Está tudo sob controle.

– Nossa, que flores lindas!

– Foi meu namorado que mandou – respondeu a governanta, com uma piscadela. – Aquele que Parker está tentando roubar de mim.

– Que vadia!

Com ar divertido, Laurel pegou seu café e foi se sentar no cantinho de sempre.

– Depois do nosso assunto inicial, podemos tratar dos eventos. Poderíamos fazer a reunião aqui, porque estou careca de saber que você tem todos os dados relativos ao evento de hoje à noite aí no BlackBerry. Isso vai poupar aquele tempo com o qual você estava tão preocupada.

– Tem razão. Eu não devia ter soltado os cachorros em cima de Mac.

– Foi uma reação normal, eu provavelmente teria feito o mesmo, só que falando um pouquinho mais alto.

– Mas todas nós esperamos crueldade de você.

– Boa! – rindo, Laurel apontou o dedo para a amiga. – Por enquanto, não vou dizer nada a Del, mas...

– Não há nada a dizer. Como vai entender daqui a pouco, assim que elas duas tiverem chegado.

– Pois estão chegando. Prepare-se para esclarecer tudo.

– Desculpe – disse Parker, assim que Mac se sentou.

– Ih, são águas passadíssimas.

– Comam umas frutas – ordenou a Sra. Grady, pondo a tigela em cima da mesa.

– Fiz uma tempestade em copo d'água – falou Parker e, obediente, pôs uma colherada de frutas vermelhas no espaço vazio que havia em seu prato. – Com todas vocês e comigo mesma. É que é tudo tão estranho... E, apesar disso, bem fácil de entender.

– Por que não nos conta logo e nós decidimos se é estranho ou não? – sugeriu Laurel. – Porque, com toda essa enrolação, você está fazendo as coisas parecerem complicadíssimas.

– OK, OK. Ele passou aqui para trazer flores para a Sra. G.

– Own! – Foi a reação instantânea de Emma.

– Como ela não estava, não me pareceu legal deixá-lo esperando enquanto eu botava as flores no vaso. Aí, eu o convidei para entrar e escrever um bilhete. Em suma, queria deixar bem claro que não estava interessada.

– Você o convidou a entrar para lhe dizer que não queria vê-lo? – observou Mac.

– É. Ele pegou essa mania de... ficar me cercando, e eu queria deixar claro que... na verdade, não impedi que ele me agarrasse na outra noite...

– O beijo ardente – observou Emma.

– Não foi...

Foi sim, admitiu só para si mesma.

– Depois que ele jantou aqui, quando fui levá-lo até a porta, ele me pegou desprevenida, e eu correspondi – explicou Parker. – Só isso. Afinal, sou humana. Mas acima de tudo porque ele é muito amigo de Del, achei que devia deixar claro que não estava interessada.

– E ele engoliu essa história? Hummm, obrigada, Sra. G. – disse Mac, atacando a travessa de panquecas que a Sra. Grady pôs em cima da mesa. – Porque, se tiver engolido, minha opinião sobre a inteligência dele vai cair vários pontos.

– Tudo indica que não engoliu, não, já que me propôs um acordo. Eu sairia com ele de moto para jantar e, se eu não me divertisse, ele desistiria.

– E você topou? – perguntou Laurel, pegando o pote de mel. – Você não o esmagou como se fosse um inseto, não acabou com ele usando o raio congelante de Parker Brown?

Parker ergueu a xícara e tomou um gole de café bem devagar.

– Vocês querem ou não querem que eu conte a história?

– Prossiga – disse Laurel, com um gesto amplo.

– Concordei porque parecia bem simples e, é claro, porque eu também estava um pouco curiosa. Ele é amigo de Del e não faz sentido criar um clima ruim entre a gente. Eu saía com ele, ele desistia. Sem mágoas nem para um nem para outro. Então, quando chegamos ao jardim, ele me falou da aposta.

– Que aposta? – perguntou Emma.

Parker lhes contou o que tinha acontecido.

– Carter apostou? – falou Mac, rindo e jogando a cabeça para trás. – E no *Malcolm*? Adorei.

– Pois eu adorei o fato de ele ter contado a história antes de você subir na moto – completou Emma, balançando o garfo. – É claro que ele sabia que assim você teria uma desculpa para despachá-lo.

– Ponto para ele, admito. E ele vai me dar, a pedido meu, metade do que ganhar. Nada mais justo.

– Onde vocês foram? – perguntou Emma.

– Para Old Greenwich. Uma pequena pizzaria. Bem legal, na verdade. E não vou negar que foi divertido andar de moto. Muito divertido. Nem vou alegar que foi uma experiência dolorosa dividir uma pizza com ele. Malcolm é um homem interessante.

– Quantos telefonemas você recebeu enquanto estavam lá? – perguntou Laurel.

– Quatro.

– E como ele reagiu?

– Tipo "trabalho é trabalho, vamos lá". Ponto para ele, sem dúvida. Mas o fato é que tivemos uma noite superagradável e, no instante em que colocamos os pés aqui, na porta de casa, ele...

Emma se remexeu na cadeira.

– Agora é que vem a parte sexy mesmo.

– Ele me agarrou. Com aquele seu jeito de me deixar sem saída que faz meu cérebro parar de funcionar. Ele é bom nisso. E fico sem saber o que fazer. É um reflexo – acrescentou. – Ou uma reação.

– E ele vai com tudo ou vai chegando de mansinho? – quis saber Mac.

– Se ele tem uma marcha lenta, eu desconheço.

– Eu não disse? – falou Mac, cutucando Emma.

– Assim que meu cérebro voltou a funcionar, eu lhe disse que não estava gostando nada daquilo, que ele não podia sair me agarrando e me beijando quando bem entendesse. E ele pareceu achar engraçado. Exatamente como vocês três estão achando agora. Aliás, vocês quatro, não é, Sra. Grady? Estou vendo a sua cara daqui.

– Você correspondeu ao beijo, não foi? – provocou a Sra. Grady.

– Foi, mas...

– Então, mesmo que ele não tenha lhe dado uma rasteira, sua atitude não justifica o que está dizendo.

Parker queria muito ficar chateada, mas se limitou a dar de ombros.

– É só uma reação física.

– Não sei o que quer dizer com isso – começou Laurel –, mas se for, a minha pergunta é: e daí?

– Não vou cair na lábia... – lembrou-se da frase da Sra. Grady, deu uma rápida olhadela na sua direção e viu a governanta erguer as sobrancelhas. – Não vou me envolver desse jeito com alguém, quando acho que pode ser um erro. Ainda mais sendo um amigo de Del, de Jack e de Carter. E, ainda por cima, sendo alguém que não conheço direito, sobre quem não sei quase nada.

– Mas sair com alguém não é parte do processo de conhecer essa pessoa? – indagou Emma, estendendo o braço e pondo a mão sobre a da amiga. – Você está interessada, Parker. Não dá para esconder. Você está a fim dele, o que a deixa nervosa.

– Você se divertiu com ele, Parks – atalhou Mac, erguendo as mãos. – Qual é o problema em se divertir?

– Ele é imune à sua cara de "cai fora" e ao seu raio congelante. Não age nem reage de um jeito que você consiga prever ou controlar – concluiu Laurel e deu um tapinha na perna de Parker por baixo da mesa. – Então você está procurando um motivo para dizer não.

– Não sou tão frívola assim.

– Não é questão de ser frívola. Você está nervosa, com medo de deixar que ele se aproxime demais e acabar descobrindo que ele é mais importante do que você queria que fosse. Acho até que já é.

– Eu não sei. E não gosto de não saber.

– Então pare um pouco e descubra – disse Emma.

– Vou pensar nisso. Vou mesmo.

Como poderia não pensar?, admitiu ela.

– E essa é a história sexy do café da manhã de hoje – encerrou Parker. – Fico feliz com o carinho de vocês, fico mesmo. Mas agora temos que partir para outra. Já estamos meio em cima da hora para a reunião e temos um evento a preparar.

Malcolm acabou de instalar uns coxins novos no motor de um Thunderbird 1962 simplesmente incrível. A pedido do dono, ele praticamente refizera o motor e, quando o trabalho estivesse pronto, aquela máquina iria ronronar feito um gato na estrada. Já tinha substituído as pastilhas dos freios, consertado o sistema de refrigeração e ajustado o carburador Holley de duas bocas.

Pelos seus cálculos, em poucas horas levaria aquela maravilha para um *test drive*. Tirou a cabeça de baixo do capô quando ouviu alguém exclamar:

– Que beleza!

Era Del, com seu terno de advogado, bem no meio da oficina.

– É mesmo. Um M-Code 1962 – disse Malcolm. – Uma preciosidade. Um dos cerca de duzentos vendidos na época.

– Verdade?

– O diabo custava uma nota. O meu cliente comprou este aqui num leilão e mandou restaurar. Vermelho-vivo por fora e vermelho e branco por dentro. Forro interno branco, rodas raiadas. Depois de reformar o carro todo por dentro e por fora, ele se tocou que os problemas que andava tendo deviam ser por causa do tanto que o motor já tinha rodado.

– E foi aí que vocês entraram na história.

– Consertar é com a gente. Venha dar uma olhada.

– Claro, desde que eu não precise saber o que estou vendo nem entender metade do que você disser...

– Este rapazinho tem o motor cromado.

Del olhou por debaixo do capô. Viu um motor bem grande, muitas partes pretas, algumas cromadas reluzentes e a marca Thunderbird gravada em várias partes. Ciente do seu papel, assentiu com a cabeça.

– E agora, o que ele vai fazer?

– Praticamente tudo o que quiser, menos lhe dar um beijo de boa-noite – respondeu Malcolm, tirando um pano do bolso de trás da calça e limpando as mãos. – Algum problema com a Mercedes?

– Não. Tive um café da manhã de negócios na cidade, então resolvi dar uma passada aqui na volta para entregar os papéis que você me pediu para preparar. Se quiser olhar agora, tenho uns dez minutos. Ou, então, posso deixar ali no escritório. Você lê quando puder e me liga se tiver alguma dúvida.

– Estou bem ocupado agora. É melhor deixar para eu ler mais tarde. Desde que eu não precise saber o que estou vendo nem entender metade do que você disser...

– Posso explicar o que for preciso.

Com uma cara intrigada, Del olhou mais uma vez por baixo do capô.

– Quem sabe um dia você não faz a mesma coisa comigo com relação a motores...

O escritório de Malcolm era um pedacinho da oficina equipado com uma escrivaninha de metal, uns poucos arquivos e uma cadeira giratória. Del entrou, tirou os papéis de sua maleta e os pousou em cima da caixa para correspondência.

Malcolm enfiou o pano de volta no bolso.

– Podemos usar aqueles dez minutos para tratar de um assunto pessoal?

– Claro. O que houve?

– Saí com Parker ontem à noite.

Depois de uma longa pausa, Del balançou a cabeça.

– Conseguiu fazê-la subir na moto de novo? Usou um revólver?

– Fizemos um trato. Sairíamos de moto, iríamos jantar num lugar qualquer e, quando eu a levasse para casa, se ela não tivesse se divertido, eu desistiria.

– Então você... – Desta vez, a pausa foi mais breve. – Desistiria de quê?

– Dela. E disso que está rolando entre nós.

– E o que está rolando entre vocês?

Sem dúvida os irmãos tinham algo em comum: aquele gelo instantâneo, pensou Malcolm.

– Quer mesmo que eu lhe diga com todas as letras?

– E quando foi que *isso* começou?

– Da minha parte, uns dois minutos depois que ela abriu a boca para falar comigo pela primeira vez, e vem subindo alguns níveis desde então. Quanto a ela, vai ter que lhe perguntar. Já que Parker se divertiu e que eu não vou desistir, estou sendo muito franco com você.

– E em que ponto está essa história entre vocês?

Malcolm ficou calado por um instante.

– Olhe, Del, sei como é com relação a sua irmã, a todas elas, aliás. Se eu estivesse no seu lugar, provavelmente faria o mesmo. É por isso que entendo. Mas não vou ficar aqui falando com você sobre Parker. Se quiser perguntar a ela, isso é entre vocês dois. Só preciso lhe dizer uma coisa: se acha que estou só atrás de uma aventura, você não me conhece tão bem quanto eu imaginava.

– Mas, que diabo! Ela é minha irmã!

– Se não fosse, não estaríamos tendo essa conversa. Ela também é uma mulher linda, inteligente, interessante. E não é boba. Portanto, se ela quiser me despachar, é o que vai fazer.

– E se fizer?

– Vou lamentar muito porque, como aquele carro ali, ela é muito especial. Tem muita classe, é poderosa e linda. Vale o tempo que for preciso e qualquer problema que possa surgir.

Com uma frustração evidente, Del enfiou a mão no bolso.

– Não sei o que dizer.

– E não posso ajudá-lo nesse sentido – replicou Malcolm, dando de ombros. – Aliás, pode entregar para ela os 100 que me deve. Depois que fizemos o tal trato, percebi que devia ser honesto e contei sobre a aposta. Assim, se ela ficasse furiosa, poderia me dar um fora ali mesmo.

– Ótimo. Perfeito.

– Mas ela não deu a mínima. Só quis dividir os ganhos. Meu Deus, quem não ficaria a fim de uma mulher que pensa desse jeito? Seja como for, parece justo que a parte dela seja paga por você. Vou pegar a minha com Jack e vocês dois se acertam com Carter.

– Não sei se podemos considerar que estamos entendidos. Tenho que deixar essa história assentar na minha cabeça. Mas fique sabendo que, se aprontar com ela, se magoá-la, vou lhe dar uma surra.

– Tudo bem. Que tal assim? Se eu aprontar com ela, se magoá-la, deixo você me bater.

– Filho da puta! Trate de ler essa maldita papelada.

E, sem dizer mais uma palavra, Del foi embora da oficina.

Podia ter sido pior, pensou Malcolm. Del poderia ter lhe dado um murro na cara, como fizera com Jack ao saber que ele estava saindo com Emma. Já era uma vantagem.

Deu de ombros e voltou ao trabalho no motor. Aquilo ele sabia consertar.

Como conhecia seus horários, Del fez questão de chegar cedo o bastante para cercar a irmã. Ela tinha dois ensaios e um evento, o que, para qualquer outra pessoa, poderia significar uma agenda lotada. Mas ele sabia muito bem que Parker sempre calculava tempo extra para emergências.

O que era o caso, na opinião dele.

Estrategicamente, chegou em casa no período entre o final do primeiro ensaio e o começo do outro, pois, assim, Laurel estaria ocupada na cozinha e Emma e sua equipe já teriam começado a preparar tudo para a chegada das madrinhas e da noiva da noite. Mac também estaria às voltas com a câmera.

Foi entrando a passos rápidos no momento em que Parker se despedia dos primeiros clientes e seus convidados.

– Chegou cedo.

– É. Consegui ajeitar as coisas para vir dar uma mãozinha a vocês.

– Com certeza vamos precisar. O próximo ensaio começa em quinze minutos e a noiva da noite e suas acompanhantes devem chegar em meia hora para fazer o cabelo e a maquiagem. Estamos com tempo, mas...

– Ótimo. Vamos aproveitar esses quinze minutos então – disse ele, pegando-a pela mão e puxando-a para o gramado.

– Será que devo deduzir que alguém me viu com Malcolm ontem à noite e foi contar para você? – indagou Parker ajeitando o paletó do terninho. – Nós nos conhecemos muito bem, Del.

– Também achava. Mas nunca poderia imaginar que você fosse sair por aí no estilo *Easy Rider*...

– Que tal me explicar melhor?

– Faça uma pesquisa...

– OK. Se vai me dar uma aula sobre os perigos das motocicletas, devia antes me apresentar uma declaração formal dizendo que não andou de moto nem pilotou uma nos últimos 36 meses.

Tudo bem. Tinha que acatar aquele argumento. Para ganhar tempo, abriu a carteira, tirou uma nota de 100 e a entregou à irmã.

– Obrigada – disse ela, dobrando a nota e enfiando-a no bolso.

– Você saiu com ele por causa da aposta?

– Saí com ele apesar da aposta.

– Já que agora não existe mais nenhuma aposta, pretende sair com ele de novo?

– Ele não me convidou e ainda não decidi.

Parker se virou para observar o rosto do irmão.

– Já que não vejo nenhum sinal de você ter brigado, e imagino que Malcolm seja capaz de revidar à altura, devo deduzir que vocês dois não se esmurraram quando ele lhe disse que eu sabia da existência da aposta.

– Não costumo sair por aí esmurrando as pessoas. Jack foi uma exceção

– acrescentou Del antes que Parker pudesse alegar isso. – E Malcolm evitou isso vindo me falar sobre... toda essa história.

– Foi ele que contou? – perguntou ela depois de um instante de silêncio. – E você não me disse nada.

Ao contrário do tato de Malcolm, ela respondeu sem pensar:

– Você tem mesmo a ilusão de que lhe conto tudo sobre os homens que namoro, Del?

– Quer dizer que você e Malcolm estão namorando?

– Não. Talvez. Ainda não decidi. Por acaso já lhe fiz algum interrogatório sobre as mulheres que você namora, ou namorou antes de Laurel? E se me disser que é diferente, quem vai lhe dar um soco sou *eu*.

– Estou tentando encontrar uma frase que só faça uma leve alusão ao "é diferente".

Como isso fez Parker dar um risinho de deboche, ele pegou sua mão enquanto seguiam andando.

– Vamos voltar à questão de que antes nenhum dos caras que você namorava era amigo meu. Um bom amigo.

– É verdade. E por acaso eu me meti quando as coisas mudaram entre você e Laurel? Meu irmão e uma das minhas melhores amigas? Não, Del... Não é diferente mesmo.

– Não estou me metendo. Só estou me mantendo por perto, tentando ter uma ideia mais clara da situação.

– Se eu ainda não tenho... Saímos de moto, comemos uma pizza e...

– E?

– E completamos o esquema-padrão dos encontros desse tipo com um beijo.

– Então você está interessada nele.

– Não estou desinteressada. O que me surpreende. Eu me diverti muito ontem à noite, coisa que não esperava. Relaxei e curti, e já fazia um bom tempo que eu não vivia algo assim com um homem. Só me diverti. Ele poderia ser seu cliente, Del, ou um simples conhecido, mas o fato de ele ser seu amigo significa que você gosta dele e também que o respeita e confia nele. Vê algum motivo para eu não fazer o mesmo?

– Não – admitiu Del, respirando fundo e olhando para longe, de cara amarrada. – Droga!

– E você não pode desconsiderar o fato de ele próprio ter lhe contado.

Eu não tinha dito nada a Laurel nem às outras até hoje de manhã. E talvez continuasse calada se Mac não tivesse ouvido o barulho da moto e me visto sair. O que não depõe muito a meu favor.

– Foi porque você não queria que elas ficassem sem jeito comigo.

– Em parte foi por isso. Não foi o motivo principal, mas é verdade.

Depois de uma pausa, Parker se virou, ficando frente a frente com o irmão.

– Não me ponha nessa posição, Del. Por favor, não faça de mim um objeto de discórdia entre você e o seu amigo.

– Claro que não. A menos que ele ferre com tudo. Se isso acontecer, quebro a cara dele. Já avisei. Na verdade, ele concordou e até acrescentou que, nesse caso, me deixa quebrar a cara dele. E é óbvio – admitiu – que isso também é um ponto a seu favor, já que o conheço e sei que estava falando sério.

Parker abraçou o irmão.

– Sou perfeitamente capaz de me cuidar sozinha, mas é muito legal ter um irmão mais velho que vai fazer isso se por acaso eu um dia precisar.

– Pode contar que sim.

– Eu sei. Agora – acrescentou Parker, soltando o abraço –, vá procurar Emma. Com certeza é ela que mais precisa de uma ajudinha extra. E o pessoal do segundo ensaio já está chegando.

Afastou-se, dirigindo-se ao estacionamento para receber os primeiros participantes do evento. Era tão estranho, pensou. Mal conseguia admitir para si mesma que estivesse interessada em Malcolm Kavanaugh, no entanto tinha passado boa parte do dia falando nele.

E não era só falando. Pensando nele também.

capítulo oito

ANTES QUE SUAS SÓCIAS se juntassem a ela para a reunião matinal de organização dos eventos do dia, Parker malhou, tomou uma chuveirada, se vestiu para enfrentar mais um dia e foi repassar suas anotações.

O casamento de sexta à noite fora tranquilo, nada além da correria normal, de um ou outro problema evitado e algumas decisões rápidas tomadas nos bastidores.

E, felizmente para todos os envolvidos, Jaci dissera sim a Griff.

Hoje, com dois eventos na programação, o trabalho seria mais que dobrado. O timing certo, ingrediente sempre importante, seria imprescindível, e as tarefas incluíam toda a montagem do casamento do meio do dia, com seus 75 convidados, e depois a desmontagem para se fazer a nova decoração para o da noite.

Parker sabia que Emma e sua equipe se encarregariam do trabalho físico, transportando para lá e para cá flores e outros materiais, decorando duas vezes as áreas externas e internas, tendo que desmontar tudo entre um evento e outro. A maior parte do trabalho de Laurel – bolos, doces e chocolates – já estaria pronta antes do primeiro evento, faltando apenas a montagem. Então, ela podia tapar algum buraco que fosse preciso e ajudar o pessoal do bufê.

Mac teria que estar por toda parte, antes e durante os eventos, e a ajudaria na tarefa fundamental de deixar os noivos felizes, fazendo-os cumprir o cronograma, e também ajudando a organizar padrinhos e madrinhas, daminhas e os pais dos noivos.

Verificou seu próprio kit de emergências: esparadrapo, balas de menta para mau hálito, aspirinas, um bloquinho e um lápis, uma escova de cabelo pequena, uma lixa de unhas, lencinhos umedecidos, um tira-manchas, um isqueiro, um produto para limpar lentes de óculos e um canivete suíço, que incluía uma tesoura.

Tomou uma segunda e última xícara de café enquanto repassava as anotações e circulava os itens que pudessem gerar problemas. Quando estava pronta para a reunião, Laurel entrou suspirando.

– Não pretendo fazer mais nem uma única violeta pela próxima década, mas, amiga, esse bolo de flores do campo ficou um espetáculo. Palmas para mim.

– Palmas para você. E como ficou o de renda branca?

– Modéstia à parte, está fantástico.

Laurel se serviu de uma xícara de café e comeu um bolinho.

– Emma e seu pessoal já estão decorando a entrada – falou a confeiteira. – Nosso primeiro evento, com tema campestre casual, vai ficar uma beleza. Assim que acabar de preparar as jardineiras da frente ela sobe. Quis fazer isso pessoalmente.

Laurel se sentou e mudou de assunto:

– E aí, Malcolm ligou?

– Por que ele teria feito isso?

– Para falar com a megera motoqueira dele.

– Você é uma criatura muita fofa, não é?

– Sou mesmo – concordou Laurel, afagando o próprio cabelo, que tinha prendido no alto da cabeça para trabalhar. – E muito. Por que você não liga então?

– Por que eu faria isso?

Laurel apoiou os cotovelos na mesa e o queixo nas mãos, divertindo-se.

– Del está achando tudo bem estranho, mas ainda não planeja quebrar a cara de Malcolm.

– Que autocontrole!

– Em se tratando de Del, é mesmo, já que a coisa é com você. Eu poderia pedir para ele falar com Malcolm para ligar.

– Ah, então voltamos à época de escola?

– É divertido, vai?

Parker balançou a cabeça.

– Aquilo não foi um encontro. Foi um não encontro seguido de uns beijos.

– Beijos quentes de língua.

– Dá na mesma – retrucou Parker, quando Mac chegou.

– Bom dia para vocês duas. Malcolm ligou?

– Não. E será que podemos...

– Você devia ligar para ele. Quem sabe não começa por uma conversa intermediada pela secretária eletrônica?

Repetindo o gesto de Laurel, Mac também se dirigiu à cafeteira.

– Carter e eu deixávamos mensagens ótimas na secretária eletrônica um do outro. Ainda fazemos isso de vez em quando. Ou por e-mail. Emma e Jack trocavam e-mails bem sensuais. O BlackBerry viciante fica mesmo o dia todo nas suas mãos. Ia ser moleza.

– Vou me lembrar disso num futuro *nunca*. Por ora, talvez pudéssemos falar sobre dois eventos que precisamos organizar e pelos quais fomos pagas.

– Você é tão rígida!

Emma entrou correndo com uma Pepsi diet em uma das mãos e o laptop na outra.

– Tenho a impressão de que corri uns 10 quilômetros hoje de manhã. O Ma...

– Não. – Parker nem esperou a pergunta para dar a resposta. – Malcolm não ligou. Não, não vou ligar para ele, deixar mensagem na secretária eletrônica nem mandar e-mail. Fui clara?

– Você podia levar o carro para fazer uma revisão. Ah, ele já fez. Podia levar a van, então – propôs Emma. – Não, ele já fez isso uns poucos meses atrás e, caramba, tomei a maior bronca. Talvez...

– Talvez pudéssemos começar a trabalhar.

– Ela está irritada porque ele não ligou – explicou Laurel.

– Não estou irritada porque ele...

– É uma espécie de aborrecimento – emendou Mac, estreitando os lábios com ar de reflexão. – Esse é o seu tom de aborrecimento.

– Estou aborrecida, sim, com você.

Ignorando-a, Laurel se dirigiu a Mac.

– Provavelmente ele é desses sujeitos que seguem a regra dos três dias.

– Uma regra bem estúpida.

– Pois é! – exclamou Emma. – Quem será que inventou uma coisa dessas?

Mac pôs um bolinho na boca.

– Pessoas como Parker.

– Quando tiverem acabado, me avisem – ralhou Parker, fazendo um gesto com a mão. – Não se apressem. Não há motivo para se apressar. A noiva, as damas, as madrinhas, os cabeleireiros e os maquiadores chegam daqui a 65 minutos. Mas tudo bem.

– Vocês se lembram de quando Parker saía com aquele cara? Aquele que tinha uma coisa no... – Mac passou o indicador e o polegar pelo queixo.

– Aquele cara?! – bufou Laurel. – Não gostávamos dele.

– Ele nunca olhava a gente nos olhos – acrescentou Emma, gesticulando com a garrafa na mão.

– E além do mais, dava umas gargalhadas... – disse Mac, assentindo como se dissesse algo muito sábio. – É o único cara que eu conheço que dá aquelas gargalhadas. Não acho que seja possível confiar num homem que faz aquilo.

Como acontece com amigas que se conhecem a vida toda, Parker sabia de quem estavam falando. Ia dizer que só tinha saído com ele umas poucas vezes, mas – por inteligência ou teimosia – ficou calada.

– É verdade – concordou Emma, dando um sorriso para Parker. – E como não gostávamos do sujeito nem confiávamos nele, não falávamos muito a respeito dele. Com você.

– Já sobre Malcolm temos muito a dizer, porque gostamos dele.

Isso fez tanto sentido para Parker que ela soltou um suspiro.

– OK, mas neste momento não há nada para se falar a respeito. Talvez nunca haja. E, se um dia houver, vocês serão as primeiras a saber.

– É justo. – Laurel deu uma olhada nas amigas e elas assentiram. – De acordo. – Fez um círculo no ar, encerrando o assunto: – Ao trabalho.

– Excelente. Como a previsão do tempo para hoje. Ensolarado quase o dia todo, com poucas chances de chuva, umas brisas suaves, exatamente o esperado para essa estação do ano. O evento Gregory-Mansfield de hoje cedo não apresenta áreas de instabilidade, nem problemas específicos ou questões delicadas com que tenhamos que lidar.

– O de sempre, então – comentou Laurel.

– Exato. Falei com a noiva mais cedo e ela está bem. Disse que teve uma conversa longa e sentimental com a mãe na noite passada, na qual deixaram chover nuvens de lágrimas, de forma que hoje não haverá mais precipitações.

– Gostei dela – comentou Emma, tomando um gole de seu refrigerante. – Não somos obrigadas a gostar das noivas, por isso, é um ponto a mais.

– Foi sensacional trabalhar com ela – concordou Parker. – Vamos ao cronograma.

Ela o repassou, ponto a ponto, confirmando se estava tudo pronto e perguntando se havia alguma necessidade de última hora.

– As flores estão lindas, uma quantidade enorme de violetas do campo.

– Nem me fale de violetas do campo – disse Laurel, mexendo com os ombros. – Preparei quase duzentas para o bolo.

– O clima campestre já está por toda parte – prosseguiu Emma. – A entrada e as suítes da noiva e do noivo estão prontas, bem como o vestíbulo, a escada e quase todos os espaços internos. Estamos terminando a parte externa, e vou precisar voltar para lá logo. Os carrinhos de flores que idealizamos vão fazer a maior vista, e ela vai amar a recepção, com os minirregadores cheios com aquilo que não posso falar.

– Tirarei fotos da chegada – acrescentou Mac – e vou me ater à noiva e suas acompanhantes até receber o aviso de que o noivo está aqui. Registrarei o momento de sua chegada e voltarei para tirar umas fotos naturais do preparo do cabelo, da maquiagem e delas se vestindo. Vou revezar isso com o noivo e seus acompanhantes. Tenho umas ideias bem sólidas de como serão as externas oficiais. Vou aproveitar os carrinhos de flor de Emma.

– O bolo está pronto. Esse não vai precisar de montagem. Emma e eu podemos fazer uma decoração para ele e para as mesas das sobremesas na hora do *brunch*.

– Acho que desmontar as coisas do primeiro casamento e montar tudo para o seguinte vai ser o mais complicado do dia de hoje – comentou Parker, correndo o dedo pelo cronograma. – Temos que fazer tudo no tempo certo.

– Não será a primeira nem a última vez que faremos isso – observou Laurel, dando de ombros. – O bolo do segundo evento vai precisar ser montado já no local, mas isso é tranquilo. O bolo em homenagem ao noivo está pronto e os doces, quase. Vou precisar de mais ou menos uma hora para finalizar, que posso conseguir antes do início do primeiro casamento.

– Já falei com minha equipe sobre a necessidade de estar tudo bem sincronizado – disse Emma, expirando. – Vai ser corrido, mas conseguimos dar conta. Começaremos pelo salão maior tão logo os convidados passem ao salão de baile. Os doze buquês estão finalizados, assim como os arranjos e as coroas das três, é isso mesmo que ouviram, das três meninas que vão jogar pétalas. Vou precisar contar com mais duas mãos, pernas, costas ou seja lá o que tivermos à disposição. Jack e Del já se ofereceram para arregaçar as mangas, e Carter também, quando Mac não estiver precisando dele. Vai dar tudo certo.

– Terrenos problemáticos – anunciou Parker, ressaltando o tópico seguinte. – Henry, o irmão do pai do noivo, é bem chegado numa vodka e, quando bebe muito, tende a dar palmadinhas e beliscões inapropriados nos traseiros femininos. Vou ficar de olho nele, mas adoraria contar com outros pares de olhos. A mãe da noiva é brigada com a própria sogra há muitos anos. Mas garanti que fizessem uma trégua hoje. No entanto, as emoções e o álcool, como sabemos, com frequência destroem as tréguas. A irmã da noiva – prosseguiu – se divorciou há mais ou menos três anos do melhor amigo do noivo, que será um dos anfitriões. A separação não foi amigável, ou seja, esse é outro possível terreno problemático. Bom – acrescentou –, vamos repassar rapidamente o cronograma.

Em uma hora, Parker estava na entrada, vestida com um terninho cinza-claro e pronta para receber a noiva. Enquanto Mac circulava disparando a câmera, Parker abria seu melhor sorriso de boas-vindas.

– Pronta para o seu dia, Marilee?

– Prontíssima. Ai, ai, olhe só para isso!

Com o cabelo preso num rabo de cavalo meio desarrumado, a noiva, radiante mesmo sem maquiagem, deu a mão à mãe e à melhor amiga, que era também madrinha.

– Parece... parece a clareira de uma floresta encantada. Uma floresta nativa secreta.

– Emma vai ficar muito feliz de saber que gostou. Todas nós ficamos. E isso é só o começo. Deixe-me acompanhá-la até a suíte da noiva lá em cima. Quem sabe hoje não a chamamos de seu caramanchão?

Em meio aos vasos de violetas e rosas silvestres, entre bandejas com champanhe e frutas coloridas, Parker pegou o vestido da noiva e das acompanhantes, serviu aperitivos e respondeu a perguntas.

– Os cabeleireiros e maquiadores estão chegando – disse, quando foi alertada pelo fone de ouvido. – Vou deixá-las com Mac por enquanto, mas volto daqui a pouco. Se precisarem de mim nesse meio-tempo, basta discar um-um-um no interfone.

Parker saiu do aposento devagar, mas, uma vez fora dali, acelerou o passo para verificar como andava o trabalho de Emma com as áreas externas. Percebeu que a amiga estava certa: os carrinhos de flores ficaram uma maravilha. Se a entrada parecia a clareira de uma floresta encantada, ali os convidados entrariam numa campina mágica.

Mais rosas silvestres de um vermelho profundo e violetas de um púrpura intenso se entremeavam na entrada. Arranjos de flores silvestres encorpados e charmosos enchiam os carrinhos e as jardineiras. Os membros da equipe de Emma, no entanto, acrescentavam uns pequenos suportes de cobre envelhecido com mais flores nas laterais das cadeiras, cobertas com um tecido verde-claro.

Bem bonito, pensou ela com a mente voltada para as fotos que Mac tiraria.

Deu uma ajudinha nos dez minutos livres que tinha e depois se apressou para receber o noivo.

– O noivo está na área – alertou a Mac pelo microfone.

Ela lhe deu as boas-vindas, o acompanhou e ofereceu uma bebida, enquanto pegava o smoking.

Notou que o pai do noivo, viúvo fazia cinco anos, estava sozinho na pequena varanda. Então foi lhe fazer companhia.

– Sr. Mansfield, não quer dar uma voltinha comigo para ver o local que decoramos para a cerimônia?

Parker passou o braço no dele e prosseguiu:

– Assim daremos um pouco de tempo para os rapazes se instalarem aqui – acrescentou, conduzindo-o para fora do aposento.

– Vai ser um dia lindo – disse ele.

– Vai, sim.

Era um homem bonito, pensou Parker. Com o cabelo cheio e grisalho, o rosto ligeiramente bronzeado e os traços bem marcados. Mas seus olhos revelavam uma profunda tristeza.

Parker se dirigiu a ele com doçura.

– Deve ser difícil, creio eu, enfrentar momentos felizes e importantes sem as pessoas que amamos e que tornaram esses momentos possíveis.

O pai do noivo pôs a mão sobre a dela.

– Não quero que ninguém perceba isso. Não quero tirar o brilho do dia de Luke.

– Não tem problema. Ele também vai sentir falta dela hoje. Vai pensar nela, como o senhor. Mas de uma forma diferente. Ela era sua companheira. Acredito que Luke vai ter com Marilee o que sua esposa e o senhor tiveram. O amor, o laço, o companheirismo.

– Kathy teria adorado Marilee – disse ele, dando um fundo suspiro. Depois, ao ver a varanda, a pérgula e o jardim, suspirou outra vez. – Teria ficado encantada com tudo isso, com todos esses momentos, cada um deles. Vocês estão presenteando nosso rapaz com um dia maravilhoso.

– Só lhe demos o cenário. Foi o senhor e a sua esposa que o ajudaram a se tornar um homem, e agora Marilee e ele estão presenteando um ao outro com esse dia maravilhoso.

Parker pegou um lenço e o ofereceu em silêncio, ao ver que os olhos dele estavam cheios de lágrimas.

– Sr. Mansfield...

– Nessas circunstâncias, seria mais apropriado que me chamasse de Larry.

– Larry, sei o que é ter que passar por momentos felizes sem as pessoas com quem queríamos compartilhá-los.

Larry assentiu, tentando se controlar.

– Conheci seus pais.

– É, eu me lembro que o senhor e sua esposa vinham às festas que eles davam. Luke se parece com ela.

– Parece, sim. Deus do céu, como ele se parece com ela!

– Creio que nessas situações, nesses momentos, só o que podemos fazer é guardar conosco as pessoas que não podem estar aqui – disse Parker, pondo a mão no coração. – E acreditar que eles também estão orgulhosos e contentes.

Ele assentiu e apertou um pouquinho mais a mão dela.

– Você é uma boa moça, Parker. Uma moça muito sábia.

– Acho que Marilee teve muita sorte em encontrar esse marido e esse sogro. Quer dar mais uma caminhada?

– Não, acho que tenho que voltar. Vou ficar com meu garoto. – Ele sorriu para Parker e pôs a mão no coração como ela havia feito. – Vamos ficar com nosso garoto.

Parker o levou de volta, satisfeita por ter conseguido fazê-lo rir enquanto caminhavam. Depois, seguiu apressada para o alegre caos da suíte da noiva.

As mulheres já estavam com seus vestidos e os homens com seus smokings. O menino das alianças estava entretido e a daminha estava recebendo os retoques finais. Seguindo à risca o cronograma, Parker fez uma fila com as damas, ajudou a pôr as coroas de rosas e violetas, pegou as flores que seriam jogadas no caminho da noiva, enxugou olhos chorosos para salvar as maquiagens.

– O noivo está posicionado – avisou Laurel pelo microfone.

– Nós também já estamos prontas. Pode soltar a música dos pais.

Depois de pedir que os avós descessem, Parker se virou para Larry, que seguiria acompanhado da própria mãe.

– Vamos lá? – falou ela e, seguindo um impulso, ficou na ponta dos pés e deu um beijo no rosto dele. – Boa sorte. Está muita bonita, Sra. Mansfield. Aproveite o casamento.

Com o relógio tiquetaqueando em sua cabeça, ela observava o cortejo.

– Mãe da noiva e o filho, é a vez de vocês. Brent, depois que sua mãe se sentar, vá para o lado esquerdo do padrinho. Agora!

Uma graça, pensou. Tudo estava muito bonito e sem atrasos.

– Trocar para a música do cortejo. Primeira dama... pode ir. Sorria. Olhe para a frente. Você está incrível. Segunda dama... é sua vez. Com os ombros para trás, Rissa! Madrinha, assuma seu posto.

Não precisou lembrar a ela que deveria sorrir. A madrinha estava com um sorriso de orelha a orelha estampado no rosto.

– Pronto, pode ir. Perfeito. Está tudo certo. Cody, lembre-se da sua tarefa – disse ela, piscando para o garotinho que levaria a almofada branca com alianças falsas. – Vá lá, garoto!

O menino sorriu e foi caminhando, todo orgulhoso.

– Você agora, Ally. Está parecendo uma princesa de conto de fadas. Pode ir jogando as pétalas e sorrindo. Divirta-se e depois vá até a mamãe lá na frente. Muito bem, lindinha.

– Ai, meu Deus! – exclamou Marilee segurando uma gargalhada.

– Além de ser uma noiva linda, você é uma das mais felizes que já passou por aqui. Pronto para o grande momento, Sr. Gregory?

– Como ela não está nervosa, estou por nós dois.

– Nem dá para notar. O senhor está muito elegante. Respire fundo. Puxe o ar e solte algumas vezes. A música da noiva. Pode ir agora. Quando chegarem à entrada, espere um pouquinho. Deixe que todos vejam como vocês estão estonteantes. Agora vão!

Parker esperou todas as atenções se voltarem para a noiva, depois trocou de ângulo, para não correr o risco de ser enquadrada em uma das fotos de Mac.

Então se afastou e foi ficar numa das laterais, onde, como suas sócias, ficaria invisível, ainda que pronta para resolver o menor imprevisto ou o maior dos problemas.

Durante os vinte minutos que se seguiram, Parker se alegrou por ninguém precisar dela.

– Até agora, tudo certo – murmurou no microfone. – Fizemos um belo trabalho. O solário está pronto para receber os convidados durante a sessão de fotos?

– Prontinho – assegurou Emma. – E o salão principal está quase. Diria que até agora, tudo maravilhoso.

– Espero que tenha razão. A madrinha não para de chorar. Ela está bem, mas vai precisar retocar a maquiagem antes das fotos.

– A maquiagem está na cozinha – contou Laurel. – Vim pegar uma coisinha para comer no intervalo. Mando para você em cinco minutos.

– Cinco minutos está ótimo. Estamos na troca de alianças.

Quando o casal feliz saiu dançando – literalmente, já que o noivo parou no meio do caminho, ergueu e girou a noiva, que gargalhava –, Parker aplaudiu.

E mais que depressa voltou ao trabalho.

Mac conduziu os noivos, as damas, padrinhos e madrinhas numa direção, enquanto Parker levou os convidados para outro local. Os ajudantes contratados se dispersaram para reorganizar as cadeiras e pôr mais mesas na varanda.

Depois da pausa para fotos e coquetel, só com seis minutos de atraso, Parker chamou os convidados para o *brunch* no salão.

Sempre havia algum detalhe que precisava de atenção ou de retoque, mas, ao observar as pessoas dançarem durante a recepção, Parker percebeu que tudo, tanto em cena quanto nos bastidores, tinha transcorrido de forma muito tranquila.

– Parker – chamou Larry, aproximando-se dela. – Sei que está ocupada, mas gostaria de saber se pode me dar uns minutinhos.

– Claro. O que posso fazer pelo senhor?

– Queria perguntar se me concederia essa dança.

Aquilo não fazia parte do protocolo, mas Parker sabia quando as regras tinham que ser quebradas ou descumpridas.

– Será um prazer.

– Foi um dia muito bonito – disse Larry enquanto se encaminhavam para a pista de dança. – E muito alegre. Você me ajudou a compreender que podia aproveitá-lo ao máximo.

– Acho que teria chegado a essa conclusão sozinho.

– Espero que sim, mas não precisei. Fiquei observando você, coisa que sei que teria me escapado se não tivéssemos conversado.

– Ah, é?

– Você é muito boa no que faz e muito boa em esconder que isso tudo faz parte do trabalho. Seus pais ficariam muito orgulhosos de você e do que construiu aqui.

– Obrigada.

– Minha mãe ficou impressionada e, acredite, ela não se impressiona à toa. A neta de uma grande amiga dela acaba de ficar noiva. Quando minha mãe se encontrar com ela, e isso acontece sempre, você terá outra cliente.

– Não há nada que gostemos mais do que a recomendação de um cliente satisfeito.

Ela quase perdeu o ritmo quando viu Malcolm – de onde ele teria saído? – encostado na parede, conversando com Jack.

E olhando para ela.

Malcolm a deixava desnorteada, admitiu, obrigando-se a recuperar o passo e seguir Larry até o fim daquela dança. Aquilo tinha que parar. Não podia permitir que alguém a desconcertasse naquele momento. Tinha um cronograma a cumprir, um evento a acompanhar até o fim e outro que nem tinha começado ainda.

Quando a música terminou, Parker deu um passo atrás.

– Obrigado por ter me concedido essa dança – falou Larry, apertando suas mãos. – Você e suas sócias organizaram um casamento muito bonito.

– É o que mais gostamos de ouvir, mas agora preciso voltar aos meus afazeres.

Indicou ao DJ que era hora da próxima etapa: hora de a noiva jogar o buquê e a liga, atividades que ela organizou e supervisionou. Ajudou uma convidada a encontrar o pé esquerdo do sapato (um belo Jimmy Choo, que fora atirado longe numa dança mais entusiasmada) e providenciou uma bainha rápida na roupa de outra.

Como Laurel estava ocupada ajudando o pessoal do bufê a servir o bolo e o café, Emma e sua equipe já desmontavam parte da decoração e Mac continuava circulando de um lado a outro para documentar a festa, Parker recrutou Del.

– Temos que começar a levar os presentes.

– Claro. Emma obrigou Jack a ajudá-la com as flores. Estão por aí fazendo sei lá o quê.

Parker sabia muito bem o que estavam fazendo e onde.

– Estão trocando a decoração do Solário e do salão principal para o próximo evento.

– OK.

Ela foi descendo a escada dos fundos às pressas.

– Onde está Malcolm?

– Por aí. Por quê?

– Eu o vi por aqui, só isso.

– Tem problema?

– Não. – Parker notou que seus ombros estavam tensos e tratou de relaxá-los. – Só não esperava vê-lo. Hoje está um dia bem agitado.

– Então arranje alguma coisa para ele fazer.

Em vez disso, ela só o afastou de sua mente e, junto com Del, os manobristas e os motoristas, começou a levar os presentes das mesas onde estavam expostos até a limusine dos noivos.

Quando terminaram essa tarefa, começaram a surgir os primeiros convidados pedindo seus carros. Ela acompanhou alguns até a porta e ajudou os que ganharam flores dos noivos.

Ajustando-se ao cronograma, voltou depressa ao salão e fez um gesto para o DJ anunciar a última dança.

Laurel parou ao seu lado.

– Eu me encarrego da limpeza se você os acompanhar. Você é melhor nisso.

– Combinado.

– O bolo e os doces para levar estão embalados, portanto posso dar uma mãozinha a Emma, pelo menos até Mac e Carter se liberarem. Depois tenho que ir preparar minhas coisas para o outro evento.

– Emma foi acondicionar umas flores que a noiva quer levar ou dar de presente.

– Vou lá ajudá-la nesse tempinho que tenho agora. Como você convenceu Mal a levar as flores?

– Como é? Eu não fiz nada. – Os olhos de Parker se arregalaram. – Ele está ajudando?

– Esbarrei com ele quando estava carregando praticamente uma floresta para o salão principal. Das violetas silvestres para a floresta tropical com orquídeas exóticas e o que mais exista por lá. Temos que admitir: Emma se superou de novo.

Parker não sabia o que pensar a respeito de Malcolm e das orquídeas, mas não teria tempo para isso. Conduzir os convidados até a porta incluía também assegurar-se de que ninguém havia ficado perambulando por ali e dar atenção aos noivos até que eles entrassem na limusine sãos e salvos e fossem embora.

Quando todos partiram, Parker soltou um suspiro de satisfação.

– Bom trabalho.

Virou-se e viu quem falara. Malcolm estava na porta, com um prato nas mãos.

– Foi mesmo, mas é só a metade do trabalho de hoje.

– Já me disseram. Tome.

Parker franziu o cenho olhando para o prato que ele lhe estendia.

– Não quero isso. Não tenho tempo.

– Sou só o mensageiro. A Sra. Grady é que mandou e, segundo as regras dela, também faz parte do meu papel de mensageiro lhe pedir que sente por cinco minutos e coma. Ela me fez prometer voltar e fazer um relatório da operação. – Malcolm inclinou a cabeça. – Não sei você, mas eu não pretendo contrariá-la.

– Está bem.

Parker pegou o prato, que continha uma massa e uma salada de legumes, sentou-se num dos bancos da entrada e comeu.

Malcolm tirou uma garrafinha de água do bolso e ofereceu a ela.

– Obrigada. Você escolheu um dia ruim se veio chamar Del, Jack e Carter para sair. Os sábados costumam ser dias bem atarefados e temos recorrido a toda e qualquer ajuda que surja.

– Não vim para chamar Del, Jack e Carter para sair – falou Malcolm, sentando-se ao lado dela. – Vim cobrar os 100 dólares de Jack e ver você.

– Estou muito ocupada para ser vista.

– Estou vendo você agora.

– Agradecemos que tenha nos dado uma mãozinha, mas você não precisa...

– Sem problema. Me deram comida, cerveja e um bolo delicioso. Você provou... o bolo?

– Não tive...

– Tempo. – Malcolm completou a frase dela e sorriu. – Ouvi dizer que mais tarde vai ter um jantar fantástico e mais bolo. Carregar flores, cadeiras e o que mais for preciso em troca disso me parece um bom negócio.

Parker pegou uma garfada da massa. Notou que ele tinha se barbeado e estava com um jeans sem furos nem manchas de graxa. E apesar de estar meio frio, ele estava só com uma camisa de malha preta.

– Sua oficina abre aos sábados. Por que não está trabalhando?

– Trabalhei até uma hora – falou ele, recostando-se e estreitando os olhos. – E tinha ficado acordado até tarde trabalhando.

– Tarde quanto?

– Até duas horas. Um garoto amassou o para-choque do Jaguar do papai e quebrou um farol. Deduzi que o pai estivesse viajando com a namorada e que o garoto não devia ter permissão para dirigir o carro, porque estava desesperado para consertá-lo antes que o pai voltasse ou que os empregados percebessem. Me pagou pela troca de peças e pela urgência da mão de obra.

– Isso é desonesto.

Ele arregalou os olhos.

– Ele não é meu filho, então não é problema meu. Se fosse problema meu, eu diria que se o sujeito desse ao filho a mesma atenção que dá à namorada, o garoto provavelmente nem teria tirado o Jaguar da garagem. Foi um passeio nada bom, de qualquer forma.

– Talvez ele seja um pai excepcional que quis tirar uns dias para si mesmo.

– O garoto contou que a mãe tirou um ano sabático. Foi para o Tibete para compreender seu eu espiritual ou seja lá o que for, para se conhecer a fundo depois do seu terceiro divórcio. E o garoto ficou com o pai, que o deixou na casa com empregados enquanto segue se dedicando apenas a seu trabalho e suas mulheres. Ser rico não faz de ninguém um egoísta desgraçado – acrescentou –, só faz com que você se sinta muito mais confortável sendo assim.

Os olhos de Parker agora estavam cheios de compaixão, assim como sua voz.

– Está falando de Chad Warwick?

– É, dele mesmo. Você o conhece?

– Conheço a família, embora esse termo não me pareça tão adequado para defini-los, dada a situação. Ouvi dizer que Bitsy tinha ido para o Tibete. Também soube que ela passou os últimos meses do tal retiro espiritual na Côte d'Azur.

– Maravilha.

– Não, não é mesmo. Pobre garoto.

Ela se levantou e estendeu o prato a Malcolm.

– Pode fazer o relatório para o general e levar a prova de que cumpriu suas ordens.

Malcolm se levantou e pegou o prato. Manteve os olhos nos dela enquanto o vento embaraçava seu cabelo já revolto.

– Vou ficar para o próximo round.

– Você é quem sabe.

Aproximou-se dela e segurou seu rabo de cavalo.

– Já peguei meus 100 dólares, então vou ficar porque quero ver você.

Ele se inclinou e tomou a boca de Parker com ímpeto, paixão e presteza.

– Vejo você depois – falou ele.

Quando ele sumiu de suas vistas, Parker disse a si mesma que podia parar por trinta segundos para se sentar e recuperar a força das pernas.

Ela ficou o dobro do tempo e teve que subir a escada correndo para verificar as suítes e cumprir o horário estipulado.

capítulo nove

COMO ERA ESPERADO, o evento daquela noite trouxe alguns problemas, umas pequenas crises e conflitos pessoais que Parker acabou conseguindo impedir, resolver ou simplesmente abafar.

Evitou a briga potencial causada pelas desavenças entre a mãe e a avó da noiva levando uma de cada vez para circular pelas instalações enquanto deixava a outra ter seu momento exclusivo com a moça.

E se manteve neutra quando cada uma começou a listar os defeitos e as falhas da outra.

Conseguiu manter o amigo do noivo ocupado e longe dos locais por onde sua ex-mulher, a irmã da noiva, poderia passar.

Já que aplacar ânimos e neutralizar bombas-relógio humanas estavam consumindo a maior parte do seu tempo, precisou delegar a posição de sentinela a Mac e Laurel e, assim, pôde acompanhar os últimos preparativos.

Passo a passo, viu Emma transformar floresta e campina numa elegante e elaborada festa para os olhos, enquanto Laurel dava os últimos retoques no bolo de cinco andares, tão fabuloso quanto um diamante.

Na suíte da noiva, Mac ia documentando outra transformação: a de mulher em noiva, e capturou o orgulho e o prazer do momento em que ela se pôs de pé envergando o vestido branco, que cintilava graças às contas prateadas do corpete sem alças.

Parker viu a noiva afastar a cauda toda trabalhada do vestido para que a mãe – emocionada demais para pensar em brigas – pudesse pôr o colar de diamantes no pescoço da filha.

– Uma coisa antiga, para dar sorte – murmurou a mãe.

Parker sabia que as lentes de Mac capturariam não só o colar, o belo contorno dos ombros da noiva e o movimento do vestido, mas acima de tudo o momento. E a foto ressaltaria a emoção de mãe e filha, uma sorrindo para a outra, com os olhos marejados.

– Querida, você está um sonho!

– Eu estou... Ai, meu Deus! Eu... Mãe. Não imaginava que ia ficar tão emocionada assim.

Parker lhe estendeu um lenço de papel.

– Você tinha toda a razão... – disse-lhe a moça enxugando devagar os cantos dos olhos – quando sugeriu que eu não usasse véu e ficasse apenas com uma tiara.

A noiva levou a mão ao arranjo simples que brilhava no seu cabelo escuro e impecável.

– Você não poderia estar mais linda, Alysa – retrucou Parker. – Exceto por...

Como Emma ainda estava terminando a decoração do salão de baile, Parker tirou o buquê da caixa e o entregou à mãe da noiva.

–... este último detalhe.

Com a cascata de orquídeas num fundo prateado destacadas por pedras clarinhas nas mãos, a noiva se virou mais uma vez para o espelho com cavalete.

– Ah! Agora acho... que me sinto realmente um sonho.

A mãe da noiva pôs uma das mãos no braço de Parker e suspirou.

E aquela, pensou ela, era a maior demonstração de reconhecimento por um trabalho – pelo menos até então – bem-feito.

Ouviu um grito – jovem, feliz, que nada tinha de angustiado –, mas, mesmo assim, correu para a outra ponta do aposento no instante em que Malcolm abriu a porta carregando no colo a menina que ia levar as flores.

– Com licença, senhoras, mas encontrei esta princesinha. É aqui a entrada do castelo?

– É aqui mesmo.

Parker já ia estender os braços para pegar a menina quando uma mulher surgiu com as outras duas meninas que espalhariam pétalas enganchadas em seu quadril.

– Leah! Ai, me desculpem. Ela escapou e não consegui alcançá-la carregando as outras duas.

– Não tem problema.

– Elas já estão prontas para as fotos – disse Parker. – Então, pode levá-las direto para Mac. Vou ajudá-la.

Pegou Leah, que não parecia nada arrependida da travessura.

– Obrigada – disse, dirigindo-se a Mal antes de levar a menina consigo.

– Tchau, Mal! Tchau! – gritou Leah, virando-se para trás, e Parker esboçou um sorriso ao perceber que a menina jogava beijos estalados para se despedir.

Quando voltou, viu Malcolm pegando um pedaço dos queijos dispostos numa bandeja.

– Bem gostoso – comentou ele.

– Proteína ajuda a manter a energia.

– Verdade – concordou ele, e espalhou um pouco de queijo cremoso num biscoito salgado. – Tome um pouco de energia.

Não ia doer, pensou Parker, e aceitou o que ele lhe oferecia.

– Onde encontrou Leah?

– A menina? Bem aqui no corredor, dançando. Fazendo aquelas coisas, sabe... – acrescentou, girando um dos dedos no ar. – Ela está se achando com aquela roupa. Só fui levar um drinque para o pai do noivo, ou talvez da noiva, sei lá. Uma dose de Jack Black. Portanto, ela não devia estar ali há muito tempo.

– Fico grata pela ajuda.

– Então demonstre – disse ele, sorrindo.

– Não tenho tempo para isso. Preciso... – ela se interrompeu e ergueu uma das mãos. – Alerta vermelho. No solário.

– Virou o capitão Kirk?

Mas ela já estava saindo da suíte.

– O que está...? Bom, dane-se – murmurou Parker ao microfone. – Estou indo.

– Qual o problema?

– Uma das convidadas decidiu que a determinação dos noivos de não ter crianças com menos de 12 anos na festa não se aplica aos seus quatro filhos, que, aparentemente, estão aprontando todas durante o coquetel que antecede a cerimônia. Laurel está sozinha lá embaixo, ajudando os garçons, e está a ponto de explodir.

– É comum você ficar correndo de um lado para o outro dessa casa enorme?

– É.

– Então por que usa esses saltos altos?

– Estes sapatos aqui são lindíssimos Pradas, e estou usando salto alto porque sou profissional.

Sem dúvida alguma, ela era perfeitamente capaz de se locomover com aquilo, pensou Malcolm.

– Não tem nada a ver com vaidade?

– Mera consequência.

Quando chegaram ao solário, ela diminuiu o ritmo: a corrida se transformou em passadas firmes.

Malcolm ouviu o tumulto antes mesmo de ver as crianças. O que não era de estranhar, murmurou ele consigo mesmo, já que elas estavam berrando, se esgoelando, gritando a plenos pulmões. Viu, como Parker também devia estar vendo, as reações variadas dos outros convidados que também haviam chegado mais cedo para curtir drinques e canapés antes da cerimônia. Havia quem achasse graça, quem se mostrasse aborrecido, irritado ou até ignorasse o que acontecia.

A maior variedade, pensou Mal. E a maior bagunça, acrescentou mentalmente quando viu um dos garçons uniformizados varrendo cacos de vidro. Enquanto Parker abria caminho em meio a toda aquela gente, com a perícia e a exatidão de um míssil teleguiado, ele percebeu que as crianças tinham aprendido a agir daquele jeito da forma mais natural possível: por imitação. A mãe também estava aos berros.

– Parker – disse Laurel, que usava um avental branco de chef por cima do terninho. Ela mostrava os dentes de uma forma que dificilmente poderia ser considerada um sorriso. – Esta é a Sra. Farrington.

– Parker Brown – apresentou-se, estendendo a mão e pegando a da convidada com firmeza antes que a outra pudesse esboçar qualquer reação. – Muito prazer em conhecê-la. Por que a senhora e as crianças não vêm comigo? O pai delas também está aqui?

– Ele está no bar e não temos a menor intenção de ir a lugar nenhum.

– Laurel, por que não localiza o Sr. Farrington e pede que ele venha ao nosso encontro? Seus filhos são lindos – prosseguiu. – Tenho que lhe pedir para controlá-los.

– Ninguém me diz o que devo fazer com meus filhos.

Parker manteve o sorriso no rosto, mas, agora, ele tinha um quê de ferocidade.

– Como esta é a minha casa, a minha propriedade e foi bem especificado que os seus filhos não estavam convidados para o evento de hoje, é exatamente o que estou fazendo.

– Viemos em família.

Parker prendeu a respiração quando um dos meninos que brigava no chão jogou um carrinho na direção do irmão. Malcolm conseguiu segurar o brinquedo um centímetro antes que ele atingisse um vaso cheio de orquídeas.

– E está disposta a pagar os prejuízos? O que importa, hoje, não é você e sua família – prosseguiu ela e, embora mantivesse a voz baixa, seu tom era agora pragmático. – Hoje só Alysa e Bo contam. E no convite estava explícito que eles não queriam a presença de crianças de menos de 12 anos.

Percebendo que a gritaria havia parado, Parker baixou os olhos e deu com Malcolm agachado no chão junto com os quatro meninos, que tinham os olhos arregalados e estavam quietíssimos.

– Uma atitude muito egoísta. A maior falta de consideração.

– Tem todo o direito de pensar assim – retrucou Parker sem se alterar –, mas os noivos tomaram essa decisão e é o que eles querem.

– Eu disse a ela para não trazer as crianças – observou o Sr. Farrington, que vinha se aproximando com um copo de uísque na mão. – Eu lhe disse para não carregar os meninos, Nancy.

– E eu disse a *você* que esperava que meu primo demonstrasse mais tolerância e carinho com relação aos meus filhos, em vez de barrá-los na sua festa de casamento.

– Querem continuar discutindo aqui? – indagou Parker com um sorriso gélido. – Na frente das crianças e dos outros convidados? Diga-me, Sra. Farrington, a senhora confirmou a presença de seis pessoas?

A mulher ficou calada.

– Como não acredito que tenha feito isso, não temos acomodações para crianças e, como é um jantar servido por pratos, também não temos refeições para elas. No entanto terei o maior prazer em providenciar uma babá para cuidar deles em outro cômodo da casa, com comida e bebida adequada durante o casamento e a recepção. Posso chamar duas babás qualificadas que estarão aqui em vinte minutos, por 50 dólares a hora. Cada uma.

– Se acha que vou lhe pagar para...

– Ou concordam com a vinda das babás pelo preço estipulado ou terão que encontrar alguém fora daqui. O meu trabalho é fazer com que os desejos e as decisões de Alysa e de Bo sejam cumpridos. E vou fazer o meu trabalho.

– Venha, Gary. Vamos embora. Pegue os meninos.

– Vá você – retrucou o marido, dando de ombros. – Pode levar as crianças ou deixá-las aqui e eu pago a taxa. Vou ficar para o casamento. Não se esqueça, Nancy, Bo é *meu* primo.

– Pois nós vamos embora. Venham, meninos! Eu disse venham! *Agora!*

A choradeira, a gritaria e as brigas recomeçaram quando a mãe passou a mão nos filhos e saiu levando consigo quatro crianças furiosas. Parker e Laurel se entreolharam. Laurel assentiu e foi atrás da convidada.

– Por favor, me desculpe – disse Gary. – Temos discutido essa questão há semanas, mas pensei que estivesse tudo resolvido. Depois ela enfiou as crianças no carro antes que eu pudesse ver. Eu devia ter impedido. Imagino que eles tenham quebrado aquela bandeja de taças que vi um dos garçons levando lá para dentro. Quando lhe devo?

– Acidentes acontecem, Sr. Farrington. Espero que se divirta no casamento. Malcolm, pode vir comigo?

– Claro – concordou ele, e pôs na mão de Gary o carrinho das crianças, que ainda segurava. – Um clássico – comentou, e saiu atrás de Parker.

– O que você disse aos meninos para eles se calarem? – perguntou ela.

– Que estava fazendo aquele Corvette refém. Uma edição fantástica da Matchbox do modelo 1966. E que se eles não parassem de fazer toda aquela bagunça, a moça que estava falando com a mãe deles ia mandar prendê-los.

– Prendê-los?

– Funcionou. Os quatro se calaram e ficamos conversando sobre carros. Estavam brincando de carrinho quando a mãe apareceu e mandou que Esme, a babá, vestisse paletós neles. Todos odeiam paletós, aliás, e só queriam ficar em casa brincando. Perfeitamente compreensível, não?

– Olhe, você se saiu muito bem...

– Está certo que eram quatro, mas o trabalho mais difícil ficou mesmo com você. As crianças são mal-educadas, só que a mãe é uma peste. O que acha de tomar uma cerveja?

– Não dá. Essa história consumiu todo o período da chegada, do coquetel e da sessão de fotos. Mac já está quase terminando de fotografar os pais e os padrinhos do noivo.

– Como sabe?

– Porque ela me disse – respondeu Parker, indicando o fone de ouvido. – Sinal verde para começar – acrescentou, falando ao microfone, o que fez Malcolm sorrir. – Dê o comando para a música de fundo enquanto os convidados vão para seus lugares e feche o bar. Se não fecharmos o bar, um monte de gente continuará lá e não irá entrar – observou, dirigindo-se a Mal. – Dez minutos para a entrada do noivo. Tenho que ir lá para cima. Obrigada pela ajuda.

– Imagine. Vou pegar aquela cerveja antes que me mandem embora.

Malcolm gostava de vê-la trabalhar. Na maior parte do tempo, não tinha ideia do que ela estava fazendo, mas isso não atrapalhava em nada o prazer que sentia. Parker andava para lá e para cá, andava muito, ou parecia desaparecer nos bastidores. Mais de uma vez, ele a viu tirar algo do bolso (seu terninho parecia ter centenas de coisas escondidas) e entregar a um dos convidados.

Lenços de papel, limpador de óculos, alfinetes de segurança, fita adesiva, fósforos, caneta. Era como se ela carregasse uma loja de departamentos. De vez em quando, Malcolm via Parker mover os lábios, respondendo, ele deduzia, a algo que lhe diziam pelos fones de ouvido. Aí, saía andando em outra direção, para desempenhar alguma nova tarefa ou impedir alguma crise.

Ocasionalmente, se aproximava de uma das sócias, ou de mais de uma, ou de algum dos auxiliares contratados, mas todos estavam sempre correndo.

No entanto, se a pessoa não estivesse prestando atenção, tudo pareceria funcionar por conta própria.

Toda a parafernália do casamento em si – vestidos elegantes e smokings, um montão de flores, velas e rios daquele estranho tule branco que envolvia tudo. Música, lágrimas, muitas luzes piscando e provocando exclamações dos convidados.

Cortejos de entrada, de saída, e, de repente, o bar era reaberto e as hordas eram conduzidas até lá para mais bebidas e mais comida, o que as manteria lá fora até chegar a hora do jantar elaboradíssimo. Mais flores, velas, luzes piscando, música, brindes, gente circulando de mesa em mesa. E Malcolm pôde perceber que cada detalhe era cronometrado.

Depois, vinha o êxodo em direção ao salão de baile, para a festa, e, antes que o último convidado saísse pela porta, todo o enxame de abelhas operárias já estava recolhendo pratos e talheres, limpando e retirando metade das mesas.

Soube disso porque acabou sendo convocado para o batalhão da limpeza.

Quando chegou ao salão de baile, a festa estava no auge. Mais mesas, mais velas e pisca-piscas, além de toneladas de flores. A música agora era mais animada para atrair os convidados para a pista de dança. Outro bar, além dos garçons que circulavam com taças de champanhe.

Percebeu que ali o destaque entre as flores dispostas por Emma era o bolo de Laurel, uma verdadeira obra de arte. Como já havia provado coisas feitas por ela, contava que o sabor do bolo fosse tão incrível quanto sua aparência.

Algo para se esperar com ansiedade.

Avistou Mac esgueirando-se em meio à multidão, circulando dentro e fora da pista de dança, passando entre as mesas, tirando suas fotos.

Malcolm pegou uma cerveja e foi saindo, não sem dificuldade, para se aproximar de Carter.

– Uma festa e tanto – comentou.

– Uma das maiores que já vi. Não consigo acreditar que, na semana que vem, vai ser a da minha irmã.

– Verdade. Recebi um convite. Acho que vai ser diferente ficar do outro lado.

– Para todos nós. Mac e eu decidimos que vai ser uma espécie de treino para quando chegar a nossa vez. Tentar descobrir como se pode participar de um casamento e organizá-lo ao mesmo tempo.

– Bom, ela não vai tirar as próprias fotos... a menos que tenha um clone.

– Claro que não – disse Carter, sorrindo. – Ainda está tentando imaginar um jeito de tirar algumas, mas já contratou uma mulher de quem gosta e em quem confia para fazer as fotos. E as quatro estão fazendo reuniões regulares para encontrar a melhor maneira de conseguir que tudo corra bem.

– Se é que alguém consegue... Já que estamos aqui, queria saber se por acaso dá aulas de reforço. Aulas particulares, sabe?

– Para meus alunos? – indagou Carter, desviando os olhos da multidão. – Claro.

– Não. Fora da escola.

– Nunca fiz isso. Mas poderia fazer.

– Tem um garoto que está trabalhando comigo há alguns meses. É um bom mecânico. Tem muito potencial. Descobri há pouco tempo que ele não sabe ler. Quer dizer, oficialmente sabe, mas é quase analfabeto. Sabe o suficiente para se virar, para fingir que lê.

– O analfabetismo é um problema muito maior do que as pessoas imaginam. Você quer ajudá-lo a aprender a ler.

– Bom, não sou professor e, de qualquer forma, nem saberia por onde começar. Aí me lembrei de você.

– Se ele estiver disposto, claro que posso ajudar.

– Vai estar disposto, se quiser manter o emprego, ou posso convencê-lo se ele pensar diferente.

– Quantos anos ele tem?

– Tem 17. Vai fazer 18. Possui um diploma de ensino médio, conseguido em boa parte, pelo que deduzi, pagando a outros garotos para fazerem os trabalhos por ele ou seduzindo as meninas com o mesmo objetivo. Eu pago as aulas.

– Nada disso, Mal. Vou adorar fazer isso.

– Obrigado. Mas se mudar de ideia quanto ao garoto ou quanto ao pagamento, não precisa se preocupar. Vou dizer a ele para lhe telefonar e vocês combinam tudo.

Tomou um gole da cerveja e fez um aceno de cabeça indicando Parker, que atravessava o salão.

– Conte alguma coisa que eu não saiba.

– Como é?

– Sobre Parker. Conte alguma coisa que eu não saiba sobre ela.

– Hã... Hum...

– Ah, Carter, pelo amor de Deus! Não estou querendo saber de nenhum segredo obscuro. Mas, se ela tiver algum, vou deixar você bêbado e descobrir. Quero saber coisas como: o que ela faz quando não está fazendo isso?

– Ela passa praticamente o tempo todo fazendo isso.

– Para se divertir. Será que vou ter que ir buscar uma bebida para você se quiser uma resposta?

– Não. – Carter franziu o cenho, pensativo. – Vira e mexe ficam juntas, as quatro. Tento não ficar especulando sobre o que elas fazem, já que parte do assunto deve dizer respeito a mim. Compras. Parker gosta de fazer compras. Todas elas gostam.

– Isso não chega a ser surpresa...

– Bom... Ela lê muito. É uma leitora de gosto bem eclético.

– OK. Essa informação é boa.

– E... – Mais animado com a tarefa, Carter aceitou o copo de cerveja que Malcolm pegou de uma bandeja que passou à sua frente. – Tanto ela quanto Laurel gostam de filmes antigos. Aqueles clássicos, em preto e branco. Parker também participa de eventos de caridade ou para levantar fundos. Ela e Del se revezam nessas ocasiões. É uma coisa dos Browns.

– *Noblesse oblige.*

– Exatamente. Ah, e ela anda a fim de fazer um livro.

– Está brincando?

– É sério. Um livro de casamento em que cada uma delas teria uma seção para a sua especialidade e Parker costuraria os assuntos. O que reproduz o esquema de funcionamento da Votos. Mas devo deduzir que você não está coletando todos esses dados por mera curiosidade...

– Tem toda a razão.

– Então deveria saber que, fora da Agência de Segurança Nacional, ninguém coleta dados como Parker Brown. Se estiver interessada em você, vai ter um arquivo completo. Bem aqui – acrescentou Carter, batendo com um dedo na própria têmpora.

Malcolm deu de ombros.

– Sou um livro aberto.

– Ninguém é, mesmo que pense o contrário. Agora tenho que ir: Mac deu o sinal. Ah... – E entregou ao amigo o copo de cerveja quase intocado.

Sem ter o que fazer, Malcolm saiu andando pelo andar térreo e encontrou a Sra. Grady diante da bancada da cozinha, folheando uma revista e tomando um chá.

– Tem café fresquinho, se é o que está procurando...

– Não é má ideia, a menos que a senhora queira ir até o salão e me conceder aquela dança.

– Não estou vestida para uma festa – replicou ela, rindo.

– Nem eu – observou o rapaz, pegando uma caneca e servindo-se de café. – Mas é uma festa e tanto!

– Minhas meninas entendem do assunto. Já jantou?

– Ainda não.

– Que tal um empadão de frango?

– Eu adoraria.

– Por acaso tenho um aqui que gostaria de dividir com alguém – disse a Sra. Grady, sorridente.

– Sorte a minha, já que, por acaso, estava com a esperança de jantar com a mulher dos meus sonhos.

– Parker está ocupada, portanto vai ter que se consolar comigo.

– A senhora não é mulher para servir só de consolo.

– Sujeitinho esperto, hein? – disse ela, cutucando-o e lhe dando uma piscadela. – Ponha a mesa.

A Sra. G. foi esquentar a comida sem deixar de notar que ele não a corrigira quando ela associara Parker à mulher dos seus sonhos.

Gostava da companhia daquele rapaz. Admitia, é claro, que ele tinha qualidades que lembravam seu Charles. A mescla de charme espontâneo com um temperamento meio esquentado, a força não explícita e o brilho ocasional nos olhos que dizia que ele podia ser perigoso quando quisesse.

Quando já estavam sentados e ele tinha dado a primeira garfada no prato, sorriu para a governanta.

– Está tão gostoso quanto parecia. Eu cozinho um pouco.

– É mesmo?

– Comida para viagem e congelados de micro-ondas cansam, e não posso ficar batendo à porta da minha mãe sempre que quiser comer. Então misturo uma coisa aqui, outra ali algumas vezes por semana. Quem sabe não me dá a receita desse empadão?

– Quem sabe? Como vai sua mãe?

– Ótima. Comprei um Wii para ela. Agora está viciada em Mario Kart e em boliche. Acaba comigo no boliche, e eu com ela no Mario Kart.

– Você sempre foi um bom filho.

Malcolm deu de ombros.

– Algumas vezes mais do que outras. Minha mãe adora o trabalho dela. E gostar do que se faz é importante. A senhora gosta.

– Sempre gostei.

– Desde que me lembro de ter ouvido falar dos Browns, e imagino que mesmo antes disso, a senhora já trabalhava aqui.

– Vai fazer quarenta anos na próxima primavera.

– *Quarenta?*

O espanto genuíno no rosto dele não arranhou a vaidade da Sra. Grady.

– Então tinha quantos anos, 8? Não há leis que impedem o trabalho infantil?

– Tinha 21 – respondeu ela, rindo e com um dedo em riste.

– Como começou aqui?

– Como criada. Naquela época, a Sra. Brown, avó de Parker, tinha todo um batalhão de empregados e não era nada fácil trabalhar para uma mulher como ela. Três arrumadeiras, o mordomo, a governanta, a cozinheira e suas ajudantes, jardineiros, motoristas... Éramos 24 ao todo. Eu era jovem e inexperiente, mas precisava trabalhar, não só para me sustentar, mas também para superar a morte do meu marido na guerra. A do Vietnã.

– Por quanto tempo foi casada?

– Quase três anos, mas meu Charlie passou praticamente metade desse tempo já como soldado. Ah, fiquei com tanta raiva quando ele se alistou... Mas ele disse que ia ser um exemplo de patriota. Ele era lá de Kerry, sabe? Portanto, tinha que lutar pelos Estados Unidos. Então foi. Lutou e morreu. Como tantos outros. Deram-lhe uma medalha por isso. Bom, você sabe como são essas coisas...

– Verdade.

– Eu morava na cidade e não queria continuar ali sabendo que Charlie não estaria mais comigo. Trabalhei um tempo para uma amiga dos Browns, mas ela se casou de novo e ia morar na Europa. Aí, me recomendou para a Sra. Brown e comecei como criada. O pai de Parker tinha quase a mesma idade que eu quando vim para cá. Era só um pouco mais novo. E garanto que não puxou à mãe.

– Ouvi umas coisas que me fizeram acreditar que essa diferença foi boa para todo mundo.

– Ele conseguia conciliar o que tinha de melhor no pai e na mãe. Era um homem muito bom. Era brilhante, mas, acima de tudo, era bom. Apaixonou-se e era lindo ver os dois juntos. Parecia um filme romântico. Ela era cheia de luz e de alegria. Posso lhe dizer que, quando esta casa passou a ser deles, também ficou cheia de luz e de alegria, o que não acontecia antes, não na minha época. Os dois mantiveram os empregados que quiseram continuar e concederam a aposentadoria aos que queriam parar de trabalhar. Como a governanta quis se aposentar, a patroa me perguntou se eu queria substituí-la. Foi um bom emprego, trabalhando para gente boa, numa casa que foi feliz por muitos anos.

A Sra. Grady suspirou e, depois, acrescentou:

– Foi a minha família que morreu naquele dia também.

– Eu estava em Los Angeles e ouvi falar do caso, mesmo antes que minha mãe viesse me contar. Era um casal marcante.

– Era mesmo. Esta casa, este lar, é parte disso.

– Hoje em dia, a senhora cuida de tudo praticamente sozinha.

– Ah, tem gente para ajudar com a limpeza. Parker deixa que eu decida o que preciso e quando. Também temos jardineiros para cuidar do terreno e, na maior parte do tempo, Parker e Emma é que lidam com eles. E Parker... – A Sra. Grady fez uma pausa e riu. – Sempre foi assim. Ninguém precisa andar atrás dela. Sorte sua se ela não começar logo, logo a tentar organizar sua vida. Tiro minhas férias no inverno para aproveitar a brisa das ilhas e também sempre que preciso de uma folga, seja quando for. E tenho o imenso prazer de ver duas criaturas que vi dar os primeiros passos se tornarem tão marcantes quanto os pais.

Ela o serviu de mais empadão.

– Você me lembra meu Charlie.

– Verdade? Quer se casar comigo?

A Sra. Grady brandiu a colher na direção de Mal.

– Tem a mesma lábia dele. Charlie levava o maior jeito com as mulheres, independentemente da idade que tivessem. É por isso que tenho um fraco por você, Malcolm. Não me decepcione.

– Vou tentar.

– Está interessado na minha menina?

– Estou, sim, senhora.

– Ótimo. Não estrague tudo.

– Vou entender isso como um sinal verde de sua parte. Que tal algumas dicas de navegação?

A governanta balançou a cabeça.

– Não acho que precise de dicas. Posso lhe dizer que ela está acostumada a homens previsíveis. Você não é assim. Minha menina quer amor e tudo o mais que vem junto e de que ela sempre foi cercada. A parceria, o respeito, a amizade. Nunca vai se contentar com menos, e nem deve mesmo. E jamais vai tolerar desonestidade.

– Mentir é atitude de preguiçoso.

– Coisa que você nunca foi. Tem um talento especial para levar as pessoas a lhe contarem coisas sobre si mesmas sem lhes contar muito ou quase nada sobre você e as pessoas com quem se importa. Ela precisa conhecê-lo.

Malcolm já ia dizer que não havia muito a conhecer, mas lembrou do comentário que fizera com Carter sobre a história do livro aberto e da resposta do amigo.

– Talvez.

A Sra. Grady fez uma pausa, observando-o.

– Você vê seu tio e sua tia com frequência?

O rosto do rapaz se anuviou.

– Ficamos fora do caminho um do outro.

– Diga a ela por quê.

Ele se remexeu na cadeira, incomodado.

– É uma história do passado.

– Tudo o que você queria ouvir de mim enquanto comíamos o empadão também é. O passado faz de nós o que somos ou o que lutamos para não ser. Agora volte para a festa, veja se pode ajudá-la de alguma forma. Ela adora gente prestativa.

– Vou ajudar a senhora a limpar isto aqui.

– Hoje, não. Vá embora. Saia da minha cozinha. Vá ficar no caminho dela por algum tempo.

capítulo dez

Foi o que ele fez. Parker não podia reclamar, já que Malcolm conseguia ficar no caminho dela e ainda ser útil, mas, mesmo assim... ele ficou no caminho dela.

No final da noite, Parker não sabia muito bem o que fazer com Malcolm ou a respeito dele. As amigas haviam lhe aconselhado a curtir – tanto a situação quanto ele. Mas como curtir algo ou alguém que a deixava tão inquieta?

Convenceu-se de que o melhor a fazer era se concentrar no trabalho, nos detalhes do casamento, e conseguiu. Quase o tempo todo. Quando acompanhava os convidados que deixavam a casa, felicitou-se por ter evitado, remediado ou dado um jeito de resolver os diversos contratempos daquele evento.

Mas o tio Henry, mais do que bêbado, escapou do seu radar.

– Lindo! Lindo casamento, linda moça.

– Obrigada, senhor...

– Lindo! – repetiu ele, envolvendo-a num abraço etílico que incluiu uma mão boba na sua bunda.

Antes que conseguisse se desvencilhar, Parker avistou Malcolm aproximando-se a passos rápidos. A primeira coisa que lhe passou pela cabeça foi: "*Ah, não!*" Não precisava de um herói que, muito provavelmente, começaria por um soco e, só então, faria perguntas.

– Senhor...

– Ei, amigo – chamou Malcolm e o tom animado da sua voz combinava com o ligeiro sorriso que exibia no rosto. – Vamos tirando essa mão daí. Como vai voltar para casa?

Já que o indivíduo estava quase caindo de bêbado, foi fácil desgrudá-lo de Parker.

– Alguém vai lhe dar carona?

– Posso muito bem dirigir – respondeu o outro, sorridente e cambaleante. Erguendo o polegar, acrescentou: – Estou cem por cento.

– No teste do bafômetro – retrucou Malcolm.

Com uma manobra rápida, ele conseguiu passar o braço de Henry pelos próprios ombros.

– Está com as chaves? Vou levá-las para o senhor.

– Ah...

– Ei, pai! – chamou um homem, que vinha descendo a escada às pressas e olhou para Parker com ar de quem pede desculpas. – Sinto muito, ele fugiu de mim. Vamos lá, pai. Mamãe e Anna já estão vindo. Minha mulher e eu vamos levá-lo para casa – acrescentou, dirigindo-se a Malcolm.

– OK. Eu o ajudo a chegar até o carro.

– Lindo casamento! – exclamou Henry a caminho do estacionamento. – Tenho que beijar a noiva.

– E qualquer outra mulher com menos de 120 anos em que consiga pôr as mãos – observou Mac. – Desculpe, eu vim tentar salvá-la, só que Mal foi mais rápido.

– Sobrevivi – exclamou Parker soltando o ar com força pela boca e ajeitando o paletó do terninho.

– Emma e Laurel estão ajudando os retardatários perdidos por aí. Jack,

Del e Carter estão fazendo a verificação de segurança nos locais já vazios. Nós nos saímos muito bem.

– Maravilhosamente bem. Vou começar a inspecionar o andar térreo se puder assumir o meu lugar aqui.

– Claro.

Parker se dirigiu à sala de visitas, passando pelo vestíbulo e pelo solário, de onde os prestadores de serviço já tinham removido as flores, o tule, as luminárias e as velas.

O local estava silencioso, meio escuro, com vestígios do perfume das flores ainda pairando no ar. Voltaria a ser todo preparado pela manhã, para o evento de domingo, que era uma festa mais íntima. Mas, por enquanto...

– Henry desabou no banco de trás do Lexus do filho – disse Malcolm às suas costas.

Parker se virou e o viu aproximando-se sob aquela luz mesclada de sombras. Embora os seus passos quase não fizessem barulho, o aposento já não parecia silencioso.

– Ótimo. Obrigada pela ajuda.

– Foi moleza. Achou que eu ia partir para cima de um velho bêbado só porque ele estava louco para apertar uma bunda durinha?

– Admito que, por um instante, fiquei preocupada.

– Pois fique sabendo que esmurrar bêbados felizes não tem graça nenhuma. Se for para bater em alguém, prefiro que seja algo que valha a pena.

O tom dele continuava leve, casual. Por que será então, perguntou-se Parker, que aquele ar com cheiro de flores tinha se tornado de repente elétrico, provocando-lhe uma súbita sensação de perigo?

– Devidamente anotado.

– Além disso, como a bunda em questão é incrível, quem pode culpá-lo por querer pôr as mãos nela?

– Achei que gostasse das pernas.

– Não existe um centímetro de você que não seja fantástico, querida, e sabe disso.

Ela inclinou um pouco a cabeça, caprichando para que o gesto combinasse com o tom despreocupado da sua voz.

– Isso não parece muito um elogio.

– E não é. É só um fato – retrucou Malcolm, chegando mais perto.

Parker teve de conter o ímpeto de recuar.

– O que faz para relaxar depois de uma festa dessas?

– Depende. Às vezes, nos reunimos para comentar o evento. Outras vezes, cada uma vai para o seu canto... Espere – disse ela, quando ele a abraçou.

– Achei que poderíamos tentar outro tipo de atividade relaxante.

Ele a beijou numa onda de calor que era mais uma ameaça do que uma promessa. Suas mãos foram descendo pelo corpo de Parker com tamanha habilidade que ela sentiu arrepios – é, arrepios perigosos – percorrerem a sua pele. E percorrerem o seu corpo por baixo da pele.

Disse a si mesma que era melhor pararem por ali, mas, quando o calor atingiu seus ossos, perguntou-se por que faria isso.

– Quero sentir as minhas mãos no seu corpo, Parker.

Agora, não havia nada de casual e leve na voz dele. O que havia ali era o atrevimento que ela percebera por baixo da calma. Ele parou de beijá-la e passou os dentes pelo contorno do seu queixo.

– E você sabe disso.

– O que não significa que...

– Então deixe – prosseguiu ele, espalmando a mão para abrir o paletó que ela usava.

– Tenho que...

– Deixe – repetiu ele, passando os dedos pelos seus seios.

A respiração de Parker ficou entrecortada quando a excitação se transformou em dor e a dor num desejo intenso, urgente.

– Não posso fazer isso agora. Não vou para a cama com você quando...

– Não falei em ir para a cama. Só quero tocá-la.

E, enquanto fazia isso, ficou olhando para o seu rosto até que voltou a beijá-la, um beijo ardente, ávido.

– Vamos sair juntos amanhã.

– Eu... OK. Não. – Por que não conseguia nem *pensar*? – Temos um evento.

– Na primeira noite livre que tiver... – insistiu Malcolm.

Sua mão foi deslizando pelo lado externo da coxa de Parker, voltou a subir e Parker sentiu suas forças se esvaírem.

– Quando vai ser?

Como ela poderia encontrar uma resposta racional se ele estava virando seu corpo pelo avesso?

– Na terça... Eu acho.

– Venho buscá-la às sete. Diga que sim.

– Sim. Está bem. Sim.

– É melhor eu ir embora...

– É mesmo.

Malcolm sorriu e, quando voltou a puxá-la para si, tudo o que Parker conseguiu pensar antes de se derreter de novo foi: *Ah, meu Deus...*

– Boa noite.

Ela se limitou a responder com um aceno de cabeça e não disse mais nada ao vê-lo passar pela porta do solário.

Então ela fez algo que jamais havia feito depois de um evento. Ficou sentada ali, no escuro, tentando se recompor, enquanto suas sócias encaravam sozinhas todo o trabalho que tinham pela frente.

Como de costume, Parker passou a noite de domingo, depois do evento, cuidando de papelada da Votos e da casa, além de coisas pessoais. Apagou e-mails, mensagens de texto e de voz, repassou as agendas, tanto a da empresa quanto a sua, com relação à quinzena seguinte, verificou os compromissos das sócias, fez as alterações e os acréscimos necessários.

Examinou mais uma vez o que tinha que fazer na rua na manhã seguinte.

Não considerava isso trabalho. Tinha criado o hábito, agora já bem estabelecido, de começar as segundas-feiras com a mesa limpa.

Satisfeita, abriu o arquivo do projeto do livro que vinha planejando e fez alguns ajustes. Está quase pronto para mostrar às meninas, pensou. Para elas darem palpites e discutirmos tudo antes de levar isso adiante.

Por volta das onze, estava na cama com um livro.

Por volta das onze e dez, estava olhando para o teto pensando numa anotação em sua agenda.

Terça, às sete: Malcolm.

Por que tinha aceitado assim? Bom, sabia muito bem por que tinha aceitado, portanto era ridículo se fazer aquela pergunta. Ficara instigada, excitada e *interessada*. Não adiantava tentar fingir que não.

Ficara tão instigada, excitada e interessada que nem perguntara aonde ele planejava ir, o que planejava fazer.

Que roupa deveria usar? Como poderia se arrumar sem ter a menor ideia de onde iriam? Será que ele a levaria para jantar, ao cinema, ao teatro, direto para um motel?

E por que iriam a um motel se ambos tinham a própria casa?

E por que ela não conseguia parar de *pensar* e ler aquele livro, droga?

Podia ligar para ele e tentar descobrir. Mas não queria ligar. Qualquer homem normal teria dito *Pego você* às *sete para irmos jantar*. Assim, ela *saberia* o que esperar.

Claro que não ia se arrumar toda já que, provavelmente, ele viria buscá-la de moto. Nem sabia se Malcolm tinha carro.

Por que não sabia disso?

Podia perguntar a Del. Ia se sentir uma idiota perguntando isso ao irmão. Estava se sentindo uma idiota só por ter essa ideia.

Estava se sentindo uma idiota.

Tinha deixado que ele passasse a mão pelo seu corpo todo e, sem dúvida, pretendia deixar que ele fizesse aquilo de novo e de novo. No entanto, nem se ele tinha carro ela sabia. Não tinha ideia de como ele vivia ou o que fazia nas horas vagas. Só sabia que ele participava da noite do pôquer com seu irmão e os outros amigos.

– Eu poderia ir dirigindo – murmurou. – Poderia insistir para irmos no meu carro e...

Quando o telefone tocou, ela o pegou mais que depressa na mesinha de cabeceira, louca para tirar da cabeça a própria insanidade e atender a uma noiva.

– Oi, Emily. Em que posso ajudá-la?

Na segunda de manhã, usando um casaquinho ferrugem e uma calça preta, com saltos baixos o bastante para fazer mil coisas na rua, mas elegante o suficiente para cumprir os compromissos marcados, Parker seguiu para a escadaria levando a sacola com as roupas para lavar a seco.

– Ei, deixe que eu levo isso! – falou Del, que vinha da sua ala da casa, e passou a pasta para a outra mão para pegar a sacola. – É para lavar a seco? Se eu carregar isto aqui até o seu carro, você leva as minhas também?

– Pode ser, mas ande logo – respondeu Parker batendo com o indicador no relógio de pulso. – Estou em cima da hora.

– Que novidade! – exclamou o rapaz pondo a pasta e a sacola no chão. – Volto em dois minutos. Deixe isso aqui que eu levo.

– Você podia pegar as roupas de Laurel também, já que está com a mão na massa – gritou Parker quando ele começou a subir a escada.

– Então volto em cinco.

Ela já ia pegar a sacola, mas deu de ombros e desceu só com a pasta de Del. Emma veio saindo da sala de visitas.

– Oi. Vim filar um café da Sra. G. Aí achei que, como estava por aqui, podia dar uma olhada na condição das flores. Vai sair?

– Tarefas de segunda de manhã. Depois, tenho uma consultoria numa loja de vestidos de noiva, etc. e tal...

– Roupa para lavar a seco? – perguntou Emma gesticulando. – Pode levar as minhas também?

– Se for buscar bem depressa.

– Já estou praticamente de volta! – exclamou a outra, indo porta afora.

Parker olhou o relógio e foi pegar com a Sra. Grady a cota semanal de coisas para a lavanderia.

Quando estava pondo tudo no carro, Del apareceu com outras duas sacolas.

– Posso ir buscar quando estiver pronto – disse ele. – Mas talvez precise alugar um caminhão.

– Ainda não acabou. Emma foi buscar a sacola dela.

Del atirou as suas dentro do carro.

– Sabe, sendo essa quantidade toda, eles vêm buscar e depois entregam...

– Verdade, mas vou passar por lá de qualquer jeito.

Parker respirou fundo.

– O outono está chegando. Dá para sentir o cheiro no ar. As folhas já estão começando a amarelar. – Idiota, idiota, pensou, mas não conseguiu se conter. – Imagino que, nessa época do ano, Malcolm deva deixar a moto em casa.

– Na maior parte do tempo. Ele tem um Corvette. Um desses carros antigos que restaurou. Anda que é uma beleza. Ele não deixa ninguém dirigir. E tem também o caminhão – acrescentou Del, olhando-a meio de esguelha. – Preocupada com transporte?

– Nem tanto. São muitos veículos para uma pessoa só.

– É o que ele faz. Compra carros antigos em leilões e os restaura. Depois, vende como se fossem imóveis. Parece que o mercado para esse tipo de carro bem restaurado é fantástico.

Del estendeu a mão para ajeitar o rabo de cavalo da irmã.

– Quem sabe você não aprende a consertar motores?

– Sem dúvida uma coisa bem útil, mas não acredito que isso aconteça.

Ao erguer os olhos, viu Emma e Carter trazendo sacolas de roupa suja.

– Talvez devêssemos mesmo usar o tal caminhão.

– Esbarrei com Mac no caminho – disse Emma, bufando. – Então agora a carga ficou completa.

– Tem certeza que consegue levar isso tudo? – indagou Carter.

Não era o que sempre fazia?, pensou Parker, mas limitou-se a apontar para o carro.

– Ponham as sacolas aí.

Depois ela cuidaria de etiquetar tudo.

– Posso ir buscar – ofereceu-se Carter.

– Del vai cuidar disso. Fica pronto na quinta – disse Parker dirigindo-se agora ao irmão. – Depois das duas. Não vá esquecer. – E, voltando-se para Emma acrescentou, já se encaminhando para o lado do motorista: – Temos consultoria completa do casamento Foster-Ginnero. Às cinco em ponto.

– Pode deixar. Obrigada, Parker.

Ela deu partida, ciente de que tanto Del quanto Carter deviam sair logo depois. Sabia também que Jack já tinha saído para um compromisso num canteiro de obras. Logo, logo Emma começaria a cuidar da entrega matinal de flores, Mac passaria a manhã trabalhando nas suas fotos – e se preparando para uma sessão no estúdio à tarde – e Laurel estaria às voltas na cozinha com os preparativos para um evento externo que aconteceria na quarta-feira à noite.

Seria um dia cheio para todos, pensou. Do jeitinho que gostava.

Primeiro, passou na lavanderia e etiquetou cada sacola antes de entregá-las.

Metodicamente, foi seguindo a lista que tinha feito. Banco, papelaria, material de escritório, entrar numa ou noutra loja para repor o estoque de material que usara nos eventos da semana anterior. Incluiu no seu estoque doméstico de emergência lembrancinhas, presentes para diversas circunstâncias e foi guardando tudo no carro, em perfeita ordem.

Nesse meio-tempo, fazia umas pausas para atender telefonemas ou responder a mensagens de texto de clientes.

Foi à manicure e chegou ao lugar marcado com quinze minutos de antecedência.

Adorava lojas de noivas. Aquela fragrância suave e feminina no ar, as araras reluzentes, a maciez e a leveza dos vestidos brancos.

Havia ainda presentinhos elegantes ou curiosos para padrinhos e madrinhas, lindas opções para mães de noivas ou de noivos, tudo cuidadosamente distribuído pela loja, além de locais aconchegantes para as pessoas se sentarem e provadores espaçosos e cheios de espelhos.

– Parker – cumprimentou-a a própria dona da loja, vindo de trás de um balcão. – Está tudo pronto para a sua cliente. Primeiro provador. Champanhe e biscoitinhos para a noiva, a mãe e as duas amigas que vêm com elas. Já separamos quatro vestidos para a primeira rodada. Você disse marfim, bem elaborado, saia ampla, muito brilho.

– Perfeito para a nossa mocinha. Ela não vai querer nada liso ou simples e tem porte para usar um vestido bem volumoso. Monica, já que cheguei mais cedo, queria ver algo que fique ótimo em Laurel.

– Estava torcendo para você dizer isso – retrucou a outra, batendo palmas.

– Alguma coisa mais contemporânea, mas com um leve toque do glamour dos anos trinta. Talvez uma pequena cauda. Algo fluido, mas com a cintura bem marcada – disse Parker apontando para o vestido que estava na arara mais próxima. – Não exatamente este aqui, mas a ideia é essa.

– Também tenho alguns minutos. Então, vamos brincar.

Na opinião de Parker, nada se comparava ao prazer de sair procurando um vestido de noiva em meio às opções que a loja oferecia. Analisar as linhas, os tons, os detalhes. E, já que Monica tinha um olho e uma eficiência dignos de respeito, passou uns dez minutos bem agradáveis.

– Este aqui é quase perfeito – disse, pegando um dos vestidos e observando-o do decote à bainha. – Mas queria algo mais interessante na parte de cima. Laurel tem pouco busto. E também tem a musculatura bem trabalhada. Por isso, acho que devia usar um vestido sem alça ou de alças fininhas, ainda mais sendo um casamento no verão. E eu queria também um toque de elegância e leveza nas costas.

– Espere um pouco! Tenho um lá atrás. Estava reservado, mas a cliente mudou de ideia. Na minha opinião, não devia ter feito isso. Acho que pode ser o que está procurando. Vamos dar uma olhada lá nos fundos.

Parker seguiu a dona da loja até a outra seção, onde mais vestidos lindos esperavam que uma noiva os usasse ou rejeitasse.

E o viu antes mesmo de Monica pegá-lo. Viu Laurel.

– É esse! Ah, sem dúvida nenhuma! É exatamente esse...

Analisou o vestido inteirinho: parte de cima, de baixo, frente, costas, de olho em cada detalhe, em cada ornamento.

– É a cara da Laurel, Monica. Você conseguiu, mais uma vez.

– Nós conseguimos. Esse é 38.

– Ela também. É o destino. Será que posso levar para casa para ver se ela aprova?

– Até parece que precisa perguntar... Vou pôr numa sacola para você.

– Muito obrigada. Vou aproveitar para dar um telefonema antes que a noiva chegue.

– Fique à vontade. Se ela chegar, cuidamos de instalá-las primeiro.

Assim que Monica saiu do recinto, Parker pegou o celular.

– Sra. G? Achei o vestido de casamento de Laurel. Pode preparar tudo para hoje à noite? É, sim. Perfeito. Vou tentar encontrar o arranjo de cabeça, já que estou por aqui. Tem que ser depois da cliente das cinco. Obrigada, Sra. G. Chego daqui a umas duas horas.

Enfiou o telefone no bolso e, depois de dar mais uma olhadinha no vestido, foi encontrar sua cliente.

Se ficar olhando vestidos era um prazer, ajudar uma noiva ansiosa a encontrar o seu podia ser algo perigoso ou divertidíssimo.

No caso de Emily, haveria um pouco de cada opção.

– Não quero parecer com mais ninguém! – exclamou a moça, passando a palma das mãos pelos babados de tule.

– Nenhuma noiva quer – observou Parker.

Os quatro primeiros vestidos foram experimentados e rejeitados, bem como mais uma meia dúzia deles.

E a segunda garrafa de champanhe foi aberta.

O problema de a noiva trazer um grupo, pensou Parker, é que raramente todo mundo concorda com algo. Se a noiva gostava de uma coisa, a mãe não aprovava. Se a mãe achava ótimo, uma das amigas via defeito.

– Sabe de uma coisa? Que tal fazermos uma pausa? Vamos tirar todos esses vestidos daqui, você come um biscoitinho, toma mais uma taça de champanhe, espairece um pouco. Volto daqui a cinco minutos.

Acreditando que talvez tivesse encontrado a solução, Parker foi se reunir com Monica fora do provador.

– Acho que uma sobressaia de tule pode funcionar. Contanto que haja um tecido elaborado e muito brilho por baixo dela. Vamos manter a cintura ajustada e o brilho. Ela precisa de algo que não seja tomara que caia nem um decote padrão. Vi em algum lugar um corpete delicado de tule. Tinha uma espécie de broche prateado entre os seios e, se não me engano, a barra de renda com uma meia cauda.

– Sei a que modelo está se referindo – concordou Monica, com os lábios contraídos. – Talvez tenha razão. Vou mandar trazê-lo junto com uns dois outros que podem agradar. Tenho um com uma saia sobreposta que é grande o bastante para esconder um exército inteiro.

– Excelente. Um dos problemas é que a mãe cismou que o vestido tem que ser branco.

– Ela está enganada. Com o tom de pele de Emily, ela precisa do calor do marfim. Vai perceber isso quando encontrarmos o vestido certo.

Dez minutos depois, Parker estava ajudando a prender a cauda do vestido.

– Ninguém diz nada – ressaltou Parker, com determinação e um sorriso. – Não façam nenhum comentário até Emily se virar para o espelho e ver com os próprios olhos. Desta vez, vamos deixar que ela seja a primeira a expressar suas ideias e suas impressões.

– É supergostoso. Adorei a saia – falou a noiva, dirigindo-se a Parker com um sorriso nervoso. – A renda, o tule, a seda, o desenho das flores, as pedras... Mas estava pensando em algo mais grandioso, se é que me entende.

– Vamos ver o que acha quando vir o efeito completo. Olhe. Aliás, as costas são lindíssimas. Agora respire fundo e vire para o espelho.

– OK, lá vou eu...

Emily se virou e Parker pensou: na mosca! Reconheceu aquele ar embevecido, aqueles olhos úmidos e atônitos, a tomada de consciência, a mudança da linguagem corporal quando Emily endireitou o tronco e ergueu a cabeça.

– Ah! Ah, meu Deus! Olhem só para mim! Vejam isso!

Com os dedos, ela acompanhava o desenho da cintura marcada.

– Adorei o estilo do corpete. É tão delicado, tão diferente de ter alças.

– Você não vai poder usar colar – ressaltou uma das amigas.

– Mas pensem nos brincos que ela pode usar com esse vestido – apressou-se em observar Parker. – Desde alguma coisa bem sutil até brincos bem grandes. E, na cabeça, uma tiara para combinar com o lindo broche do corpete. Você vai brilhar a quilômetros de distância...

Com toda a sua experiência, sondou a reação da mãe da noiva e sorriu consigo mesma.

– O que acha, Sra. Kessler?

– Acho... É tão... Ah, Emmy...

Parker lhe ofereceu a caixa de lenços de papel.

A escolha da tiara e dos demais detalhes durou apenas uma fração do tempo que já haviam passado ali. A pedido da noiva, enquanto ela fazia a primeira prova para os ajustes, Parker ficou mais um pouco para sugerir as roupas das madrinhas.

Teve que alterar um pouco suas previsões, mas conseguiu agradar as duas amigas – que representavam um terço do cortejo da noiva – com vestidos de um ombro só muito elegantes e no tom de vermelho que a noiva queria.

Deixou a cliente felicíssima e saiu levando o vestido de noiva de sua amiga. Ou, pelo menos, era o que esperava.

– Parker Brown.

Ergueu os olhos e, por um instante, sentiu-se atordoada.

– Sra. Kavanaugh. Como vai?

– Bem, obrigada.

O cabelo laranja-vivo de Kay Kavanaugh esvoaçava à brisa leve. Com as pontas dos dedos, ela baixou um pouco os óculos de armação verde.

– Foi comprar um vestido?

– Não. Na verdade, estou levando este aqui para ver se minha amiga aprova. Laurel McBane. Acho que a senhora a conhece.

– Ela já levou o carro lá na oficina para Malcolm consertar. Parece uma moça sensata. Vai se casar com o seu irmão, não é?

– Isso mesmo. No verão.

– As outras duas que trabalham com você também vão se casar.

– É. Mac agora em dezembro e Emma na primavera.

– Está namorando o meu filho, não está?

A ligação direta entre a lista de casamentos e Malcolm a deixou desnorteada outra vez.

– Saímos para jantar, mas... É, acho que estou.

– Vou tomar um café. Pode me encontrar ali depois – disse a Sra. Kavanaugh, apontando para um dos cafés da rua principal.

– Ah, agradeço muito, mas tenho mesmo que...

– Devia poder gastar dez minutinhos tomando um café quando alguém a convidasse.

Parker sabia admitir quando alguém a punha no seu devido lugar.

– Claro. Vou só deixar estas coisas no carro.

– Quer ajuda?

– Não precisa, não. Obrigada.

– Então, nos encontramos ali dentro.

Meu Deus, pensou Parker, que história seria aquela? E que coisa ridícula ficar assim nervosa por tomar um café com uma mulher absolutamente agradável só porque a tal mulher era a mãe do homem que ela...

Ah, sabe-se lá o que Malcolm era para ela...

Pôs o vestido dentro do carro, trancou a porta, olhou o relógio. Podia ficar ali uns vinte minutos. O que poderia acontecer em vinte minutos num café?

Assim que entrou, dirigiu-se à mesa onde a Sra. Kavanaugh já falava com a garçonete.

– Eles têm uma torta ótima. Vou comer a de maçã.

– Eu só quero um café, por favor – disse Parker, sentando-se diante da mãe de Malcolm. – É seu dia de folga?

– Tarde de folga. Tenho que tratar de umas coisas – respondeu Kay, recostando-se na cadeira. – O meu filho gosta de mulheres bonitas, mas não é idiota de pensar só nisso.

– É... bom saber.

– Vi que Malcolm tinha ficado interessado desde a primeira vez que você apareceu lá na oficina. Levou um bom tempo para ele tomar iniciativa, o que mostra que não é idiota. E é evidente que você também não é.

Parker pensou por um instante.

– Não consigo encontrar nada para lhe dizer, a não ser "É verdade. Não sou, não".

– Acontece que você é de outra categoria.

– Não sei se entendi o que a senhora quer dizer...

– Se não entendeu, vou começar a duvidar da sua inteligência. Você é uma Brown. Tem o nome Brown, o status dos Browns e a fortuna dos Browns. Nada de ser arrogante – avisou Kay, na hora que a garçonete trouxe a torta e o café. – Ainda não terminei. Você age como uma Brown e, com isso, quero dizer que você age como aqueles que a educaram para ser uma Brown. Seus pais eram gente boa, gente que não se gabava do nome, do status e do dinheiro que tinha. Eles não esfregavam isso na cara de ninguém. Trabalhei em algumas das festas que eles deram quando você ainda era criança. Na minha opinião, é possível saber quem uma pessoa é pelo jeito como trata os empregados.

Atônita, Parker pôs um pouco de creme no café.

– Gosto do seu irmão também, só que ele e os outros não me deixem participar dos jogos de pôquer porque não tenho pirulito.

Parker riu, Kay sorriu e a moça viu Malcolm naquele sorriso.

– Se quer saber, tanto Del quanto eu temos consciência da situação privilegiada em que nascemos e somos gratos por isso.

– Dá para perceber. Você não é do tipo que só fica sentada, sem fazer nada, não é? Sabe trabalhar, construir algo para si mesma e para quem vier depois. Isso diz muito sobre seus pais e sobre você também.

– É muito bom ouvir algo assim.

– Bom ou não, é como vejo as coisas. Se Malcolm está de olho em você, é só em você. Ele não está interessado no que vem junto: o seu nome, o seu status, o seu dinheiro.

Ao ver o brilho que atravessou os olhos de Parker, Kay ergueu uma sobrancelha.

– E acabou de responder à única pergunta que eu pretendia fazer. Você já sabe o que ele quer e eu podia ter poupado meu fôlego. Agora, posso saborear essa torta.

– Sra. Kavanaugh...

– Acho que, depois disso, pode me chamar de Kay. Ou de sogra, se preferir.

– Se eu achasse que Malcolm estava "de olho" na fortuna dos Browns, eu o teria...

– Mandado às favas. Também não sou idiota.

– Vocês dois sempre interrompem os outros no meio de uma frase?

– É um péssimo hábito – retrucou Kay, sorrindo. – Quer um pedaço dessa torta? Está gostosa para burro.

Parker ia recusar, mas apanhou o segundo garfo que a garçonete havia deixado sobre a mesa e pegou um pedacinho da torta.

– Tem toda a razão. Está gostosa para burro.

– Detesto cometer erros. Malcolm passou por maus bocados na infância – prosseguiu ela. – Um pouco disso foi minha culpa. Talvez seja por isso que odeie cometer erros. Mas em parte o que aconteceu foi só destino. Mas isso não o destruiu. Acho que ele usou as dificuldades para se tornar alguém, para provar alguma coisa. Tem lá os seus defeitos, e sou a primeira a apontá-los, mas é um bom rapaz. Acho que há alguns piores e não muitos melhores.

Parker sorria sem parar.

– Ele também a ama. Dá para perceber. E essa é uma das coisas que acho atraentes nele.

– Ele nunca me deixou na mão. Nem uma única vez, jamais. Tentamos jantar juntos na minha casa um domingo por mês. Venha da próxima vez. Vou pedir ao Mal para combinar com você.

– Eu... adoraria.

– Não sou nenhuma Maureen Grady na cozinha, mas não vou envenená-la. Pegue um pouco mais de torta.

E foi o que Parker fez.

capítulo onze

QUANDO A CONSULTORIA da noite terminou, Laurel pôs os pés para cima e esticou os braços.

– Acho que temos uma forte concorrente ao título de Noiva Desmiolada. Ela não só quer que a sua dama de honra entre levando seus dois gatos siameses em vez de um buquê, como também quer os bichinhos incluídos na lista de convidados.

– O que significa que temos de providenciar e ela tem de pagar uma porção de salmão para cada um deles – observou Mac, revirando os olhos.

– Além de flores nas coleiras – acrescentou Emma, rindo. – E uma babá de gatos para a recepção. Onde vamos conseguir uma? – perguntou, dirigindo-se a Parker.

– Vou conversar com o veterinário. Pelo menos ela não insistiu para eles ficarem na mesa principal durante o jantar.

– Mas quase. Bom, isso é problema para outro dia – atalhou Laurel. –

Tudo o que quero agora é uma bela taça de vinho antes de ir ver o que posso conseguir lá na cozinha da Sra. G, já que Del ligou dizendo que vai chegar mais tarde por causa de uma reunião.

– Mudança de planos – declarou Parker. – Temos algo a fazer lá em cima.

– Não vai ser uma reunião... O meu cérebro está cansado.

– Não vai ser esse tipo de reunião – disse Parker, pondo-se de pé. – E acho que o seu cérebro vai até acordar.

– Não vejo como... – Então, de repente, deu para ver que Laurel acabara de compreender o que estava acontecendo. – Encontrou um vestido para mim!

– Vamos lá ver.

Sorrindo para as amigas, Laurel se levantou de um salto.

– É a minha vez! Tem champanhe?

– O que você acha? – indagou Parker, puxando a amiga para a escada. – As mesmas regras de sempre – acrescentou quando começavam a subir. – Se não for "o" vestido, não tem problema. Ninguém vai ficar triste por isso.

– Ainda nem decidi o estilo que quero. Fico rodando, rodando, sem sair do lugar. Mas tenho certeza que não quero véu. Acho tão medieval... Desculpe – acrescentou, dirigindo-se a Emma. – Talvez use apenas uma tiara ou umas flores. Por isso acho que o vestido não deve ser muito tradicional. Também não quero nada ultracontemporâneo. Então...

– Lá vamos nós – disse Mac, passando o braço pela cintura de Laurel e abraçando-a. – É a febre das noivas, querida. Já tive esses sintomas...

– Nem imaginava que faria isso, mas eu me rendo. Foi por isso que Del disse que chegaria mais tarde?

– Liguei para ele assim que encontrei o vestido – assumiu Parker, e se deteve diante da porta fechada da suíte da noiva. – Ele foi a algum lugar fazer hora com Jack e Carter. Pronta?

Laurel pôs o cabelo para trás da orelha e teve um leve estremecimento. Riu.

– Prontíssima.

Como havia acontecido com Mac e, depois, com Emma, o vestido estava pendurado num local bem visível. Perto dele, tinha sido colocada uma garrafa de champanhe dentro de um balde de prata, com uma bela bandeja de frutas e queijo ao lado.

A Sra. Grady estava a postos, com a almofada de alfinetes e a câmera.

– É lindo, Parker! – falou Laurel, com os olhos presos no vestido, e se aproximou dele. – Estava meio em dúvida com relação a tomara que caia, mas adorei essa curva suave do decote. O drapeado e o bordado do corpete dão uma textura e um brilho...

Esticou o braço e passou a mão – a mão, não, só as pontas dos dedos – pela saia.

– Estava meio em dúvida quanto ao brilho...

– Gosto do jeito como o tecido se junta todo na cintura, encontra suavemente o bordado prateado do meio e cai a partir daí – observou Mac, inclinando a cabeça e assentindo enquanto dava a volta no vestido. – Vai ficar ótimo nas fotos.

– O jeito como ele cai assim, solto, no meio da saia – acrescentou Emma. – Com o trabalho em contas prateadas pelas bordas. Dá um toque interessante, mas não rebuscado demais. E essas linhas e texturas se reproduzem nas costas. É lindíssimo, Parker. Bom trabalho.

– Só vamos saber quando a garota estiver dentro dele – atalhou a Sra. Grady, fazendo um gesto com uma das mãos. – Ajudem a noiva com isso. Vou abrir o champanhe.

– Não vale espiar – disse Mac, virando Laurel de costas para o espelho.

– Por sorte é o seu tamanho, então não deve precisar de muitos ajustes. Trouxe uma anágua também. Mesmo que não goste do vestido, ela vai servir para qualquer coisa que você escolha.

Mac pegou sua câmera assim que Laurel se vestiu. Capturou alguns momentos em que Parker e Emma ajeitavam o tecido da saia, fechavam os botões das costas. Batendo sua taça na da Sra. Grady, perguntou:

– E aí, o que achou?

– Boca fechada até a noiva dizer o que pensa.

Mas os olhos da senhora estavam cheios de água.

– OK. Agora, pode se virar para ver – anunciou Parker.

Laurel obedeceu. Seu rosto permaneceu impassível enquanto ela se olhava com atenção.

– Bom...

Com um ar tristonho, virou-se para um lado, depois para o outro, e balançou de leve a cabeça de um jeito que fez o coração de Parker apertar.

– Talvez não seja o que você tinha em mente – começou Parker. – O que você se imaginava usando. Vai ser o seu dia. Tem que ser o vestido perfeito.

– Verdade. Não sei direito...

Laurel girou o corpo para ver melhor a parte de trás.

– Só não sei... como você consegue isso! Só pode ser telepatia! – Ela abriu um sorriso e jogou os braços em volta de Parker. – Devia ter visto a cara que você fez. Tão controlada... Amo você, Parker. Amo todas vocês, meninas. Ah, ele é maravilhoso. É perfeitamente perfeito. Tenho que me olhar mais.

Quando começou a girar diante do espelho, com os olhos brilhando, Parker se limitou a exclamar:

– Uau!

– Você acertou três em três, Parker! – disse Emma, brindando. – E, embora eu estivesse disposta a tentar convencê-la com a história do véu, Laurel, admito que você tem toda a razão.

– Resolvi trazer também isso aqui – disse Parker, indo abrir uma caixa que continha duas travessas com pedras. – Tive essa ideia. Se puder parar de se admirar por uns minutinhos, queria que experimentasse uma coisa.

– Não posso continuar me admirando enquanto experimento? Olhem só para mim! – exclamou Laurel e, segurando a saia, deu mais um giro. – Sou uma noiva!

– Então fique quieta. Achei que você poderia afastar o cabelo da testa e prendê-lo com essas gracinhas. Depois, o cabeleireiro vê o que pode fazer atrás.

– E podíamos pôr também umas flores. Deve dar para fazer uma trança embutida – sugeriu Emma –, deixando o resto do cabelo solto. Trançaríamos o cabelo com uma fita bem fina e bordada e prenderíamos tudo com um pequeno prendedor de flores. Ervilhas-de-cheiro. Você disse que queria principalmente ervilhas-de-cheiro e peônias.

– Adoro ervilhas-de-cheiro – confirmou Laurel e ergueu as mãos para tocar nas pedrinhas que brilhavam em seu cabelo. – Adorei as travessas, Parker. Era o que eu estava tentando visualizar. Ah, o vestido... esse vestido... ele tem um arzinho anos trinta. É clássico sem ser tradicional. É o meu vestido de noiva.

– Agora, todas juntas – disse a Sra. Grady –, antes que fiquem embriagadas de alegria e champanhe. Ah, as minhas meninas! – murmurou ela enquanto as quatro faziam pose para a foto.

Mac passou os olhos pelo closet de Parker, imenso e absurdamente organizado.

– Talvez eu conseguisse manter o meu arrumado se ele fosse desse tamanho.

Parker pegou uma blusa vermelha, reprovou-a e continuou procurando.

– Não conseguiria, não.

– Ai, que frieza! É verdade, mas não precisava dizer assim.

– Se o seu closet fosse arrumado, você não poderia comprar outra blusa branca só porque ela é uma graça... Afinal, saberia que tem mais de dez blusas brancas.

– Também é verdade. Mas preciso dizer algo sobre saber o local exato do seu cinto de couro vermelho quando se precisa dele com urgência – falou Mac e abriu uma gaveta num dos diversos compartimentos que continham a coleção de cintos de Parker, todos enrolados e separados por tonalidade. – Já que sabe onde tudo está e tem, no computador, uma lista detalhada do conteúdo deste closet e a localização de cada item, por que está levando tanto tempo para escolher uma roupa?

– Porque não sei aonde vamos nem como chegaremos lá.

Dava para perceber a frustração na voz de Parker, que pegou e devolveu mais uma blusa.

– E porque é importante que não pareça que estou dando importância a isso.

Mac assentiu. Compreendia perfeitamente.

– Uma suéter de caxemira de cor forte. Decote V ou canoa. Com uma camiseta branca e calça preta ou cinza. Botinhas de salto. A cor das botas vai depender da suéter que escolher. Vai esfriar hoje à noite, portanto use também aquele casaco de couro fantástico. Aquele que bate no meio da coxa e vai balançando quando você anda.

– Certíssimo – disse Parker, virando-se para a amiga.

– Imagem é comigo mesma. Ponha uns brincos incríveis e deixe o cabelo solto.

– Solto?

– Fica mais sexy, menos estudado. Olhos esfumados e um batom bem discreto. Acho que não preciso acrescentar que, por via das dúvidas, você tem que usar uma lingerie incrível. Não que alguma das suas não seja incrível. Sempre me bate uma inveja.

Parker considerou a ideia da amiga.

– Ainda não decidi se Malcolm vai ver minha lingerie.

– Já, sim.

– Não decidi se ele vai ver hoje.

– O que torna tudo ainda mais sexy.

– Na verdade, só me deixa mais nervosa e não gosto de ficar nervosa.

Parker abriu outra gaveta. Balançou a cabeça e abriu mais uma.

– Esta aqui? Ameixa escuro, decote em V e gola de padre. Fica bem interessante.

– Perfeito. Se tiver uma blusa em um tom mais claro de ameixa, e sei que tem, pode usá-la em vez de uma branca. E calça toda cinza, reta. Depois...

Mac se dirigiu para o lado dos sapatos: uma parede inteira, todos separados por tipo e subdivididos por cores.

– Depois vêm essas botinhas lindas de camurça com esse saltinho fantástico. As cores e os tecidos são suaves e ricos, mas a combinação dá a impressão de uma Parker descontraída, porém elegante.

– Ótimo.

– Ah, e ponha essas argolas bem grandes de prata martelada. Quase nunca a vejo com elas e vai ser o complemento ideal para essa roupa.

– Mas elas são tão grandes...

– Confie em mim – retrucou Mac, erguendo um dedo.

– Por que nos damos todo esse trabalho? – indagou Parker. – Os homens não reparam mesmo...

– Porque o que vestimos afeta o jeito como nos sentimos, como agimos, como andamos. E nisso eles reparam. Principalmente no andar. Ande, vá se vestir. Não se esqueça dos olhos esfumados. Sabe que fica ótima quando está se sentindo ótima. Vai se divertir muito mais.

– Eu me divertiria mais se soubesse o que me espera.

– Parker – começou Mac, passando a mão pelo rabo de cavalo da amiga, e os olhos de ambas se encontraram no espelho. – No caso da maioria dos caras com quem você saiu, sabia exatamente o que a esperava desde o primeiro instante. Eles não a deixavam nervosa. Desde o tempo da faculdade, nunca vi você ir além de um discreto interesse ou, talvez, um gostar bem seguro.

– Justin Blake – disse Parker, esboçando um sorriso. – Achei mesmo que estava apaixonada por ele e aí...

– O mundo desabou – emendou Mac, pensando na morte dos Browns. – E ele não apareceu para dar uma força. Nem lhe passou pela cabeça fazer algo nesse sentido.

– E acabou...

– E nunca mais recomeçou. Acho que Mal é o primeiro risco que você assume com um cara desde o babaca egoísta do Justin Blake.

– E tudo vem correndo tão bem.

Mac se virou. Pôs as mãos nos ombros da amiga.

– Amo você, Parks. Corra esse risco.

– Também amo você – disse Parker, soltando o ar pela boca. – E vou usar as argolas de prata.

– Não vai se arrepender. Tenho que ir. Divirta-se hoje à noite.

Claro que ia se divertir. Por que não?, pensou Parker, enfiando os braços no casaco de couro que Mac acertara ao recomendar.

Sabia se divertir.

A sua vida não era só trabalho o tempo todo, como a maioria dos seus clientes, se não todos, podiam atestar. É claro que se divertir com clientes *era* parte do negócio, mas isso não eliminava o fator diversão.

Sabia que estava pensando demais naquilo, o que significava que tinha começado a pensar demais que estava pensando demais e isso a deixou com vontade de se dar uns tapas.

Nada podia aliviá-la mais que a campainha da porta da frente. Pelo menos agora poderia começar o que quer que fossem fazer naquela noite.

– Descontraída – disse consigo mesmo enquanto se dirigia à porta. – Com calma. Sem estresse, sem pressão.

Quando a abriu, lá estava ele, com uma jaqueta de couro por cima de uma camisa azul cor de jeans desbotado para fora da calça escura e os polegares enfiados nos bolsos laterais.

Descontraído, pensou ela de novo. Sem dúvida ele sabia como ficar assim.

– Você está linda.

– Obrigada – disse Parker, esboçando um primeiro passo para sair da casa.

– Linda mesmo.

Ele não se moveu para sair da frente, mas sim para ir na sua direção.

Com um movimento suave, pensou ela mais tarde, pôs as mãos no seu cabelo e a boca na sua.

Numa brecha, Parker conseguiu balbuciar:

– Você não disse aonde íamos ou como...

Nesse instante avistou o carro, uma coisa poderosa, baixa e de um preto reluzente.

– É um senhor carro!

– Pelo visto, vai ser uma noite fria. Achei que você não ia gostar de sair de moto.

Parker se adiantou e ficou admirando as linhas do veículo. Del tinha razão. Era incrível.

– Parece novo, mas não é.

– É mais velho que eu, mas anda muito.

Malcolm abriu a porta para ela. Parker entrou no carro. Tinha cheiro de couro e de homem, uma combinação que a deixava mais consciente do fato de ser mulher. Quando ele se sentou ao seu lado e virou a chave na ignição, o motor a fez pensar num punho cerrado pronto para atacar.

– Então, me fale sobre esse carro.

– É um Corvette 66.

– Sim...

Ele se virou para ela e acelerou.

– Anda muito...

– Dá para perceber.

– Quatro marchas com caixa curta, 427 cilindradas com cilindro aumentado e carburadores de corpo duplo.

– E presumo que a caixa curta signifique que não há muita distância entre as marchas.

– Exatamente. É para motores de alta potência, tipo de carros esportivos, portanto a troca de marchas é feita em intervalos menores. Isso deixa o motorista no comando.

– Não haveria razão para ter um carro como esse se você não fosse esse tipo de motorista, não?

– Nisso concordamos plenamente.

– Há quanto tempo tem ele?

– Ao todo? Uns quatro anos. Mas só acabei de restaurá-lo alguns meses atrás.

– Restaurar um carro deve dar um trabalhão.

Malcolm deu uma olhada para ela enquanto a sua mão acionava o câmbio.

– Eu bem poderia observar que é uma ironia você dizer que qualquer coisa que seja dá um trabalhão. Além do mais, isso impulsiona a oficina. As pessoas reparam num carro como esse, então começam a fazer perguntas e assim por diante. Aí quem sabe algum herdeiro rico que tem o Cadillac Coupé de Ville do avô na garagem resolva mandar restaurá-lo, ou algum sujeito cheio da grana queira reviver os anos de juventude e me contrate para encontrar e restaurar um Porsche 911 ano 72, o carro em que perdeu a virgindade. Feito que, aliás, exigiria muita perícia...

– Se você diz, eu acredito.

Ele sorriu.

– Onde perdeu a sua?

– Cabo San Lucas, no México.

Desta vez, ele riu.

– Ora, ora. Quantas pessoas poderiam dizer isso?

– Muitos moradores da cidade, imagino. Mas, voltando ao carro, achei a ideia brilhante, usá-lo para turbinar os negócios.

Aliás, *turbinar* era uma palavra que combinava muito bem com aquele carro. Ele se esgueirava pelas curvas da estrada como um lagarto numa pedra. E, como a moto, transpirava potência através de roncos sutis, de zumbidos suaves.

Nada prático para o dia a dia, é claro. Nem um pouco. O seu sedan era prático. Mas...

– Adoraria dirigi-lo.

– Não.

Parker inclinou a cabeça, desafiada por aquela negativa tão absoluta.

– Pois saiba que tenho um excelente currículo como motorista.

– Não duvido. Mas continuo dizendo não. Qual foi o seu primeiro carro?

– Um pequeno BMW conversível.

– O 328i?

– Se você está dizendo, deve ser. Era prateado. Eu o adorava. E o seu?

– Um Camaro Z28 1982, com cinco marchas, motor V8, injeção direta. Corria bastante, pelo menos quando o terminei. Já tinha mais de 100 mil quilômetros rodados quando o comprei de um sujeito lá em Stamford.

Malcolm estacionou em frente de um restaurante bem conhecido.

– Achei que devíamos comer alguma coisa.

– Claro.

E pegou a sua mão para atravessarem a rua, o que foi ridiculamente emocionante – ou pelo menos foi assim que ela viu.

– Quantos anos tinha quando comprou o tal carro?

– Quinze.

– Então não tinha nem idade para dirigir...

– Foi uma das coisas que minha mãe disse quando descobriu que eu tinha torrado uma grana que devia guardar para a faculdade comprando um carro de segunda mão que mais parecia destinado ao ferro-velho. Ela teria me dado uma surra e me obrigado a vendê-lo na hora se Nappy não tivesse entrado na conversa.

– Nappy?

Assim que entraram, ele ergueu dois dedos. Em resposta, recebeu da recepcionista um aceno de cabeça e um gesto indicando "esperem um minuto".

– Era o dono da oficina naquela época. A oficina que agora é minha. Eu trabalhava para ele nos fins de semana, no verão e sempre que conseguia matar aula. Ele convenceu minha mãe que restaurar o carro seria instrutivo. Disse-lhe que eu estaria aprendendo uma profissão e que isso evitaria que me metesse em confusões, o que evitou mesmo, eu acho. Algumas.

Quando saiu andando com Mal, guiados pela proprietária, Parker ficou pensando nos verões de sua adolescência. Ia trabalhar na Fundação Brown para aprender, junto com Del, a assumir responsabilidades e respeitar o legado da família. Mas o grosso mesmo das férias ela passava nos Hamptons, na piscina de casa, com amigos e, para completar, uma ou duas semanas na Europa.

Malcolm pediu uma cerveja; ela, uma taça de vinho tinto.

– Garanto que a sua mãe não aprovava que você matasse aula.

– Não quando ela descobria, o que acontecia na maioria das vezes.

– Encontrei com ela ontem. Tomamos um café juntas.

Naquele instante, presenciou algo que quase nunca via: Malcolm Kavanaugh atônito.

– Vocês... Ela não me disse nada!

– Ah, foi só uma coincidência – falou Parker, com um ar descontraído, e abriu o cardápio. – Parece que você vai ter que me convidar para jantar.

– Você está jantando.

– O jantar de domingo – prosseguiu ela, sorrindo. – Quem é que está com medo agora?

– Medo é uma palavra muito forte. Considere-se convidada e vamos ver no que dá. Já comeu aqui antes?

– Hum... Eles têm umas batatas assadas do tamanho de bolas de futebol americano. Acho que vou querer uma – falou, pondo o cardápio de lado. – Sabia que a sua mãe trabalhou para a minha algumas vezes? Ajudando em festas?

– Sabia, sim – garantiu Mal, e seus olhos se estreitaram. – Acha que isso é problema para mim?

– Não. Não acho. Acho que poderia ser para algumas pessoas, mas você não é assim. Não foi isso que eu quis dizer. É só que fiquei surpresa...

– Com o quê?

– Com a ideia de haver uma ligação no passado, quando ainda éramos crianças.

O garçom trouxe as bebidas e anotou os seus pedidos.

– Certa vez, troquei um pneu para a sua mãe.

Parker sentiu um ligeiro aperto no coração.

– Foi?

– Na última primavera que passei aqui. Acho que ela estava voltando para casa depois de alguma atividade no clube ou sei lá onde.

Pensando no passado, trazendo o episódio de volta à mente, ele tomou um gole da sua cerveja.

– Ela estava usando um daqueles vestidos esvoaçantes que fazem os homens desejarem que o inverno nunca mais volte. Tinha uns botões de rosa. Era todo coberto de botões de rosa.

– Eu me lembro desse vestido – sussurrou Parker. – Posso vê-la com ele.

– Estava dirigindo com a capota abaixada. Seu cabelo estava todo despenteado e ela usava um daqueles óculos escuros enormes. Na hora, eu pensei: "Meu Deus, parece uma estrela de cinema!" Bem, não era um pneu estourado, só um pequeno vazamento que ela ainda não tinha percebido. Quando percebeu, estacionou o carro e ligou para o socorro. Nunca vi ninguém como ela. Ninguém que fosse tão bonita. Até que conheci você. Ela ficou falando comigo o tempo todo. Em que escola eu estudava, o que eu gostava de fazer. Quando soube que eu era filho de Kay Kavanaugh, perguntou por minha mãe, quis saber o que ela andava fazendo. Depois, me deu 10 dólares além da conta pelo serviço e um tapinha no rosto. Enquanto ela se afastava de carro, lembro que fiquei pensando: "Isso é que é beleza. Beleza de verdade."

Quando voltou a erguer os olhos, percebeu algo na expressão de Parker.

– Não pretendia deixar você triste.

– E não deixou – replicou a moça, embora seus olhos estivessem ardendo. – Você me deu um pedacinho dela que eu ainda não tinha. Às vezes, sinto tanta saudade, uma saudade tão doída que é reconfortante ter esses pedacinhos, esses pequenos retratos. Agora posso vê-la com aquele vestido cheio de botões de rosa, conversando com o menino que trocava o seu pneu, um menino que andava contando os dias para ir para a Califórnia. E o deixou encantado.

Parker estendeu o braço e pôs a mão sobre a dele.

– Me fale da Califórnia, conte o que fez quando chegou lá.

– Levei seis meses para chegar lá.

– Conte como foi.

Ficou sabendo que ele morou no carro boa parte do tempo, fazendo uns bicos para comprar gasolina, comida e pagar um hotel barato de vez em quando.

Malcolm fazia aquilo tudo parecer divertido, uma aventura, e, enquanto comiam, ela pensou que devia mesmo ter sido ambas as coisas. Mas também imaginou como devia ter sido difícil, assustador, para um garoto daquela idade, longe de casa, sobreviver sozinho com qualquer trocado que pudesse ganhar durante a viagem.

Trabalhara de frentista em Pittsburg, fizera uns consertos na Virgínia Ocidental, viajara para o Illinois, onde trabalhara como mecânico nos arredores de Peoria. E lá fora ele, trabalhando aqui e ali, por todos os cantos do país, vendo lugares que ela nunca tinha visto e que, provavelmente, jamais veria.

– Em algum momento pensou em voltar? Pegar um retorno e voltar para casa?

– Não. Eu tinha que chegar ao meu destino. Tinha de fazer o que tinha planejado. Aos 18 anos, dá para viver só de teimosia e orgulho por um bom tempo. E eu gostava de estar sozinho, sem ninguém de olho em mim e me esperando para dizer que sabia que eu não ia conseguir, que eu não prestava para nada mesmo.

– Sua mãe nunca...

– Não, ela não.

– Ah.

Era o tio, pensou Parker, e não disse mais nada.

– É uma longa história. E bem feia. É melhor a gente ir dar uma caminhada em vez de falar sobre ela.

Na rua principal, movimentada, os dois encontraram pessoas que ela conhecia ou que ele conhecia. De ambos os lados, o que se via era surpresa e curiosidade, coisa que tanto um quanto o outro acharam bem engraçada.

– Essa gente está se perguntando o que você está fazendo aqui comigo – comentou ele –, ou o que eu estou fazendo aqui com você.

– As pessoas deviam era cuidar da própria vida em vez de ficar fazendo especulações sobre a vida alheia.

– Em Greenwich, todo mundo faz especulações sobre os Browns. Só vão tomar certo cuidado por ser você.

– Eu? – Espantada, Parker franziu o cenho. – Por quê?

– No seu trabalho, você acaba sabendo de mil segredos. No meu também.

– Como assim?

– Tem gente que quer que o seu carro receba um cuidado minucioso, por exemplo, mas nem sempre se lembra de tirar dali o que não quer que outras pessoas vejam.

– Como o quê?

– Isso já seria fofoca.

– Não se eu não ficar sabendo quem deixou o quê – retrucou ela, dando-lhe uma cotovelada.

– Temos uma competição lá na oficina. Quem encontrar a maior quantidade de roupas íntimas femininas no mês ganha uma embalagem com seis latas de cerveja.

– Ah!

– Você perguntou.

Parker refletiu por um instante.

– Acho que tenho algo melhor – comentou. – Bem melhor.

– Vamos ver.

– Uma vez, encontrei um sutiã meia-taça Chantelle, de renda preta, tamanho M, pendurado no ramo de um salgueiro lá perto do lago e a calcinha do conjunto estava boiando na água.

– O que é Chantelle?

– Uma marca de lingerie. Você entende de carros. Eu, de moda.

– Deve existir algo nos carros e nos casamentos que faz as mulheres quererem tirar a roupa de baixo – disse Malcolm, abrindo a porta de seu Corvette para ela. Sorrindo, acrescentou: – Portanto, não faça cerimônia.

– Muito galante da sua parte...

Ali no carro, Parker achou que a noite havia sido um sucesso. Tinha se divertido, tinha curtido a companhia dele, aprendido um pouco mais. Embora precisasse cutucar, provocar, praticamente espremer Malcolm para fazê-lo falar.

Ainda por cima, só tivera que pedir licença duas vezes para atender a telefonemas de clientes.

– Tem um evento grande nesse fim de semana.

– Dois grandes, dois médios e um chá de panela misto na quinta à noite, logo depois do ensaio. Além de dois eventos externos.

– Agenda cheia. Por que um homem iria a um chá de panela?

Parker estava prestes a lhe dar uma resposta diplomática, profissional, mas começou a rir.

– Porque a noiva obrigou. Instalamos um bar/charutaria no terraço. Isso ajuda os homens a aguentar a festa toda.

– Nem morfina funcionaria para mim. Mas, quando falei em casamento, estava me referindo ao da irmã de Carter.

– Ah, claro. Estamos todos na maior expectativa. Tem sido divertidíssimo trabalhar com Sherry. Não temos muitas noivas assim. Você está na mesa doze. Vai se divertir.

– É o que estou pretendendo.

Quando o carro entrou na alameda de sua casa, Parker estava tão chateada por aquela noite terminar quanto estivera preocupada antes de ela começar.

– Lá se foi o verão – disse, ao sair do carro e sentir o friozinho da noite. – Adoro o outono: as cores, o cheiro, a mudança da luz. Mas sempre lamento me despedir do verde e das flores do verão. Acho que você vai lamentar ter que se despedir da sua moto até o ano que vem.

– Ainda dá para sair com ela algumas vezes. Tire um dia de folga e saímos juntos.

– Tentador.

E era mesmo.

– Mas estamos com as próximas semanas lotadas.

– Posso esperar. Preferia não.

Ele chegou mais perto e, mesmo não tocando nela, Parker sentiu uma pontada de excitação.

– Por que não me convida para entrar?

Ela pretendia dizer não. Era o que vinha planejando fazer desde que se arrumara para sair. Cedo demais, arriscado demais.

Abriu a porta e estendeu a mão.

– Entre, Malcolm.

Ele segurou a sua mão e empurrou a porta às suas costas. Seus olhos se fixaram nos de Parker, persuasivos, o único contato além das mãos unidas.

– Peça para eu subir. Me chame para a sua cama.

Ela sentiu o coração pulsando rápido em seu pescoço. Seja sensata, pensou. Tome cuidado.

Em vez disso, ela tomou a iniciativa de se aproximar e de colar os lábios aos dele.

– Suba, Malcolm. Quero você na minha cama.

capítulo doze

PARA MALCOLM, O CAMINHO até o segundo andar foi bem longo, o bastante para ele sentir que Parker estava nervosa. Ela sabia disfarçar, mas ele tinha aprendido a interpretá-la. Ainda mais agora, que estava atento a cada movimento dela, a cada respiração.

Subiram a graciosa escadaria que levava à sua ala agora tão silenciosa que ele podia jurar que dava para ouvir o próprio coração. E o dela também.

Parker entrou no quarto, um quarto grande, de cores suaves, cheio de obras de arte, fotos e o leve glamour de móveis que, supôs, haviam servido a várias gerações.

Ela trancou a porta e percebeu o ar intrigado no rosto de Malcolm.

– Ah... Não é comum eu fazer isso, mas Laurel ou Del podem... Bom, deixe eu pegar sua jaqueta.

– Minha jaqueta?

– Vou pendurá-la.

Claro que ia pendurar! Isso era a cara de Parker. Divertido, tirou a jaqueta e lhe entregou. Quando ela foi até uma porta e entrou por ela, a curiosidade o levou a segui-la.

Closet não era uma palavra boa o bastante para descrever o que viu. Nenhum dos que já vira ou tivera podia conter cadeiras curvilíneas, abajures ou uma parede inteira de sapatos. Numa saleta – o que não é nada comum em closets –, um espelho iluminado ficava acima de uma espécie de escrivaninha (ou seja lá o que fosse aquilo) onde, deduziu ele, ela devia se sentar para arrumar o cabelo ou se maquiar. Mas a única coisa que havia em cima do tal móvel era um vaso de flores pequeninas.

– Este é o closet da família inteira?

– Não. É só meu – disse ela, virando-se e fazendo o cabelo balançar com esse movimento. – Gosto de roupas.

E, assim como acontecera com a palavra *closet*, Malcolm achou que *gostar* não era o termo ideal para expressar a relação que Parker Brown tinha com roupas.

– Elas estão todas separadas por cores!

Fascinado, foi passando um dedo pela seção de blusas brancas.

– E até, sei lá como dizer isso, em ordem gradativa, como numa paleta de cores.

– Funciona melhor assim. Suas ferramentas não ficam arrumadas?

– Achei que ficassem... Tem um telefone aqui.

– É um interfone – corrigiu ela, pegando o celular da bolsa que tinha posto em cima de uma bancada cheia de gavetas.

– Vai telefonar? – perguntou ele.

– Vou botar para recarregar – disse Parker, passando por ele e voltando para o quarto.

Ela poderia organizar visitas àquele closet, pensou Mal, detendo-se mais um instante ali dentro. Ou dar coquetéis. Fazer reuniões de trabalho.

Quando saiu, ela já tinha posto o telefone e o carregador na mesinha de cabeceira que ficava mais perto das portas da varanda. E, para seu fascínio crescente, dobrava com todo o cuidado a colcha, o cobre-leito ou o que quer que fosse aquilo.

Encostou-se à parede e ficou só olhando. Com movimentos precisos e graciosos, pôde observar, ela alisava o tecido, dobrava, voltava a alisar. Parker Brown jamais se jogaria na cama pura e simplesmente.

Não era de espantar que ele nunca tivesse se encantado por ninguém como se encantara por ela. Nem de longe existia outra mulher como ela.

– Não costumo fazer isso – disse Parker, pondo a coberta dobrada em cima do banco que ficava ao pé da cama.

– Dobrar a colcha?

– Trazer homens aqui. Se e quando acontece...

– Só estou interessado em nós dois. Você está nervosa.

Ela se virou para ir até a penteadeira. Os olhos de ambos se encontraram no espelho enquanto ela tirava os brincos.

– Você não está.

– Desejo você demais para ficar nervoso. Não sobra espaço aqui dentro.

Ele foi se aproximando.

– Já terminou? – perguntou Malcolm.

– O quê?

– De ficar pensando nas coisas, tentando imaginar o que pode acontecer...

– Quase.

– Então, deixe eu ajudar.

Pegando-a pelos ombros, Malcolm a puxou para si. A avidez de sua boca ajudou. Bastante.

Quando ela ergueu os braços para enlaçar seu pescoço, ele arrancou sua suéter com um movimento rápido, impaciente, e a jogou em cima de uma cadeira.

– Depois você pendura.

– Não penduro suéteres.

– Por quê?

– Porque... – Parker perdeu o fôlego no momento em que ele começou a passar as mãos pela camisa fina, pelo seu corpo. – Porque deforma.

– Adoro as suas formas – disse ele, tirando agora a camisa e atirando-a por cima da suéter. – Lindo! – Passou os dedos pelo bojo rendado do sutiã cor de ameixa. – É o tipo de combinação de cores que apoio cem por cento.

O riso de Parker se transformou num arfar quando as mãos dele foram descendo e os seus lábios também. Quando ele se ajoelhou.

– Malcolm.

– É melhor tirar esses sapatos – disse ele, abrindo o zíper das botas. – Não vai querer esquecer e se deitar com eles.

– Está me sacaneando ou me seduzindo?

– Dá para fazer as duas coisas. Você não é a única polivalente neste quarto.

Assim que tirou as suas botas, Malcolm passou as mãos pelas suas pernas.

– Ah, são o verdadeiro Santo Graal...

– Você já viu as minhas pernas antes.

– Não desse jeito.

Abriu o botão da calça de Parker, baixou o zíper e foi puxando-a para baixo.

– Não, não desse jeito...

Ele levantou uma perna de cada vez para tirar a calça, que ficara a seus pés. E foi subindo com as mãos, dos tornozelos às coxas, até chegar às bordas da renda cor de ameixa.

O telefone tocou.

Malcolm ergueu a cabeça. Aqueles olhos de um verde penetrante tinham um ar quase animal.

– Desta vez, não.

Parker balançou a cabeça.

– Não. Desta vez, não.

Ele se levantou. Com aquele movimento rápido, tanto a visão quanto a mente de Parker ficaram turvas. A boca de Mal não apenas a beijou, mas a possuiu, enquanto aquelas mãos espalmadas percorriam todo o seu corpo, produzindo descargas elétricas sob sua pele. Toda a tensão anterior explodiu num desejo puro, primitivo.

Parker foi abrindo de qualquer jeito os botões da camisa dele. As suas mãos também queriam carne. Queriam segurá-lo, possuí-lo. Quando tocou naquela pele, naqueles músculos, naquelas reentrâncias, quando sentiu a suavidade e a aspereza, o desejo se transformou em paixão.

E ela tentou se satisfazer passando a boca pelas artérias que pulsavam quentes em seu pescoço, correndo os dentes pelo ombro de músculos rijos feito aço. Mas as garras daquele desejo só faziam se afiar cada vez mais.

Ele poderia penetrá-la naquele momento, rápido e fundo. Ela queria, ouvia a própria voz pedindo por isso, queria alimentar e saciar aquele desejo antes que ele a consumisse.

Malcolm a ergueu nos braços e não foi como se a levasse para a cama, mas como se a arrastasse para uma caverna. E ela se entregou por inteiro.

Quando estava debaixo de Malcolm, ergueu o tronco, colando o corpo ao dele.

– Agora. Agora.

Malcolm conseguiu balançar a cabeça.

– Assim você me mata – falou ele.

Não dava para desejá-la tanto e acabar tudo antes de mal terem começado. Mas ele também ansiava por aquilo e Parker se remexia com fúria debaixo dele, sobre ele, nele todo. O corpo dela, tão firme e tão excitante com aquela pele macia sobre uma musculatura rija, foi fazendo-o perder o controle. Precisava ter mais daquele corpo antes de possuí-lo por inteiro.

Não para saborear, pois sabia que saboreá-la o deixaria louco, mas para devorar em grandes bocados, avidamente.

Aqueles seios perfeitos foram finalmente possuídos pelas suas mãos e pela sua boca enquanto ela cravava as unhas em suas costas e no quadril. Aquelas pernas incríveis abertas para ele, envolvendo seu corpo, e os músculos daquelas coxas longas estremecendo quando ele fazia o que queria. Tudo o que queria.

E aquele rosto de uma beleza serena e clássica estava agora afogueado, feroz, com os olhos de um azul profundo e os lábios quentes e ávidos.

Malcolm a fez gozar uma vez, com suas mãos ásperas e impiedosas. Por ela, por si mesmo. Queria vê-la se desmanchar por ele, chegar ao clímax e desabar. Ela gritou, cravando ainda mais as unhas no seu corpo. E, quando ela desabou, ele a penetrou.

Parker gritou de novo. Foi um som abafado que exalava prazer. Aquele prazer, selvagem e instigante, sacudiu o corpo inteiro dela como uma tempestade. E sacudiu de novo. E mais uma vez. Até que não restasse mais nada.

Perdida naquela velocidade, imersa em sensações, ela devolveu na mesma moeda, com uma espécie de fúria sombria.

Ele foi fundo; ela se ergueu. Seus corpos reluziam com o suor do esforço e da avidez. Viu o rosto de Malcolm acima do seu, o cabelo escuro que o emoldurava, aqueles olhos animalescos pregados nos seus.

Tentou falar. Dizer... alguma coisa. Mas tudo o que conseguiu foi balbuciar o seu nome.

O telefone tocou, mas tudo o que ela ouviu foi a pulsação frenética do próprio coração.

Parker ficou deitada ali debaixo dele, atordoada, sem fôlego depois daquela tempestade e também por causa do peso daquele corpo que havia caído sobre o seu como uma pedra.

Eles acabaram um com o outro, pensou ela. De todas as formas possíveis. Só não chegaram a tirar sangue. Sempre se considerara aberta e ativa na cama, com o parceiro certo, mas aquilo havia sido uma batalha acirrada com um alvo determinado.

Dê-me tudo que tiver e, depois, dê mais.

E concluiu que era o que explicava aquela leve sensação de choque e de plena satisfação.

Gostou de imaginar que Malcolm sentia o mesmo – ou será que tinha simplesmente entrado em coma? Pelo menos não fora um ataque cardíaco, já que podia sentir o coração dele pulsando de encontro ao seu corpo.

Quando passou a mão pelo cabelo de Malcolm, ele grunhiu.

Bom, não estava em coma, mas...

– Você amoleceu... – disse ela, e Malcolm ergueu a cabeça imediatamente.

– O quê?

– Caiu. Foi por isso que...

O ar ofendido que havia no rosto de Mal fez Parker compreender.

– Ah, meu Deus! Não *nesse* sentido...

E ela começou a rir. O riso lutava para sair do seu peito esmagado por todo aquele peso. Ela engasgou, agitou as mãos, tentou dizer alguma coisa em meio às risadas que não conseguia conter.

– Depois. Você amoleceu depois.

– Sou homem, coisa que devia ter percebido...

– Não. Também não é nesse sentido.

Parker não parava de rir. Por fim, quando Malcolm se moveu, ela conseguiu se desvencilhar e respirou fundo. Teve que se sentar e levar as mãos ao peito.

– *Depois* desse depois. Você simplesmente desmoronou – disse, balançando as mãos. – Despencou em cima de mim. Mas não tem problema. Afinal, eu já tinha mesmo parado de respirar em algum ponto entre o terceiro e o quarto orgasmos.

– Ah, desculpe – falou ele, afastando o cabelo do rosto. – Você conta orgasmos?

– É um hobby.

Desta vez, foi ele que riu.

– Foi um prazer acrescentar alguns à sua coleção.

Parker não se cobriu e Malcolm admitiu que achava que ela fosse o tipo de mulher que puxa o lençol assim que o calor do sexo começa a amainar. Mas ela estava sentada ali, corada e nua, sorrindo para ele.

– Você é cheia de surpresas, Pernas.

– Gosto de sexo.

– Verdade? Jamais teria imaginado.

– Esqueço que gosto quando passo longos períodos sem fazer. Foi ótimo lembrar quanto gosto disso.

Ela estendeu o braço e passou um dedo pelas cicatrizes que ele tinha no quadril e na coxa.

– Deve ter doído.

– São do tal acidente. Deixou algumas dessas.

– E aqui? – indagou Parker, acompanhando umas linhas mais finas na altura das costelas.

– Também. Aqui, no ombro e mais umas espalhadas por aí.

– E essa?

Ele baixou os olhos para ver a cicatriz em forma de foice na sua coxa direita.

– Essa foi de outro acidente. Um pequeno erro de cálculo. Você não tem nenhuma.

– Cicatrizes? Tenho, sim.

– Olhe, querida, vasculhei cada centímetro do seu corpo.

– Aqui – retrucou Parker, passando a ponta do dedo alguns centímetros acima da linha do cabelo, do lado esquerdo.

Malcolm se sentou e fez o mesmo.

– Não senti nada.

– Bom, mas ela está aí.

E o mais ridículo era que aquilo lhe parecia quase uma questão de honra agora.

– Levei quatro pontos.

– Tantos assim?

– Ah, não venha se gabar!

– O que aconteceu?

– Estávamos na Provença e tinha chovido o dia todo. Quando saiu o sol, corri para o terraço. Tinha 7 anos. Escorreguei e bati com a cabeça na grade de ferro.

– Um machucado provençal...

– Dói tanto quanto qualquer outro. E essa aqui? – perguntou Parker, franzindo o cenho diante do grupo quase homogêneo de finas linhas horizontais na sua omoplata esquerda. E sentiu que o corpo de Malcolm se retesava cada vez que ela as tocava.

– Nada de mais. Fui jogado em cima de um armário de metal. As portas tinham frestas para arejar.

– Seu tio – disse ela, deixando a mão exatamente naquele local.

– Já foi há tanto tempo... Tem água por aqui?

Ignorando a pergunta, Parker se inclinou e beijou as tais cicatrizes.

– Nunca gostei dele.

– Nem eu.

– E agora gosto menos ainda. Vou pegar água para você.

Levantou-se e foi até o closet. Malcolm lamentou que ela estivesse de robe quando voltou trazendo duas garrafinhas.

Geladas.

– Tem geladeira aí dentro?

– Uma pequena. Embutida. É bem prático. E... – depois de abrir sua garrafa, prosseguiu –... eficiente.

– Não há o que discutir.

Ele percebeu que os olhos de Parker tinham se voltado para o celular e teve que sorrir.

– Ande, pegue o telefone. Não tem problema.

– Prometo às noivas que estarei disponível 24 horas. E mesmo que não prometesse – acrescentou, indo pegar o aparelho –, algumas delas iam telefonar sempre que ficassem aflitas. Um casamento pode absorver o resto do mundo, e é o que acontece para a noiva. Clara Elder, duas ligações – disse, olhando para a tela.

E tratou de ouvir as mensagens de voz.

Malcolm a ouviu suspirar e viu que ela fechou os olhos ao se sentar na cama.

– Más notícias?

– Noivas histéricas e aos prantos não podem ser outra coisa.

Quando ouviu a segunda mensagem, abriu a gaveta da mesinha de cabeceira, pegou uma pastilha de antiácidos e tomou.

– Qual é o problema?

– Ela brigou com a irmã, que vai ser madrinha, por causa do vestido que escolheu para ela. A irmã odiou o tal vestido. Aí o noivo tomou o partido da irmã, o que resultou em outra briga séria, que fez o rapaz ir embora do apartamento. Preciso retornar essa ligação. Talvez demore um pouco.

– Tudo bem – falou Malcolm, dando de ombros, e tomou uns goles de água. – Vou ficar aqui só vendo como você resolve essa história.

– Grata pela confiança – retrucou ela, pressionando a tecla de chamada.

– Quer alguma coisa mais forte que água? – ofereceu ele.

Parker balançou a cabeça, negando.

– Clara, é Parker. Desculpe por não ter ligado antes.

Depois, ficou em silêncio. Nesse meio-tempo, Malcolm pôde ouvir nitidamente a voz histérica da noiva, embora não entendesse o que ela dizia. Uma voz esganiçada, cheia de lágrimas de raiva.

Então, concluiu ele, a estratégia era deixar a outra despejar toda a sua raiva e todas as suas lágrimas em ouvidos acolhedores. Enquanto Clara esbravejava, Parker se levantou para abrir as portas da varanda. O ar fresco penetrou no quarto, com um leve perfume de noite. Malcolm adorou o jeito como ele fez o robe de Parker esvoaçar.

– Claro que está zangada – ouviu-a dizer num tom de solidariedade.

Ar fresco sobre ânimos acalorados, pensou ele.

– Só você consegue entender de verdade todo o estresse causado por tantas decisões e tantos detalhes. Claro que ficou magoada, Clara. Qualquer um ficaria. Mas acho que... A-hã. Ah.

E continuou fazendo esses sons agradáveis e apaziguadores enquanto foi fechar de novo as portas e voltou a se sentar na cama. Desta vez, apoiando a cabeça nos joelhos dobrados.

– Entendo perfeitamente e você tem toda a razão: é o seu casamento. É o seu dia. Tenho a impressão que Nathan quis ajudar... É, eu sei, mas temos que admitir, Clara, que os homens não entendem isso, não é verdade?

Virou o rosto para Malcolm, sorriu e revirou os olhos.

– E às vezes se metem numa situação e depois não fazem ideia de como sair dela. Acredito mesmo que Nathan estava tentando pôr panos quentes na sua briga com Margot. Afinal, ele não estava aguentando a ideia de ver você assim, tão aborrecida. Só foi desajeitado nessa tentativa.

Parker voltou a se calar e Malcolm pôde perceber que a voz da noiva tinha baixado vários tons.

– Não é que os detalhes não sejam importantes para ele. Só que você é mais importante. Foi estresse e raiva, Clara, de ambas as partes. Você sabe que ele a adora e ele também sabe como você e sua irmã são ligadas. Não – disse ela, erguendo os olhos para o teto. – Não acho que você estava *errada*.

Dirigindo-se a Mal, moveu os lábios, dizendo: *Acho, sim*.

– O que acho é que as emoções tomaram conta de todos. E, Clara, sei muito bem como ficaria triste se a sua irmã não estivesse ao seu lado no dia mais importante da sua vida. Óbvio que o vestido é importante. É muito importante. Acho que posso ajudá-las com isso. Por que não marcamos de nos encontrar na loja na semana que vem? Você, Margot e eu. Tenho certeza que vou conseguir encontrar algo que deixe as duas felizes.

Mais uma vez, ficou só ouvindo, fazendo um ou outro som tranquilizador e conduzindo a solução com voz branda.

– Isso mesmo. Por que não liga para Nathan agora? É, eu sei, mas pense como ambos vão ficar felizes quando desfizerem essa briga. O vestido é importante, mas nada é mais importante que o fato de você e Nathan começarem uma vida nova juntos... Sei que vai – disse Parker, rindo. – Tenho certeza. Vejo você e Margot na terça. É para isso que estou aqui. Boa noite.

– Bom trabalho!

Parker deixou o ar sair com força dos pulmões.

– Ela quer que a irmã use verde-chá, cor que ela detesta. Diz que fica abatida. E, como conheço Margot, sei que é verdade.

– Que diabos é verde-chá?

– É mais ou menos a cor do aipo. Uma boa irmã não devia querer que a sua madrinha parecesse abatida, mas uma boa madrinha enfia o rabo entre as pernas e usa o que a noiva escolher. São regras básicas do casamento. Resultado: a maior briga, que continuou por telefone, envolvendo a mãe delas, que, muito sabiamente, ficou de boca fechada. Aí, o pobre do noivo resolve acalmar os ânimos e diz à noiva furiosa que aquilo não tem tanta importância, que a madrinha pode escolher outro vestido. "O importante somos nós, querida." A essa altura, a noiva explode e por aí vai...

– Quer dizer que o problema todo é o aipo...

Parker riu.

– O aipo foi só o pivô. O problema é, na verdade, controle, poder, emoções, estresse e dinâmica familiar.

– Você conseguiu convencê-la a tentar outro vestido e a ligar para o sujeito sem dizer em momento algum que ela era uma imbecil.

– É a minha função. Além do mais, ela não é exatamente imbecil. Só ficou obcecada por detalhes que devia deixar por minha conta.

– E é por causa desses detalhes que você guarda antiácido na mesinha de cabeceira?

– Eles ajudam quando noivas furiosas ligam chorando no meio da noite. – E, pondo o cabelo para trás, acrescentou: – Tenho que acordar cedo amanhã.

– Quer que eu vá embora?

– Não. Mas se ficar, precisa saber que tenho de acordar bem cedo.

– É ótimo, porque eu também.

Malcolm pôs a água no chão e esticou o braço para jogar o cabelo de Parker de novo sobre os ombros.

– Por que não tentamos um segundo round um pouco mais delicado?

– É, por que não? – replicou ela, passando os braços pelo seu pescoço.

Malcolm abriu um dos olhos quando ouviu o bipe. Ainda estava escuro. Sentiu Parker se espreguiçar ao seu lado e se virar para desligar o despertador.

– Devia ter perguntado o que significava "cedo"... – murmurou.

– O dia está cheio hoje e quero malhar antes de começar a trabalhar.

Então ele abriu os dois olhos para ver o relógio. Cinco e quinze. Podia ser pior.

– Não seria mau malhar um pouco. Da próxima vez, trago roupa para isso.

– Tem aqui, se quiser usar a sala de ginástica.

– Não acho que as suas roupas caibam em mim...

Parker acendeu a luz no nível mais fraco. Levantou-se e, com o robe esvoaçando ao seu redor, dirigiu-se a outra porta.

– Só um minuto.

Passado esse minuto, em que ele chegou a pensar em mais meia hora de sono, ela voltou trazendo uma camiseta cinza, um short de ginástica e meias.

– Isso é do Del?

– Não. Sempre tenho várias coisas guardadas para os hóspedes.

– Tem roupas para os hóspedes?

– Claro – respondeu ela, pondo sobre a cama o que trouxera. – E, como pode ver, é um hábito bem útil. A menos que essa história de malhar tenha sido só da boca para fora.

– Que tal me dar mais cinco minutinhos?

Parker levou pouco mais que isso para vestir uma regata vermelha muito sexy e uma calça que batia pouco abaixo do joelho. Fez um rabo de cavalo. Prendeu o celular no cós da calça.

– Quantas vezes por semana você malha esse corpinho, Pernas?

– Sete.

– Na minha opinião, está valendo a pena – disse ele, dando-lhe uma palmadinha no bumbum que a fez pestanejar. – Em homenagem ao tio Henry.

Rindo, Parker o levou até a sala de ginástica.

Malcolm parou na porta. Já vira os equipamentos que eles tinham na casa de praia nos Hamptons, mas, comparados a isso, aquilo lá não era nada.

Duas esteiras, um elíptico, uma bicicleta reclinada, um aparelho para musculação, vários pesos, um supino... Isso sem contar a imensa TV de tela plana e a geladeira com porta de vidro contendo garrafas de água e de suco. Observou que havia também toalhas, todas elas muito bem dobradas, lenços umedecidos com álcool, uma vista e tanto.

– Prático – disse Mal. – E eficiente.

– Há anos que Laurel e eu usamos essa sala regularmente. Já Emma e Mac aparecem de vez em quando. Mas, de uns tempos para cá, o lugar tem sido mais concorrido. Acho que vamos acrescentar mais um elíptico e uma bicicleta. Talvez até um aparelho remador. Então – prosseguiu ela pegando uma toalha –, fico em dia com o noticiário enquanto corro uns 3 quilômetros, mas se quiser ouvir música, tem uns iPods ali.

– Não duvido. Vou correr com os fones.

Era um mundo diferente, pensou Malcolm ao subir numa esteira. Não dava nem para comparar com o que tinha em casa. Tudo muito elegante, é claro, mas muitíssimo eficaz. E ele adorava eficiência.

Além do mais, era moleza correr assim, com Parker ao seu lado.

Correu uns bons 5 quilômetros antes de ir para os pesos. Ela estava usando o aparelho de musculação e os dois ficaram ali, suando, num silêncio cúmplice.

Depois, Malcolm foi até a geladeira pegar água e Parker desenrolou um colchonete. Começou então a fazer alguma coisa como ioga e parecia flutuar de uma postura complicadíssima para outra.

– Algum dia precisa me mostrar como se faz isso.

Ela se ergueu de uma posição em que o seu corpo estava praticamente dobrado ao meio e passou para algo que parecia um agachamento longo e fluido.

– Tenho um DVD para principiantes que é muito instrutivo.

– Ótimo, mas acho que vou querer você como instrutora. Como você é linda, Parker! Vou tomar uma chuveirada, OK?

– Eu... Claro. Daqui a uns quinze minutos também vou.

– Não se apresse.

Ele saiu da sala com a mente tomada pela imagem de Parker e avistou Del, que vinha malhar usando um moletom. Del parou, ficando imóvel de um jeito quase cômico.

Lá vamos nós, pensou Mal, mas seguiu em frente e disse apenas:

– E aí!

– E aí?! – exclamou Del, de olhos arregalados. – É só o que tem a dizer?

– Bela sala de ginástica. Dormi com a sua irmã e pode partir para cima de mim, como fez com Jack por causa de Emma. Mas isso não vai mudar nada. Nem vai me impedir de dormir com ela de novo.

– Puta que pariu, Mal!

– Eu lhe contei o que estava acontecendo e não a forcei a nada. E olhe que essa parte não foi fácil. Ela é a mulher mais incrível que já conheci, e isso sob qualquer aspecto. Se não estiver gostando dessa história, Del, vou lamentar muito, mas, mesmo assim, repito: não vai mudar nada.

– Só me diga quais são as suas intenções, porra.

– Meu Deus! – exclamou Mal, passando a mão pela cabeça. – Está falando sério? Minhas intenções são estar com ela o máximo de tempo que puder, na cama e fora dela. Ela é linda, inteligente e divertida, mesmo quando nem tenta ser. E, que diabos, ela me fisgou.

Del levou alguns instantes andando de um lado para o outro.

– Se você aprontar, se deixar Parker infeliz, não vou só lhe dar um soco.

– Se eu ferrar com essa história, não vai precisar me dar soco nenhum. Parker já terá me derrubado.

Deixou o amigo resmungando e seguiu seu caminho para o chuveiro. Estava acabando de se vestir quando Parker entrou.

– Será que devo pedir desculpas por meu irmão?

– Não. Se eu tivesse uma irmã, talvez esmurrasse primeiro e só fosse fazer perguntas depois. Está tudo bem.

– A nossa relação é mais complicada que a da maioria dos irmãos. Quando os nossos pais morreram, ele... Del se sentiu responsável por mim, por todas nós, mas principalmente por mim.

– Eu entendo, Parker. E não posso culpá-lo. Além do mais, ele é assim mesmo e é desse jeito que é meu amigo. Ele lhe passou um sermão?

Desta vez, ela sorriu.

– Do jeito dele. E fiz o mesmo, do meu jeito. Está tudo certo. Ele também é seu amigo, Malcolm.

– Verdade. Então acho que devemos esclarecer essa história aqui e agora, antes que a gente vá mais adiante, seja lá aonde for. Não ligo a mínima para dinheiro.

Os olhos de Parker ficaram gélidos. Ninguém era capaz de demonstrar tanto desprezo quanto Parker Brown.

– Nunca achei que ligasse. Nem Del.

– Esse assunto vai acabar surgindo, portanto acho melhor encará-lo de uma vez por todas. Vocês têm um lugar incrível, e não estou só me referindo à casa. O seu lugar no mundo, Parker. Respeito o tempo, o esforço, as decisões inteligentes que valeram esse espaço à sua família. Mas também conquistei o meu e gosto dele. Cuido de mim e da minha mãe porque é àquele lugar que eu pertenço. Não vejo dinheiro, status, pedigree ou seja lá o que for quando olho para você. Só vejo você, e precisa saber disso.

Como na noite anterior, ela abriu as portas da varanda e deixou que o ar entrasse. Virou-se para ele.

– Acha que estou me divertindo com você por ser rica?

Malcolm a fitou por um instante. Não parecia apenas zangada, mas também um pouco magoada. Como acontecera com relação a Del, lamentava isso, mas nada mudaria.

– Não. Você está muito acima disso. É algo que vejo muito claramente. Só queria garantir que tivéssemos essa clareza de ambos os lados.

– E parece que temos.

– Você ficou meio brava – disse ele, aproximando-se. – Mas sei que vai passar. Quer ir ver um filme hoje? Estão passando umas coisas de Hitchcock. Acho que hoje é *Difamação.*

– Não sei se...

– Bom, ligo mais tarde para saber em que pé estamos.

– Você está convidado para tomar café da manhã na cozinha – disse Parker com o tom mais civilizado do mundo.

– Parece ótimo, mas tenho que ir.

Mal a agarrou, simplesmente a agarrou, e lhe deu motivos para lembrar do que havia entre eles.

– Vejo você mais tarde – acrescentou, dirigindo-se para a porta.

Olhou para trás e a viu parada, diante da porta aberta, com o céu e as árvores às suas costas.

– Pare com os antiácidos, Pernas.

capítulo treze

AQUELE EVENTO ERA PESSOAL. Sherry Maguire era sua amiga e, ainda por cima, irmã de Carter, o que a tornava parte da família. Além da força e da intimidade da relação, o fato de Carter ter substituído Nick em janeiro, nas reuniões preparatórias para o casamento, fora o que o aproximara de Mac.

Portanto, na opinião de Parker, era um casamento que não tinha apenas de transcorrer sem nenhum incidente (ou pelo menos, nenhum que fosse notado), mas entrar para a história. A Votos daria a Sherry e Nick o dia e as lembranças que eles guardariam pelo resto da vida.

E, muito objetivamente, Parker enxergava aquele casamento como uma prévia do de Mac, que aconteceria em dezembro.

Muitos dos convidados seriam os mesmos, pensou ela ao passar em revista todas as áreas onde aconteceria o evento. O que ela planejava era dar uma festa perfeita para seus clientes, amigos e família e, ao mesmo tempo, aguçar seus apetites para o casamento de sua sócia e amiga de infância.

Não era a primeira vez que uma delas, ou todas as quatro, além de organizadoras, eram convidadas, então tinham milhares de cartas nas mangas para conseguir dar conta do recado.

Percebeu que Emma já dominava a técnica de trocar de roupa rapidamente. Já tinha tirado o terninho que usara à tarde e agora trabalhava com a sua equipe retirando os arranjos formais de rosas e lírios brancos, as guirlandas em branco e ouro velho, os pedestais de mármore e as floreiras. Vestia um jeans cheio de bolsos, tênis e um casaco de moletom.

E voltaria a se trocar, pensou Parker, na ala da família, para o casamento da noite.

O ambiente que Sherry queria começava a tomar forma com as gérberas cor-de-rosa grandes e alegres, as zínias do tamanho de pires em cores ousadas e vivas, o tom suave, quase diáfano, das rosinhas em miniatura. Flores abarrotavam imensos cestos brancos, derramavam-se e caíam de vasilhas enormes, formando um conjunto elegante e divertido.

Nada de formal ou estudado. Não para Sherry, observou Parker.

Foi ajudar no trabalho, levando arranjos para a suíte da noiva, instalando-os, de acordo com as instruções recebidas, em meio às velas que já estavam ali. Veio descendo a escadaria principal encantada com a mescla de renda e um verdadeiro arco-íris de rosas em miniatura.

Aquilo tudo era a cara de Sherry, pensou: doce, divertido e feliz.

De onde estava, via Jack e Carter ajudarem Tink a transformar a pérgola numa moldura de flores coloridas. Estremeceu ao perceber que Carter estava no alto de uma escada. Ele não era exatamente famoso por sua coordenação motora.

– Vai ficar lindo. Será que você podia descer aqui, Carter, e me dar uma mãozinha?

– Já estou quase acabando.

Parker prendeu o fôlego, tentando não pensar em tornozelos ou braços quebrados quando ele se debruçou para prender uma grinalda. Ele errou um degrau quando descia, mas conseguiu não ter maiores problemas que bater com o cotovelo.

– Ficou bonito, não acha? – perguntou ele, dirigindo-se a Parker.

– Ficou fantástico. E é a cara de Sherry.

– Estou nervoso – confessou ele, tirando os óculos que pusera para ver de perto e guardando-os no bolso. – Não imaginei que ficaria. O ensaio de ontem correu tão bem... Tudo foi tão fácil e divertido... Mais uma vez, mil vezes obrigado por ter conseguido fazer com que Di participasse. Na verdade, ela adorou.

– É parte do meu trabalho.

– Preciso me manter ocupado – disse ele, tirando as mãos dos bolsos e voltando a enfiá-las ali. – Caso contrário, vou ficar pensando o tempo todo que a minha irmã caçula vai se casar.

– Bom, posso lhe fazer esse favor. Estou até aqui de trabalho. Se puder, pegue essa lista e verifique tudo com o fornecedor. Assim me libera um pouco e acalma os seus nervos.

E os meus também, pensou ela, já que ele não teria que subir em mais nenhuma escada.

– Claro. Viu Mac por aí?

– Ela está ajudando com a ornamentação do solário, mas vou ter de interrompê-la logo, logo.

Antes, porém, foi ajudar as pessoas que estavam prendendo buquês nas cadeiras cobertas de tecido branco. Tiveram sorte com o clima, pensou, estava ótimo para um casamento ao ar livre. Quando o sol se pusesse, a temperatura cairia bastante, mas os aquecedores externos garantiriam o conforto dos convidados que quisessem permanecer nas varandas.

E, com uma última olhadela, observou que as árvores estavam tão viçosas e coloridas quanto as flores de Emma. Depois de verificar as horas, correu lá para dentro para ver como andava o trabalho de Laurel. E, é claro, para tomar uns golinhos de café.

A noiva e seu cortejo deviam chegar em quinze minutos.

– Por favor, diga que tem café fresco e que você já... Ah, Malcolm.

– Oi, Pernas. – Ele parou de pôr os magníficos cookies de Laurel numa bandeja e olhou Parker de alto a baixo. – Visual novo. Gostei.

Ela estava com um avental branco sobre o vestido azul que havia escolhido para o casamento. Não teria tempo de se trocar mais tarde. E, em vez dos sapatos de salto, usava sapatos baixos de camurça. Claro que aquilo ficava muito aquém da sua melhor apresentação, pensou Parker, mas era prático. Já ele, por outro lado, estava com um terno escuro, uma camisa imaculadamente branca e uma gravata com listras discretas.

– Você também.

Percebeu que nunca o tinha visto de terno. Tinham se encontrado quase todas as noites da semana, dormido juntos, e ela ainda não sabia se ele tinha um terno ou não.

– Botei Malcolm para trabalhar – disse Laurel, que estava trepada num banquinho, dando os últimos retoques no bolo de cinco andares. – Del me abandonou. Bela apresentação – acrescentou, dirigindo-se a Malcolm. – Acho que vou contratá-lo.

– Mas continua não confiando em mim para confeitar.

– Um passo de cada vez!

– Laurel! – exclamou Parker, chegando mais perto. – Este bolo é tão... incrivelmente feliz!

O bolo era uma sequência de andares quadrados cheios de cores, com uma combinação de flores de verdade e de pasta americana no topo.

– É uma maravilha! Por dentro e por fora. Mas acho que o meu detalhe favorito é esse enfeite e, aí, o mérito é todo seu, minha senhora.

– Ela não queria nada comum, nem formal. – E como aquele casal sorridente se acabando de dançar no alto do bolo a faziam sorrir! – Sem dúvida a artista soube retratá-los.

– E vamos começar a receber pedidos para noivinhos personalizados assim que este aqui aparecer no salão.

– O que vai acontecer logo, logo. Tenho que...

– Café? – ofereceu Malcolm estendendo-lhe uma xícara.

– Ah, obrigada.

– Ele é bem prestativo – observou Laurel.

– É da minha natureza... Quer mais alguma coisa?

– Na verdade, estamos bem... Droga! – exclamou Parker, dando umas batidinhas no fone de ouvido. – Ela acabou de chegar. Está adiantada. A mulher está sempre atrasada e resolveu chegar cedo hoje?

Enquanto falava, arrancou o avental, tirou os sapatos de camurça e calçou os de salto que tinha deixado ali com Laurel. Tirou um gloss do bolso e o passou nos lábios, já correndo para a porta.

– Como é que ela consegue fazer isso? – perguntou Malcolm.

– Multitarefas. É da natureza de Parker Brown – falou Laurel ao descer do banquinho. – Vocês dois combinam muito bem.

– Acha mesmo?

– Ela está feliz, mas também está confusa. Várias coisas a deixam feliz. Planilhas, por exemplo, sabe-se lá por que motivo misterioso. Mas existem pouquíssimas coisas que a deixam confusa.

Laurel se calou por um instante para tomar um gole de água de uma garrafinha.

– Sou amiga dela desde sempre e acho mesmo que vocês dois combinam muito bem. Por isso, se aprontar com ela... e tenho certeza que já ouviu isso de Del, mas, se aprontar com ela, vai se haver conosco. Sabe os Borg, de *Jornada nas estrelas*? Para esse tipo de coisa, somos iguais a eles.

– Resistir é inútil?

– Gosto de você de verdade, Mal – disse ela, abrindo um sorriso rápido e radiante. – Por isso espero não ter que machucá-lo.

Ele também.

Com Parker ocupada ajudando a noiva, Malcolm ficou livre para ir aonde quisesse. A essa altura, já tinha presenciado inúmeros eventos e lhe ocorreu que aquelas quatro mulheres e seu exército de ajudantes sempre conseguiam fazer com que cada um deles fosse único. O cronograma de Parker podia ser rígido, porém tudo o mais refletia a personalidade do cliente. E, pelo que tinha observado, também ficavam óbvios todo o tempo e o suor necessários para fazer tudo aquilo.

Encontrou Del, Jack e Carter no bar do solário.

– Era exatamente o que eu procurava.

Del apoiou sua cerveja no balcão.

– Estamos mantendo a sanidade de Carter.

– Ah, é? E o que está bebendo, professor?

– Chá. Um ótimo chá de ervas.

– Meu Deus! A sua irmã vai se casar e você toma essa coisa de mulherzinha?

– Isso mesmo. Preciso vestir um smoking e acompanhar pessoas, inclusive a minha mãe, até o altar. Tenho que fazer um brinde. E vou estar sóbrio.

– Ele está apavorado – comentou Jack.

– Está na cara. Se está apavorado porque sua irmã vai se casar, como é que vai ficar quando for a sua vez?

– Por enquanto, não estou nem pensando nisso. Primeiro tenho que enfrentar o dia de hoje. Estaria melhor se pudesse ficar lá em cima, ajudando Mac, mas Sherry não quis. Só preciso... – Carter parou de falar. Pegou o bipe que trazia no bolso. – Ah, é a minha vez. Quer dizer, é a vez do Nick. Eles chegaram. Tenho que ir para lá.

Tomou o resto do chá de um só gole, como se fosse remédio.

– Vou ficar bem – acrescentou, resoluto, já indo embora.

– Vamos deixá-lo bêbado mais tarde – disse Del.

– Mal posso esperar – falou Malcolm e, erguendo sua garrafa, brindou com os outros dois amigos.

Estava tudo perfeito, pensou Parker. O riso de Sherry enchia a suíte enquanto ela e suas acompanhantes se vestiam. Sua alegria foi altamente contagiosa e forneceu a Mac inúmeras fotos de pessoas posando, rostos felizes, abraços e da noiva se rodopiando com exuberância diante do espelho.

Brotaram algumas lágrimas quando Pam Maguire ajudou a filha a ajeitar o arranjo de cabeça e quando Michael entrou e olhou pela primeira vez a sua garotinha vestida de noiva.

– Sherry! – Ele parou para pigarrear. – Você está deslumbrante.

– Papai!

Sem soltar a mão da mãe, ela estendeu a outra para o pai e trouxe os dois para perto de si. Voltada de novo para o espelho, com os braços em volta dos pais, ela estava radiante como o sol.

– Olhem só para nós!

Olhem só mesmo, pensou Parker enquanto Mac capturava aquele momento. Estavam lindos, felizes e juntos. Sentiu uma pontada de dor, só uma pontadinha, por algo que jamais teria. Aquele momento nunca aconteceria para ela. Respirou fundo, afastou esses pensamentos e avisou:

– Está na hora.

A noiva entrou sorrindo, precedida de suas encantadoras madrinhas. Quando chegou perto do noivo, cujo queixo havia caído ao vê-la, ele abriu um sorriso. Sherry estendeu a mão para segurar a dele e riu.

E Parker disse para si mesma: É, está tudo absolutamente perfeito.

– Foi a melhor festa de todos os tempos – declarou Mac. – Exatamente o que foi pedido. Como vamos conseguir superar isso? – falou ela e apoiou a cabeça no ombro de Carter.

Os outros não tinham conseguido deixá-lo bêbado. Carter se esquivara, resistira e, agora, estava desabado no sofá da sala de visitas, com dois dedos de uísque na mão.

– Ela estava radiante.

– Estava mesmo.

– E que diabo de bolo gostoso! – exclamou Malcolm, pegando mais um pedacinho. – É a minha parte favorita desses eventos.

– Aí está um homem de bom gosto – disse Laurel com um bocejo. – O de amanhã é de ganache de chocolate.

– Será que vou gostar?

– Vai. A menos que fique louco antes. Me reboque daqui, Del. Estou tão exausta...

– Eu também – completou Emma, que, de olhos fechados, se aconchegou a Jack. – Será que não posso dormir aqui?

Jack se levantou e pegou-a no colo. Emma sorriu, sonolenta, e passou os braços em torno do pescoço dele.

– Adoro quando você faz isso.

– Você está merecendo uma carona. Boa noite, gente.

– Já eu estou a mil... Vou dar uma olhada em algumas fotos antes de deitar. – E, cutucando Carter, acrescentou: – Vamos, belezura. Venha comigo para você poder elogiar a minha genialidade.

Ele conseguiu se levantar.

– Parker, obrigado por dar à minha irmã um dia que nenhum de nós vai esquecer.

– Ah, Carter...

Emocionada, ela se levantou, chegou perto dele e o beijou no rosto.

– Prometo que você e Mac vão ter exatamente a mesma coisa.

E ficou olhando os dois se afastarem.

– Dá para ver as engrenagens girando – observou Malcolm.

– Tive mesmo umas ideias hoje. Vamos ver se consigo pôr todas em prática.

– Se existe alguém capaz disso... – Malcolm fez uma pausa. – E eu, fico?

– Eu iria gostar – respondeu Parker, estendendo a mão para ele.

Numa tarde fria de outono, com o vento empurrando as nuvens pelo céu e espalhando folhas coloridas pelo gramado, Parker convocou uma reunião para o meio-dia.

Tentando melhorar o clima, acendeu a lareira, já que sempre havia lareiras estalando e reluzindo na biblioteca nos dias frios do outono. E, enquanto as chamas começavam a arder, ela foi até uma das janelas olhar o terreno à sua frente, as árvores que balançavam, a água cinzenta e agitada do lago.

Não era comum Parker se perguntar que rumo sua vida estaria tomando. O mais frequente era concentrar toda a sua atenção nos detalhes, nos planos, nas contingências, nas necessidades, nos desejos e nas fantasias de outras pessoas. Talvez fossem os contrastes do dia, aquele céu suave e sombrio contra as árvores ainda brilhantes. As folhas soltando-se para dançar e rodopiar no ar enquanto os crisântemos e os ásteres teimavam em florescer.

Tudo parecia ter feito uma pausa à espera de mudanças, mas e ela? Mudanças tinham muito a ver com perdas e ganhos, abrir mão de alguma coisa para atingir outra, nova e diferente. E, precisava admitir, ela dava muito valor à rotina, à tradição e até mesmo à repetição.

Rotina equivalia a segurança, proteção, estabilidade. Ao passo que era em terreno instável que em geral nascia o desconhecido.

E essa, percebeu, era uma forma de pensar tão sombria quanto estava o céu. O mundo estava se abrindo, disse a si mesma, não se fechando. Nunca tinha sido covarde; nunca tivera medo de pisar em terreno instável.

A vida tinha mudado, e era para ser assim. Suas três maiores amigas iam se casar, dar início a uma nova fase da vida. Um dia, imaginava, o gramado estaria cheio de crianças como agora estava de folhas coloridas. As coisas eram assim mesmo.

Era para isso que servia um lar.

A empresa estava se expandindo. E se, naquela reunião, todas concordassem, a Votos ia se expandir ainda mais, abrangendo novos campos.

E havia Malcolm – que era, não podia deixar de admitir, o cerne daquela tensão e inquietude que sentia. Ele era uma mudança, e que mudança! Parker não sabia dizer se ele tinha entrado sorrateiramente na sua vida ou arrombado as portas a pontapés, portas que ela pensava estarem muito bem trancadas.

Quase sempre, pensou, tinha a impressão de que eram ambas as coisas.

De uma forma ou de outra, ele tinha entrado, e Parker ainda não sabia ao certo o que esperar dele. Um amante carinhoso e, ao mesmo tempo, selvagem e insaciável; um companheiro divertido e, de repente, alguém que a enchia de perguntas que tanto a faziam pensar de um jeito habitual quanto instigavam pensamentos inteiramente novos. Homem de negócios sagaz, filho dedicado, *bad boy*, o que corria riscos.

Ele possuía todas essas facetas e Parker sentia que mal tinha começado a compreender cada uma delas.

Apreciava a sua curiosidade inata e a sua habilidade para obter informações, histórias, conexões. Percebera que, com isso, Malcolm aprendia muito sobre as outras pessoas.

Mas era tão comedido em termos de informações pessoais que chegava a ser frustrante.

Quase tudo o que sabia a respeito dele vinha de outras fontes. Malcolm tinha o dom de sair pela tangente sempre que ela fazia alguma pergunta sobre sua infância, sobre sua chegada à Califórnia e até mesmo sobre a sua recuperação depois do acidente que o trouxera de volta para casa.

Se o relacionamento dos dois tivesse ficado num nível superficial, essas reticências não teriam a menor importância. Mas não tinha sido assim e, portanto, aquilo importava, claro. Importava porque ela havia passado pela fase do interesse, mergulhado na da atração, ardido na do desejo, percorrido a do afeto e, agora, estava escorregando para o amor, de um jeito que não podia controlar.

E não estava muito feliz com isso.

A chuva começou a cair em gotas finas, miúdas, no instante em que Laurel chegou trazendo uma bandeja bem grande.

– Se vamos ter uma reunião a essa hora do dia, é melhor comermos alguma coisa.

Deu uma olhada em Parker quando pousava a bandeja na mesa.

– E não é que você parece pensativa e inquieta?

– Talvez seja apenas fome.

– Isso nós podemos resolver. Temos aqui uns lindos sanduíches bem femininos, frutas da estação, palitos de cenoura e de aipo, batatas chips e *petits fours*.

– Isso deve bastar.

– Que ótimo! – exclamou Laurel, mordendo uma batata. – Lareira acesa numa tarde chuvosa. Também é ótimo descansar um pouquinho.

Serviu-se de um chá e se sentou.

– O que está havendo?

– Umas coisinhas.

– Umas coisinhas tipo "vou lhe contar" ou umas coisinhas tipo "tenho uma proposta, vamos discuti-la por partes"?

– Acho que o último.

– Então preciso de um sanduíche.

Mac e Emma chegaram juntas, na hora em que Laurel fazia seu prato.

– Então, escolhemos isso junto com pequenos copos-de-leite amarelo-manga para as lapelas – disse Mac, nitidamente continuando a conversa que vinham tendo. – E você vai espalhá-las pelos buquês e pelos arranjos. Tudo misturado, mas uma aqui, outra ali.

– Isso mesmo.

– Acho que prefiro assim. Estou fazendo uma consulta com a florista do meu casamento – acrescentou ela, dirigindo-se agora a Parker e a Laurel. – Ela é brilhante!

– Ah, sou mesmo! Nossa, que gracinhas de sanduíches...

– Também sou brilhante – retrucou Laurel. – Se ainda estiver na pele da florista, Emma, andei pensando em usar cores refrescantes, como sorvetes de fruta.

– Não vai me fazer usar framboesa – exclamou Mac, puxando mechas do cabelo bem ruivo.

– Eu bem que poderia fazer isso, mas, além de brilhante, também sou boazinha. Estava pensando em limão. Vocês três vão ficar ótimas num tom de limão bem claro. Quem sabe em chiffon? Talvez seja clichê: chiffon limão, casamento no verão, mas...

– Fica bom. E se for um tom claro, funciona bem na decoração – observou Emma. – Usar lampejos de um azul bem forte, fileiras de verdes meio menta... Manter tudo suave, porém saturado, e com uns toques inesperados de cores mais fortes.

– Quero fazer suas fotos de noivado na semana que vem – avisou Mac, dirigindo-se a Laurel.

– Ainda não decidimos como queremos que sejam.

– Eu já – rebateu Mac e mordeu um palito de cenoura. – Na cozinha.

– Por falar em clichê... – comentou Laurel com ar emburrado.

Mac se limitou a apontar para ela com a cenoura.

– A bancada repleta de doces, bolos e biscoitos fantásticos. Você e Del diante dela. Quero Del sentado num banquinho e você com seu avental e seu gorro de chef.

– Seria o cúmulo do glamour! – retrucou Laurel com a cara mais emburrada ainda.

– Sabe o que vai acontecer depois que eu tiver feito o meu trabalho, ó criatura de pouca fé? As fotos vão ficar sexy, lindas, irreverentes, únicas.

– Mac tinha razão quando propôs fazer as nossas no jardim – observou Emma. – Ficamos maravilhosos e bem sexy.

– Também sou brilhante, mas ajudou muito o fato de você e Jack já serem maravilhosos e sexy. Portanto...

Mac se deixou cair numa cadeira.

– E então? Qual o motivo disso? – perguntou a Parker, e suas sobrancelhas se ergueram quando ela viu o sorriso no rosto da amiga. – E qual o motivo disso aí?

– É engraçado... É engraçado ouvir vocês todas falando de planos para o casamento. Para o casamento de vocês. Mac, pedi a Monica e a Susan, da loja de noivas, para ficarem por aqui no dia do seu. Tipo banco de reservas. Elas são inteligentes, capazes e têm muita experiência. E, se aparecer alguma coisa a ser resolvida durante a cerimônia, não vou ter que pedir licença e sair correndo.

– Ah, boa ideia.

– O que faz de nós um quarteto brilhante. Elas também vão ajudar com os convidados enquanto estivermos lá em cima, na suíte da noiva. Emma, sei que tem toda uma equipe, mas...

– Concordo com você – atalhou Emma. – Não vou estar disponível para a ornamentação e não poderemos contar com a ajuda de Carter, de Del nem de Jack. Estou pensando em duas floristas com quem vou trabalhar em alguns eventos que teremos pela frente. Se forem boas como acho que são, vou chamá-las para compor a minha equipe no dia do casamento de Mac. Vamos precisar de ajuda extra, mas tem que ser de gente experiente, para o casamento Seaman, em abril, além do meu e do de Laurel.

– Ótimo. E você, Laurel?

– A mesma coisa. Perguntei a Charles, o chef doceiro do Willows, se ele poderia trabalhar comigo no casamento de Mac. Já comentei com você como ele é bom. E Charles ficou empolgadíssimo. Vou ter que conseguir uma folga para ele, mas sei lidar com Julio – acrescentou ela, referindo-se ao temperamental chef do restaurante.

– Acho que essa parte está garantida – disse Parker. – Precisamos fazer algumas reuniões para discutir nossa estratégia e todo esse pessoal extra vai ter de conhecer os espaços onde os eventos acontecem, além de aprender nosso sistema de trabalho. Mac, já comecei a fazer o cronograma do seu casamento.

– Meu cronograma – repetiu ela, e sorriu. – Parker fez um cronograma para mim.

– É diferente dos que costumo fazer, porque é você e porque somos nós. No ensaio vamos resolver qualquer problema de tempo e, aliás, também queria conversar com você sobre isso. O jantar de ensaio...

– Pensamos em fazer reservas no Willows, só que...

Parker fitou Mac nos olhos, interpretou o que havia ali e sorriu.

– Estava mesmo esperando por isso.

– Claro! – exclamou Emma batendo palmas, pois havia entendido aquela troca de olhares. – Faça aqui. É perfeito.

– Também acho – observou Laurel. – Apesar do trabalho extra, da limpeza e tal, é simplesmente perfeito.

– Combinado?

Mac estendeu o braço por cima da mesa e apertou a mão de Parker.

– Combinado.

– Novos negócios – anunciou Parker. – Na verdade, é algo novíssimo. Recebi um telefonema de Katrina Stevens. Só para refrescar a memória de vocês: ela foi uma das nossas primeiras noivas. Uma loura alta e bem magra, com um riso exagerado. Acho que uma das suas madrinhas foi a primeira a transar com um dos padrinhos do noivo na suíte da noiva.

– Ah, eu lembro! – exclamou Mac, erguendo a mão. – A mulher tinha, brincando, mais de 1,80 metro e ainda usava uns saltos altíssimos que acrescentavam a isso uns bons 10 centímetros. O noivo devia ter uns 2 metros. Os dois pareciam deuses nórdicos.

– Palácio de Prata, com seis andares – acrescentou Laurel, falando do bolo.

– Rosas brancas e copos-de-leite roxos – disse Emma.

– Ela e Mica estão se divorciando.

– Não dá para ganhar sempre – disse Laurel. – Mas é uma pena. Eles formavam um casal impressionante.

– Aparentemente, ao menos pelo que diz Katrina, Mica não se importava a mínima com o que os outros pudessem pensar. Quando ela o pegou demonstrando isso de forma muito sexual com uma das suas clientes, botou o marido para fora de casa. Houve umas idas e vindas, separação, reconciliação, nova separação. Agora acabou. O divórcio deve sair no final de fevereiro. E ela quer fazer uma festa de divórcio. Aqui.

– Uma festa de divórcio? – Emma fez um muxoxo. – Isso não parece nada legal.

– Acho que Katrina não pretende ser legal com Mica, mas, pelo jeito, ela parece estar se sentindo renovada e feliz. Meteu essa ideia na cabeça e quer comemorar o que está chamando de novo começo de vida. E quer fazer isso aqui, em grande estilo.

Parker pegou a garrafa de água que nunca ficava muito longe de sua mão.

– Expliquei a ela que não é o que fazemos, mas ela insistiu. Está decidida, disposta a reservar o espaço por um dia inteiro num dos nossos meses menos movimentados, sem contar com a loucura do Dia dos Namorados. Achei que devia pôr o assunto em discussão.

– Mas como é que vamos incluir esse tipo de evento no nosso site? – indagou Mac.

– Acho que um divórcio devia deixar as pessoas tristes ou furiosas – comentou Emma, que segurava uma xícara de chá e franziu o cenho. – Consigo imaginar a pessoa saindo, enchendo a cara com os amigos, mas uma festa me parece mesquinho.

– Trair a mulher é mais mesquinho ainda – observou Laurel.

– É, só que... – Emma fez um movimento com os ombros, demonstrando seu desconforto. – E logo aqui, onde eles se casaram...

– Talvez eu esteja sendo mesquinha, mas gosto do jeito de pensar de Katrina – falou Laurel, depois deu de ombros e mordeu um palito de cenoura. – É como se ela encerrasse um ciclo e, em vez de ficar enchendo o saco e se lamentando... vai ver até que já fez ambas as coisas... está marcando esse momento com comida, bebidas, flores, músicas e amigos. Não gostaria de nos ver fazendo esse tipo de festa sempre, mas acho que podemos considerar a possibilidade, já que se trata de uma cliente antiga.

– Quem sabe não podemos oferecer um pacote? – brincou Mac, mordendo um sanduíche. – Planejamos o seu casamento e, agora, vamos planejar o seu divórcio. Comemore com 10% de desconto.

– Eles têm filhos? – perguntou Emma.

– Não.

– Bom, já é uma vantagem, eu acho. – E, dirigindo-se a Parker, acrescentou: – Você ainda não disse qual é a sua opinião.

– Tive as mesmas reações que vocês tiveram, em graus variados.

Ela ergueu as mãos e voltou a deixá-las cair.

– Meu primeiro instinto foi dizer não. Depois, quanto mais ela ia falando, mais eu percebia a origem daquilo e por que ela queria. Mais tarde, afastei todos os instintos e reações e avaliei a coisa friamente. É trabalho, e não é problema nosso se um cliente quer contratar nossos serviços para comemorar o fim de um casamento ruim.

– O seu voto é sim?

– É, porque ela me disse que queria fazer a festa, marcar esse novo começo aqui, ainda mais porque o lugar ia fazê-la se lembrar daquele outro momento em que algo começou tão lindo, tão cheio de amor e de esperança. E acrescentou que isso ia ajudá-la a lembrar que não havia cometido um erro, só que as coisas mudaram e, agora, ela quer começar de novo, mas ainda acreditando no amor e na esperança. Enfim, ela me ganhou.

– Não há como não admirar essa coragem – observou Mac.

– Eu acompanho o voto de Parker e digo mais: se isso voltar a acontecer, devemos sempre considerar a questão caso a caso – falou Laurel e olhou ao seu redor. – Negócios são negócios, mas se a cliente só estiver querendo sacanear o ex, mesmo que ele mereça, não acho que esta casa seja o lugar adequado.

– Concordo – disse Parker. – E se eu tivesse percebido que era algo assim, teria descartado a hipótese logo de cara.

– OK – assentiu Mac. – Caso a caso.

– Vou votar com vocês – decidiu Emma. – Porque, ao que parece, ela está apenas fechando uma porta e quer ver o que existe por trás de outras. Mas essa ideia ainda me deixa triste.

– Já que isto está resolvido, tenho outro assunto que deve animar todo mundo. Terminei o projeto do livro.

– Verdade?! – exclamou Emma. – Não sei se isso me deixa animada ou assustada.

– Vou mandar o arquivo para vocês por e-mail. Quero que editem, corrijam, façam sugestões, reclamem, se lamentem, digam que está uma droga. E, nas partes relativas ao trabalho que vocês realizam dentro da empresa, dobrem a dose de tudo isso. Como no caso do evento, esse projeto tem que ser algo com o qual todas concordem, que deixe nós quatro felizes. Todas temos que querer.

– O que tenho a dizer é que todas queremos – afirmou Laurel, que mais uma vez olhou ao seu redor à espera de confirmação. – Só que é um campo novo e às vezes a gente afunda onde não sabe pisar.

– Eu mesma tenho pensado muito nessa história de campo novo.

Com o cenho franzido, Parker fitou a garrafa de água.

– Novos passos, novos riscos. Quero acreditar que somos fortes e inteligentes o bastante para nos arriscarmos a dar esses passos num campo novo.

– Bom, pensando assim... – disse Laurel, soltando o ar com força pela boca. – Afinal, se der tudo errado, o que temos a perder, a não ser o ego?

– Vou escolher o otimismo em vez do fracasso – afirmou Emma. – Mal posso esperar para ver o que você já fez, Parker.

– Acho que a proposta tem potencial. Inseri algumas das fotos dos seus arquivos, Mac, pois elas mostram a sua capacidade. E, com as fotos do trabalho de Emma e de Laurel, a delas. Isso dá um gostinho, em termos visuais, do que fazemos.

– Eu fico meio entre o ego ferido de Laurel e o otimismo de Emma. E, dessa posição, quero muito ver o projeto.

– Ótimo. Quando tiverem terminado, quando estiverem prontas, voltaremos a discutir para ver quando ou se mandaremos o livro para um agente. Mais uma vez: se todas estivermos de acordo.

Ela expirou demoradamente.

– E pronto. Era isso.

– Eu gostaria que Carter desse uma olhada no projeto – acrescentou Mac. – Afinal, ele é professor de inglês, aspirante a romancista...

– Claro. Ele também pode editar, corrigir e assim por diante. Era tudo o que eu tinha a tratar com vocês. Alguém quer discutir alguma coisa, já que estamos aqui?

Emma levantou a mão.

– Eu quero. Quero saber o que está acontecendo entre você e Malcolm. O que está acontecendo *mesmo*, com detalhes.

– Apoiada – incentivou Laurel.

– E, mais uma vez, por unanimidade – disse Mac, debruçando-se um pouco sobre a mesa. – Vamos lá, Parks. Conte tudo.

capítulo quatorze

PARKER OBSERVOU OS TRÊS rostos à sua volta. Suas amigas, pensou. Não poderia viver sem elas. Não tinha como mandá-las cuidar da própria vida.

Bom, pelo menos não essas amigas.

– O que querem dizer com o que está acontecendo? Vocês sabem o que está acontecendo. Malcolm e eu estamos saindo e, quando os horários e os humores permitem, dormindo juntos. Querem que eu dê mais detalhes de nossas aventuras sexuais?

– Eu adoraria, mas deixe isso para nossa noite das meninas – aconselhou Laurel. – Regada a vinho e com a pizza da Sra. G.

– Pergunta número um – começou Mac, levantando o dedo. – Isso é pegação mútua, um *affair* ou um relacionamento para valer?

Parker se levantou e, ciente de que estava fugindo da pergunta, foi se servir de uma xícara de chá.

– Por que não podem ser as três coisas?

– Ora, pegação mútua é só para se divertir e se satisfazer. Um *affair* já é mais profundo, é um tipo de relação que pode ou não resultar em algo mais. Mas em geral é o que se tem até o tesão acabar e cada um ir para o seu lado – disse Emma.

Ela fez uma pausa e olhou para as outras ao redor da mesa, buscando aprovação.

– Já um relacionamento para valer é algo em que você se empenha, tem a ver com criar laços e mantê-los. Pode haver elementos tanto de pegação quanto de *affair* em um relacionamento para valer, mas ele é bem maior que a soma das partes.

– Ela deveria dar palestras sobre o assunto – elogiou Laurel e ergueu sua xícara para um brinde. – Quero dizer, segundo nossa especialista, a pergunta é: você está apenas se divertindo, está pensando se isso pode vir a ser algo mais ou está criando laços?

Parker decidiu que queria um *petit four*.

– O problema de vocês três é que todas *têm* um relacionamento. Mais do que isso: estão perdidamente apaixonadas e de casamento marcado. Então, estão me analisando a partir desse ponto de vista.

– O que não só evita a pergunta como praticamente a invalida. O que não é o caso – insistiu Mac. – Contamos umas às outras como nos sentimos. É o que sempre fizemos. Não contar o que está sentindo me faz entender que você ainda está tentando compreender essa história e talvez esteja um pouco preocupada. Não está pronta ainda. Tudo bem. Vamos esperar até que esteja.

– Isso é golpe baixo – reclamou Parker, franzindo o cenho e, dando uma mordida no bolinho, acrescentou: – Vamos esperar significa: porque somos amigas boas, sinceras e leais.

Mac também pegou um bolinho antes de arrematar:

– E funcionou?

– Trapaceira!

– Funcionou – observou Laurel, rindo. – E só Emma está se sentindo um pouco culpada. Mas isso passa.

– É só um pouquinho de culpa, mas acho que não devemos pressionar Parker se ela ainda não estiver pronta para falar conosco.

– Até você?

Emma desviou os olhos do olhar assassino lançado por Parker.

– Elas são más influências para mim.

– Está bem. A resposta mais simples é que não sei o que está havendo entre nós. Acho que ainda estou tentando compreender. Só estamos juntos há algumas semanas. Gosto do Malcolm. Me divirto com ele. É um homem interessante e inteligente, sem toda aquela pompa, aquele refinamento excessivo e aquela arrogância que, bem, acabam me irritando ou me aborrecendo. Ele sabe o que significa gerir um negócio e respeita o meu trabalho e o modo como o faço. Respeito o trabalho dele também, mesmo não sabendo direito o que ele faz. Acho que só com um pé de cabra conseguiria fazê-lo se abrir e falar sobre si.

– Você tem uma caixa de ferramentas bem completa, com pés de cabras de vários formatos, tamanhos e cores – observou Mac. – E sabe muito bem como usá-los para fazer as pessoas se abrirem.

– Pois parece que Malcolm não se enquadra nessas pessoas. Estou me referindo ao que há sob a superfície. Isso é que é frustrante, porque toda hora tenho vontade de dizer "OK, mas se aconteceu há muito tempo e não tem importância", que são dois argumentos recorrentes dele, "por que não me contar?", porque é óbvio que eu gostaria de saber. Mas aí, em vez disso, eu fujo do assunto porque acho que provavelmente *tem* importância e por isso ele não quer falar a respeito. Nessas horas, Malcolm redireciona a conversa, algo que faz muito bem, ou me faz rir, ou começamos a transar, e acabo sem saber nada. Além de tudo, ele é abusado.

Parker comeu mais um pedaço do bolinho e continuou falando com ele na mão.

– Malcolm tem uma atitude que eu não acharia atraente, que não deveria me atrair, mas ao mesmo tempo ele pode ser encantador e... tão espontâneo. Ele enxerga quem eu sou e as outras pessoas... não sei. Muitos homens não olham para a gente de verdade, mas ele olha, quer dizer, não só entende o que está sendo dito, ele entende quem fala. E isso é muito forte.

Parker pegou mais um bolinho.

– Como eu ia saber que essa combinação de força e espontaneidade mexeria tanto comigo? É sério: não tinha como estar preparada para algo assim.

– Hum – fez Laurel, lançando um olhar para as outras duas amigas e erguendo as sobrancelhas.

– Exatamente – falou Parker, que mordiscou mais um pedaço. – Por outro lado, ele me interrompe um monte de vezes quando tento explicar algo ou expor meu ponto de vista, o que me faz perder a linha de raciocínio. Ou seja, é óbvio que não tenho como saber o que se passa dentro desse homem tão evasivo. Ele é evasivo – repetiu ela, pegando mais um bolinho. – O que foi? – perguntou para as amigas que a encaravam.

– Você já comeu cinco *petits fours* – disse Mac. – Está indo para o sexto.

– Não comi nada – protestou Parker e olhou espantada para a bandeja. – Cinco? Bem... como o nome diz, eles são pequenos.

– OK. Vamos afastá-la dos doces.

Devagar, Laurel tirou o bolinho da mão de Parker e o pôs na bandeja. Depois a puxou até que ficasse fora do alcance da amiga.

– O problema é que estava com isso entalado aí dentro e, quando deixou tudo sair, precisou preencher o espaço com açúcar.

– É, parece que sim.

– Está apaixonada por ele – afirmou Emma.

– Como é? Não – negou Parker e balançou a cabeça com ar de pouco-caso. – Não – repetiu em tom mais firme. E então fechou os olhos. – Ai, Deus, acho que estou. Mas se estiver, onde foram parar a sensação de estar nas nuvens, o entorpecimento, o brilho? Por que me sinto como se estivesse meio enjoada?

– Talvez por causa dos *petits fours* – disse Mac. E, voltando-se para Laurel, acrescentou: – Não se ofenda.

– Claro que não. Os *petits fours* têm que ser saboreados, não engolidos feito jujuba.

– Não são os *petits fours* – garantiu Parker, mas, levando a mão ao estômago, completou: – Ou talvez seja um pouco por causa deles. É que perco meu equilíbrio quando estou com Malcolm.

– E isso é mais difícil para você que para a maioria das pessoas – comentou Laurel. – O amor pode acabar com a gente.

– Sempre imaginei que me sentiria como se estivesse levitando, que tudo seria melhor, que seria mais... Mais.

– E é – insistiu Emma. – Pode ser. E será.

– Mas primeiro ele acaba com a gente – explicou Mac, com um sorriso e um dar de ombros. – Pelo menos na minha experiência.

– Não gosto disso. Eu é que gosto de acabar com os outros.

– Talvez esteja acabando com ele e nem saiba disso – sugeriu Emma. – Ele pode estar sentindo o mesmo por você. Se lhe contar...

– De jeito nenhum, nem morta!

Parker cortou o ar com um gesto, como se tentasse afastar aquela ideia da face da Terra.

– As coisas estão bem assim. Além do mais, vou deixar que ele diga algo, para variar. Já estou me sentindo melhor – garantiu Parker. – Eu devia ter desabafado, tirado isso de dentro de mim, ou seja lá o que acabei de fazer, antes. Malcolm e eu estamos nos divertindo juntos, e comecei a racionalizar demais o assunto. As coisas são como são e tudo bem. Tenho uma cliente daqui a pouco.

Mac ia dizer algo, mas Emma apertou seu joelho por baixo da mesa.

– Eu também. E hoje é a noite do pôquer. Por que não nos reunimos para tomar um vinho, comer pizza e ver um filminho?

– Eu topo – disse Laurel.

– Me parece uma boa ideia. Por que nós não...

Mac se interrompeu quando o telefone de Parker tocou.

– Alguém pode falar com a Sra. G.? Se não for problema para ela, vou adorar. Tenho que atender essa ligação.

Parker se levantou e atendeu o telefone enquanto saía do aposento.

– Oi, Roni. Em que posso ajudá-la?

Ficou feliz por ter sida salva por aquela chamada, pela reunião com a cliente, pelas duas outras ligações e pela reunião de emergência com o responsável pelo bufê, a respeito de mudanças de última hora no menu. Tudo aquilo consumiu seu tempo e sua atenção. Tendo que se concentrar em detalhes, nas pequenas crises e exigências dos clientes, não teve chance de ficar pensando obsessivamente em Malcolm ou nos próprios sentimentos.

Em todo caso, disse a si mesma ao descer a escada, provavelmente não estava apaixonada por Malcolm. Aquilo estava mais para uma paixonite, potencializada por uma inegável atração sexual.

Paixonites assim eram inofensivas e divertidas e podiam se transformar em recordações carinhosas quando as coisas voltassem ao seu devido lugar.

É isso aí, preferia a teoria da paixonite.

Mais relaxada e decidida, foi até a cozinha confirmar com a Sra. Grady a possibilidade de fazerem uma reuniãozinha das meninas à noite.

– Sra. G., você poderia...

Perdeu a fala quando viu Malcolm sentado no cantinho do café da manhã.

Protegida por uma toalha velha, a mesa continha várias ferramentas e peças não identificáveis, que ela presumiu serem do aspirador desmontado no chão.

– Ela está ao telefone – respondeu Malcolm, apontando para os cômodos usados pela Sra. Grady.

– Não sabia que você estava aqui.

O que era outro aspecto daquela relação, não?, pensou ela. Era comum que ele não lhe desse tempo de se planejar, se preparar ou montar uma estratégia.

– O que está fazendo?

– Tive que cuidar de um Porsche aqui perto, então, dei uma passada e vi que a Sra. Grady ia mandar isso aqui para o cemitério dos eletrodomésticos.

Ele afastou o cabelo dos olhos sacudindo a cabeça enquanto afrouxava um parafuso ou algo que prendia uma peça na outra.

– Posso consertar.

Parker se aproximou um pouco.

– Ah, é?

– Provavelmente. Vale a pena tentar – disse ele e sorriu para Parker. – Não é tão complicado quanto um Porsche.

– Imagino que não, mas como vai saber o lugar de cada peça quando montar tudo de volta?

– Ora, fui eu que desmontei.

Ela teria feito uma lista ou um diagrama, pensou. Ficou observando-o mexer no que parecia ser um motor ou parte dele.

– Qual é o problema do aspirador?

– Segundo a Sra. G., ele tem feito barulho.

– Barulho?

– Um barulho metálico. Quer uma aula de conserto de eletrodomésticos, Pernas? Posso ensinar as noções básicas e comprar umas ferramentas bem bonitas e eficientes para você.

Deliberadamente, Parker o encarou de nariz em pé.

– Já tenho ferramentas, obrigada.

– São cor-de-rosa?

Parker lhe deu um peteleco na cabeça, o que o fez rir.

– São essas *aí* – respondeu ela.

– Ah, é? São boas. Já terminou suas tarefas de hoje?

– Espero que sim.

Olhe só para as mãos dele, pensou. Era normal que sentisse atração. Eram tão competentes, tão precisas... Eram assim também quando estavam nela. Deu um passo atrás e decidiu que tomaria uma taça de vinho imediatamente.

– Achei que fosse a noite do pôquer.

– E é. Mais tarde vou para a casa de Del.

Ele não tinha se barbeado, notou Parker, e estava com o jeans puído e manchado de graxa. Supôs que as regras de etiqueta da noite do pôquer eram bem informais.

– Quer uma bebida?

– Não, obrigado.

Ele trabalhava num silêncio relativo enquanto ela se servia de uma taça de vinho. Só se ouvia um ou outro xingamento, um murmúrio de satisfação aqui e ali. Seu pé não parava de bater no chão, como se acompanhasse alguma melodia, e o cabelo lhe caía no rosto, uma massa escura e revolta que chamava os dedos de Parker, doidos para deslizar por ali.

Talvez estivesse um pouco apaixonada por ele – o que era tão inofensivo quanto uma paixonite. Não era? Não significava que ela planejasse passar o resto da vida com ele ou perto dele...

Meu Deus, por que não podia simplesmente relaxar e deixar acontecer?

– Como vão as coisas aí, Malcolm? – perguntou a Sra. Grady, piscando para Parker ao voltar para a cozinha.

– Acho que consegui.

– Bem, quando tiver acabado com isso, vá se lavar. Vou lhe servir leite e uns biscoitos.

Ele ergueu a cabeça para olhar para ela e sorriu.

– OK.

– É bom ter um homem jeitoso por perto. Essa casa é mantida só por mulheres já há um bom tempo. Não que a gente não saiba se virar, mas da próxima vez que uma das lavadoras me der trabalho, sei a quem recorrer.

– *Uma* das lavadoras?

– Tem uma em cada andar.

– Prático – retrucou ele, arqueando a sobrancelha para Parker. – E eficiente.

– É, sim. Vou encontrar com umas amigas esta noite. Deixo as pizzas prontas antes de sair – disse ela, dirigindo a última frase a Parker.

– Podemos preparar alguma coisa nós mesmas – falou Parker. – Vá se divertir.

– É o que pretendo. Mas posso fazer as duas coisas. Vou encontrar sua mãe hoje, Mal.

– Ah, é? Ela também vai?

– Beliscaremos alguma coisa e fofocaremos muito. Depois, quem sabe não nos metemos em alguma encrenca?

– Pagarei sua fiança.

A Sra. Grady riu, encantada.

– Vou cobrar essa promessa.

Com os lábios contraídos, foi até a mesa.

– Olhe só, você deixou todas as pecinhas brilhando!

– Estava precisando de uns ajustes, um pouco de limpeza e o indispensável WD-40. Quantos desses aqui vocês têm?

– Só mais um. É velhinho, mas uma mão na roda para limpar meus aposentos. Parker se encarregou de comprar um monte de aspiradores novos e modernos para que eu não tivesse que ficar carregando esse para cima e para baixo quando quero limpar o chão entre uma vinda e outra da equipe de limpeza. Ah, sabe quem encontrei? Margie Winston. Ela me disse que você ressuscitou aquela lata velha que ela dirige.

– Aquela belezura tem uns 300 mil quilômetros rodados. O Pontiac, não a Sra. Winston.

Parker ouvia aquela conversa fluente dos dois, que acontecia enquanto ele remontava o aparelho. Esse era outro ponto a favor de Malcolm, pensou, a conversa fácil, o jeito como sabia tratar seus clientes e interagir com eles.

E também o jeito como sorriu depois que comprovou que o aspirador tinha voltado a funcionar direitinho.

– Pronto!

– Ora, vejam só! Não parece mais que está triturando pregos.

– Vai aguentar mais uns bons quilômetros de uso.

– Obrigada, Malcolm. Agora você merece o leite e os biscoitos. Só vou levar isso lá para dentro.

– Pode deixar que eu faço isso – ofereceu-se ele, abaixando-se para enrolar o fio. – Onde quer que eu ponha?

– Na quartinho de utensílios domésticos. É a primeira porta à esquerda.

A Sra. Grady balançou a cabeça enquanto ele levava o aspirador.

– Se eu fosse trinta anos mais nova, não deixaria esse aí escapar. Diabos, talvez uns vinte fosse melhor, para eu ser a coroa que pega o garotão.

Parker quase engasgou com o vinho.

– Eu não ouvi isso.

– Posso falar mais alto, se você quiser.

Sem conseguir acreditar, Parker conteve a respiração.

– Está bem animadinha, hein?

– Se você não está também, tem alguma coisa errada.

– Não tem nada errado comigo.

– Fico feliz em ouvir isso – disse a Sra. Grady, começando a guardar as ferramentas na caixa prateada.

– Eu guardo. A senhora prometeu leite e biscoitos ao seu namorado.

– Já vou ver isso, além de encher sua taça. Nesse meio-tempo, você podia lhe fazer companhia.

Ela pôs uma pilha de biscoitos num prato e estava enchendo um copo alto com leite gelado quando Malcolm voltou para lavar as mãos.

– Beba esse leite e vou dizer à sua mãe que você é um bom menino.

– Ela não vai acreditar.

Parker foi guardar a caixa de ferramentas e, ao voltar, o encontrou sozinho na cozinha.

– Ela me disse que tinha umas coisas para resolver e que você me faria companhia. Então, o que o Quarteto faz depois da pizza quando os homens saem?

Ela se sentou diante dele e tomou um gole do vinho.

– Ah, fazemos guerra de travesseiro em câmera lenta vestidas só de calcinha e sutiã.

– Outra fantasia que se realiza. Quer um biscoito?

– Com certeza não – respondeu ela, lembrando dos *petits fours*.

– Está omitindo alguma coisa. Já passamos por esse estágio antes.

Ela sorriu.

– É. Mas desta vez não estou irritada com você. Ainda. Está num dia de sorte hoje? No pôquer – acrescentou ela quando ele sorriu de orelha a orelha.

– Achar que está com sorte pode fazer a gente relaxar demais. É melhor ter sorte.

– Tudo bem. Um brinde a ter sorte.

Ela encostou a taça no copo dele.

– Vocês comem pizza caseira e fazem guerras de travesseiro sensuais. O que um cara tem que fazer para ser convidado para um evento como esse?

– Não ser um cara é o pré-requisito número um. Já a pizza caseira você poderia conseguir de algum jeito.

– Posso me conformar com isso. Olha, falando em convite, minha mãe queria que você viesse jantar conosco no domingo.

Parker levou a taça aos lábios e voltou a apoiá-la na mesa.

– Jantar na casa da sua mãe no domingo? Este domingo?

Uma estranha sensação de pânico, embora suave, lhe travou a garganta.

– Ah, mas temos um evento e...

– Ela está decidida. Eu disse que você ia trabalhar, mas ela sabe que é só durante o dia.

Malcolm se mexeu na cadeira e ficou observando um biscoito.

– Acho que a Sra. Grady e ela têm conversado bastante, ou saído juntas ou sei lá o quê – comentou ele.

– Hum – fez Parker, olhando para ele.

– Seja como for, mamãe meteu isso na cabeça. Acho que ela meteu na cabeça que eu... estou passando muito tempo aqui, filando a comida, e quer, sabe como é, retribuir.

– A-hã.

Não era isso que ele ia dizer, pensou Parker. E se ela tinha sentido certo pânico, era evidente que Malcolm também parecia incomodado.

Interessante, não?

– Ou seja, ela meteu isso na cabeça e, pode acreditar, não há nada que a faça mudar de ideia. Posso dizer que não dá para você ir, mas ela vai continuar tentando até você aceitar.

Não era só pânico. Ele estava bastante preocupado. Malcolm fora convencido a levar uma mulher à casa de sua mãe para jantar. E sentia que ele não sabia muito bem como isso ia funcionar.

– Adoraria ir jantar com vocês no domingo.

O olhar de Malcolm voltou para ela como um raio... mas cheio de cautela.

– Sério?

– Claro. Teremos organizado tudo até umas cinco e meia. Se não houver nenhum imprevisto, vou poder chegar por volta das seis. Pego o carro e vou, mas ligo para avisar se for me atrasar um pouco. Pode ser assim?

– Pode, claro. Assim está bom.

Quanto mais desconforto ela percebia nele, mais entusiasmada ficava. Isso era, tinha que admitir, meio baixo de sua parte, mas, ah!

– Pergunte a ela se posso levar a sobremesa ou talvez uma garrafa de vinho. Ah, deixe para lá, eu mesma ligo.

– Vai ligar para a minha mãe?

Ela sorriu com um ar descontraído.

– Algum problema?

– Não. Tudo bem. Vocês duas combinam tudo – disse ele. – Assim não fico de intermediário.

– Entrarei em contato com ela.

Parker ergueu de novo a taça, mais confiante agora.

– Ela está saindo com alguém?

– O quê? – fez ele, com o mais puro espanto no rosto. – Minha mãe? Não, pelo amor de Deus!

Parker não conseguiu sufocar o riso, mas atenuou sua reação aproximando-se e pegando a mão dele.

– Ela é uma mulher interessante e cheia de vida.

– Não vamos falar desse assunto. Sério.

– Só perguntei porque queria saber se seríamos só nós três ou se por acaso ela teria convidado algum amigo.

– Só nós. Nós três. É isso.

– Vai ser ótimo.

– OK, agora tenho que ir.

– Divirta-se hoje à noite.

Ela se levantou na mesma hora que ele.

– Você também.

– E boa sorte – acrescentou ela, aproximando-se. – Talvez isso ajude.

Foi chegando cada vez mais perto, bem devagar, até seu corpo encaixar no dele, até seus braços se enroscarem como cordas em seu pescoço. Seus lábios roçaram os dele, se afastaram e voltaram a encostar, úmidos e quentes.

Ela deixou escapar um suspiro de prazer. A fuga, a sedução, a rendição e a esperança de promessas futuras. Sentiu seu corpo ansiar por essas promessas quando ele segurou sua blusa na altura da cintura.

Malcolm estava a ponto de esquecer onde estavam. Estava a ponto de esquecer tudo, exceto Parker. Seu cheiro, aquela fragrância sutil e inesquecível de mulher, de segredos e brisa, tudo junto. Sentia uma agitação por dentro, os sentidos despertos pelo beijo quente e aveludado e uma urgência impressionante em unir seu corpo àquela silhueta firme e esbelta.

Ela suspirou de novo, correu os dedos pelos cabelos de Malcolm e se afastou um pouco.

– Não.

Ele a puxou para si e os guiou por um caminho perigoso.

– Malcolm...

Ela entreabrira aquela porta e, agora, por mais que quisesse escancará-la, sabia que precisava acalmar os ânimos.

– Não podemos.

– Quer apostar que sim?

Pegou-a pela mão e foi levando-a pela cozinha. Suas passadas eram tão rápidas que Parker teve dificuldade em acompanhá-lo.

– Espere. Aonde vai?

Sua respiração se deteve em algum lugar entre os pulmões e a garganta quando ele a puxou para o quartinho dos utensílios e a encostou na porta, que trancou em seguida.

– Não vamos...

Malcolm silenciou aqueles protestos com um beijo feroz enquanto suas mãos percorriam o corpo de Parker.

Conseguiu se conter e desabotoar a blusa dela, em vez de arrancar os botões. Em seguida, puxou o bojo do sutiã para baixo e passou as palmas calejadas nos seus mamilos.

Ela gemeu, tremendo.

– Ai, meu Deus! Malcolm... Espere.

– Não.

Tirou a saia dela e deslizou as palmas ásperas entre suas pernas.

– Quero possuir você aqui, bem aqui. E quero ver você gozar primeiro.

Ele enfiou um dedo sob a calcinha, dentro dela.

– Depois vou fazê-la gozar de novo e de novo, possuindo-a bem aqui, contra a porta, até eu terminar.

Parker teve que se agarrar aos ombros dele para não cair, já que seus joelhos tremiam a ponto de quase se dobrarem. Um fogo cruel e devastador a consumia. Os olhos dele, de um verde selvagem, se cruzaram com os seus e ela pôde ver ali uma centelha de triunfo, nada menos que triunfo, quando seu corpo entrou em erupção.

Ouviu a renda da calcinha se rasgar e apenas gemeu de novo.

– Diga que me deseja.

Ele tinha que ouvir isso. Tinha que ouvir a voz dela rouca de paixão, ouvi-la dizer que era louca por ele.

– Diga que me deseja. Que quer que eu a possua desse jeito.

– Ah, eu quero. Meu Deus, como eu quero...

Ele a agarrou com força quando ela ergueu a perna para enganchar na sua cintura. Abrindo-se. Oferecendo-se. A boca de Malcolm abafou seu grito de alívio quando ele a penetrou. Forte, fundo.

Ela deixou que ele a devastasse – que palavra melhor? – e seguiu com ele naquela excitação, naquela ânsia, num ritmo alucinado até o final, quando já estava sem fôlego.

Continuava tremendo. Mesmo quando recostou a cabeça em seu ombro e ele acariciou seu cabelo, Parker não conseguiu acalmar a respiração. Quando ele ergueu sua cabeça, segurando-a entre as mãos, e seus lábios percorreram com tamanha suavidade seu rosto e sua têmpora, ela pensou: Quem é você? Quem é você que consegue fazer isso comigo, que consegue se apoderar do meu corpo e do meu coração?

Entorpecida, abriu os olhos e o encarou. E então soube a resposta. Não de todo, talvez só um pouco, mas teve certeza de que o amava.

Quando sorriu, Malcolm também sorriu.

– Foi você quem começou.

Parker teria caído na gargalhada se tivesse fôlego para isso.

– Isso é para eu aprender.

Malcolm apoiou a testa na dela e começou a abotoar sua blusa.

– Está meio desarrumada.

Parker alisou a saia, ajeitou o cabelo e inclinou a cabeça.

– Não adiantou nada. Está parecendo uma mulher que acabou de fazer sexo no quartinho dos utensílios.

– Acho que mereço isso.

– Eu é que mereço – disse Malcolm, abaixando-se. – Vou guardar isso aqui.

Parker ficou de boca aberta quando o viu enfiar sua calcinha rasgada no bolso.

– É um troféu?

– Espólio de guerra.

Ela deu uma gargalhada, depois balançou a cabeça.

– Você não tem um pente aí com você, tem?

– Por que eu teria um pente?

Ela suspirou e tentou de novo arrumar a roupa e o cabelo com as mãos.

– É tudo o que posso fazer.

Parker levou um dedo aos lábios e obteve em resposta um sorriso rápido e atrevido.

– Estou falando sério – disse ela, sussurrando.

Da forma mais silenciosa possível, ela destrancou a porta e a entreabriu. Ficou escutando.

– Você vai direto lá para fora, pela porta da cozinha, e eu...

Malcolm a pegou, fez uma cosquinha em suas costelas e procurou seus lábios.

– Pare! Malcolm!

– Só queria bagunçar você de novo.

Ele a pegou pela mão e saiu puxando-a pela cozinha.

Parker ficou aliviada por não haver ninguém ali e o acompanhou até a porta, onde lhe deu empurrõezinhos, enxotando-o.

– Estou me sentindo usado – disse ele, e aquela frase a fez gargalhar, enquanto lhe dava mais um empurrão.

– Vá jogar pôquer. Boa sorte.

– Meu amuleto da sorte está bem aqui – disse ele, dando tapinhas no bolso onde havia guardado a calcinha.

Ela ficou boquiaberta de novo e Malcolm foi embora, seu riso se perdendo no ar úmido do outono.

– Até logo, Pernas.

Parker foi correndo para seu quarto, mas não pôde resistir e chegou na janela para olhar lá para fora. Viu que Malcolm mudou de direção perto da casa de Mac para falar com um homem – ou um rapaz? – que acabava de sair dali.

Os dois conversaram um pouco e se cumprimentaram com um soquinho. Depois o rapaz entrou num carro pequeno, ligou o motor e se afastou, enquanto Malcolm seguiu na direção de sua caminhonete.

Parker teve um sobressalto quando ouviu passos às suas costas. Ao se virar, viu a Sra. Grady.

– Ah...

Sem graça ao perceber que tinha enrubescido, Parker limpou a garganta.

– Hum... – Foi o único comentário da governanta. – Vejo que você lhe fez companhia.

– Hã... É. Bom, sabe quem era esse rapaz que estava saindo da casa de Mac? Malcolm parecia conhecê-lo.

– E deve conhecer mesmo, já que o rapaz trabalha para ele. O garoto não sabe ler – acrescentou – ou sabe só um pouco. Malcolm pediu a Carter que lhe desse aulas.

– Ah.

Ficou parada ali, olhando pela janela a chuva fina que caía. Justo quando pensava começar a conhecer aquele homem, descobria outro ângulo, outra faceta sua.

capítulo quinze

– No quartinho de utensílios...

De pijama, esparramada no sofá da sala, Mac tinha os olhos fixos no teto.

– Parker Brown, da família Brown de Connecticut, fez sexo selvagem no quartinho de utensílios.

– Feito animais – falou Parker.

– Agora ela está se vangloriando – comentou Laurel, comendo um pedaço de pizza.

– E eu gostei.

– Deixe-me parabenizá-la por isso, mas, se quer a verdade, fiquei encantada por Malcolm querer que você vá jantar com a mãe dele – falou Emma, que enchia as taças de vinho. – E por ter ficado apreensivo com essa história.

– Pode ser interessante.

– O que eu gostaria de saber é se ele sabe consertar eletrodomésticos pequenos. Uma das minhas batedeiras está querendo pifar – disse Laurel.

Parker a encarou.

– Pergunte a ele – disse. – Parece que Malcolm gosta de consertar as coisas. Isso me faz lembrar que ele pediu a Carter que desse aulas a um rapaz. Quando isso começou?

– No mês passado – respondeu Mac. – Carter disse que Glen está fazendo muitos progressos. Ele pôs o garoto para ler *Carrie*.

Emma engoliu em seco.

– Aquela Carrie que acaba banhada em sangue de porco no baile da escola?

– Carter descobriu que Glen gosta de filmes de terror e já viu *Carrie, a estranha* várias vezes, por isso achou que ele ia gostar de ler o livro. E está funcionando.

– Muito esperto! – comentou Parker. – É um bom meio de fazer alguém ler: mostrar que não se lê só para trabalho, para estudo, que a leitura pode ser prazerosa.

– É. Carter... ele é muito bom nisso, sabia? – disse Mac com um sorriso todo encantado. – Ele é paciente, tem boas ideias e é amável por natureza, sem ser chato. Acho que algumas pessoas, como ele, têm a sorte de poder se dedicar àquilo que nasceram para fazer. E os outros acabam se beneficiando com isso.

– Como nós. Acredito piamente que nós fazemos aquilo que nascemos para fazer – acrescentou Emma. – Por isso somos mais que uma empresa, da mesma forma que ensinar é mais que um emprego para Carter. Fazemos muitas pessoas felizes, mas uma das razões disso, além é claro de sermos o máximo, é que esse trabalho *nos* faz felizes.

– Um brinde a nós! – exclamou Laurel, erguendo sua taça. – Felizes, lindas, sexualmente satisfeitas e boas pra caramba!

– Vou encher a cara por tudo isso – disse Mac.

Parker brindou e tomou um gole. Então, seu telefone tocou.

– Bem, vou dar uma saída rapidinho para ser feliz e já volto.

– E então? – perguntou Mac assim que a amiga saiu da sala. – O que achamos disso tudo?

– Acho que a química entre eles é imensa – respondeu Laurel. – E que estão emocionalmente bem ligados um ao outro. Um homem com o caráter e a atitude de Mal não complicaria sua vida convidando uma mulher para jantar na casa de sua mãe, a não ser que ela fosse importante para ele.

– Porque quando a mãe é importante, o que é o caso de Mal, isso é um passo a mais – concordou Mac. – Se ele não quisesse dar esse passo, teria encontrado um jeito de contornar o pedido da mãe.

– Achei uma graça ele estar nervoso – comentou Emma –, porque isso mostra que é algo importante. Essas duas mulheres são especiais para ele. Acho que Mal é um homem que encara as coisas. Uma prova disso foi o modo como disse a Del que estava interessado em Parker. O modo como abordou a questão da posição social e do dinheiro com Parker assim que começaram a se relacionar. Ele é desses sujeitos que põem logo as cartas na mesa. Como se fosse o procedimento-padrão dele. Então não acredito que deva haver muita coisa que o deixe nervoso.

– Sabe o que vejo? – disse Mac, pensando se deveria comer mais um pedaço de pizza. – Vejo duas personalidades fortes, autoconfiantes e que acreditam que podem resolver tudo e agora estão tentando entender a vulnerabilidade de se estar apaixonado, além dos riscos e possíveis desdobramentos dessa relação. Resumindo: acho que são perfeitos um para o outro.

– Isso aí. Também acho – assegurou Emma, e olhou em direção à porta. – Mas ainda não é hora de dizermos isso a Parker. Ela ainda não está pronta.

– Ele também não – observou Laurel. – Fico me perguntando qual dos dois vai estar primeiro.

Mal recolheu as fichas com as duas mãos. A última carta o havia presenteado com um *full house*, de rainhas e oitos, que deixara no chinelo o jogo de Jack.

– Está com uma sorte desgraçada hoje, Kavanaugh.

Malcolm amontoou suas fichas e lembrou de Parker, do quartinho de utensílios e da calcinha rasgada que guardara em seu bolso de trás.

Cara, pensou ele, se você soubesse...

– Trouxe a sorte comigo – disse ele, sorrindo e tomando um gole de cerveja.

– Que tal dividir um pouco com a gente? – propôs Rod, um dos frequentadores assíduos da noite do pôquer, e franziu o cenho quando fez a aposta seguinte. – Eu me dei mal a noite toda.

– Não se preocupe. Na próxima rodada vou deixá-lo sem um tostão. Assim vai poder ficar só assistindo – disse Del.

– Deixe de ser miserável, Brown.

– No pôquer não se pode ter compaixão.

Malcolm fez sua aposta. Quanto a Del, pensou, podia ser implacável na mesa. Provavelmente também era no tribunal, embora nunca o tivesse visto trabalhar. Mas o que havia por trás disso? Algo muito diferente.

A noite do pôquer acontecia desde que Del e Jack estudavam juntos em Yale, e Del tinha arranjado um jeito de manter aquela tradição. A maioria dos caras que participava já jogava com eles fazia anos. Carter e ele eram os novatos. Carter entrara por intermédio de Mac, embora ele já conhecesse Del muito tempo antes.

Já ele... Não sabia muito bem como a coisa se dera, mas Del e ele simplesmente se entendiam.

Os motores que conduziam esse homem – além do pôquer e do direito – eram a tradição, a generosidade, a lealdade e o feroz instinto protetor que tinha com relação às pessoas que importavam para ele.

Parker era importante. Não sabia ao certo como Del ou Parker reagiriam ao fato de ela ter assumido na sua vida uma importância que ele nunca teria imaginado. Como poderia especular sobre os sentimentos dela se nem ao menos sabia dizer o que ele próprio sentia?

Observou as cartas abertas na mesa e as suas, calculou as possibilidades e passou para a próxima aposta enquanto a conversa fluía ao seu redor. Alguns palavrões, algo sobre trabalho, piadas ruins.

Quando Carter virou a carta seguinte, Malcolm voltou a fazer seus cálculos e viu suas possibilidades se limitarem. Então Del aumentou a aposta e ele saiu.

Para ele, o pôquer e a vida tinham muito em comum. Você jogava com as cartas que tinha, calculava as possibilidades e aceitava ou não a aposta. Quando as cartas eram ruins, você blefava – se a aposta estivesse boa e você tivesse coragem.

Caso contrário, era preciso esperar a mão seguinte.

Percebeu que o jeito como tinha jogado funcionara bastante bem em termos de vida. Agora precisava estudar suas cartas e calcular as probabilidades com Parker. Ela era uma aposta que valia a pena.

Frank, outro jogador que sempre comparecia, trocou suas cartas.

– Diga-nos, Del, quando ficará pronto seu novo palácio masculino?

– Pergunte ao arquiteto.

Jack viu a aposta de Del.

– Estamos primeiro conseguindo as autorizações. Se tudo correr bem, poderemos limpar sua carteira no palácio novo antes de março ou, o mais tardar, em abril.

Jack deu uma olhada na sala de jogos de Del.

– Vou sentir falta deste lugar.

– Vai ser estranho – acrescentou Rod. – Nossa noite do pôquer com mulheres por perto.

Ele apontou para o teto.

– E não quaisquer mulheres – observou Frank. – Esposas, uma vez que esses três e você resolveram pôr aliança no dedo. Caramba, numa hora dessas no ano que vem, todos nós estaremos amarrados. A não ser você – disse a Mal.

– Alguém tem que se manter firme.

– Mas você também tem passeado pela beira do precipício – provocou Rod, que sorriu para ele com o charuto na mão. – Está saindo com Parker. A última resistência do Quarteto de Del.

Malcolm olhou para Del, mas a cara de paisagem do amigo se manteve inalterada e o olhar que ele lhe lançou foi tranquilo.

– Sei me equilibrar.

Frank bufou.

– Pense como quiser, camarada. Até chegar o dia em que vai estar na beira do precipício e decidir mergulhar.

– Não vai ser problema para ele, já que foi dublê de filmes de ação – acrescentou Jack. – Deve saber como cair.

Malcolm tomou um gole de cerveja. É, sabia cair. Mas também sabia o que podia acontecer se a aterrissagem não saísse como o planejado.

Sua mãe mantinha a casa limpa, pensou Mal – por orgulho, hábito e disposição natural. Mas para o jantar deste domingo estava se excedendo na limpeza, como um bêbado se excederia agarrado a uma garrafa de uísque.

Era uma casa bonita. Quando começara a procurar por uma, ele se certificara de que escolheria uma que fosse na medida para sua mãe, que o deixasse seguro de vê-la morando no lugar. Queria uma boa vizinhança, em que as pessoas falassem umas com as outras, dessem atenção aos vizinhos. Não queria nada muito grande a ponto de a mãe se sentir sobrecarregada ou nervosa, e nada tão pequeno que lhe desse a sensação de estar enclausurada. Acabou encontrando um rancho reformado, com sua fachada tradicional de tijolinhos e um terreno gramado de que eles poderiam cuidar com facilidade. A garagem contígua, com mais uma suíte no segundo andar, tinha sido um enorme bônus.

Amavam-se muito, mas nenhum dos dois queria morar na mesma casa. Naquela ali, cada um teria seu espaço, sua privacidade, sua rotina. Mas ele morava perto o bastante para poder ajudar a mãe se necessário. E, como bem sabia, assim ela também podia fazer o mesmo pelo filho.

Malcolm podia assaltar a cozinha da mãe – o que fazia às vezes –, tomar um café com ela de manhã ou não. E ela podia lhe pedir que fizesse pequenos consertos na casa ou que levasse o lixo para fora.

Esse sistema funcionava para os dois.

Exceto nos momentos que ela o deixava louco.

– Mãe, é só um jantar. Nada mais que comida.

– Não venha me dizer que é só comida.

Kay levantou o dedo como numa advertência enquanto mexia o molho para a lasanha que era, como ele bem sabia, sua especialidade.

– Quando foi a última vez que você trouxe uma mulher para jantar aqui em casa?

– Hum, mais ou menos... nunca.

– Pois é.

Ela parou de lhe apontar o dedo para cutucar o filho.

– De toda forma, não estou trazendo uma mulher. – E, ao dizer isso, ele sentiu uma comichão nas costas. – Ela vem sozinha.

– E você deveria se envergonhar disso.

– Mas ela...

– Ah!

Essa era outra especialidade da mãe. Uma exclamação que significava: "Não se atreva a discutir comigo!"

Ele respirou fundo e mudou de estratégia.

– Está com um cheiro ótimo.

– O gosto está melhor ainda.

Ela pegou uma provinha na colher e lhe ofereceu.

– Nossa, está mesmo! – concordou Malcolm depois de experimentar.

– Melhor que esteja. Isso é importante para mim. Essa moça tem classe.

– Assim como você, mãe.

– Nisso está certíssimo, mas você sabe do que estou falando. Foi muito educada ao me ligar para agradecer o convite. Tenho que dar a ela um bom jantar – falou Kay, com uma piscadinha. – Com estilo. Por isso preparei um aperitivo chique.

– Enroladinho de salsicha?

Ela deu uma gargalhada, jogando a cabeça para trás como sempre, e ele a cutucou.

– Eu gosto de enroladinho.

– Mas não é o que vamos comer hoje. Tem certeza que esse vinho é bom? – questionou ela, apontando para as duas garrafas na bancada, uma delas já aberta para respirar.

– Tenho.

– Você conhece mais que eu, com sua experiência hollywoodiana.

– É, mas naquela época eu só tomava vinho servido num umbigo de mulher.

– Tenho certeza de que assim não dá para ficar bêbado – disse ela, e dessa vez foi ele quem riu.

Kay se afastou um pouco do fogão e deu mais uma olhada em toda a cozinha.

Tinha uma linda fruteira na mesinha dobrável sob a janela, onde gostava de se sentar para tomar café da manhã. Um pezinho de trevos com botões brancos que Mal tinha lhe dado enfeitava o parapeito.

Sua coleção de saleiros e pimenteiros ocupava uma prateleira na parede bem acima do banco que Malcolm tinha feito na aula de carpintaria no ensino médio.

Podia-se comer direto do chão, pois tudo brilhava de tão limpo.

Ela assentiu satisfeita, e abriu os braços.

– Como estou?

– Tão boa quanto a lasanha.

– Vermelha e apimentada?

Malcolm mexeu em um dos cachos ruivos rebeldes da mãe.

– Isso mesmo.

– Vou montar essa lasanha e colocá-la no forno. Quero que você vá acender as velas que espalhei por aí. E não faça bagunça.

– E se eu fizer?

Ela o fulminou com aqueles olhos verdes.

– Nem pense nisso, se for esperto.

Resignado, ele pegou o isqueiro e saiu pela casa, passando pela sala de jantar, a sala de estar e indo até o lavabo. A mãe colocara velas por todos os lados. Provavelmente imitando o que tinha visto em alguma revista ou na tevê.

Tinha posto umas toalhas de mão bonitas e sabonetinhos no lavabo, e Malcolm sabia, por experiência, que ela arrancaria sua pele se o filho se atrevesse a usá-los.

Foi até seu pequeno escritório, ao quarto, ao banheiro principal, tudo para sair do caminho da mãe e evitar que ela pegasse de novo no seu pé.

Ela transformara aquilo ali num lar, pensou. Num lugar bonito e confortável. E, de certa forma, era a primeira casa que eles tinham. Os outros lugares eram quartinhos ou espaços alugados. Transitórios.

Então, se ela quisesse pintar a parede de cada cômodo de uma cor diferente, como tinha feito, se quisesse espalhar velas por todo canto e pôr no banheiro sabonetes sofisticados que só as visitas podiam usar, tinha todo o direito de fazê-lo.

Quando percebeu que já havia demorado bastante, voltou. As batidas à porta, no entanto, o detiveram.

– Pegue o casaco dela – gritou lá de dentro sua mãe. – E pendure lá no armário.

– O que acha que sou, um idiota? – murmurou ele.

Abriu a porta e viu Parker com um sobretudo leve aberto sobre um vestido verde-escuro, segurando um buquê de íris azuis e brancas.

– Oi. Imagino que não tenha tido dificuldade em achar a casa.

– Nem um pouco.

– Deixe-me pegar seu casaco.

– Que casa linda! – falou Parker e deu uma olhada na sala de estar enquanto ele tirava seu sobretudo. – Parece com a sua mãe.

– Como assim?

– É colorida.

– Ah, tem razão. Entre. Ela está na cozinha. Como foi o evento de hoje?

– Foi... Ah, olhe só para isso!

Com um prazer estampado no rosto, Parker parou para observar uma parede cheia de postais emoldurados.

– São fantásticos! – disse ela.

– Minha mãe fazia coleção quando viajava. São de lugares onde meu pai serviu ou de onde eles se encontravam quando tinham permissão.

– É algo bem bonito para se fazer com uma recordação. Você deve ter estado em alguns desses lugares. Lembra-se deles?

– Não muito.

Ele pegou a mão livre de Parker e a levou até a cozinha.

Entraram na hora em que Kay fechava o forno.

– Que bom ver você, Kay! Muito obrigada por ter me convidado.

– Seja bem-vinda. Íris! – exclamou ela, com a satisfação estampada no rosto. – São minhas flores prediletas.

– Alguém me disse. Foi Emma quem fez o arranjo.

– Como ela é jeitosa!

Kay cheirou as flores e as deixou em cima da bancada.

– Vou deixá-las aqui por enquanto, mas de noite vou ser egoísta e as levarei para o meu quarto. Mal, sirva um pouco de vinho a Parker. Ela trabalhou o dia todo.

– Ah, eu aceito. Você tem uma casa muito bonita. Tem um astral alegre.

É assim mesmo, pensou Mal, enquanto servia o vinho.

– Prontinho, mãe.

Kay o provou apertando os lábios.

– Gostoso. Podem ir lá para a sala se sentar. Vou levar uns aperitivos.

– Posso ajudá-la? Não sou boa cozinheira, mas me saio muito bem de ajudante.

– Não tem mais muita coisa a se fazer. Vamos nos sentar um pouquinho. Acho que você pode ir na frente e levar a bandeja, Mal. Encontro vocês lá num minuto.

Ela abriu a geladeira e tirou dali sua melhor bandeja já com uns canapés.

– Ah, adorei isso!

Levando sua taça de vinho, Parker parou diante da prateleira dos saleiros e pimenteiros.

Estava falando sério, avaliou Malcolm, evidentemente surpreso. Conseguia detectar no tom de voz dela o que era educação e o que era prazer autêntico. Havia também os tons sofisticados, os divertidos, e, para usar um termo mais leve, uns bem insinuantes.

– Comecei a coleção depois que me casei. Queria algo pequeno que eu pudesse carregar sem problemas toda vez que nos mudássemos.

– São belíssimos. Um charme, além de divertidos. Batman e Robin?

Kay chegou mais perto.

– Mal me deu esses no Dia das Mães, quando tinha 12 anos. Também me deu esses cachorros no cio... Pensou que eu não fosse expor. Acho que ele tinha uns 16 anos e estava tentando me desafiar. Mas ganhei o desafio.

Ela olhou para trás e sorriu para ele, lembrando-se da história.

– Ele ficou muito envergonhado quando resolvi pôr na prateleira.

Malcolm se remexeu.

– O que quer que eu faça com essa bandeja?

Parker olhou para ele e sorriu.

– Obrigada – disse ela, escolhendo um canapé de queijo brie com framboesa. – E esses aqui? – prosseguiu a moça, estreitando os laços com Kay ao querer saber de sua coleção.

Já ele, continuava segurando a bandeja de canapés. Não tinha certeza, pelo modo como transcorriam as coisas, se devia ficar feliz, aliviado ou preocupado ao ver sua mãe e Parker se dando tão bem.

Sabia que Parker conseguia ajustar seus modos e sua fala para se adaptar a qualquer tipo de situação social. Mas o que estava acontecendo era mais que isso. Dava para perceber, como quando dividiram a primeira pizza, que ela estava relaxada e curtindo.

Falaram sobre os lugares em que ambas haviam estado, lugares onde os pais de Malcolm foram antes de seu nascimento ou onde ele também tinha ido, só que era novo demais para se lembrar e ainda de lugares de que se lembrava só um pouco.

Falaram da empresa dela, e as gargalhadas de sua mãe pontuaram a conversa cheia de casos engraçados ou estranhos que Parker contava a respeito dos eventos.

– Eu nunca teria paciência para algo assim. Todas essas pessoas ligando dia e noite, reclamando, criticando, fazendo exigências... Aff, se quer saber, tenho vontade de pular no pescoço de alguns clientes de Malcolm pelo menos umas duas vezes por dia.

– Parker não pula no pescoço deles – observou Malcolm. – Ela os esmaga como se fossem insetos.

– Só quando é absolutamente necessário.

– O que vai fazer com Linda Elliot, ou seja lá que sobrenome ela esteja usando agora?

Vendo a hesitação de Parker, Kay deu de ombros.

– Não é da minha conta.

– Não, não é isso. É que, na verdade, não sei direito. Vai ser complicado. Já a esmaguei como um inseto, o que me deu uma enorme satisfação. Mas ela é mãe de Mac...

– É uma vaca que se acha melhor que todo mundo.

– Mãe!

– Não, você tem toda a razão – disse Parker a Kay. – Ela é uma vaca mesmo, que não só pensa que é melhor que os outros, mas que também tem mania de perseguição. A vida toda eu a desprezei, então não tem nada que você diga a respeito dela que possa me ofender.

Parker comeu mais um pedaço da lasanha e ergueu as sobrancelhas para Malcolm.

– O que foi? Não posso desprezar ninguém?

– Só não me parece muito o seu estilo.

– Ela passou a vida toda usando e abusando de uma das minhas melhores amigas. Merecia um tratamento bem pior do que o que lhe dei. Mas... – Parker deu de ombros e tomou um gole de vinho. –... ela vai estar no casamento. Vai querer exibir o novo marido toda cheia de si. Eu a proibi de pôr os pés na propriedade, mas vou ter que abrir uma exceção.

– Você o quê? Proibiu que ela fosse lá?

Parker sorriu para Malcolm.

– É. Não sabe a satisfação que senti. Pode ter certeza de que vamos vigiá-la durante o casamento. Não sei muito bem como, mas eu a tranco no porão antes que estrague um minuto sequer do dia de Mac e Carter.

Kay conteve um sorriso e assentiu.

– Aposto que sim. Se precisar de ajuda, pode contar comigo. Nunca consegui engolir essa mulher.

– Não sabia que eram conhecidas.

– Ah, ela não se lembraria de mim nem se eu estivesse pintada de ouro, mas nossos caminhos se cruzaram algumas vezes. Ela costumava jantar no restaurante em que eu atendia e também foi convidada em várias festas em que trabalhei.

Kay encolheu os ombros num gesto que Mal sabia que queria dizer: "Não tem a menor importância."

– Ela é do tipo que parece nem ver você quando estala os dedos para pedir outra bebida ou apressar alguém. E não perde uma oportunidade de reclamar do serviço bem na sua cara.

Parker sorriu e um brilho feroz apareceu em seus olhos.

– Quer ir ao casamento de Mac, Kay?

A outra se espantou.

– Ora, mas eu mal conheço a moça ou Carter.

– Gostaria muito que fosse como minha convidada ao casamento da minha amiga.

– Para ajudar a enterrar o corpo?

– Esperamos que não seja preciso chegar a tanto. Mas se for...

– Vou levar uma pá – disse Kay, brindando com Parker, toda entusiasmada.

– Vocês duas estão me deixando um pouco assustado – observou Malcolm.

No fim da noite, depois de tirar a mesa, servir a sobremesa e o café e deixá-los degustar sua torta de maçã caseira, Kay levou Parker e Mal até a porta.

– Vou cuidar da louça mais tarde.

– Estava tudo delicioso. De verdade. Obrigada.

Kay deu um sorriso orgulhoso para Malcolm enquanto Parker beijava sua bochecha.

– Diga-lhe para trazê-la outro dia. Agora você tem que levá-la para conhecer o seu apartamento, Mal.

– Claro. Boa noite, mãe. Obrigado pelo jantar.

Ele conduziu Parker até a escada que levava a seu apartamento.

– Você a fez ter uma noite e tanto.

– A recíproca é verdadeira.

– Ela gosta de você. É muito seletiva com relação às pessoas que podem entrar naquela casa.

– Então fico lisonjeada.

Malcolm se deteve diante da porta.

– Por que a convidou para o casamento?

– Achei que ela ia gostar. Algum problema nisso?

– Não, e ela vai mesmo. Mas acho que tem algo mais por trás disso – falou ele e deu umas batidinhas com o dedo na têmpora de Parker. – Tem algo mais nesse convite.

– É, tem mesmo. Linda magoa as pessoas. É o que ela faz, de forma deliberada ou por descuido. Tive a sensação de que sua mãe não é alguém que se deixa ferir facilmente e, ainda assim, Linda conseguiu. Então pensei que ela podia ir ao casamento como uma convidada bem-vinda, enquanto Linda só estará lá por obrigação e nunca mais poderá voltar a pôr os pés naquela casa.

– É bem calculista e ao mesmo tempo gentil.

– Multitarefas é minha especialidade.

– Não tenho dúvida.

Ele fez um carinho no braço de Parker.

– Você também é seletiva em relação aos que deixa entrar na sua casa.

– Sou – confirmou ela.

Ele a observou por um bom tempo.

– Não trago mulheres aqui. Isso é... estranho – acrescentou, apontando para o apartamento.

– Imagino que sim.

Malcolm destrancou a porta.

– Entre.

Ali não era colorido como a casa da mãe dele. Podia-se dizer que o ambiente era quase austero. Tudo parecia tão prático, que tocou lá no fundo a sensibilidade de Parker.

– Muito bem pensado. Imaginei que seriam dois cômodos pequenos, em vez de um ambiente aberto como esse. Um espaço amplo com uma cozinha num dos cantos e a sala de estar delimitada por móveis.

Balançou a cabeça quando viu uma enorme TV de tela plana na parede.

– Por que os homens têm fixação por televisões grandes?

– Por que as mulheres têm fixação por sapatos?

– *Touché!*

Parker deu uma volta pelo apartamento. Observou, pela porta de correr, o pequeno quarto, também prático e despojado, e voltou ao ponto de partida.

– Gostei dessas ilustrações.

Em molduras pretas na parede, havia vários desenhos a lápis detalhados de ruas e pedestres.

– É, são legais.

Ela se aproximou um pouco mais para ler a assinatura que aparecia num dos cantos.

– Kavanaugh.

– São do meu pai.

– São muito bonitas, Malcolm. Que boa ideia manter seus desenhos como lembrança. Você desenha?

– Não.

– Eu também não.

Ela se virou e sorriu para ele.

– Fique aqui.

– Tenho uma muda de roupa extra numa bolsa na mala do carro – disse ela, abrindo a bolsa e tirando as chaves. – Importa-se de ir buscá-la?

Ele pegou as chaves e as sacudiu, olhando para Parker.

– Onde está seu telefone?

– Na bolsa. Eu o desliguei antes de começarmos a jantar.

Ele se inclinou para beijá-la.

– Retorne suas ligações e volte a desligá-lo. Vou buscar sua bolsa.

Parker pegou o telefone quando ele saiu, mas antes deu mais uma olhada no apartamento.

Organizado, eficiente, pensou mais uma vez, e muito frugal. Era o espaço de um homem acostumado a seguir em frente, sem fazer estardalhaço.

Um homem sem raízes, pensou, e as dela eram tão profundas...

Não sabia dizer, de jeito nenhum, o que isso podia significar.

Afastou essa ideia, ligou o telefone e verificou as mensagens de texto e de voz.

capítulo dezesseis

Malcolm chegou ao local do acidente bem depois dos policiais, dos bombeiros e da equipe médica. Por causa da chuvinha fina e fria, ergueu o capuz do agasalho e seguiu em direção à faixa amarela e às luzes.

Já tinham retirado os corpos. Não duvidava que houvesse vítimas fatais, bastava ver as peças amassadas e retorcidas do que antes havia sido um BMW.

O outro carro estava bem danificado, mas talvez pudesse recuperá-lo.

Com um pouco de sorte, a pessoa que estava dentro do Lexus devia ter saído mancando ou carregada, mas ainda com vida.

Seu trabalho era levar embora dali o que tinha restado.

Na estrada, aquela chuvinha fina não parava de cair, as luzes dos carros da polícia reluziam em meio à neblina, refletindo nos faróis quebrados, iluminando as marcas do acidente no asfalto, as ferragens amassadas e queimadas, o sangue e, um detalhe bem mórbido, um pé de sapato que não fora retirado do acostamento. A imagem ficou gravada em sua cabeça, uma imagem de medo, dor e perda impactante.

A equipe de reconstituição do acidente já estava trabalhando, mas Malcolm podia imaginar a cena sem sua ajuda.

O asfalto molhado e a neblina. O BMW correndo faz uma curva brusca, patina, o motorista perde o controle da direção, invade a outra pista e se choca contra o Lexus. Capota, dá uma volta no ar, bate no chão e roda mais duas ou talvez três vezes.

Pelo peso, a velocidade e os ângulos, devia ter capotado três vezes.

Alguém é arremessado pelo para-brisa, talvez o passageiro do banco traseiro do M6 destroçado que não usava o cinto de segurança. Se havia alguém no banco do carona, devia ter morrido esmagado. O motorista provavelmente não tivera mais sorte.

Viu que os bombeiros tinham cortado a lataria do BMW para retirar os passageiros, mas as chances de alguém sair vivo daquele monte de ferro amassado eram quase nulas.

Nesse instante passaram pela sua cabeça as imagens do carro que ele próprio dirigia antes de sofrer o acidente. Não estava em condições muito melhores que as do M6. Isso levando em conta que os carros usados por dublês em cenas perigosas eram fabricados com todo o aparato para proteger o motorista durante a batida, a não ser que alguém decidisse cortar custos eliminando itens de segurança.

Desejou que os passageiros tivessem morrido ou ficado inconscientes antes do impacto e das capotagens.

Não fora assim que tinha acontecido com ele. Ele sentira tudo, uma dor lancinante, um barulho brutal. Sentira tudo isso antes de apagar. Se permitisse, podia sentir tudo de novo, por isso o mais sábio a fazer era não pensar no assunto.

Ali de pé, com as mãos nos bolsos, esperava os policiais liberarem a área para ele poder levar toda a destruição embora dali.

Enquanto Malcolm estava de pé no acostamento, lembrando do sangue e da dor, Parker sorria no aposento cheio de mulheres que tagarelavam e riam nos momentos finais do chá de panela de Mac.

– Fizemos um bom trabalho – disse Emma, passando a mão pela cintura de Parker.

– Um ótimo trabalho. Ela está feliz.

– Não queria falar antes para não dar azar, mas fiquei preocupada até o último minuto, achando que Linda pudesse ter sabido do chá e aparecesse aqui de surpresa.

– Não foi a única. A vantagem de ela estar morando em Nova York agora é que não fica sabendo de tudo, e ter um marido novo e rico a mantém ocupada.

– Tomara que isso dure – disse Emma. – A noite foi ótima... e sem Linda. Assim, todos se divertiram.

– É, eu sei. Olhe só a Sherry. Ainda tem o brilho das recém-casadas e viu o jeito como falou com sua irmã?

– Cecelia ficou uma grávida linda, não acha?

– Ficou, sim. Como as duas não paravam de conversar, imagino que Sherry já esteja se perguntando se não está na hora dela. Acho que vou substituir Laurel como fotógrafa. Ela...

– Não.

– Não vejo por que ela tem que...

– Parker, já falamos sobre isso – disse Emma, virando-se para a amiga.

– Escolhemos Laurel porque eu me distraio muito e acabo conversando com todo mundo. E você... bem, você leva uma eternidade tentando fazer o enquadramento perfeito, ou seja lá o que for, e acaba batendo poucas fotos.

– Mas são poucas fotos muito boas.

– São excepcionais, mas queremos fotos menos excepcionais e em maior número.

Parker suspirou, vencida. Ela gostava *mesmo* de tirar fotos.

– É, queremos. Acho que devíamos ir para lá ficar com as convidadas. Daqui a pouco elas vão embora.

Parker sentiu o telefone vibrar e o tirou do bolso.

– É uma mensagem de Del.

– Provavelmente quer saber se a barra está limpa para Jack, Carter e ele voltarem para casa.

– Não. Ele disse que aconteceu um acidente horrível ao sul da alameda. Estão desviando o trânsito, fazendo os motoristas darem meia-volta e pegar outro caminho. Sugeriu que avisássemos às pessoas que pretendem fazer esse trajeto. Eles devem chegar daqui a umas duas horas.

– Espero que ninguém tenha se ferido – disse Emma, e sorriu quando sua mãe lhe fez um sinal do outro lado da sala. – Vou ajudá-la a espalhar a notícia.

Como em toda boa festa, passaram da hora estipulada, tiveram muitos atrasos e as anfitriãs terminaram exaustas porém felizes.

– Agora eu quero champanhe – comentou Parker, pegando uma garrafa e começando a servir. – Sente-se, Sra. Grady.

– Acho que vou fazer isso mesmo – disse a senhora, que se deixou cair na cadeira, tirou os sapatos de festa e esticou as pernas. – Pode encher.

Obediente, Parker encheu as taças até a borda enquanto Laurel cortava uns pedaços do bolo de três camadas, feito com manteiga de amendoim e coberto com pétalas de chocolate.

– Puxa! Olhem só que presentes fantásticos!

Mac olhava embasbacada para a mesa, onde Parker tinha disposto com todo o cuidado os presentes para que ela os abrisse.

– É como se eu tivesse ganhado uma pequena e extraordinária loja de departamentos. Já agradeci a todo mundo?

– Inúmeras vezes. Quanto champanhe você já bebeu, amiga? – perguntou Laurel.

– Litros, porque posso ficar bêbada no meu próprio chá de panela. Nós fizemos meu chá de panela!

Ela aceitou o bolo que Laurel lhe oferecia e comeu uma das pétalas de chocolate.

– Ah, hummm. Já disse que amei o meu bolo?

– Já, querida – confirmou Laurel e se inclinou para dar um beijo no alto da cabeça da amiga.

– E também que amei absolutamente tudo? Estou tão feliz por termos feito isso aqui, num lugar familiar. Eu me senti mais em casa, sabem? E a decoração estava tão linda... Emma, as flores! Uau! Você tinha toda a razão quando disse que era melhor espalhar por todo lado uns pequenos arranjos com essas flores laranja... Como é que elas se chamam?

– Albará, mas tem também algumas zínias.

– Ah, sim, aquelas em tom roxo que combinavam com o chocolate de Laurel, as fitas verdes e tudo mais.

– Você tem que confiar na sua florista. E achei muito delicado você presentear as irmãs e a mãe de Carter com flores ao se despedir delas.

– Elas vão ser minha família agora – disse Mac, sorrindo de novo para as amigas. – Tenho uma família incrível. Não podia desejar ninguém melhor que vocês, meninas. Sou uma sortuda por ter vocês. Todas vocês, que sorte a minha! E não podem imaginar como estou feliz por minha mãe não ter vindo.

Mac respirou fundo.

– Ui, acho que exagerei no champanhe.

– Você tem direito – assegurou Emma, sentando-se ao lado de Mac e fazendo um carinho em seu braço. – É um momento feliz da sua vida e a festa foi uma felicidade geral. É só nisso que precisa pensar.

– Tem razão. Só estava deixando sair todas as coisas sentimentais e mesquinhas antes do casamento. Não quero ficar emocionada e nervosa no dia. Então, você é a única mãe de que preciso, Sra. G., a que sempre esteve ao meu lado.

– Também tomei uma boa quantidade dessas borbulhas. Não me faça chorar – pediu a Sra. G. e suspirou. – Ah, sim. Você é uma ruiva magrela muito da esperta. Amo você desde que apareceu aqui na porta bem pequenininha.

– Hããã...

Mac se levantou e mais que depressa foi dar um abraço bem apertado na Sra. Grady.

– OK, agora Laurel.

– U-hu!

Mac riu da reação da amiga.

– Você é um general quando preciso disso, uma amiga para o que der e vier. Quando ajo como uma idiota, você sempre diz, mas nunca como uma acusação.

– É um bom resumo – observou Laurel, rindo e deixando-se abraçar por Mac.

– Emma. Sempre uma mão amiga, um ombro em que posso chorar. Você arranja um jeito de ver o arco-íris no meio da tempestade, o que me ajudou a enfrentar várias tormentas.

– Desejo a você muitos outros arco-íris, minha querida.

Emma deu um abraço forte em Mac.

– E Parker... – começou Mac, mas teve de parar e enxugar o rosto molhado. – Nem uma vez na minha vida você me deixou na mão. Não deixou nenhuma de nós na mão. Foi você quem nos deu uma família, um lar, você que abriu o caminho para que nos dedicássemos ao que fazemos hoje, para que nos tornássemos o que somos.

– Mac...

Parker se levantou e pôs as mãos no rosto coberto de lágrimas da amiga.

– Nós nos demos umas às outras uma família e um lar.

– Demos, sim. Mas tudo começou com você – argumentou Mac e, com um suspiro, passou os braços em volta da Parker e apoiou a cabeça em seu ombro. – Sei que estou bêbada, mas queria que todo mundo, por toda parte, pudesse sentir a felicidade e o amor do jeitinho que estou sentindo neste exato momento.

– Depois disso, acho que pelo menos nós estamos sentindo. Já é um começo.

Perto da meia-noite, todos já estavam na cama, e os restos da festa tinham sido devidamente recolhidos. Ainda um pouco agitada com o sucesso e toda sentimental por causa das gentis palavras de uma Mac meio bêbada, Parker percorreu a casa para fazer uma última inspeção.

Um lar, pensou. Nosso lar, como dissera Mac. Aquele não era só um imóvel que fora passado de geração a geração – embora essa tivesse sido a base –, mas o que elas haviam construído ali. Como fizeram também seus pais, acrescentando os seus toques pessoais, vivendo.

As pessoas podiam se referir àquele lugar como a propriedade dos Browns, pensou, mas quem vivia ali sabia que era muito mais que isso.

Talvez um dia ela pudesse compartilhar aquele espaço com o homem que amasse, pudesse construir uma nova vida ali.

Isso, pensou, alimentava todos os seus sonhos, seus objetivos, suas ambições. Amar, ser amada, compartilhar, construir algo forte e duradouro baseado no amor e no companheirismo.

Podia ser bem-sucedida sem isso. Podia ficar satisfeita sem isso. Mas se conhecia bem o bastante para saber que nunca se sentiria completa, nunca seria inteiramente feliz sem um companheiro.

Acreditava no poder e na força do amor, nas promessas feitas, na solidez do compromisso. Casamentos eram a celebração de todas essas coisas, uma espécie de espetáculo cheio de símbolos e tradições. Mas no seu cerne havia os votos, as promessas, o laço emocional que se criava entre duas pessoas que acreditavam que seu relacionamento duraria a vida toda.

Tinha acabado de compreender – e ainda tentava aceitar – que Malcolm era o companheiro que ela queria para fazer essas promessas, para a vida toda.

Ainda assim, pensou, essa comunhão exigia troca, uma confiança e um *conhecimento* profundos. Havia ainda tanta coisa que ele mantinha à sombra ou mesmo fora do alcance dela.

Como aquilo podia dar certo para os dois se partes dele permaneciam trancadas à chave?

Inquieta, ajeitou uma almofada no sofá. Talvez perguntasse, talvez devesse esperar. Mas Malcolm não era o único que queria saber como e por que as coisas funcionam.

Um farol refletiu no vidro da janela, o que a fez franzir o cenho. Chegando mais perto, reconheceu o carro de Malcolm e, felicíssima – era como se o tivesse invocado com seus pensamentos –, foi abrir a porta da frente.

– Está tarde – disse ele, subindo a escada até a entrada da casa e passando os dedos pelo cabelo molhado.

– Tudo bem. Entre. Está frio e úmido aí fora.

– Vi umas luzes, então pensei que talvez você pudesse estar acordada.

– Pensou certo.

Tinha algo errado, percebeu ao observar o rosto dele, ao ver a tensão estampada ali.

– Acabamos a limpeza ainda agora.

– OK. Tudo bem. E como foi tudo?

– Foi maravilhoso.

Ele não se moveu para tocá-la ou para beijá-la. Ela se aproximou, encostou os lábios nos dele, como um modo de confortá-lo e de lhe dar as boas-vindas.

– Do início ao fim – completou ela.

– Que bom.

Ele andava pelo vestíbulo, inquieto.

Conte-me o que aconteceu, pensou Parker. Podia ver a barreira que os separava e odiava ter que derrubá-la.

– Malcolm...

– Tem uma cerveja?

– Claro.

Daria um pouco de tempo a ele, disse a si mesma enquanto seguia até a cozinha.

– Imagino que sua noite tenha sido longa. Terminou tudo o que tinha para fazer?

– Não. Fiz uma boa parte, mas surgiu um imprevisto – respondeu ele.

Ela pegou a cerveja e foi buscar um copo.

– Posso beber na garrafa.

Ele tirou a tampa, mas não bebeu.

Como podia não saber lidar com essa situação... com ele?, pensou Parker. Logo ela, que sempre sabia o que fazer.

– Quer comer alguma coisa? Tem umas sobras da festa ou algo que a Sra. G...

– Não. Não precisa.

Não, ele não estava nada bem, pensou ela enquanto o via andar pela cozinha. Já basta, decidiu. Já era o bastante.

– Diga-me o que aconteceu.

– Tinha coisas para fazer. Depois disso, não estava com vontade de ir para casa, então dei uma passadinha para ver se ainda estaria acordada. E estava.

Ele pegou a cerveja, mas, depois de um gole, voltou a deixá-la na mesa.

– E já que está, talvez eu pudesse convencê-la a ir para a cama comigo.

Frustração e decepção se misturaram de forma incômoda ao ressentimento.

– Se eu achasse que você tinha vindo só para tomar uma cerveja e pelo sexo, talvez eu pudesse estar disposta. Mas não acho, então não, você não vai me convencer a ir para a cama.

– Foi uma tentativa. Estou indo, então.

A raiva foi o último ingrediente da mistura.

– Você acha que pode vir aqui, bater à porta e dar meia-volta para ir embora porque não conseguiu impor as condições que queria?

O rosto dele permaneceu calmo, neutro, com a mesma expressão, pensou Parker, que devia usar quando jogava pôquer.

– Não me lembro de ter imposto nenhuma condição. O clima não está lá essas coisas, então é melhor eu ir para casa. Assim nós dois podemos tentar ter umas horas de sono.

– Ah, claro, é perfeito, principalmente agora, que já me deixou chateada.

Ele se deteve e passou a mão no cabelo.

– Desculpe. Não era essa a minha intenção. Eu devia ter ido direto para casa.

– Acho que sim, já que, ao que tudo indica, nossa relação não é forte o suficiente para que confie em mim a ponto de revelar o que sente.

Num piscar de olhos, aquela expressão neutra desapareceu do rosto de Malcolm, dando lugar à irritação.

– Que besteira!

– Não me venha dizer que é besteira quando está na cara que não é. Você sabe onde fica a porta – acrescentou ela, adiantando-se.

Malcolm a segurou pelo braço e sentiu uma frieza que chegou a queimar seus dedos.

– Olhe, é só uma noite ruim. Uma noite ruim e um mau humor horrível. Eu não devia ter trazido nada disso até aqui.

– Está certíssimo – rebateu ela e se soltou puxando o braço de forma brusca. – Leve-os daqui com você.

Parker se afastou e foi esvaziar a cerveja na pia. Quando se virou, estava sozinha. Sentiu uma pontada no coração.

– Bem... – murmurou, e cuidadosamente lavou a garrafa. – É isso aí. Assim não funciona para mim.

Imaginou-se atirando a garrafa contra a parede, ouvindo o barulho de vidro se quebrando. Mas, tinha que admitir, isso também não a ajudaria em nada, então só levou a garrafa para a lixeira de recicláveis.

Apagou as luzes, foi verificar se estava tudo fechado e deu uma volta pela casa antes de subir a escada que levava até a sua ala.

No quarto, despiu-se, guardou os sapatos, pendurou a roupa e pôs seu pijama mais velho e mais confortável.

Fez exatamente tudo o que fazia antes de ir para a cama.

Então ficou acordada a noite inteira, com raiva e triste.

– Não brigamos – garantiu Parker, completando o terceiro quilômetro na esteira. – Chegamos a um impasse.

– Para mim parece uma briga – disse Laurel.

– É briga quando você discute, grita, diz coisas inapropriadas. Não foi uma briga.

– Ele foi embora. Você ficou com raiva. Esses também são elementos de uma briga.

– OK, pense como quiser – retrucou Parker. – Brigamos do nosso jeito até chegar a um impasse.

– Ele foi um cretino.

– Nisso estamos de acordo.

– Foi um cretino – prosseguiu Laurel – por vir aqui à meia-noite deixando transparecer que algo o aborrecia quando não tinha a intenção de dizer o que era. E um cretino ainda maior por ter ido embora quando você mandou, porque qualquer um que conheça você sabe que o que esperava era que discutissem até ele dar o braço a torcer e contar o que o aborrecia.

Assentindo, Parker pegou sua garrafa de água e tomou um gole.

– Mas como ele não a conhece há tanto tempo quanto eu, talvez tenha interpretado esse "vá embora" como "vá embora" mesmo.

Parker sentiu um nó na garganta. Fez o maior esforço para se controlar e também para conseguir completar mais um quilômetro.

– Não posso ficar com alguém que não esteja disposto a conversar comigo, que não consiga ter uma relação íntima comigo a não ser a física.

– É, não pode. Mas a intimidade, a verdadeira intimidade, é mais difícil para uns que para outros. Não estou defendendo o Malcolm – acrescentou Laurel. – Só estou avaliando e dando minha opinião. Estou dando uma de você, já que está chateada demais para ser você mesma.

– Então eu devo ser uma chata. Desculpe – disse ela mais que depressa e saiu da esteira. – Sinto muito. Não consegui dormir nada e estou amarga.

– Tudo bem. De vez em quando você é uma chata.

Com um ligeiro esboço de sorriso, Parker pegou uma toalha.

– É, sou mesmo. Estou chateando a mim mesma agora.

Ela enterrou o rosto na toalha e o esfregou com força. E permaneceu imóvel quando sentiu Laurel abraçá-la.

– Não quero chorar, acho uma idiotice chorar por algo assim. Prefiro ser chata a ser idiota.

– Você não é nem uma coisa nem outra. E sabe que eu diria se fosse.

– Sei que sim – disse Parker, tirando a toalha do rosto.

– Está chateada, irritada, triste e muitíssimo cansada. Por que não tira umas horas para descansar um pouco? Posso resolver o que tiver que ser feito e, se eu não conseguir, peço ajuda a Emma e Mac.

– Talvez eu tire uma hora, sim. Vou dar uma volta para arejar um pouco.

– Faça o que achar melhor. Mas me dê o telefone.

– Ah, mas...

– Estou falando sério, Parker, me dê o telefone – repetiu Laurel e, estreitando os olhos, ergueu um dedo. – Se não fizer isso, vou achar que Malcolm não é o único a ter dificuldade em confiar nos outros.

– Isso é injusto – murmurou Parker, puxando o telefone da cintura.

Não se deu o trabalho de ir trocar de roupa. Só pôs um moletom e fechou o zíper. O ar frio e cortante, ainda úmido por causa da chuva que caira à noite, lhe fez bem. As árvores desnudas erguiam seus braços sombrios em direção ao céu de um azul tão luminoso que Parker se arrependeu de não ter posto seus óculos escuros. A grama, endurecida pela geada, farfalhava sob seus pés.

O outono, com suas cores, sua luminosidade, seu cheiro de fumaça, estava prestes a acabar, pensou, dando lugar ao inverno que avançava em silêncio.

Faltava só um mês para o casamento de Mac. E ainda havia tanta coisa para fazer, tantos detalhes, muitas coisinhas para conferir. Talvez fosse até bom Malcolm e ela terem dado esse passo atrás. Precisava se concentrar no casamento mais importante de todos os que a Votos já tinha organizado até então.

Só Deus sabia a quantidade de questões que tinha que resolver para os outros eventos, isso sem contar a extravagante festa dos Seamans na primavera, que demandava constante atenção.

Ainda precisava finalizar inúmeros preparativos para os casamentos de Emma e de Laurel e organizar tudo.

Depois tinha a proposta do livro. Com as mudanças e os acréscimos que as sócias tinham feito, o projeto ganhara solidez e estava pronto para seguir adiante. Já podia enviá-lo para um agente, pensou.

A verdade era que não tinha tempo para um relacionamento.

Em outro momento de sua vida, talvez, mas não agora. E sem dúvida esperava e exigia algo pleno, um encontro de almas baseado em absoluta confiança.

Como fora o casamento dos seus pais.

Não podia nem se permitiria se apaixonar por um homem que não queria o mesmo que ela. Por mais que doesse agora perceber isso, aceitar a situação, negá-la causaria muito mais sofrimento depois.

– Oi, Parker.

O susto interrompeu seu diálogo interno. Carter vinha na direção dela carregando uma pasta.

– Oi, Carter. Perdi a noção de tempo. Está indo para o trabalho?

– Isso mesmo. Está tudo bem?

– Está, sim. Eu só... devia entrar para começar a trabalhar.

Carter pegou sua mão.

– Qual o problema?

– Nenhum. Sério. Só não dormi muito na noite passada, então eu estou... – Fazendo a mesma coisa que Malcolm: me fechando. – Acho que Malcolm e eu terminamos ontem.

– Sinto muito se for verdade mesmo. Quer me dizer o motivo?

– Acho que não temos muito em comum, não vemos as coisas da mesma forma. Ou não queremos a mesma coisa.

Aquele nó na garganta apareceu de novo.

– Carter, não estou segura. Eu não o entendo.

– E quer?

– Sempre quero entender, e é provável que isso não permita que as coisas deem certo.

Carter pôs a pasta no chão, passou um braço nos ombros de Parker e foi caminhando ao lado dela.

– Você tem que ir trabalhar – falou ela.

– Ainda tenho um tempinho. Quando Mac e eu tivemos problemas, quando senti que não a entendia, você me ajudou. Você me esclareceu várias coisas sobre ela e eu precisava disso. Quem sabe não posso fazer o mesmo agora?

– Ele não deixa que eu me aproxime, Carter. Já fechou muitas portas. Acredito que são as nossas vivências que determinam quem somos. Mas toda vez que pergunto sobre as experiências ruins de Malcolm, ele diz que não têm importância, que já se passou muito tempo ou muda de assunto.

– Ele não fala muito de si mesmo. Acho que você tem razão sobre ele fechar as portas. Mas acredito que algumas pessoas fazem isso para abrir portas novas. Elas pensam que não vão conseguir seguir em frente sem deixar o passado de lado.

– Posso entender isso, claro, até certo ponto. Mas como se pode ficar com alguém, criar expectativas em relação a uma pessoa que não deixa que o outro conheça seu passado, que não compartilha seus problemas ou seus momentos ruins, que não se deixa ajudar?

– Pelo pouco que ele me contou e pelas várias coisas ditas pela minha mãe, parece que Malcolm sofreu muto na infância. Emocionalmente, quando o pai morreu, fisicamente por causa dos tios. Todo professor tem que lidar com crianças que passaram ou estão passando por experiências assim. Na maioria dos casos, dá certo trabalho e leva um bom tempo até se conquistar a confiança delas.

– Está querendo dizer que preciso lhe dar mais tempo, ter paciência e trabalhar nisso com mais afinco?

– Vai precisar fazer isso, sim – disse Carter, fazendo um carinho no braço da amiga enquanto caminhavam mais um pouco. – Já ele, eu diria que está louco por você, mas não sabe bem como lidar com isso. Você quer, precisa e merece saber tudo a respeito do Malcolm, só que ele acha que você deveria focar no que ele é agora, que isso deveria bastar.

– É uma boa análise – concluiu Parker, agradecida, e encostou-se nele com um suspiro. – Não sei se ela me faz ter vontade de seguir adiante ou de sair correndo, mas é uma boa análise.

– Aposto que ele também não deve ter dormido direito.

– Espero que não.

Esse comentário a fez sorrir. Parker então se voltou para dar um abraço em Carter.

– Obrigada, Carter. Aconteça o que acontecer, você me ajudou bastante – disse e, soltando-o, acrescentou: – Agora vá para a escola.

– Seria bom se você tirasse uma soneca.

– Carter, com quem pensa que está falando?

– Eu tinha pelo menos que tentar – retrucou ele, dando-lhe um beijo no rosto e em seguida dirigindo-se para o carro.

Quase tropeçou na pasta, mas lembrou-se dela a tempo.

Parker respirou fundo e virou-se para entrar em casa.

– Mac – murmurou ela. – Você tem uma sorte e tanto!

Deteve-se um instante para observar a mansão, seu tom azul-claro contrastando com o céu reluzente. Aquelas belas linhas, pensou, os toques em marrom, o brilho das janelas. Como num casamento, concluiu, aquilo eram detalhes. No fundo o prédio era mais que uma casa, até mesmo mais que um lar, o que era vital para ela. Era um símbolo, uma afirmação. Durante gerações, fora um tributo a seu nome, a sua família. O fato de ela permanecer de pé por tanto tempo provava que estava no sangue de Parker construir coisas duradouras.

Como poderia construir algo com Malcolm se não entendia sua essência?

Entrou pela cozinha. Pensou em tomar um café da manhã reforçado para lhe dar energia. Quem sabe não teria uma resposta obrigando-se a retomar a rotina?

No entanto, ao entrar ali, viu a Sra. Grady sentada diante da bancada, com os olhos cheios de lágrimas.

– O que aconteceu?

Esquecendo os próprios problemas, Parker correu até ela.

– Teve um acidente horrível ontem à noite. Um acidente de carro.

– Eu sei. Del me contou. Meu Deus! Morreu alguém? Algum conhecido seu?

– Pior. Eram três meninas... adolescentes. Eram quatro. Tinham acabado de deixar uma delas em casa. Todas morreram, todas.

– Ai, não. Meu Deus!

– Conheço a mãe de uma delas, do clube de leitura.

– Puxa, Sra. G... – disse apenas, e a abraçou. – Sinto muito, muito mesmo.

– Tinha duas pessoas no outro carro. Dizem que uma delas está estável e a outra continua em estado crítico.

– Vou preparar um chá para a senhora – disse Parker, afastando o cabelo do rosto da governanta. – Vá se deitar um pouco que logo, logo trago o chá e lhe faço companhia.

– Não, estou bem. Tanto você quanto eu sabemos como uma morte súbita e cruel como essa pode ser devastadora.

– É.

Parker apertou sua mão carinhosamente e foi preparar o chá.

– Nunca gostei muito de Dana, a mulher que conheço do clube de leitura – confessou a Sra. Grady, que tirou um lencinho do bolso do avental e enxugou as lágrimas. – É uma pessoa desagradável, aquele tipo de gente que acha que sabe tudo. Mas agora que sei que perdeu uma filha, nada disso importa. Alguém tirou umas fotos do estado do carro e publicaram nos jornais. Espero que ela nunca chegue a ver isso e que o reboque tenha levado tudo antes que ela chegasse ao local.

– Espero que a senhora...

O reboque, pensou Parker. Malcolm.

Fechou os olhos e respirou fundo. Primeiro o mais urgente.

– Tome seu chá enquanto preparo algo para o café da manhã.

– Minha menina querida.

A Sra. Grady assoou o nariz e quase esboçou um sorriso.

– Que Deus a abençoe, mas você não consegue fazer nada que alguém possa comer.

– Sei preparar ovos mexidos com torradas – protestou Parker, pondo a xícara de chá na frente da Sra. Grady. – E se não confia em mim para isso, vou buscar Laurel. Mas a senhora vai tomar esse chá e em seguida um café da manhã. Depois vai ligar para Hilly Babcock, porque vai precisar da sua melhor amiga.

– Você é uma mandona.

– É verdade.

A governanta pegou a mão de Parker quando as lágrimas voltaram a seus olhos.

– Estava aqui sentada, com o coração partido por causa da morte das meninas, por suas famílias e até pela menina que acabou escapando... e uma parte de mim pensava "graças a Deus todas as minhas meninas estão bem".

– Tem todo o direito de agradecer. Todas temos. Isso não nos impede de lamentar essa perda e ter pena das famílias.

Parker voltou a abraçar a Sra. Grady porque se lembrava bem, bem até demais, do dia em que sofreram essa perda. O modo como o mundo simplesmente desabara e o ar deixara de circular. O dia em que nada restara, a não ser uma dor terrível, lancinante.

– Tome o seu chá – mandou Parker, apertando com mais força uma última vez. – Vou chamar Laurel, Emma e Mac e ficaremos um pouco juntas para agradecer e para lamentar.

Deu um beijo no rosto da governanta.

– Mas agora vou preparar o café da manhã.

As quatro se revezaram na tarefa de ficar de olho na Sra. Grady, tentando ser discretas para que ela não percebesse. Como tinham muitos afazeres, um ensaio de noite e um fim de semana pela frente com vários eventos seguidos, Parker mal teve tempo de pensar.

Mas resolveu procurar a história na internet.

Aquilo, pensou com o coração apertado ao ver a foto do acidente, era o que Malcolm tinha presenciado na noite anterior. Como devia ter sido horrível ver de perto!

Era o que transformara o olhar dele, seu tom de voz.

Malcolm tinha vindo procurá-la, pensou. Fechado em si mesmo, mas tinha vindo procurá-la.

Por isso, assim que pudesse, ela o procuraria.

capítulo dezessete

MALCOLM LIMPOU A SUSPENSÃO de um Jeep, nova e maior, que o cliente havia pedido que trocasse. Acreditava que o rapaz queria a mudança só para se exibir para os amigos, não para deixar o carro mais seguro.

Qualquer que fosse a razão, pensou, seu pagamento seria o mesmo.

Com o iPod tocando suas músicas a toda a altura na bancada da oficina, trabalhava metodicamente nos amortecedores dianteiros e nas molas traseiras. O pedido do cliente o obrigava a ajustar a direção e o freio também.

O garoto ficaria a um triz de ultrapassar o que a lei permitia.

Não era um trabalho urgente, nada que tivesse que continuar encarando depois de fechar a oficina. Mas a troca de óleo que insistira em assumir, em vez de passar o trabalho básico para Glen, também não era nada complicado.

Aquilo tomaria o seu tempo, pensou, com o The Killers tocando a todo volume. Bom, queria mesmo se manter ocupado.

Pelo menos não ficara pensando durante o tempo que levou para erguer o carro e trocar o fluido de freio.

Quer dizer, praticamente não pensara.

Não adiantaria nada ficar ruminando as mazelas do mundo e da sua vida. O mundo continuaria com problemas, por mais que ele pensasse nisso.

Já sua vida... uma pequena parte dela estava em ordem. Parker era um assunto que tinha ficado muito intenso, talvez até um pouco opressor, e isso sem dúvida o afetava.

Ele fora atrás, fizera pressão, forçara as coisas. De alguma forma, ele, ou ela, ou ambos (não tinha muita certeza) haviam acelerado demais e mergulhado muito mais fundo do que ele imaginava.

Vinham passando juntos quase todo o seu tempo livre e até parte do que não estava exatamente livre. E então, buuumm!, de repente se vira planejando passar a próxima semana com ela, os próximos meses e até mais que isso. Não tinha se preparado para esse tipo de coisa.

Pior, antes de saber o que estava acontecendo, ele a tinha chamado para jantar na casa de sua mãe e pedido para que passasse a noite em sua cama.

Tanto uma coisa quanto outra abriram precedentes. Não que tivesse regras muito rígidas a respeito disso. Só tentava agir com cautela para deixar as coisas num nível mais confortável.

Só que Parker também não estava confortável com isso, pensou enquanto aparafusava um protetor de cárter. Ele sabia.

Ela era complicada e nada previsível como parecia. Era inegável que ele tinha curiosidade em saber como ela funcionava. Mas quanto mais examinava suas engrenagens, mais envolvido ficava.

Agora já conhecia as engrenagens e seu modo de funcionamento. Ela era detalhista, um pouco... quer dizer, extremamente, obsessiva e focada. Misturado a tudo isso, tinha o dom e a necessidade de arrumar com perfeição todos os detalhes em seus devidos lugares, amarrando-os com um laço de fita.

Se isso, além do dinheiro e do pedigree, fosse tudo, ela provavelmente seria uma bela pentelha. Mas Parker sentia uma profunda necessidade de constituir uma família, de ter estabilidade, um lar (caramba, podia entender isso tão bem) e sabia valorizar o que tinha. Era leal até o último fio de cabelo, generosa e, como fora educada para ser produtiva e útil, tinha uma ética profissional inquestionável.

Era complicada e verdadeira e, assim como a imagem que ele tinha da mãe dela no acostamento da estrada com um vestido primaveril, achava que Parker era a própria definição de beleza. Por dentro e por fora.

Por isso tinha quebrado as próprias regras. Quanto mais a conhecia, mais envolvido ficava e mais certeza tinha de que ela era o que ele queria.

Sabia lidar com os próprios desejos. Tinha desejado muitas coisas. Algumas conseguira, outras não. E sempre achara que, pensando bem, o resultado era mais para positivo. Mas se dera conta de que, na noite anterior, quando fora à casa dela por estar inquieto, angustiado e absurdamente triste, o desejo se juntara à necessidade.

Precisava estar com ela, só queria *estar* lá, com ela, naquele espaço organizado que ela criara, onde, de alguma forma, tudo fazia sentido.

E essa necessidade de algo, de alguém, era como pular do alto de um prédio sem equipamento de segurança. Tinha aprendido do modo mais difícil que era melhor cuidar de si mesmo, ocupar-se consigo mesmo e com as próprias coisas. E ponto final!

Só que começara a pensar nela como algo *seu*. Já tinha lhe contado certas coisas que jamais contara a ninguém, coisas que nem achava que mereciam ser lembradas.

Portanto...

Era melhor que ela tivesse se chateado, decidiu. Era melhor que o tivesse mandado embora. Os dois poderiam respirar por um tempo, deixar a poeira baixar. Reavaliariam as coisas.

Foi verificar as alterações, deslocando-se da frente para a parte traseira do veículo.

Nesse momento ouviu, mais alto que a música do Foo Fighters, o barulho de saltos altos batendo no chão.

Bastou virar um pouco a cabeça para vê-la. Lá estava ela, metida num daqueles terninhos sexy que usava para trabalhar, com aquele rosto cativante e uma bolsa do tamanho de um Buick pendurada no ombro.

– A porta não estava trancada.

– É, não estava.

Malcolm tirou uma estopa do bolso para limpar as mãos.

Ela não deveria estar aqui, pensou. A oficina tinha cheiro de graxa, motor e suor. E, é claro, ele estava com o mesmo cheiro.

– Achei que você fosse ter um evento.

– É, mas já terminou – falou Parker e lhe lançou um olhar sereno. – Mas nós ainda não. Então, você poderia desligar isso?

– Tenho que pôr as rodas e os pneus ainda.

– Tudo bem. Eu espero.

Esperaria mesmo, concluiu ele. Ela era boa nisso.

Então decidiu que os Foo Fighters teriam que voar sem ele. Guardou as ferramentas, desligou o iPod, abriu a bolsa térmica que tinha posto no banco ao seu lado. Tirou uma das duas cervejas que colocara ali dentro.

– Quer uma?

– Não.

Malcolm abriu a garrafa e tomou um bom gole enquanto a observava.

– O que tem em mente, Pernas?

– Na verdade, um monte de coisas. Soube do acidente, o das três meninas. Por que não me contou ontem à noite?

– Não queria falar disso.

A imagem... os vidros quebrados, o sangue, o metal queimado no asfalto escorregadio por causa da chuva... tudo voltou à sua cabeça.

– Continuo não querendo.

– Prefere ficar remoendo isso sozinho.

– Não estou remoendo nada.

– Acredito de verdade que essa é a primeira vez que você mente para mim.

Mesmo sem justificativa, Malcolm ficou irritadíssimo por ela ter razão.

– Sei o que estou sentindo, Parker. E falar sobre isso não muda nada. Não muda o fato de aquelas garotas estarem mortas, nem livra o casal do outro carro de ter que viver num mundo de dor. A vida segue em frente, até que acabe.

O ardor com que expeliu essas palavras não alterou a fisionomia tranquila de Parker.

– Se acreditasse que você era tão fatalista e insensível, teria pena. Mas não acredito. Você foi me ver porque estava triste, mas não pôde ou não quis me contar o motivo. Pelo menos se irritar comigo serviu para alguma coisa, fez com que substituísse a tristeza pela raiva. Mas não mereço isso, Malcolm, e você também não.

Ela tinha razão mais uma vez. Placar: Brown 2 x 0 Kavanaugh. Isso só o irritou ainda mais.

– Como estava de mau humor ontem à noite, não devia ter passado para ver você. Quer que eu peça desculpas? OK, me desculpe.

– Você não me conhece, não é, Malcolm?

– Meu Deus... – murmurou ele, tomando mais um gole da cerveja mesmo sem estar com vontade.

– E não me venha com essa atitude *masculina* e depreciativa.

– Mas eu *sou* homem – disse ele, satisfeito por ter tirado um fiapo daquela capa de tranquilidade dela e estar a caminho de tirar mais. – Portanto é normal que eu tenha atitudes *masculinas*.

– Então tente entender isso. Se estamos juntos, vou querer compartilhar os momentos em que você estiver pulando de alegria e os momentos em que estiver de mau humor.

– Ah, é? – disse apenas, e algo dentro dele o sufocou, lhe causou um nó na garganta. – Pois não foi o que me pareceu na noite passada.

– Você não me disse...

– Que parte do "não quero falar sobre isso" você não entendeu? E por que diabos isso tem a ver com você e comigo? Três garotas estão mortas e, se tiveram sorte, a morte foi rápida. Mas não acredito que tenham morrido tão depressa. Cinco ou dez segundos de consciência duram uma eternidade. Além disso, não poder crescer, não poder apertar um botão para voltar atrás e dizer "vou fazer de outra maneira agora" é um preço muitíssimo alto para uma menina que só tinha a carteira de motorista há um ano e duas amigas suas que foram umas idiotas.

Parker não se assustou quando a garrafa que Malcolm atirou na parede se estilhaçou, mas deixou escapar um ruído que tanto podia ser um riso como um murmúrio de compaixão.

– Ontem à noite, quando você foi embora, quase fiz a mesma coisa. Depois pensei que não adiantaria nada e ainda por cima eu é que teria que limpar tudo. Para você serviu de alguma coisa? – perguntou ela.

– Meu Deus, você é uma peça! Nem tudo tem uma resposta direta e prática. As coisas não precisam sempre fazer sentido, merda. Se fizessem, três garotas não estariam mortas agora por estarem em alta velocidade, mandando mensagem de texto para os amigos.

Parker sentiu o coração apertado com toda essa história.

– Foi isso que provocou o acidente? Como ficou sabendo?

– Conheço algumas pessoas.

Porcaria, pensou, mexendo no cabelo enquanto se esforçava para controlar a raiva que o havia cegado.

– Olha, vão manter tudo isso debaixo dos panos até a investigação terminar.

– Não vou dizer nada. A Sra. Grady conhece a mãe da menina que estava dirigindo e está muito abalada. Eu ter deixado que falasse, ter lhe preparado um chá e segurado sua mão não ajudou grande coisa. Talvez não tenha lhe dado uma resposta direta e prática, talvez nada disso tenha feito sentido para ela. Mas eu tinha que fazer alguma coisa. Quando as pessoas que amo estão sofrendo, chateadas ou apenas tristes, tenho que fazer alguma coisa.

– Independentemente de elas quererem ou não.

– É, acho que sim. Acredito que ajudarmos uns aos outros não vai diminuir a tragédia do que aconteceu a essas meninas nem vai fazer ninguém se sentir menos angustiado por causa delas e de suas famílias. Mas já entendi. Não quer que eu o escute. Não quer que eu segure sua mão. O que significa que o benefício seria apenas meu, não seu.

Ela deu um suspiro profundo e Malcolm percebeu que sua respiração estava alterada. Mais do qualquer coisa que ela houvesse dito ou feito, aquilo o impressionou.

– Você atira uma garrafa na parede e depois vai recolher os cacos de vidro para jogar fora. Você lida com isso de maneira prática, Malcolm.

– Às vezes uma garrafa quebrada não passa de uma garrafa quebrada. Olhe, tenho que pôr as rodas no Jeep.

Não foi raiva que viu no rosto de Parker, apesar de ter sido esse seu objetivo. Foi dor. E aquela respiração alterada de novo.

Ela assentiu.

– Boa sorte aí.

Por um instante, quando ela se virou para ir embora, ele desejou ter a garrafa nas mãos de novo. Assim poderia atirá-la na parede mais uma vez.

– Eu pensei que ia morrer.

Ela se deteve, voltou-se para Malcolm. E esperou.

– Quando deu tudo errado, quando percebi que ia cair, achei que poderia sair dali. Mas o sistema não funcionou. Um problema técnico, um erro de cálculo e cortes de despesas que nos fariam correr perigo e não foram comunicados. Uns figurões tomaram uma decisão equivocada, seja lá por que motivo. Mas foi por isso que acabei ganhando um cheque polpudo no final.

– Foi por isso que você se feriu.

– Resolvi enterrar essa merda toda.

E era o que ele tinha feito. O que precisara fazer para superar.

– De toda forma, num primeiro momento pensei: vou cair. Depois, achei que conseguiria lidar com a situação. Por fim... bem, foi quando entendi que não ia conseguir e achei que ia morrer. Estamos falando de segundos entre um momento e outro, mas tudo fica em câmera lenta. Tem o barulho, rangidos e estrondos e, fora do túnel em que você está, tudo é um borrão. Lá dentro, no entanto, tudo parece acontecer bem devagar e meros segundos se tornam uma eternidade. É aterrorizante. Isso tudo vem antes da dor.

Ele teve que parar para tomar fôlego e se acalmar um pouco. Enquanto isso, ela foi até a bolsa térmica e pegou a garrafa de água que ele tinha posto junto com a cerveja.

Abriu e, fitando-o fixamente, estendeu-a para ele.

Meu Deus, pensou Malcolm, essa mulher é inacreditável. Inacreditável mesmo.

– OK – disse ele e, molhando a garganta, prosseguiu: – Com a dor a gente percebe que não está morto, mas quer estar. Por dentro está urrando, e seus berros não parecem humanos. E você nem consegue soltar esse grito, já que você está no próprio sangue. Você não consegue respirar porque seus pulmões estão parando. São insuportáveis esses segundos em que se está imobilizado pela dor, esperando pela morte. Querendo que tudo se acabe. Que bem pode fazer a você saber disso? – questionou ele.

– É uma parte sua. Não somos quadros em branco, Malcolm. O que fizemos e o que tivemos que superar formam nossa identidade. O que aconteceu a essas garotas, sua reação...

– Não sei por que essa história me afetou tanto. Talvez porque meu dia de trabalho tenha sido muito puxado, talvez por ter sido perto de casa. Não me lembro do meu acidente toda vez que tenho que lidar com um. Não é assim que acontece.

– Como é então?

– Penso que isso é passado. Se não fosse, eu não estaria aqui. Isso ficou para trás no momento em que acordei no hospital. Não estava morto. Isso era o mais importante: eu não estava morto e queria seguir com a minha vida.

Malcolm deixou de lado a garrafa de água e foi buscar uma vassoura e uma pá para recolher os cacos de vidro.

– Se fosse para doer como se eu estivesse no inferno, OK. Eu tinha sobrevivido ao acidente e passado por tudo aquilo. Era preciso me reconstruir pondo pinos por todo lado? Que fosse, contanto que eu pudesse sair dali com minhas próprias pernas. Comecei a fazer planos, era o meu jeito de superar. Não ia mais viver um dia de cada vez.

– Você apertou o botão para voltar atrás.

Ele olhou para Parker.

– É, de certo modo foi o que fiz. Ou talvez tenha apertado o de avançar. Mas quando acordei e vi a cara da minha mãe, sentada ao meu lado, soube que não voltaria a fazer aquilo. Não digo que sou tudo que ela tem, porque ela é muito mais que isso. Mas não poria em risco o único elo familiar que lhe restava, então decidi deixar de lado aquela vida perigosa. Tinha a oportunidade de fazer algo por ela e de seguir adiante por mim mesmo.

Ele suspirou e jogou os cacos de vidro na lixeira.

– Ela não quis voltar para casa. Nem quando me recuperei a ponto de gritar com ela e irritá-la, eu consegui fazê-la voltar.

– Era o que você queria? – perguntou Parker calmamente. – Queria que ela fosse embora?

– Eu... não. Caramba, claro que não. Mas do jeito que as coisas estavam também não queria que ela ficasse. Minha mãe largou o emprego e pegou uns trabalhos temporários de garçonete. Eu tinha saído de casa com 18 anos. Enviava dinheiro para ela, é claro, mas dava para contar nos dedos as vezes que fui visitá-la. Mesmo assim, ela não quis me deixar. Tive a chance de mudar as coisas e foi o que fiz. E é essa a história.

– Você tem a maior sorte de ter sua mãe.

– Sei disso.

– E ela é uma felizarda por ter você.

– A gente se dá bem.

– Malcolm, como você definiria o que há entre mim e você? O que somos?

– Como você definiria?

– Não, não, você sempre evita responder. As cartas estão na mesa. Pode escolher as suas.

– Meu Deus, Parker, às vezes é difícil lidar com você. Já me desculpei por ontem à noite e expliquei meus motivos. Expliquei bem mais do que gostaria.

– Devo entender então que não pode explicar o que há entre nós dois?

– Não quero explicar nada – retrucou ele, pegando a garrafa e voltando a apoiá-la na mesa. – Se tivesse que fazer isso, diria que temos uma relação.

– Uma relação – repetiu ela, dando uma risada. – OK. Você acha que quero ter uma relação com você e não saber como lida com essa situação traumática, como isso afeta você, como mudou o rumo da sua vida ou como você mesmo mudou em função disso?

– Já deixou muito claro que não.

– É importante para você saber como as coisas funcionam. Bom, não posso saber como você funciona ou como nós dois deveríamos funcionar se não tiver acesso a todas as peças.

Isso o atingiu lá no fundo.

– Entendo – disse ele –, mas tem várias peças de que não gosto, por isso resolvi mudá-las, como estou fazendo com esse Jeep. Não funciono da mesma forma que funcionava antes do acidente. Acho que não teríamos uma relação se eu funcionasse como antes.

– Isso nós nunca vamos saber. Mas gosto de você do jeito que é, Malcolm, e isso inclui o seu passado. Não quero ter a sensação de que estou sendo intrometida cada vez que faço uma pergunta sobre o seu passado.

– Também não quero que tenha essa sensação. Só não gosto de ficar remexendo nisso. O passado ficou para trás.

– Discordo. Você não se lembra da primeira vez que subiu numa moto, beijou uma garota ou dirigiu um carro?

– Lembro-me da primeira vez que beijei você, quero dizer, que você me beijou. Foi no Quatro de Julho.

Bom, pensou Parker, por hoje já basta. Vamos deixar as coisas rolarem.

– Foi só para deixar Del com raiva.

– De toda forma, quem saiu ganhando fui eu.

Malcolm olhou para as próprias mãos.

– Não estou em condições de encostar em você sem deixá-la toda suja. E esse terninho é chique demais para isso.

– Então fique quieto e mantenha as mãos longe de mim.

Ela se aproximou e lhe deu um beijo.

– Espero que não pense que esse beijo vai compensar por não ter feito sexo comigo.

– Nas atuais circunstâncias, é o melhor que vai conseguir.

– Quem sabe você não fica um pouco mais? Os homens adoram quando as mulheres ficam vendo eles consertarem um carro.

– Fazemos isso para amansar vocês.

Malcolm baixou um pouco o Jeep.

– Quando foi que você saiu com alguém que se mete embaixo de carros?

– Nunca, mas Mac já saiu. Ou seja, posso falar com propriedade.

Relaxado, sentindo que aquele nó que tinha na garganta e no estômago havia se desmanchado, ele sorriu.

– Que comentário sexista. Conheço várias mulheres que se interessam por mecânica.

– Mas as mulheres desse tipo não devem ficar só paradas olhando.

– OK. Consegue alcançar o volante?

– Acho que sim, mas...

– Então me faça um favor. Suba ali e vire tudo para a direita. Depois, faça a mesma coisa para a esquerda.

– Por quê?

– Porque levantar a suspensão pode provocar uma série de alterações, e quero ter certeza de que não há nenhum problema antes de pôr as rodas de novo.

– E o que você teria feito se eu não tivesse passado aqui?

– Ficado meio puto. Tudo para a direita – acrescentou ele, enfiando-se debaixo do carro.

– Eu estava me referindo ao Jeep, mas, na verdade, preferi essa resposta.

Parker se debruçou pela janela e girou o volante.

– Assim?

– Isso, pelo visto tudo bem. Daqui tenho uma vista fantástica.

– Você deveria estar olhando alguma coisa debaixo desse Jeep e não debaixo da minha saia.

– Posso fazer as duas coisas. Para a esquerda, Pernas.

– Acha que sua mãe gostaria de ir jantar lá em casa no dia de Ação de Graças?

Malcolm ficou em silêncio por alguns instantes e Parker olhou para o teto.

– Ou será que isso não cabe na nossa relação?

– Só um minuto.

Ele saiu de sob o carro, pegou uma ferramenta e voltou a se meter embaixo do veículo.

Parker ouviu um ligeiro ruído metálico.

– Vire de novo. Pronto.

Ele saiu de baixo do Jeep, se levantou e deu alguns passos para pegar um pneu enorme. Por que ele chamava aquilo de roda? Talvez a roda fosse o que ela achava que ficava dentro do pneu e se encaixava no... será que aquilo era o eixo?

Mas por que diabos tinha que se preocupar com isso?

– Nunca estive nessa situação em particular.

– Entendo.

– Não entende, não.

Ele estava usando uma espécie de ferramenta pneumática que fazia um chiado bem alto e uns barulhos surdos.

– Já estive em outras situações, mas essa é diferente.

– Eu entendo, Malcolm. Para mim também é uma situação diferente. E posso perfeitamente compreender que comemorar um feriado em família não se encaixe nisso.

– Acho que podemos descobrir. Sei que ela ia gostar, mas vai me fazer milhões de perguntas: que tipo de roupa usar ou...

– É black tie.

Parker fez cara de paisagem por uns cinco segundos. Era óbvio que ele estava lutando para não dizer um palavrão.

– Ah, pelo amor de Deus, Malcolm! – exclamou ela, rindo. – Claro que não tem nada disso. E durante boa parte do dia, como na maioria das casas dos Estados Unidos, pelo menos a facção masculina vai estar diante da televisão vendo futebol.

– Aposto que o molho de framboesa não é enlatado, como na maioria das casas dos Estados Unidos.

– Aí você me pegou. Vou falar com sua mãe e poupá-lo do interrogatório.

– Até parece... Agradeço muito a sua boa intenção, mas mesmo assim ela vai me encher o saco e vai pegar no meu pé até eu acabar usando um terno.

– Você fica lindo de terno. Por que esses pneus são tão grandes?

– Porque o dono desse Jeep é um sujeitinho exibido.

Ele apertou um botão e o carro veio descendo até os pneus tocarem o chão.

– Preciso checar a direção de novo desse jeito e, depois, levantando cada lado ao máximo com o macaco. E tenho que fazer o alinhamento.

Ele observou o Jeep e depois a mulher que estava ao seu lado.

– Mas posso fazer isso amanhã cedo. Por que não vou me lavar, fecho tudo e levo você para jantar?

– É meio tarde para jantar.

Como não estava de relógio, Malcolm apontou para o pulso de Parker e virou a cabeça para olhar as horas.

– É, acho que é mesmo. A menos que você ainda não tenha jantado.

– Sabe de uma coisa, por que você não vai se lavar, fecha tudo e vem comigo lá para casa? Faço uns ovos mexidos para você. É o prato especial do dia.

– Perfeito. Parker, estou feliz que você tenha vindo.

Parker pegou o telefone e saiu da cama. Deu uma olhadinha no relógio e viu que eram apenas cinco horas e a noiva da sexta à noite já estava de pé.

– Bom dia, Leah. Em q...

Parker se interrompeu e se dirigiu para a salinha contígua enquanto a noiva falava de sua crise.

– Ah, sinto muito. Não, não precisa se preocupar por causa da hora. Hoje estou à sua disposição o dia todo. Não quero que se preocupe com nada relacionado ao casamento. Se falar com Justin, diga a ele que sua mãe estará em nossos pensamentos. Deixe o resto conosco, Leah. Eu resolvo tudo. Só queria perguntar uma coisa: um dos amigos do noivo pode fazer papel de padrinho?

Parker ouvia, agradecida por ver que a noiva mantinha a calma apesar de saber que o padrinho estava a caminho de Seattle no dia do seu casamento.

– Ótimo. Só vamos ficar com um homem a menos no cortejo do noivo. Channing ou você não conhecem alguém que possa substituí-lo? É, sei que está em cima da hora e que tem também a questão da roupa que escolheram.

Apertando os lábios, abriu a porta e estreitou os olhos quando viu que Malcolm estava atravessado na cama, aproveitando que ela se levantara.

– Acho que tenho alguém que se encaixa direitinho. Sei que nem você nem Channing o conhecem, mas... Não, nem pense nisso. Vou tentar resolver aqui e ligo de volta para você. E prometo, vamos cuidar de tudo. Só me dê uma hora.

Parker voltou para o quarto já bolando uma estratégia.

Não custava nada amansar a presa...

Foi se enfiando na cama com cuidado, aconchegando-se às costas do rapaz. Era um trabalho duro, pensou ela acariciando o dorso de Malcolm, passando os lábios em seus ombros. Mas alguém tinha que fazê-lo.

Ele era quente, firme. Passou a mão na sua cintura, na barriga e desceu um pouco mais. Então sorriu, pensando: bem firme.

Percorreu a coxa do rapaz com os dedos e foi subindo de novo. Então se dedicou a sério à tarefa que tinha pela frente. Com as mãos e a boca fez com que ele se movesse e despertasse. Malcolm se virou de frente e ela viu seus olhos sonolentos brilhando no escuro.

– Bom dia – murmurou, dando beijos em seu peito.

– Parece que é mesmo.

Ela deu umas mordidinhas suaves no pescoço dele.

– Já que eu despertei e que você também... – sugeriu Parker e foi subindo com os lábios até a orelha de Malcolm, que agora passava as mãos por seu corpo. – Espero que não se importe que eu me sirva.

– Faça o que tiver que fazer.

Parker riu e subiu em cima dele. Inclinou-se para deixar seus seios bem ao alcance da boca de Malcolm e se entregou a um prazer preguiçoso. Havia tanta coisa que não sabia a respeito dele... tanta coisa que talvez nunca chegasse a entender.

No entanto, ali no escuro, se davam muito bem.

Ela se ergueu e se encaixou nele.

Envolveu-o por inteiro com seu corpo, seu cheiro, os sons de sua respiração ofegante, impregnando a língua dele com seu sabor. Moveu-se em cima dele como uma pálida sombra, uma doce fantasia, uma mulher ardente. Antes que amanhecesse, tomou aquele homem, conduzindo-o, possuindo-o.

Arqueava o corpo, puxando-o consigo.

Deixou escapar um gemido que mais parecia o lamento de um gato diante da última gota de leite e depois se estirou inteira sobre ele.

– Isso sim... – E repetiu aquele gemido. –... é a forma perfeita de começar o dia.

– Um café da manhã dos deuses.

– Hummm. Que horas você tem que ir trabalhar?

– Por volta das sete, sete e meia. Com essa arrancada inicial, poderia fazer uma meia hora de ginástica. Sabe que horas são?

– Você ainda tem um tempinho. Vai voltar mais tarde?

– Vou, sim.

Seus dedos subiam e desciam preguiçosos pelas costas dela.

– Acho que consigo sair às quatro, caso você precise de ajuda hoje à noite.

– Seria maravilhoso – disse ela, sorrindo e virando a cabeça para beijar o pescoço dele. – Pois a ligação que nos brindou com esse incrível despertar foi da noiva de hoje, que está com um problema.

– Pode deixar que estarei aqui, já sei que estou em dívida com ela.

Até que estava sendo bem fácil, pensou Parker.

– Bom, e você é o único que pode resolver essa situação.

– Como assim? A limusine precisa de algum conserto? A carruagem da Cinderela vai precisar de uma roda nova?

– Se fosse isso, eu chamaria você, mas não é.

Parker lhe deu um beijo no rosto e percebeu que a barba dele já estava crescendo.

– O melhor amigo do noivo, padrinho do casamento, teve que pegar um avião para Seattle hoje de manhã – prosseguiu ela, beijando agora a outra face de Malcolm. – A mãe dele teve que fazer uma cirurgia de emergência.

– Caramba, é grave?

– Peritonite. Estão preocupados com uma possível septicemia ou que haja outras complicações. Além de tudo, ela estava cuidando da mãe, que operou há pouco tempo o quadril, o que complica ainda mais as coisas para todo mundo. Leah e Channing estão preocupados com o amigo, com a mãe do amigo e ainda por cima ficaram sem o padrinho. Um dos participantes do cortejo do noivo vai substituí-lo, mas precisamos de alguém para ficar no seu lugar.

– Hummm.

– E essa pessoa tem que ter o mesmo tipo físico do Justin, para que a roupa caiba.

– Entendo.

– Seu tamanho de calça é 40, não é? E você tem uns 80 centímetros de cintura e usa camisa tamanho grande?

– Acho que sim, eu nunca... Ei, espere aí.

Quando ele a empurrou pelos ombros, Parker só se aconchegou mais.

– Você me faria um enorme favor... Vai gostar de Channing. Ele é encantador. Leah e ele cresceram juntos, por assim dizer. Foram namorados na época de escola. Depois, quando foram para a faculdade, perderam o contato por um tempo até que...

– Você só pode estar brincando.

Dessa vez ele foi mais enfático no empurrão e a afastou.

– Não espera de verdade que eu me enfie no smoking de outro cara e...

– Tenho certeza que vai caber direitinho em você. Para Del tinha que ser tamanho 42, já para Jack ficaria grande. E eles não podem usar as próprias roupas porque os membros do cortejo nupcial vão estar vestidos com o mesmo traje.

– Não tem a menor condição de eu...

– Pense que é uma substituição. Na verdade, é só isso – falou Parker e voltou a se virar, deslizando pelo peito dele. – Já esteve num casamento antes, não é?

– Já, mas...

– Tudo o que vai precisar fazer é conduzir os convidados aos seus lugares, ficar de pé com os outros membros do cortejo do noivo e depois acompanhar uma das belas damas na saída. Você tiraria Leah e Channing do maior sufoco.

– Talvez eu me preocupasse com isso se conhecesse Leah e Channing.

– Mas você me conhece. Estaria me ajudando muito, Malcolm – disse Parker, dando um beijo no rosto dele. – E eu ficaria muito agradecida.

– Tenho que ir trabalhar.

– Mas vai chegar aqui com tempo de sobra. Sério, se chegar aqui às quinze para as seis, posso preparar tudo. Dou um jeito nos detalhes. A única coisa que vai precisar fazer é pôr o smoking. Ah, e os sapatos que usou no casamento de Sherry combinariam bem.

– Jura?

– Sarcasmo percebido e ignorado. Você chega, faz uma cara simpática e acompanha as pessoas até seus lugares. Vai ser um casamento lindo. O bolo está incrível. É de chocolate marmorizado, com um glacê sobre creme de manteiga. Laurel vai servi-lo com toneladas de calda de caramelo.

– Você acha que pode me subornar com bolo?

– É um bolo excepcional – repetiu ela, mordiscando o queixo de Malcolm. – E tenho certeza de que posso conseguir uma porção extra dessa calda para... depois.

– Agora está me subornando com sexo banhado em calda de caramelo?

– É.

– Você é diabólica, Pernas.

– Obrigada.

– Aquele jeito de me acordar foi para me preparar para isso?

– É claro.

– Bem bolado.

– E então?

– Gostaria de saber que homem é capaz de resistir a uma calda de caramelo.

– Obrigada – disse Parker, dando-lhe um beijo estalado na boca. – Obrigada mesmo. Tenho que ligar para Leah e lhe dar a notícia.

Pulou da cama e pegou o telefone.

– Não se preocupe com nada. Só precisa estar aqui. Vou lhe dizer direitinho tudo o que vai ter que fazer.

– OK, OK.

E enquanto ela ligava para a noiva, Malcolm tapou o rosto com o travesseiro.

capítulo dezoito

ELE PENSOU EM INVENTAR uma emergência qualquer, mas seria covardia fazer isso. E ele ficaria sem a calda de caramelo.

Além do mais, tinha que admitir que Parker soubera manipulá-lo direitinho, e não podia fazer nada além de admirar sua estratégia. Ele se deliciara o dia inteiro pensando em como fora executada.

Terminou o trabalho com o Jeep, montou um carburador, fez algumas revisões de rotina e atendeu a uma ou duas chamadas para serviços externos, já que trocaria o turno da noite com Bill.

Passou os olhos pela papelada de trabalho – a maior parte ficaria por conta de sua mãe – e terminou uma lista de peças que queria que ela achasse para que pudesse consertar um Mustang 1967.

Deu também uma olhada na contabilidade da oficina. Sempre tinha uma estranha sensação quando constatava que o negócio ia bem.

Bem o bastante para reinvestir algum dinheiro, dar um aumento generoso para sua mãe e os outros funcionários e até tirar alguns dias de férias no inverno, depois das festas.

Uma semana em algum lugar com uma praia de águas cristalinas. O ritmo da Votos em janeiro era mais calmo, segundo Parker. Ela provavelmente daria um jeito de conseguir tirar uma semana. Ninguém era tão bom quanto ela para dar jeitos.

Ele a ensinaria a surfar.

Talvez ela até já soubesse. Tinha que lhe perguntar.

Então se deu conta de que estava planejando férias com Parker. Quando isso tinha acontecido?

Ficou parado alguns segundos, escutando os barulhos que vinham da oficina, tentando assimilar essa ideia. Quando a ansiedade baixou, deixou escapar um suspiro.

Quando ou como isso tinha acontecido não importavam, o fato é que tinha acontecido. E por ele tudo bem.

Tudo bem, não, tudo ótimo, admitiu, porque já podia se ver com ela numa praia de águas cristalinas, tomando um drink com rum, deixando o trabalho de lado por uns dias.

Ou talvez pudessem ir para a casa dela nos Hamptons. As praias no inverno eram sinônimo de privacidade e sexo perto de uma fogueira...

Daria essa ideia para ver o que ela achava.

Juntou os documentos e atravessou a oficina em direção ao escritório.

– Tenho umas coisas aqui – começou ele, estendendo as listas de pedidos, enquanto sua mãe, com aqueles óculos de armação verde, dava uma olhada nos papéis.

– Vai sair agora?

– Vou, tenho que resolver umas coisas. Se não der para terminar tudo, deixe que eu vejo o que sobrar na segunda.

– Eu não disse que não podia fazer. Venha aqui.

Ele se inclinou sobre a bancada e ganhou um cascudo na cabeça.

– Ai.

– Por que não me disse que tínhamos sido convidados pelos Browns para jantar na casa deles no dia de Ação de Graças?

– Eu mesmo soube faz pouco tempo.

Sentindo-se injustiçado como só sua mãe conseguia deixá-lo, esfregou o ponto em que ela havia batido.

– E Parker disse que ligaria para você para falar disso, o que deve ter feito, creio eu. Qual o problema?

– Se tivesse me dito, eu não teria sido pega de surpresa. E se ela não tivesse ligado, eu teria comprado um maldito peru quando estivesse voltando do trabalho hoje. E teria um peru que eu não ia usar.

– Bom, ela ligou, então você não comprou e não tem.

– Sorte a sua.

Ela fez aquela careta que deixava Malcolm com vontade de encolher os ombros.

– Você vai de terno.

Ele tinha *certeza* disso.

– Parker disse que não tem necessidade de ir de terno.

– Não quero saber o que Parker disse. Eu estou dizendo que você vai de terno. Temos que comprar um novo. Quando foi a última vez que comprou um terno?

Estava quase encolhendo os ombros de verdade e agradeceu a Deus por seus funcionários estarem a uma boa distância e não poderem ouvir aquela conversa.

– Caramba, mãe, sei lá!

– Não erga a voz para mim – disse ela, apontando-lhe um dedo que mais parecia uma navalha. – Você vai comprar um terno novo. E uma gravata. E um sapato decente.

– Meu Deus!

– Se está saindo com uma mulher como Parker Brown, não pode ter só um terno para eventuais casamentos ou enterros. E você é um empresário bem-sucedido, não se esqueça disso. Um empresário bem-sucedido tem que ter mais de um terno no armário. Você precisa também cortar esse cabelo.

– Mais alguma coisa? Quem sabe eu não deveria aprender francês?

Ela sacudiu o dedo, mas esboçou um sorriso.

– Poderia *parler vous* se quisesse. Você é bem inteligente. Puxou isso da minha família. Do seu pai herdou o físico. É por isso que fica tão elegante de terno. Agora vá embora para que eu possa fazer o trabalho que acabou de me arranjar.

– Se eu soubesse que você tinha me armado uma emboscada, teria arranjado mais.

Caminhou em direção à porta e se virou para olhar para ela. Percebeu então que estava fazendo a mesma careta que a mãe fazia.

– Como terei que gastar uma grana com roupa, não vou poder lhe dar o aumento que estava pretendendo. Uma pena...

Ver a careta dela até amenizou sua perspectiva dolorosa de ter que comprar roupas.

Quando chegou à casa de Parker, o local estava quase pronto para o evento. Emma e suas ajudantes já tinham decorado a entrada com grandes cestos repletos de flores. Tinham intercalado algumas abóboras e algo que parecia da mesma família.

Nunca pensou que veria abóboras num casamento, mas tinha que admitir que havia ficado bem bonito.

Lá dentro, tinham envolvido a escada com muitos metros da renda branca e translúcida que sempre usavam, mais flores e umas luzinhas. Havia ainda outras flores em vasos, cestos e jarras.

Era como passear em meio a uma paisagem de outono tirada de um conto de fadas. Esse devia ser o objetivo, pensou.

Ouviu mais barulho de trabalho vindo da sala de estar e do que elas chamavam de salão principal, mas conseguiu não se render à curiosidade. Poderiam requisitá-lo como ajudante.

Pensou em chegar tranquilamente, ir ver a Sra. Grady e comer um sanduíche antes de se apresentar para o que quer que tivesse que fazer lá em cima, mas, assim que se virou para a cozinha, Parker apareceu no alto da escada.

Essa mulher tem um radar mais potente que o da Nasa, pensou.

– Bem na hora – disse ela, lançando-lhe um sorriso ofuscante enquanto descia. – Os acompanhantes do noivo começaram a se arrumar agora. Você nem imagina o peso que tirou de cima deles e de mim.

Como um rolo compressor, ela o pegou pela mão e começou a conduzi-lo para o andar de cima.

– Está tudo correndo dentro do cronograma.

– Fiquei preocupado com ele o dia todo.

Parker lhe deu uma cotovelada bem de leve.

– Sei que meu pedido foi difícil, mas isso faz de você um herói. A mãe de Justin passou bem pela cirurgia, então o clima aqui não podia ser mais festivo.

– Que bom... para a mãe dele.

– É, sim. Vou apresentá-lo a Channing e seus amigos e ajudo você a se arrumar. Voltarei dentro de uma hora para lhe dar as instruções necessárias, já que não participou do ensaio.

Ela deu umas batidinhas na porta da suíte do noivo.

– É a Parker. Posso entrar?

O homem que abriu a porta estava com uma calça de smoking e tinha uma cerveja numa das mãos.

– Não diria que estamos decentes, mas estamos vestidos.

– Já é o suficiente. Malcolm, este é Darrin, que foi promovido a padrinho.

– Eu disse a Channing que já merecia essa promoção há muito tempo. Você deve ser o substituto. Muito prazer.

Trocaram um aperto de mãos antes de Parker empurrar Malcolm para dentro do aposento, onde garrafas de cerveja eram resfriadas em baldes de gelo e uma champanhe fazia o mesmo em outro balde. Havia por ali várias bandejas com canapés e guloseimas e os homens circulavam ainda não inteiramente vestidos. Eram cinco. Seis, contando-se com o recém-nomeado padrinho.

Um deles, um sujeito alto, ruivo, com músculos trabalhados na academia, se aproximou.

– Malcolm? Sou Channing, o noivo do dia.

– Boa sorte, cara.

– Não sei como agradecer pelo que vai fazer por mim. Talvez ache estranho, mas... conheço você não sei de onde.

– Morei em vários lugares, mas seu rosto não me é familiar.

– Eu poderia jurar...

– Ei! – fez um dos sujeitos, detendo-se quando estava prestes a se servir de uma taça de champanhe. – Você se chama Kavanaugh, não é?

– Isso mesmo – respondeu Malcolm, depois estreitou os olhos e disse: – Mercedes SL600. Rodízio de pneus e polimento.

– Isso mesmo. O melhor polimento que já fizeram no meu carro.

– Claro... – Channing estalou os dedos. – Sabia que já o tinha visto antes. Você consertou o T-Bird do meu pai. Eu estava lá quando foi entregá-lo. Tive que enxugar as lágrimas de alegria do velho.

– Um espetáculo de carro. Então você deve ser Channing Colbert.

– Isso. Achei que meu pai tinha ficado louco quando comprou aquele carro. Mas depois que você deu um trato nele, pensei que deveria comprar um para mim também. Bebe um pouco de champanhe ou prefere cerveja?

– Cerveja.

– Vou deixá-lo em boas mãos – disse Parker, dando uns tapinhas no braço de Mal. – Seu smoking está ali. Nossa fotógrafa estará aqui em cerca de quinze minutos.

Não era tão ruim assim, decidiu Malcolm. Tinha comida, cerveja, e aqueles caras estavam tão animados que nem dava para se sentir explorado.

Pelo menos foi o que pensou até Mac entrar e apontar a câmera para ele.

– Ei, eu sou só o substituto.

– E eles querem isso documentado. Não fique prestando atenção em mim – disse ela, chamando-o com um gesto, e começou a se mover pela suíte como uma cobra de cabeça vermelha, deslizando silenciosa.

Malcolm sentiu um profundo alívio quando Mac afastou Channing do resto do grupo para fazer as fotos formais do casamento.

Aproveitando que ela havia saído, trocou de roupa, pondo a calça do smoking e a camisa. Parker tinha acertado em cheio mais uma vez. Eram do seu tamanho exato, assim como o colete vermelho-escuro.

Metade dos caras queria lhe fazer perguntas sobre seus carros, mas já estava acostumado com isso. Um mecânico é uma espécie de médico de carros, e todo mundo quer conselhos médicos de graça. Mas como os conselhos podiam ajudá-lo a conseguir novos clientes, não se importava em dá-los.

Quando Parker voltou, encontrou-o lutando com a gravata.

– Venha aqui, deixe que eu faço isso.

– Quando se aluga um smoking, a única coisa que é preciso fazer é abotoar a maldita gravata.

Parker lhe deu um sorriso.

– Acho que os homens usam gravata em parte para que as mulheres se aproximem e façam o nó. Como estão as coisas?

– Tudo bem – garantiu ele e deu uma olhada para os outros acompanhantes do noivo. – São todos gente boa.

– O nome da moça que você vai acompanhar é Astoria.

Malcolm olhou para ela.

– Sério?

Parker teve que se segurar para não cair na gargalhada.

– As pessoas a chamam de Asti. Ela é linda. Um pouco tímida... e casada, então, nada de gracinhas.

– E eu que estava pensando numa rapidinha no lavabo.

– Todos pensam nisso. Ela trabalha em Chicago com crianças com necessidades especiais. Ela e Leah se conheceram na faculdade. Pronto.

Ela deu um passo atrás e inclinou a cabeça.

– Faça a sua parte no nosso acordo. E divirta-se. Você está um gato!

Mac entrou no aposento.

– OK, rapazes, vamos até a varanda para as tomadas formais. Vai ser um perigo. Não sei se minha câmera consegue aguentar tanta beleza.

Parker o ajudou a vestir o paletó e ajeitou a manga.

– Voltarei para lhe dar as instruções quando Mac tiver terminado.

– Vou participar também? Não quero aparecer nas fotos do grupo. Sou um substituto.

– Channing quer que você saia. Vai ser rapidinho.

– Ouça, Parker...

– Ah, desculpe – disse ela, apontando para os fones de ouvido. – Preciso correr.

Como é esquiva, pensou Malcolm enquanto a via escapulir como manteiga derretendo na grelha.

Ia exigir uma enorme quantidade de calda de caramelo.

Ele cumpriu seu papel e acompanhou os convidados até seus lugares sob as resplandecentes luzes do salão principal. As velas e a lareira davam mais um toque de luz ao ambiente.

Laurel apareceu para verificar as coisas e piscou para ele.

– Como vai tudo?

– O bolo vai ser tão bom quanto disseram?

– Melhor.

– Então vai valer a pena.

– E vai ter rios de calda de caramelo.

Enquanto ela se afastava, Malcolm notou seu sorriso irônico.

Seria possível que aquelas mulheres contassem tudo umas para as outras? Bom, então ia fazer questão de lhes dar bastante assunto para o café da manhã. Podia tentar conseguir uma garrafa de champanhe para acompanhar a...

– Ora, ora, anda fazendo bico como acompanhante atualmente?

Sentiu as costas enrijecerem antes mesmo de se virar de frente para o tio.

Você não envelheceu nada bem, hein, Artie?, pensou Malcolm, e sentiu certa satisfação nisso. O sujeito ainda tinha todos os fios do cabelo, que sempre fora seu orgulho e alegria, mas estava mais gordo tanto no rosto quanto na região da cintura. Os olhos, de um azul enganosamente meigo, pareciam ter diminuído no meio daquela cara de bolacha.

A vida tinha sido mais generosa com ela, observou Malcolm, olhando a esposa do tio. Conservava uma boa aparência, talvez com umas esticadas aqui e ali. Mas aquela cara de nojo que tinha não deixava seu rosto atraente.

– Acredito que saibam como encontrar seus lugares.

– Educado com sempre. Ouvi dizer que você anda atrás da grana da filha dos Browns.

– Você nunca soube qual era o seu lugar – alfinetou Marge Frank. – Agora pelo visto Parker Brown fez a mesma coisa. A avó dela deve estar se revirando no túmulo.

– Sentem-se ou vão embora.

– Pelo visto a estirpe dela não pegou em você – comentou Artie. – Não vai demorar muito até Parker ver quem você realmente é. Como conheceu os noivos? Trocou uns pneus para eles?

Vá se foder, pensou ele. Vá se foder.

– Exatamente.

– Por mais que tire a graxa das unhas, Malcolm, você continua sendo um macaco seboso. E gente como os Browns sempre acaba se unindo a seus pares. Vamos, Marge.

Precisava de cinco minutos, pensou Malcolm. Cinco minutos para tomar um ar e se acalmar. No entanto, quando deixava a sala e se dirigia para o vestíbulo, encontrou Laurel.

– Só uns dez convidados ainda não estão sentados. Vamos pedir que você e os outros rapazes assumam suas posições em uns dois minutos. Você está... Tem alguma coisa errada?

– Não.

– OK. Que tal então ir lá cutucar os retardatários para que tomem seus lugares, depois voltar e ir se juntar aos outros? Parker explicou como as coisas funcionam, não é?

– Explicou, sim.

– Vou ficar aqui por perto para dar cola. Não se preocupe. Não vai doer nada.

Não era bem dor que ele sentia. Era uma raiva que ameaçava sair pela garganta. Não queria estar ali, vestindo o smoking de outro cara, de frente para uma multidão num aposento repleto de flores e velas, vendo aquelas pessoas que ele nem conhecia se casarem.

E sentia, impotente, o profundo desprezo do tio, que rastejava através do salão para agarrar sua garganta e prendê-lo em sua armadilha de raiva.

Tempos atrás, para escapar disso, ele viajara quase 5 mil quilômetros. Ao voltar já tinha se tornado um homem, mas ainda havia algo nele – e ele odiava admitir isso – que ardia com aquela raiva crua e amarga.

E lutava, mesmo agora, para superar os ecos da humilhação.

Principalmente como uma forma de escape, posou para as fotos depois da cerimônia. Ouviu o pai de Channing falar todo entusiasmado do seu T-Bird e fez tudo o que pôde para corresponder ao que esperavam dele.

Depois se meteu num jardim lateral em busca de um lugar tranquilo onde pudesse se sentar e respirar o ar frio da noite.

Foi lá que Parker o encontrou. Chegou sem fôlego, sem o blazer e sem sua pose de costume.

– Malcolm.

– Olhe, não iam precisar de mim para o jantar, então vim descansar um pouco.

– Malcolm.

Parker se sentou ao seu lado e pegou sua mão.

– Eu não sabia. Não sabia que os Franks viriam. Não os tinha visto até minha inspeção antes do jantar. Desculpe. Eu sinto muito.

– Podia se desculpar se fosse você quem os tivesse convidado. Mas não é o caso.

– Fui eu que meti você nisso. Tomara que...

– Tudo bem.

– Vou consertar isso. Darei uma desculpa a Channing e Leah, assim você pode...

– E lhes darei outra vez a satisfação de me ver fugir? Nem pensar! Só estou descansando, Parker. Pode me deixar sozinho?

Parker soltou a mão dele e levantou.

– Nem todo mundo quer que você organize todos os detalhes, que resolva cada problema.

– Você está certo.

– E não precisa ser tão agradável, caramba. Sei quando não estou me comportando adequadamente, como agora.

– Está aborrecido. Eu entendo...

– Não quero que você entenda. Você *não* entende. Como poderia? Isso não tem nada a ver com você. Alguém já bateu em você quando não tinha a menor condição de se defender?

– Não.

– Já lhe disseram, várias vezes, até você começar a acreditar, que é uma inútil, uma idiota, que não vale nada? Sabe o que é ouvir que se você não se comportar vão jogá-la na rua?

– Não.

O que não significava que não pudesse ficar de coração partido e com o sangue fervendo pelo menininho que tivera que passar por tudo aquilo.

– Então você não entende. Diabos, o que não compreendo é o motivo de eu ter tentado superar isso fazendo tudo que era possível para piorar as coisas, procurando problemas e culpando minha mãe, que nem ao menos sabia o que estava acontecendo porque eu tinha medo ou era orgulhoso demais, talvez as duas coisas, para contar a ela.

Parker não disse nada. Sabia agora, ou esperava ter entendido, que pressioná-lo faria com que ele se fechasse, por isso não disse nada e se limitou a ouvir.

– Compliquei a vida da minha mãe o máximo que pude, pelo maior tempo que pude. E quando não era eu quem lhe causava sofrimento, era ele ou a vaca da esposa. Minha mãe aceitava tudo porque queria me dar um teto, uma família, porque tentava superar a dor de ter perdido meu pai. E eu a culpava por isso também. Jogava toda a culpa em cima dela. Por que ela precisava ter uma vida? Artie a tratava como um cachorro, achava que podia fazer isso. Ele é irmão dela, merda! E supostamente devíamos ser gratos. Foram mais de dois anos desse jeito, cada dia pior. Eu só esperava crescer o bastante, ficar forte o bastante para dar um murro nele e mandá-lo para o inferno. Então ela fez isso por mim. Depois de tudo o que passamos, ela fez isso por mim. Chegou cedo do trabalho uma noite. Estava doente. Ele a obrigava a dobrar o turno e ela estava esgotada. Artie tinha me encostado contra a parede, estava com uma mão na minha garganta e me dava tapas com a outra. Ele gostava de dar tapas por ser mais humilhante que socos e porque não deixavam marcas.

Alguém apareceu numa das varandas e uma risada feminina flutuou pelo ar enregelado.

Malcolm olhou na direção da casa, das luzes, do riso, mas ela duvidava que ele tivesse visto o brilho ou ouvido a alegria.

– Eu a vi entrar. Estava branca como um papel. Até que nos viu e então tudo nela pareceu pegar fogo. Eu nunca a tinha visto se mover tão depressa. Não sei se algum dia vi alguém se mover tão depressa. Ela o afastou de mim. Era só pele e ossos. Artie devia pesar uns 30 quilos a mais que minha mãe, mas ela se atirou em cima dele, que caiu estirado no meio do aposento. Ela disse que se ele se atrevesse a se levantar e pôr as mãos em mim novamente, que as cortaria e o obrigaria a comê-las.

Malcolm se deteve e balançou a cabeça.

– Pronto, é nesse meio que fui criado, portanto, não se atreva a dizer que entende.

– Não vou discutir com você agora, mas se acredita que vou pôr a culpa num menininho e na sua pobre mãe por terem sido obrigados a enfrentar essa situação, é porque deve ter uma péssima opinião a meu respeito.

Ele assumiu um tom gelado como o ar.

– Já disse, Parker, isso não tem nada a ver com você.

– Claro que tem a ver comigo. Eu te amo, seu idiota.

Parker percebeu o ar de espanto no rosto dele antes de ir embora, furiosa.

Voltou a vê-lo durante a recepção, falando com os recém-casados e, um pouco mais tarde, conversando com o pai do noivo no bar.

Manteve os Franks em seu campo de visão, e estava preparada para intervir se eles resolvessem se aproximar de Malcolm. Talvez ele pensasse que aquilo não tinha nada a ver com ela, talvez pensasse que ela não entendia nada, talvez ele fosse apenas um *idiota*. Mas não permitiria que nada nem ninguém criasse problemas em um de seus casamentos.

Ficou quase desapontada por isso não ter acontecido.

– Você e Mal brigaram? – perguntou Mac, aparecendo ao seu lado quando as pessoas começaram a ir embora. – Por quê?

– Por que acha que brigamos?

Mac deu uns tapinhas na câmera.

– Sei interpretar fisionomias e sei interpretar a sua.

– Eu não diria que nós brigamos, mas parece que nossa definição de namoro é diferente, quero dizer, ele nem define o que temos como um namoro. Ele diz que temos uma relação.

– Homens podem ser umas bestas.

– Podem mesmo.

– Nós, mulheres, devíamos nos mudar para a Amazônia, ou pelo menos ir até lá nas férias. Umas quatro vezes ao ano.

– Amazônia?

– Na minha cabeça, é um mundo onde só existem mulheres. Vou para lá quando me aborreço com Carter ou com os homens em geral. Lá tem cinco sapatarias por pessoa, não existem calorias e todos os livros e filmes terminam com final feliz.

– Gostei da Amazônia. Quando vamos?

Mac passou o braço nos ombros de Parker.

– A Amazônia, minha amiga, está sempre lá, dentro da cabeça de cada mulher. Basta fechar os olhos e pensar: Manolo Blahnik. Pronto, você está lá. Tenho que tirar mais algumas fotos, depois venho encontrar você.

Com ar divertido, Parker começou a imaginar um mundo feminino tranquilo, relaxante e repleto de sapatarias, mas teve que admitir que não queria viver ali. Ir por uns dias de férias estava de bom tamanho.

Ficou observando os noivos quando eles voltaram para a pista para a última dança da noite.

Apaixonados, pensou. Na mesma frequência. Prontos para começar uma vida juntos, como um casal, como amantes, como amigos e companheiros.

Para caminhar juntos tornando real o felizes para sempre.

E isso, admitiu, era o que ela própria sempre quisera.

Deixar a sua marca, sim, fazendo um bom trabalho, ser uma boa amiga, uma boa irmã, construir algo e compartilhar. E, ao lado de tudo isso, amar e ser amada, fazer uma promessa e aceitá-la. Encontrar alguém e caminhar a seu lado de mãos dadas para tornar real o felizes para sempre.

Não podia se conformar com menos que isso.

Não voltou a ver Malcolm até o momento de se despedir dos recém--casados.

Percebeu que ele tinha trocado de roupa e estava bem mais tranquilo, mais ele mesmo.

– Você tem um minuto? – perguntou ele.

– Tenho, até mais que um agora – disse Parker.

– Tive uma reação ruim com você, o que tem se tornado bem habitual, e não gosto nada disso.

– Concordo.

– Achei que já tivesse superado e que nunca mais reagiria assim por causa de Artie, mas estava enganado.

Malcolm pôs as mãos nos bolsos.

– Não gosto de relembrar essas coisas, por isso não falo delas. Não faz sentido. Sei que estava tentando me ajudar – disse ele.

– Mas você não quer ajuda.

– Não quero precisar de ajuda. Acho que é um pouco diferente. Mas não tem desculpa para eu descontar em você.

– Não estou pedindo que se desculpe, Malcolm. Você não precisa se desculpar, porque sei a razão disso tudo.

– Acredito que eu ainda esteja tentando descobrir a razão. Então... estou indo. Assim teremos algum tempo até as coisas se acalmarem.

– Até as coisas se acalmarem, pergunte a si mesmo se acredita que eu criticaria um menininho de luto pela morte do pai, que quer se defender e tenta escapar de alguém que o maltrata. E que criticaria o homem que ele se tornou por esse motivo. Quanto tiver certeza da resposta, venha falar comigo.

Ela abriu a porta.

– Boa noite, Malcolm.

– Parker? Seja qual for a resposta, ainda quero ficar com você.

– Pois sabe onde me encontrar – retrucou ela e fechou a porta às suas costas.

capítulo dezenove

Ele preferia pensar que as coisas estavam mais calmas. Não se lembrava de ter dado um tropeço como esse com uma mulher, muito menos dois, nunca na vida.

Só que, assim como em muitos outros quesitos, Parker era a primeira em muita coisa na sua vida.

Percebeu que duas mancadas daquelas exigiam que ele coçasse o bolso como prova de arrependimento. Um símbolo, de preferência algo que fosse muito cheiroso ou brilhante. Mesmo uma mulher que já tinha tudo ou que facilmente poderia comprar o que quisesse para si mesma gostaria de um presente do tipo Fui um Perfeito Idiota.

Pensou em flores, mas a casa de Parker estava sempre repleta delas. Flores provavelmente ocupariam o topo da escala de idiotice.

Cogitou a hipótese de dar joias, mas seria um pouco exagerado.

Então pensou no seu ponto fraco.

Que diabos, já que sua mãe não parava de encher a paciência para que comprasse um terno novo, teria que ir fazer compras de qualquer jeito.

Odiava fazer compras, aquilo parecia uma espécie de penitência. Pior ainda era gastar dinheiro com roupas que o faziam se sentir embrulhado para presente. Ia gastar um tempo danado, teria que tomar decisões irritantes ou complicadas, e ainda corria o risco de ganhar uma bela dor de cabeça.

No entanto, quando terminou, tinha o terno e um presente bem embrulhado – além de uma promessa feita a si mesmo de que nunca mais, nesta ou em outra vida, repetiria aquela experiência.

Mandou duas mensagens de texto para ela, embora nunca fizesse isso com ninguém. Odiava essa história de mensagens. Seus dedos eram muito grandes para digitar no telefone e isso o fazia se sentir desajeitado e meio idiota. Ainda assim, achou que sua estratégia de ficar afastado por uns dias tinha que incluir ao menos algum contato.

Na segunda-feira, achou que já tinha dado tempo suficiente e ligou para ela. Caiu na caixa postal, outra tecnologia que detestava, ainda mais por causa do tom frio na voz dela.

– Oi, Pernas. Só estou ligando para saber se está a fim de dar uma volta hoje de noite. Podíamos ir comer uma pizza. Estou com saudade de você – acrescentou, sem pensar. – Então, depois me diga se pode.

Deitou-se no carrinho e deslizou para fazer um conserto no silencioso do automóvel de um cliente.

Estava prestes a instalar um novo quando seu telefone tocou. Bateu com os nós dos dedos, soltou um palavrão quando viu que estava sangrando e, em seguida, tirou o celular do bolso.

Quando percebeu que era uma mensagem, soltou mais um palavrão.

Seria ótimo, mas não posso sair esta noite. Estamos cheias de trabalho até o dia de Ação de Graças. Vou adorar ver você e sua mãe aqui na festa. PB.

– PB? Que idiotice foi essa?

– Você o dispensou com uma mensagem de texto? Que frieza! – exclamou Laurel, se recostando no assento. – Parabéns.

– Não o dispensei. Nós estávamos com a agenda cheia hoje.

O que, pensou ela, havia terminado agora e muito bem, obrigada. Então podia relaxar e tomar uma taça de vinho com suas amigas.

– Pelo que nos contou, ele só está tentando lidar com uma situação complicada – disse Emma, com a compaixão brilhando em seus grandes olhos castanhos. – Algumas pessoas precisam mergulhar em si mesmas quando estão fazendo isso.

– É, precisam. Por isso estou dando o tempo e o espaço requisitados para que ele faça isso.

– E só porque ele deu o assunto por encerrado, não quer dizer que esteja. Por outro lado – observou Mac –, você está irritada.

– Na verdade não estou, não. Talvez um pouquinho – corrigiu-se Parker. – Prefiro que ele, ou outra pessoa qualquer, se exalte, mesmo que eu acabe sendo atingida, a que se cale e se feche. Mas ele não quer aceitar minha ajuda sincera, minha honesta compreensão. E isso me irrita um pouco.

– Bom, quer saber o que eu acho? – começou Mac, dando um suspiro profundo. – Minha mãe me bateu pouquíssimas vezes, então, não tenho como reclamar desse tipo de agressão da parte dela. Mas ela me manipulava, me depreciava e me agredia emocionalmente.

Mac deu um sorriso agradecido para Emma quando ela lhe fez um carinho na coxa, tentando confortá-la.

– Eu tinha vocês três para desabafar, mas ainda assim, às vezes ficava destruída, fechada em mim mesma. Até hoje, mesmo tendo vocês, a Sra. Grady e Carter ao meu lado, às vezes preciso me fechar, ou pelo menos é o que estou acostumada a fazer e é assim que lido com isso.

– Queria que não fosse – disse Emma.

– Eu sei, e porque sei disso, fico um pouco culpada. Entendo muito bem o jeito de Mal lidar com certas coisas. Meu pai não morreu, mas foi embora e, desde então, nunca pude contar com ele quando queria ou precisava. E fui deixada com uma pessoa que, embora de forma muito menos violenta que a do filho da puta do Artie, fazia com que eu me sentisse diminuída.

Tomou um gole de água para molhar a garganta.

– E às vezes, mesmo sabendo que as coisas não são mais assim, toda essa porcaria volta e vejo Emma com sua família incrível, Laurel, que consegue mandá-los à merda de verdade, e Parker sempre tão equilibrada, e sinto que vocês não têm como entender. Como se pode entender uma coisa dessas? Isso faz a gente ficar na defensiva e se soma à culpa e à vontade de não falar no assunto. Então de vez em quando não tenho vontade de falar dessa merda toda porque, afinal, a merda é minha.

– Tão hábil com as palavras... – disse Laurel, brindando a ela. – De toda forma, temos meios de fazer você falar.

– É, depois acabo sempre me sentindo melhor. Vocês sabem o que fazer para que eu me abra, e acabo me abrindo porque sei que me amam e que aceitam todas as minhas merdas porque me amam.

– Eu não – retrucou Laurel, rindo. – Só fico com pena porque sou um poço de compaixão.

Mac assentiu.

– Madre Teresa era uma criatura perversa comparada a você.

– Eu disse a ele que o amava – murmurou Parker.

Mais que depressa, Laurel se voltou para ela.

– O quê? Você não tinha nos contado a parte mais importante? Quando foi isso?

– Na hora em que estava com raiva. Quando ele me disse que eu não entendia e que isso não tinha nada a ver comigo. Eu o chamei de idiota e disse que tinha a ver comigo sim, porque o amava. Depois entrei em casa para voltar a trabalhar no casamento, que era o que eu devia estar fazendo.

– E qual foi a reação dele? – perguntou Emma, com uma das mãos no coração. – O que ele fez?

– Não disse nem fez nada. Estava ocupado demais me encarando como se eu tivesse acabado de lhe dar um chute no meio das pernas. O que talvez tivesse sido melhor.

– Foi na sexta? Você disse a ele na sexta? – insistiu Emma, movimentando as mãos no ar. – Trabalhamos juntas o fim de semana todo e não nos contou isso?

– Ela não nos contou porque a merda é dela.

Parker virou-se para Mac.

– Se vamos continuar falando disso, é, acho que essa é a verdade. Preciso pensar um pouco. Porque nada disso está acontecendo do jeito que eu pensava que seria, do jeito que sempre planejei. Eu devia ter me apaixonado por um homem sensato e inteligente, com muito senso de humor e aficionado por arte. E sei que está revirando os olhos para mim, Laurel, pode desembuchar.

– Foi por causa do "com muito senso de humor".

– Que seja. Esse era o plano idealizado cuidadosamente ao longo de uma década.

– Sério?

– Quieta, Mac – ordenou Parker com um sorrisinho tímido. – Esse homem sensível e brilhante e eu sairíamos por alguns meses para irmos nos conhecendo, gostando um do outro, e então faríamos uma viagem romântica, para um destino qualquer que escolheríamos. Poderíamos ir para uma suíte maravilhosa de um hotel em Nova York, uma casinha na praia ou uma pousadinha rural. Jantaríamos à luz de velas ou talvez fizéssemos um piquenique. Depois o sexo seria maravilhoso.

– E seus planos incluíam também fazer sexo no quartinho de utensílios? – indagou Laurel.

– Fique quieta também ou não vai ouvir o resto do plano.

Fazendo cara de sentida, Laurel fechou a boca com um zíper imaginário.

Satisfeita, Parker tirou os sapatos e pôs as pernas em cima da mesa.

– Bom... Seríamos apaixonados um pelo outro e viajaríamos sempre que nossas agendas permitissem. Teríamos discussões de vez em quando, claro, mas sempre conversaríamos e seríamos razoáveis e sensatos.

Parker olhou de repente para Emma.

– Você está quieta, mas consigo ouvir que está pensando "que chatice!".

No entanto, vai gostar do que vem agora. Ele diria que me amava. Pegaria minhas mãos, olharia em meus olhos e então diria. E um dia, voltaríamos à maravilhosa suíte ou à casinha ou à pousada e, no meio do jantar à luz de velas, ele me diria de novo que me amava, que eu era tudo que ele sempre quis e me pediria em casamento. Eu, é claro, aceitaria. É assim que se constrói um final feliz.

– Mas ele teria que estar com um enorme anel de diamante no bolso – acrescentou Laurel. – De no mínimo uns 5 quilates.

– Com certeza! – disse Mac e fingiu conter uma gargalhada.

– Pois eu achei bem bonito – observou Emma, fulminando Laurel com o olhar.

– É muito bonito e pode ser também ridículo, mas era o *meu* plano – disse Parker, apontando para o próprio peito. – Mas sou capaz de adaptar planos para que se ajustem às circunstâncias e necessidades.

– Ninguém melhor que você para fazer isso – concordou Mac.

– Mas o que está acontecendo com Malcolm foge inteiramente do roteiro. Não passa nem perto, e mesmo assim estou apaixonada por ele. Agora eu lhe disse isso, o que descarta mais uma página do roteiro.

– Sei que você sabe, e todas nós sabemos, que o amor não segue nenhum roteiro. Se seguisse – acrescentou Laurel –, eu estaria agora agarrando um artista gostoso chamado Luc em nossa casa de veraneio em Paris, em vez de me casar com seu irmão, um advogado gostoso chamado Delaney.

– É claro que sei, mas não significa que tenha que ficar empolgada com isso.

– Você não está só dando tempo e espaço a Mal – concluiu Mac –, está dando tempo e espaço a si mesma.

– Estou precisando. Porque tem um elemento do roteiro que não pode ser editado nem reescrito. A pessoa por quem você se apaixona tem que estar apaixonada por você também, senão as coisas não funcionam.

– Se ele não estiver apaixonado por você, é porque é um idiota.

– Obrigada, Emma.

– Estou falando sério. Você é perfeita, no bom sentido, claro, não como aquelas mulheres irritantemente perfeitinhas.

– Às vezes eu chego a odiar essa sua perfeição – disse Laurel, e depois sorriu para Parker. – Mas é um ódio baseado em amor.

Compreendendo, Parker ergueu sua taça propondo um brinde com as amigas.

– Também odeio vocês.

– Minhas mulheres favoritas! – exclamou Del, entrando.

Olhou para elas e balançou a cabeça.

– Se estão tendo uma conversa só de meninas, podem parar. Convenci a Sra. G. a preparar costelas de cordeiro no alecrim e ela acabou de dizer que em dois minutos ficam prontas. Jack e Carter já estão a caminho.

– Vamos comer aqui? – perguntou Mac, que deu um pulinho e ergueu um braço. – U-hu! É o melhor plano de todos os tempos!

– Vou lá dar uma ajudinha – disse Laurel, levantando-se e lançando um olhar para Del.

Ele arqueou as sobrancelhas e assentiu.

– Vamos, Emma – chamou Laurel.

Quando elas saíram, Del sentou à mesa do café, bloqueando a passagem de Parker.

– E aí? O que está rolando entre Mal e você? Vou ter que dar uma sacudidela nele?

Del fez um carinho na perna da irmã ao ver a cara que ela fez.

– Acho que consigo dar conta dele, mas vou levar Jack e Carter comigo como garantia.

– É muito gentil de sua parte, mas desnecessário.

– Alguma coisa aconteceu. Ele não veio domingo assistir ao jogo dos Giants e já tem uns dias que não passa aqui.

– Estamos... avaliando a situação.

– Traduzindo: isso quer dizer que vocês brigaram?

– Não, não brigamos. E mesmo que tivéssemos brigado, sei me defender sozinha.

– Claro, mas se um cara magoa você, mesmo que seja um amigo meu, ou talvez sobretudo se for um amigo meu, tem que se haver comigo. São as regras do Irmão Mais Velho.

– Sei. Só que você está sempre mudando as regras do Irmão Mais Velho.

– São só emendas, adendos e eventuais apêndices.

– Nós não brigamos. Se estou magoada é porque estou apaixonada por ele, e você vai ter que aprender a lidar com isso.

– Ah... – fez Del, que se recostou e apoiou as mãos nas coxas. – Preciso de um minuto.

– Leve o tempo que precisar, estou fazendo o mesmo. Todos nós vamos ter que lidar com isso, Del. Você, eu e Malcolm.

Ela afastou os joelhos do irmão e se levantou.

– Vamos comer antes que a Sra. G. mande uma equipe de buscas.

– Quero que você seja feliz, Parker.

– Del – disse ela, pegando a mão do irmão –, também quero ser feliz.

Como combinado, Malcolm foi até a casa de Emma para pegar as flores que tinha encomendado para dar à Sra. Grady.

– Eu já volto – avisou à mãe.

– Acho bom. É falta de educação chegar atrasado.

– Ela disse para chegar por volta das quatro, não foi? São quase quatro.

Para evitar mais amolação, ele saiu e foi andando até a porta de Emma. Como combinado, ele encontrou uns girassóis num vaso de cobre em cima da mesa do aposento da frente. Pegou o vaso e voltou para o carro.

– A senhora carrega isso, OK? – disse, entregando as flores para a mãe.

– Que lindo! Quando quer, você é um bom menino, Malcolm.

– Estou usando terno, não estou? Devia estar feliz.

– Está muito elegante. Que casa, hein? – observou ela enquanto Malcolm manobrava para se dirigir à mansão. – Menino, eu me lembro da primeira vez que eu a vi de perto, dirigindo com meu uniforme engomado, totalmente apavorada.

Passou a mão na saia do vestido verde-claro, sua cor favorita, comprado especialmente para aquele dia. Agora não precisava estar engomada, pensou toda feliz.

– Quando cheguei aqui – prosseguiu ela –, vi como a casa era bonita e não tinha nada de assustador. Mas a velha senhora Brown tinha, posso lhe garantir. Mas valeu a pena ver a casa por dentro, andar por ela servindo comida sofisticada para gente sofisticada. E a governanta daquela época, como era mesmo seu nome? Ah, não importa. Ela e a cozinheira nos serviram uma refeição na cozinha.

Quando ele estacionou, Kay se virou e sorriu.

– Acho que subi na vida. Como está meu cabelo?

– Não se parece com o de ninguém – respondeu ele, também sorrindo.

– É assim que eu gosto.

Malcolm tirou do banco de trás uma torta de carne e uma caixa embrulhada para presente. Antes de chegarem à porta, ela se abriu.

– Feliz dia de Ação de Graças! – cumprimentou-os Del, que beijou o rosto de Kay e ficou de olho no presente que o amigo carregava. – Ah, não precisava se incomodar.

– Ainda bem que não me incomodei.

– A torta está com uma cara ótima. Foi a senhora quem fez?

– Eu mesma. Se Maureen estiver na cozinha, vou até lá levar para ela.

– As mulheres estão na cozinha, que é onde gostam de ficar – disse ele, dando uma piscadinha. – Os homens estão na sala dos eletrônicos vendo o jogo, como manda a tradição da família Brown. Vamos até lá, vou pegar uma bebida para você.

– Esta é a casa mais bonita de Greenwich! – exclamou Kay. – Pensei isso na primeira vez que a vi e continuo tendo a mesma opinião.

– Obrigado. Ela é muito importante para nós.

– Espero que sim. Ela tem história. Trabalhei em algumas festas aqui, na época da sua avó, e depois também quando sua mãe assumiu o lugar dela. Eu gostava mais da sua mãe.

Del soltou uma gargalhada e passou uma das mãos pelos ombros de Kay para conduzi-la à cozinha.

– Vovó Brown era uma tirana.

Da cozinha escapavam aromas e vozes femininas. Malcolm distinguiu a de Parker e percebeu que um bolo havia se formado em seu estômago.

Ela estava sentada diante da bancada, debulhando vagens. Tentou se lembrar da última vez que tinha visto alguém debulhar vagem, mas o pensamento se esvaiu quando ela se voltou na sua direção e seus olhos se encontraram.

Nossa, estava com tanta saudade dela que chegava a doer! Queria não estar sentindo isso, queria recuar. Mas ela sorriu e se levantou do banquinho em que estava.

– Feliz dia de Ação de Graças!

Parker cumprimentou primeiro a mãe dele, beijando seu rosto, como Del havia feito. Depois, deu um selinho nele. Então o nó se afrouxou.

Todos começaram a falar ao mesmo tempo, mas ele mal ouvia o que era dito. Era só estática, movimento e cor. Alguém pegou a torta de suas mãos. E ele ficou ali parado, aprisionado por aquele olhar, aquela silhueta, aquele som.

Del pôs uma cerveja na mão de Malcolm, que antes segurava a torta.

– Vamos lá ficar com os homens antes que nos ponham para trabalhar. Porque, acredite, elas podem fazer isso e farão.

– Claro, só preciso de um minuto.

– Por sua conta e risco. Ah, esqueci de dizer que está uma graça de terno.

– Vá se danar – respondeu Malcolm, ganhando uma palmadinha da mãe.

Parker já ia se sentar de novo, mas Malcolm a pegou pelo braço.

– Você tem cinco minutos?

– Estou ocupada – respondeu ela enquanto o rapaz a conduzia para fora dali.

– A vagem não vai fugir – disse ele, entrando na sala de música. – Comprei uma coisa para você.

– Ah, é? Que bela surpresa.

Ele estendeu a caixa.

– Quando um cara estraga tudo, ele tem que pagar.

– Não vou discutir, porque gosto de presentes. Vi que sua mãe ganhou a batalha do terno.

– Ela sempre ganha.

– É um belo terno.

Ela apoiou a caixa numa mesinha, e puxou o laço.

– Como vai o trabalho?

– Caminhando. Um conhecido de Channing levou um Cadilac 1962 para eu restaurar.

– Que maravilha.

Ele observava, sem se surpreender, a moça desembrulhar o presente com todo o cuidado. Parker Brown não rasgaria ou puxaria o papel. Ficou imaginando se Parker o guardaria, como fazia sua mãe, para algum misterioso uso futuro.

– E o seu?

– Nos finais de ano sempre ficamos muito ocupadas, porque, além dos casamentos, ainda tem as festas. E o casamento de Mac vai ser daqui a duas semanas. Nem estou acreditando. Temos dezenas de compromissos até o ano-novo e depois...

Parker ficou sem palavras quando viu a caixa de sapatos. Pensativa, abriu a tampa.

Seu queixo caiu. Ele ficou bem satisfeito com aquela reação.

– Sapatos? Você comprou sapatos para mim? Ah, são fabulosos!

Ela tirou o sapato de salto alto e fino de dentro da caixa e ficou segurando-o nas mãos como se fosse uma pedra preciosa e frágil.

– Você gosta de sapatos.

– *Gostar* é pouco. Eu diria que essa é uma palavra bem imprecisa para expressar meus sentimentos a respeito de sapatos. Ah, eles são *maravilhosos*! Veja só como essas tonalidades combinam. E a textura?

Ela tirou os sapatos que estava usando e calçou os novos. Depois ficou sentada admirando-os.

– Como você sabia o meu número?

– Já estive no seu closet.

Parker continuava observando o presente.

– Tenho que admitir, Malcolm, você me surpreendeu. Você me deu sapatos.

– Não espere que eu vá fazer isso de novo. Foi, digamos... penoso. Pensei em comprar uma lingerie sexy, mas lembrei que o presente era para você, não para mim. Teria sido bem mais fácil e menos estranho. Vocês, mulheres, são viciadas em sapatos.

– Bem, eu amei!

Ela se levantou e começou a desfilar, ou pelo menos foi o que ele pensou. Deu uma voltinha e sorriu.

– Como ficaram?

– Não consigo deixar de olhar para o seu rosto. Estava com muita saudade dele.

– OK – falou Parker com um suspiro e se aproximou dele. – Você me venceu – murmurou e deixou-se envolver pelos braços do rapaz. – Também senti saudade do seu rosto.

– Precisamos ficar bem. Ficaria muito irritado se minha história com Artie estragasse as coisas entre nós.

– O filho da puta do Artie não vai estragar nada entre nós.

– O filho da puta do Artie? – repetiu ele, afastando um pouco a cabeça.

– É como o chamamos aqui.

Ele deu uma gargalhada.

– Gostei. Quero ficar com você, Parker.

– Que bom, porque você está comigo.

Malcolm encostou a testa na dela.

– Ouça...

Ele não sabia o que falar, não tinha segurança a respeito de seus movimentos.

– Droga! Digamos que você é a primeira mulher para quem comprei um par de sapatos na vida – disse e, mais uma vez, afastou um pouco a cabeça e a fitou nos olhos. – E a última.

– Isso significa muito para mim.

Ela o segurou pelo rosto e lhe deu um beijo.

– Então vamos tirar o dia para agradecer por estarmos bem.

A semana anterior ao casamento de Mac foi repleta de compromissos no salão. Manicures, pedicures, tratamentos faciais. Era preciso conferir as confirmações e desistências de última hora e rever a distribuição dos lugares.

Também era chegado o momento de fazer os ajustes finais, abrir os presentes, atualizar a planilha que Parker havia criado para registrar cada presente, segundo o remetente, a relação do remetente com a noiva ou o noivo e o cadastro dos endereços para envio de cartões de agradecimento.

E tinha ainda os recados e as chamadas telefônicas, as confirmações e reuniões finais.

Somado a tudo isso havia o trabalho de planejamento e preparação dos outros eventos, uma loucura completa.

– Por que achamos que dezembro seria um bom mês para o casamento? – perguntou Mac com um ar transtornado. – Estamos atoladíssimas, enlouquecidas de trabalho. E, de qualquer forma, só vamos sair em lua de mel no próximo mês. Por que não aproveitei a baixa temporada para me casar? Meu Deus, eu vou me casar! Amanhã.

– E vai ser perfeito – disse Parker com grande determinação, trabalhando em seu laptop. – Ha! O tempo vai estar perfeito. Frio, com uma neve fina pela manhã, cerca de 5 centímetros, clareando à tarde. À noite haverá ventos suaves e ficaremos um grau abaixo de zero. Exatamente como eu queria.

– Às vezes preveem 5 centímetros de neve e acabamos soterradas. E se...

– Não vamos ficar soterradas – emendou Parker, cerrando os dentes e fazendo cara feia para que o tempo não se atrevesse a ficar ruim. – Teremos uns poucos centímetros de neve suave pela manhã e, de noite, celebraremos um maravilhoso casamento de dezembro. Vá se aprontar para o ensaio.

– Estou com medo do ensaio. Ou da minha voz sair esganiçada. Acho que está aparecendo uma espinha aqui no meu rosto. Vou tropeçar quando estiver me encaminhando para o altar. Tudo bem se Carter tropeçar, as pessoas já esperam por isso. Mas...

– Sua voz não vai sair esganiçada, não vai aparecer uma espinha e você não vai tropeçar – garantiu Parker, pegando um antiácido para ela própria e um para Mac. – Você acha que não sei o que estou fazendo?

– Você sabe, mas eu...

– Confie em mim. Vai ser perfeito, lindo, o dia mais feliz da sua vida.

– Estou sendo uma chata.

– Não, querida, está sendo uma noiva. Agora, vá tomar um bom banho morno. Você ainda tem uma hora.

– Carter não está nervoso – comentou Mac e estreitou os olhos, furiosa. – Poderia odiá-lo por isso.

– Mackensie.

Parker parou de olhar a tela do computador e voltou-se para a amiga.

– Eu estava na cozinha hoje de manhã quando a Sra. G. o fez sentar para comer. Ele pôs calda de waffle no café.

– Ele fez isso? – perguntou Mac, e em seguida ergueu os braços em comemoração. – Ele *está* nervoso. Estou me sentindo bem melhor. Quero que ele fique nervoso também, quero que as orelhas dele fiquem vermelhas como costumam ficar, quero que... Como sou a noiva, posso continuar querendo um monte de coisas, não é?

– Isso mesmo.

– OK. Então, quero agradecer por você ter suspendido temporariamente a proibição para a minha mãe poder vir.

– Mac...

– Não, é sério. Deixe eu pôr isso para fora para poder ficar bem.

– OK. Pode pôr para fora.

– Vai ser importante ela vir aqui amanhã, mesmo sendo um pé no saco para mim e para todo mundo.

– Ela continua sendo sua mãe.

– É, para o bem e para o mal. Seja como for, sei que falou com ela sobre isso e que lhe disse todas as regras.

– Foi só uma ligação e bem sucinta. Nada mais que isso.

– Uma ligação sucinta e desagradável.

Parker sorriu.

– Não para mim. Ela a incomodou com isso?

– Tentou, mas sem sucesso. Seu poder nesse sentido diminuiu consideravelmente, o que a irrita bastante.

Mac mexeu a boca de um jeito que suas covinhas ficaram aparecendo.

– Estou sendo mesquinha por ficar feliz com isso?

– Eu a acharia estúpida se não ficasse.

– Ótimo. Então não sou estúpida – rebateu, suspirando e cruzando as mãos sobre o colo. – Mas quero que ela esteja aqui porque já fizemos isso muitas vezes para saber que não é bom se lembrar do dia mais importante da nossa vida tendo algum arrependimento. E, que diabos, já que meu pai parece não ser capaz de incluir o casamento da filha em sua agenda lotada de festejos e cruzeiros pelo mar Jônico, pelo menos um parente eu terei aqui.

– Nós sabemos, apesar de esse ser nosso trabalho, que um casamento não se limita às luzes, à música, ao espetáculo. Ele se baseia em sentimentos. Sua família vai estar aqui, Mac.

– É – concordou Mac, pegando as mãos da amiga. – A família que conta para mim.

– Mais que isso: Carter vai estar aqui, esperando por você, olhando para você, se comprometendo com você.

– Ai, meu Deus, é mesmo! E eu estou pronta. Nervosa, mas pronta para isso.

– Vá tomar um banho e afogue um pouco esse nervosismo.

– Já vou.

Mac se levantou para sair.

– Parks? Eu o amo tanto que parece que tem algo mais dentro de mim, algo que me faz ser melhor do que sou. Não estou nervosa porque vou me casar com ele. Estou nervosa por causa... bem, por causa do espetáculo em si. E se eu esquecer minhas falas ou minhas deixas?

– Pode deixar isso por minha conta. Só pense que vai se casar com Carter.

– Isso eu sei fazer – garantiu Mac e, de um salto, se virou e deu um abraço na amiga. – Também amo muito você.

Enquanto estavam abraçadas, Parker pegou um lenço.

– Obrigada. Não quero chorar amanhã, então esta noite planejo chorar tudo o que puder.

– É um bom plano. Basta assegurar-se de que a maquiagem seja à prova d'água para que não fique tudo escorrido.

Vinte minutos depois, Parker desceu a escada correndo para ver o trabalho de Laurel.

Teve que parar para recuperar o ar.

– Ah, Laurel.

– Ela pediu para ser chamada de Super-Laurel – informou Del, que se sentava diante da bancada da cozinha para comer um cookie.

– E quem poderia culpá-la por isso? Ela *é* a Super-Laurel. Este é o bolo mais bonito que você já fez na vida.

– Ainda não terminei – murmurou a moça, modelando umas flores de glacê.

– O de Carter já.

Del apontou com o polegar para a cozinha auxiliar de Laurel. Parker foi até lá e abriu a geladeira.

– Está lindo! É ainda mais bonito que o esboço que você fez no papel. O livro aberto, a cena de *Como gostais*. Juro que parece que dá para virar a página.

– Se tentar, eu mato você.

Laurel mexeu os ombros doloridos e viu Parker voltar.

– Ah, céus, não chore.

– Vou seguir os planos de Mac – disse, tirando um lenço do bolso. – Choro esta noite para não chorar amanhã. Tenho máscaras de gel para todo mundo na geladeira, assim amanhã não estaremos de cara inchada.

– Graças a Deus! – exclamou Del. – Estava mesmo preocupado de ficar com os olhos inchados.

– Pegue o seu cookie e vá ver como está Carter – ordenou Parker. – E pode chamar Emma. Diga-lhe que não tem permissão para chegar atrasada. Se for preciso, faça Jack arrastá-la para cá.

– OK. Sei quando não sou desejado.

– Pensei em deixá-lo dormir no meu quarto esta noite – disse Laurel. – Mas você não me deu sapatos novos incríveis.

– Malcolm vai ter que nos pagar por ter ferrado com todos nós.

Quando se viram sozinhas, Laurel deu uma olhada para os pés de Parker.

– Eles são incríveis mesmo. E no mais, tudo bem?

– Tudo bem, sim. Vi a previsão do tempo para amanhã e...

– Sei que é uma mudança em relação a todas as conversas desta semana, mas não estou falando do casamento de Mac. Estou perguntando sobre você e Malcolm.

– Está tudo bem também.

Ela abriu a geladeira para pegar uma garrafa de água e, ao se virar, suspirou quando viu que Laurel a encarava.

– Não, ele não mencionou o fato de eu ter dito que estava apaixonada e eu também não disse nada. E não, não é recíproco. Estou bem com isso.

– Mentirosa.

– Estou tentando ficar bem e quase consegui. Além do mais, tenho muita coisa para fazer para ficar pensando nessa história – disse Parker, mexendo no cabelo, que tinha prendido num coque estiloso para o ensaio. – Estamos bem assim, então... está tudo bem. Não me obrigue a dizer bem mais uma vez. Vamos nos concentrar em Mac e Carter.

– OK. Onde está a noiva assustada?

– Tomando um banho para ficar menos nervosa. Ela precisa se vestir – observou Parker, dando uma olhada nas horas. – Vamos começar em...

– Relaxe, Parker. Vamos fazer o jantar do ensaio aqui. Pode descansar quanto ao cronograma pelo menos um pouco que seja. Ela sabe que Linda não vem hoje?

– Sabe. E acho que está aliviada. Falamos sobre como será amanhã e ela está contente porque a mãe vem ao casamento.

– E quanto a... – Laurel se interrompeu quando Malcolm entrou. – Eu calço o mesmo número que Parker, se por acaso quiser saber.

– Só compro sapatos para as mulheres com quem durmo – alegou ele e pegou um cookie da travessa em cima da bancada. – E se eu dormisse com você, Del ia ficar furioso.

– Ele tem uma mente muito fechada.

– Você...

– Peguei e entreguei a Carter, como fui instruído.

Parker sentiu um peso sair de seus ombros.

– OK. Obrigada. *Muito* obrigada.

Ela pegou o rosto de Mal e lhe deu um beijo.

– Ele veio – disse Laurel, afastando-se do bolo. – Você conseguiu.

Com as mãos na cintura, Parker fez uma pose.

– Estava duvidando de mim?

– Estou muito envergonhada. Você deve ser a Super-Parker. Preciso ir trocar meus sapatos, que infelizmente não são esses – disse ela, lançando outro olhar invejoso para os pés da amiga –, retocar a maquiagem e tudo o mais. Vou apressar Mac se ela não estiver pronta. Fez um bom trabalho, Parker.

Laurel pegou a amiga e lhe deu um beijo na boca.

– Pode fazer isso de novo? – pediu Mal. – Mas em câmera lenta dessa vez.

– Seu pervertido.

Mas as lágrimas escorriam do rosto da moça e ela se voltou para ele e também lhe deu um beijo.

– Ela disse várias vezes que não se importava, mas é claro que se importa – acrescentou, fungando e sorrindo para Parker. – Sabemos que sim. Volto em quinze minutos.

– Esta noite vamos chorar horrores.

– Ainda bem. Está sendo difícil segurar – disse Malcolm.

– Muito engraçadinho – retrucou Parker, cutucando a barriga dele. – Tenho que ir checar o bufê, ver como estão a sala e o salão principal e...

Ele pegou outro cookie e saiu com ela.

Antes de um evento sempre havia uma eletricidade no ar, pensou Mal, mas não como dessa vez. Dava quase para sentir na pele. A fotógrafa em quem Mac confiava para seu casamento já trabalhava com a assistente, tirando fotos naturais enquanto a família de Carter chegava e o barulho aumentava.

Ele viu Parker se mover no meio deles, oferecer bebidas, abaixar-se para falar com as crianças. Em pouco tempo o salão vibrava com as pessoas e todo o movimento. Flores, que ele imaginava serem só uma pequena amostra do dia seguinte, perfumavam o ambiente.

Tomou um gole de champanhe e viu Parker conversar com o homem que ele buscara no aeroporto. Quando ia se aproximar, Mac veio correndo pela escada.

– Não estou atrasada!

Ela sorriu, procurando Carter no meio da multidão. Então seu sorriso ficou ainda mais radiante.

– Só queria...

Malcolm a viu mudar de expressão e, por um momento, o choque estampado no rosto da noiva fez com que pensasse que Parker tinha cometido um erro.

Então os olhos de Mac se encheram de lágrimas.

– Pai!

Bonito, charmoso e ausente de boa parte da vida de sua filha, Geoffrey Elliot caminhou na direção dela de braços abertos.

– Minha menininha.

Mac correu até ele e apertou o rosto em seu ombro.

– Achei que não pudesse vir.

– E ia perder o casamento da minha menininha? – retrucou ele, então a segurou pelos ombros e beijou seu rosto úmido dos dois lados. – Você está linda!

– Pai.

Mac encostou novamente o rosto no ombro dele, encontrou Parker e piscou os olhos claros para ela murmurando um *muito obrigada*.

Não tinha sido um erro, pensou Malcolm, e pegou mais uma taça de champanhe para levar para Parker.

– Bom trabalho, Pernas.

Ela pegou o champanhe e tirou um lenço do bolso para secar os próprios olhos.

– É o que eu faço.

capítulo vinte

NEVOU. TUDO EM VOLTA ganhou um ar suave, lindo. Ao meio-dia Parker já tinha mandado limpar o estacionamento e as alamedas, e a noiva estava deitada no andar de cima, aproveitando a massagem com pedras quentes que suas amigas lhe deram de presente de casamento.

A entrada e a escadaria reluziam com o trabalho que Emma e sua equipe fizeram. Enormes velas, dispostas de três em três, contornavam a grande porta da entrada do salão, junto com exuberantes flores coloridas em bases de um branco leitoso.

Ao anoitecer, os quilômetros de luzes que foram postas no exterior da casa, na floresta de pequenos pinheiros plantados em vasos prateados, deviam piscar, iluminando e norteando o caminho dos visitantes. Velas seriam acesas em cada janela, onde guirlandas de flores com longas fitas brancas foram penduradas.

A casa, pensou Parker enquanto andava e verificava cada detalhe, daria lugar a uma festa linda, que brilharia a noite toda.

Emma tinha se superado, e a neve era só um bônus. Os convidados poderiam passear por aquele maravilhoso cenário de inverno e depois entrar pelo pórtico coberto por guirlandas, com poinsétias brancas adornando árvores decorativas em cada canto da escada.

Ela cumpriu a programação da manhã como um general experiente às vésperas da batalha mais importante de sua carreira, indo de cômodo em cômodo, andar por andar, em seus tênis de corrida, elogiando, motivando, dando ordens.

– Você vai ficar exausta antes mesmo de a cerimônia começar – falou Del, pondo as mãos nos ombros da irmã para interrompê-la. – Respire. Pensei que Monica, da loja de noivas, estivesse substituindo você hoje.

– Ela e Susan estarão aqui em meia hora. Como andam as coisas com Carter?

– Tudo certo, capitã.

– É sério, Del. Ele precisa de alguma coisa? Se vocês ficaram acordados até de madrugada bebendo e jogando pôquer...

– Nós o pusemos na cama por volta da meia-noite e meia, conforme as instruções que nos foram dadas. Só nós é que continuamos bebendo e jogando pôquer.

Ela o olhou atentamente e observou que seus olhos não aparentavam cansaço.

– Vá ver como ele está. Não o quero circulando por aqui antes das três e meia.

– O padrinho tem tudo sob controle. Bob é igual a você com listas e horários. Ele vai ao estúdio pegar o nosso noivo às três e quinze.

– Então seja útil. A equipe de Emma está trabalhando no solário com o segundo grupo, que prepara o jantar.

– Jack está fazendo o que Emma queria.

– Jack está aqui? E o Malcolm?

– Ele está por aí com o Carter. Nós achamos que alguém deveria fazer isso, no caso de ele querer fugir.

– Muito engraçado. Mas é legal ter alguém fazendo companhia a Carter. Ia até lá para vê-lo eu mesma, mas se Malcolm está fazendo isso, então vou ver Mac. Pode dizer a Laurel que ela tem uma hora e vinte minutos, depois precisa estar na suíte da noiva.

– Se ela estiver ocupada com alguma coisa, pode querer me atacar com uma colher de pau.

– É um risco que precisamos correr.

Malcolm se esparramou numa cadeira em frente à TV com uma Coca--cola e um saco de salgadinhos e ligou num canal em que passava uma corrida de motocross.

Carter andava de um lado para o outro.

Tinha se acostumado ao padrão dele. Andava de um lado para o outro, sentava e olhava a TV, depois o relógio. Levantava e recomeçava a andar.

– Está com dúvidas, professor? Tenho ordens de amarrá-lo se tentar fugir.

– O quê? Não. É só uma e meia da tarde? Talvez a bateria tenha acabado.

Ele franziu as sobrancelhas ao olhar para o relógio e bateu de leve no vidro.

– Que horas são?

Malcolm exibiu seu pulso nu.

– É hora de você relaxar. Quer uma dose de alguma coisa?

– Não. Não. Não. Talvez. Não. É que... É como se eu tivesse entrado em outra dimensão, onde cinco minutos equivalem a uma hora e meia. Deveríamos ter feito um casamento à tarde. Estaríamos casando agora, se tivéssemos planejado que fosse à tarde.

– Está com pressa?

– Acho que sim.

Ele olhou para o vazio.

– Às vezes não sei como tudo isso aconteceu, outras vezes é como se sempre tivesse sido assim. Eu apenas... nós...

– Fale logo.

– Quando você encontra alguém que ama, de corpo e alma, e ela o ama, mesmo com suas fraquezas e seus defeitos, tudo começa a se encaixar. E se você pode conversar com ela, e ela o escuta, se ela faz você dar risada, se ela o faz pensar, faz você querer, faz com que você veja quem realmente é, e você é muito melhor estando com ela, então seria louco se não quisesse passar o resto da vida com essa pessoa.

Ele deu um sorriso tímido.

– Estou divagando.

– Não.

Enquanto as palavras giravam em sua mente, Malcolm balançou a cabeça.

– Que bom, Carter. Você é um cara sortudo.

– Hoje, sou o cara mais sortudo do planeta.

Malcolm desligou a TV.

– Pegue o baralho, vamos ver se essa sorte vale para as cartas.

– Claro.

Ele olhou de novo para o relógio.

– É só uma e trinta e cinco mesmo?

Mac entrou na suíte da noiva, parou e fez uma dancinha.

– Olhem só, ela é minha. Hoje, é toda minha. Champanhe, frutinhas, flores, velas. Ah, Emma, que flores lindas!

– Sempre o melhor para nossas noivas. Afinal de contas, é a Votos.

– Champanhe em primeiro lugar! – exclamou Laurel, aproximando-se para servir a bebida.

– Só meia taça para mim – disse Parker. – Ainda tenho algumas coisas para...

– Parker, não – repreendeu-a Mac e segurou suas mãos. – De agora até a última dança, você é minha amiga, uma das madrinhas mais lindas, maravilhosas e extremamente necessárias aqui. O resto fica por conta de Monica. Preciso de você comigo e, na Votos, a noiva é quem manda.

– Tudo bem. Encha minha taça, Laurel.

– Karen, talvez você possa tirar uma foto de...

– Ã-ã – fez Parker, balançando o dedo negativamente. – Se sou uma de suas madrinhas, você é a noiva, não a fotógrafa.

– Temos tudo planejado, Mac – garantiu Karen e piscou para ela, mexendo na câmera.

– Eu sei, me desculpem.

Ela respirou fundo e pegou uma taça.

– OK. Vamos brincar de Casamento. Mas desta vez é para valer.

Após o primeiro gole, Mac ergueu a mão.

– E mais um brinde, porque poderei esquecer mais tarde. Emma, obrigada por ter feito tudo de forma tão linda e, Laurel, obrigada pelo bolo espetacular. Parks, muito obrigada por todos os detalhes, pequenos e grandes. Mas, acima de tudo, obrigada por serem minhas amigas.

– OK, pare. Beba – ordenou Laurel, piscando. – Nada de choro hoje.

– Talvez só um pouquinho. A gente ainda não se maquiou.

Enquanto Emma abraçava Mac, Parker distribuía lenços.

Então a porta se abriu e a Sra. Grady entrou sorrindo.

– Cabelo e maquiagem chegando.

– Tudo bem, choro cancelado – ordenou Parker. – Ao trabalho.

Ela sempre gostara daquele momento, mesmo tendo que ficar entrando e saindo quando necessário. Agora, com a taça de champanhe, Parker se entregou às mãos da cabeleireira e ficou observando o trabalho da maquiadora em Mac.

Agora tinha outra perspectiva, pensou, enquanto apreciava a forma como a mãe de Carter participava da conversa, ria e chorava, e satisfeita com a agilidade de Monica e Susan.

Ela teve que se controlar para não se levantar quando Monica disse que o noivo e seus padrinhos estavam na casa, mas relaxou, porque tinha se assegurado dizendo a si mesma que tudo transcorreria conforme o planejado.

E foi o que aconteceu.

Na hora certa, ela, Emma e Laurel puseram seus vestidos. Mac acertara nas cores e nos tons, pensou. O abóbora acrescentava brilho à pele de Laurel, ao passo que o marrom-avermelhado destacava a beleza morena de Emma. E o ouro velho combinava bem com ela.

Juntas, pareciam flores de outono.

– Estamos um arraso! – exclamou Laurel.

– Estão lindas.

De espartilho e ligas, Mac rodopiou o dedo no ar para que elas dessem uma voltinha.

– Ah, sim, estão fantásticas. E, ah, Sra. G., olhe só para a senhora.

– Nada mau para uma coroa – falou a Sra. Grady, dando uma volta para exibir seu vestido azul-marinho.

– Sua vez – disse Parker.

– Ai, ai – fez a noiva.

As amigas a ajudaram com o vestido, alisando e afofando a sobreposição da organza, prendendo a parte de trás com sua cauda ondulante. Parker viu Mac se transformar quando ela ficou de frente para o espelho.

– Sou uma noiva! – murmurou ela, admirada. – E estou linda!

– Tome – falou a Sra. Grady, que se aproximou de Mac para entregar os brincos de diamante que Carter lhe dera. – Pequena Mackensie, ruiva magricela, a noiva mais bonita que já esteve neste quarto.

– Sra. G. – falou Mac, abaixando a cabeça. – Poderia me ajudar com a tiara?

Coroar a noiva era tarefa das mães, pensou Parker. E ficou emocionada quando a Sra. Grady colocou o acessório brilhante no cabelo de Mac.

– Está perfeito. Você tinha razão, Emma, combina muito com ela.

A Sra. Grady recuou, enxugando os olhos.

– Está linda.

– Ainda não acabou – avisou Parker, que abriu uma gaveta na mesinha e pegou uma caixa. – Sei que pretendia usar outra coisa emprestada, mas eu gostaria que você usasse isso.

Abrindo a caixa, ela tirou um delicado colar de diamantes com três fios brilhantes.

– Parker... – Mac mal conseguia falar. – É da sua mãe.

– Meu pai deu para ela no aniversário de casamento deles. Sei que eles adorariam que você o usasse hoje e, para mim, é como se eles estivessem aqui. Pelo menos uma parte. Eles amavam você.

– Ai, meu Deus.

– Não chore – pediu Parker.

– É quase impossível não chorar. Eu adoraria usá-lo. Amaria... – Sua voz falhou enquanto balançava a cabeça. – Não posso dizer mais nada, ou não vou conseguir.

Parker pegou o colar e o colocou.

– Ficou perfeito.

Erguendo a mão, Mac tocou a joia.

– Gosto de tê-los aqui comigo hoje, com todos nós.

Monica entrou.

– Nossa, Mac, você está deslumbrante. Carter vai precisar de um balão de oxigênio quando a vir. Talvez você também precise. Ele está incrivelmente lindo. Karen, queria que você iniciasse a sessão de fotos. Existe algo que eu possa fazer por qualquer uma de vocês?

– Minha mãe já chegou? – perguntou Mac.

– Ainda não.

– Provavelmente já está chegando. OK, Karen, sou toda sua.

– Quero algumas fotos aqui, outras no terraço e, em seguida, algumas com o buquê antes de fazermos as fotos de grupo com as madrinhas.

– As flores vão estar aqui quando você estiver pronta – declarou Emma.

– Vou ver se os rapazes já se arrumaram – disse Parker a Laurel. – E não me venha com gracinhas.

– Estou impressionada por você ter aguentado esse tempo todo. Pode ir.

Ela saiu de mansinho, segurou a barra da saia e disparou para a suíte do noivo. Depois de bater rapidamente, entreabriu a porta.

– Mulher no recinto.

– Entrada permitida – respondeu Del.

Ela entrou.

– Monica tinha razão. Carter, você está mesmo lindo.

E uma gracinha com as pontas das orelhas vermelhas, pensou.

– Todos vocês estão maravilhosos. Eu só queria...

Assim que Jack se aproximou do espelho para ajeitar a gravata, ela avistou Malcolm, de jeans e moletom, tomando uma cerveja.

– Não sabia que estava aqui. Vai fazer companhia aos rapazes?

– O quê? Ah... é, pois é.

Ele parecia um pouco bêbado, pensou Parker, e ia sugerir que ele pegasse mais leve com a cerveja quando ele deixou a garrafa.

– Karen já começou a fotografar o nosso grupo, então deve estar pronta para começar o seu em cerca de quinze minutos. Carter, vai precisar do seu pai. Vou mandar sua mãe quando for a hora. Ah, e...

– Para fora – ordenou Del, guiando-a até a porta. – Hoje você é uma das madrinhas e não a organizadora de casamentos.

– Todos estão me dizendo isso. Então acho que vejo você quando chegar a hora. Malcolm, espero que tenha trazido um terno.

– O que acha que eu sou, um idiota? Tenho tempo de sobra.

– Vamos chutá-lo daqui – disse Jack. – Você está linda, Parker. Uma gata.

Ela riu, fez uma pose de celebridade e replicou:

– É, estou mesmo.

– E não se preocupe – falou Bob, o padrinho e amigo de Carter, aproximando-se com um laptop. – Está tudo sob controle aqui. E memorizei os votos, caso ele precise de uma cola.

– Você é ótimo, Bob.

Ela só começou a rir depois que se certificou que ninguém estava ouvindo.

– Na hora certa – disse Emma.

– Não tive tempo suficiente para...

– Agora, o buquê. Eu queria que todas nós estivéssemos aqui, Mac. – Emma o retirou da caixa. – O toque final.

– Ah, Emma, que maravilha! Eu vi quando ainda estava na fase de elaboração, mas agora... nossa, que arraso!

Mac pegou o arranjo em forma de cascata de rosas e lírios, com cores fortes e ousadas que reluziam sutilmente por causa das pequenas contas de vidro e das pérolas que o adornavam. A cascata ia da cintura até o joelho.

– É tão...

Mac olhou para ele, depois para Emma.

– A borboleta azul. Tem uma borboleta azul no buquê.

– É para trazer sorte e amor.

– Você não nos disse que estava fazendo isso – falou Laurel e se aproximou para olhar. – Emma, sua boba sentimental. Ficou incrível!

– Carter tem uma também, uma minúscula na lapela.

– Tenho que ser franca, coloquei uma no bolo também, bem ao estilo "Onde está Wally?".

– Laurel – chamou Mac com um riso emocionado –, sua boba sentimental.

– Com a borboleta que Parker colocou na cinta-liga azul da Mac, somos três bobas sentimentais.

Emma pegou os outros buquês.

– Quando pensei que o dia de hoje não pudesse ficar mais fabuloso, ele...

A porta se abriu de repente e todas se viraram para ver a mãe de Mac entrar com um vestido vermelho justo e decotado.

– Ora, como vocês estão... fofas. As cores são muito interessantes. Deixei Ari lá embaixo, tive que vir correndo e...

Seu sorriso de deboche desapareceu quando, ao olhar pelo cômodo, ela avistou Mac. Parker sentiu um imenso prazer ao ver a expressão de choque no rosto de Linda.

Isso mesmo, sua egoísta interesseira. Ela está espetacular. E nada do que você diga ou faça vai arruinar um único momento do seu dia.

– Mackensie, você está linda. De verdade. Ah, meu bebê vai se casar!

Ela ergueu os braços e atravessou a sala para abraçar Mac.

– Achei que esse dia nunca iria chegar.

Por cima do ombro de Linda, Mac revirou os olhos e abriu um sorriso torto.

Nenhum momento arruinado, pensou Parker e sorriu para a amiga.

Malcolm andava de um lado para o outro diante da suíte da noiva.

Como isso tinha acontecido? Não sabia como, mas tinha. Então... era isso. Ou ia fazer com que fosse isso. Se ela saísse logo daquele maldito quarto.

Se usasse relógio, estaria batendo no vidro para ver se a bateria estava descarregada.

O que poderia acontecer lá dentro que demorava tanto tempo? O que exatamente se passava por trás daquela porta trancada?

A porta por fim se abriu e as mulheres saíram, todas coloridas, cheirosas e brilhantes. Ele saiu da frente, pronto para se atirar no momento em que visse Parker.

Quando a viu, ela, como era de esperar, estava concentrada na mulher responsável pela organização do casamento hoje.

– Oi.

Ela olhou para trás, inclinando a cabeça, surpresa, e verificou de novo o que provavelmente já tinha verificado cinco vezes com sua substituta. Em seguida caminhou em direção a ele, com seu vestido esvoaçante da cor da luz das velas.

– Por que não está lá embaixo? Você deveria estar sentado. Estamos prestes a...

– Preciso falar com você um minuto. Um ou dois minutos.

– Malcolm, o casamento é agora. Não dá. Ai, meu Deus, aconteceu alguma coisa? Eu sabia que deveria ter ido lá embaixo para verificar o...

– Não há nenhum problema. Está tudo certo. É o casamento mais perfeito do século. Tudo bem, posso esperar.

– Vá lá para baixo.

Ela se inclinou para a frente, beijou-o de leve no rosto. E virou-se quando Mac saiu da suíte.

– OK, estou superpronta. Malcolm? Por que não está lá embaixo?

– Estou indo. Mas me deixe dizer: uau! Um enorme uau. Bom trabalho. Carter vai ficar de queixo caído.

O sorriso dela brilhou mais que os diamantes.

– Vou me casar.

– Recebi o convite. Vejo você mais tarde, Sra. Maguire.

– Sra. Maguire. Ai, ai, nem acredito.

Com os saltos altos brilhantes, ela fez uma rápida dancinha saltitante.

– Vamos, Parker.

Parker sorriu para Malcolm, em seguida acompanhou Mac pelo corredor.

– Lembre-se, erga a cabeça e sorria. Não se apresse, é o seu momento. Vamos entrar em ordem alfabética, como decidimos, depois dos sobrinhos de Carter.

– Eles não estão lindos?

– Estão, sim. E quando a música chegar na parte que é a sua deixa, lembre-se de ficar um tempo parada, contar até cinco, para que todo mundo possa se levantar para vê-la. Aí...

– Parker, não se preocupe. Meu pai está ali no pé da escada e vai me conduzir ao altar.

Os olhos verdes de Mac estavam calmos e secos agora, mas brilhando de alegria.

– Você provavelmente nunca vai me dizer o que teve que fazer para trazê-lo aqui, e está perfeito. Ele está aqui, e isso é mais importante do que eu pensava ou admitia. Mas como você disse ontem, mais importante do que qualquer coisa é que Carter está lá. Meus joelhos estão bambos, mas não de nervosismo. É de euforia, de muita felicidade. Não se preocupe, não vou perder minha deixa.

No topo da escada, ela, Emma e Laurel acertaram o ritmo, deram o buquê a Mac e, por um momento, assim como fizeram quando eram crianças, sorriram para uma borboleta azul.

– Mãe do noivo entrando – murmurou Parker.

– Você está com o fone no ouvido? – perguntou Laurel.

– Não. Apenas sei. Carter e Bob estão em frente à lareira, e os pais do noivo estão se dirigindo aos seus lugares. Linda está entrando. Sei que você está bem, Mac, mas faça um pouco de respiração da ioga agora. Mãe da noiva entrando – disse, referindo-se à Sra. Grady.

Mac apertou sua mão.

– A música mudou. O menino das alianças e a menina das flores estão adoráveis.

Ela olhou à sua volta e os viu começar a descer as escadas ao sinal feito por Monica.

– Estão mesmo.

– Karen está tirando as fotos, não é?

– Silêncio. Pare com isso. OK. Emma, é sua vez.

– Lá vamos nós.

– Cinco, quatro, três, dois. E Laurel.

– Estou indo.

Parker apertou a mão de Mac uma última vez.

– É o seu casamento – disse ela, e começou a descer a escada.

Parou de se preocupar quando viu a sala cheia de convidados, de flores, de velas acesas. E quando ela viu Carter parecendo o homem mais feliz do mundo. Ela olhou para Malcolm, intrigada por um momento com o olhar intenso em seus olhos e, em seguida, se dirigiu ao seu lugar junto das amigas.

A música mudou, pensou ela, e todos ficaram de pé.

Lá estava Mac, radiante, de braços dados com o pai e parecendo flutuar. E os diamantes da mãe de Parker reluziram, refletindo a luz.

Mac beijou o rosto do pai, enquanto Carter já estendia as mãos para ela. Ela se aproximou e as segurou.

– Oi, minha querida.

Ela o puxou e lhe deu um beijo demorado.

– Não consegui esperar – disse ela, alto o suficiente para que todos pudessem ouvir.

E eles se casaram em meio aos ecos do riso.

Ele não conseguia ficar sozinho com ela, pelo menos não o suficiente. Havia as fotos, o jantar e uma verdadeira multidão. Todo mundo queria falar com todo mundo.

– O que há de errado com você? – perguntou sua mãe, chutando-o por baixo da mesa. – Está muito inquieto.

– Não tem nada errado. Só quero tirar esse terno estúpido.

– Trate de jantar – ordenou ela, virando-se em seguida para conversar com o pai de Emma e deixando o filho em paz, graças a Deus.

Ele tentou se aproximar de Parker quando o jantar terminou, mas as comitivas do noivo e da noiva estavam sendo levadas numa direção e os convidados, em outra.

No salão de baile, Mac e Carter dançaram pela primeira vez. Olhando para eles, percebeu que aquele não era o momento. Não era mesmo. Este dia é deles, o resto podia esperar.

Pegou uma cerveja e disse a si mesmo para relaxar.

– Que festa ótima, hein? – disse Jack, aparecendo ao seu lado.

– Elas sabem fazer isso muito bem e, quando é para uma delas, fazem melhor ainda.

Ele bateu o copo no de Jack.

– Você é o próximo, parceiro.

– Mal posso esperar.

Malcolm inclinou a cabeça, estudando o rosto de Jack.

– E está falando sério.

– Mais e mais a cada dia. Quem diria? A grande festa. Vai ser ótima, mas o que espero mesmo é o resto, o resto da minha vida. Com Emma... Ah, Emma. Ela é perfeita exatamente como é. Agora vou procurar por ela e dançar. Você devia pegar Parker.

– É, devia mesmo.

Ficou sentado mais um pouco, depois se levantou e começou a andar entre as mesas e as pessoas. A música ficou mais animada e uma multidão se dirigiu para a pista de dança. Malcolm se deteve um instante para ficar olhando e Del, que vinha passando, parou.

– Estava pegando um pouco de champanhe para minha futura esposa. Você viu o Bob? Ele se empolga na dança.

– É impossível não vê-lo.

– Está sendo um dia incrível.

Ele pôs a mão no ombro de Mal e ambos sorriram observando Bob dançar.

– Sei que Mac e Carter já tinham uma vida em comum, mas isso muda tudo.

– Muda?

– Isso faz com que seja mais sólido, mais real, mais importante. Estive em inúmeros casamentos, mas não acho que tenha entendido isso até ficar com Laurel, até querer tornar nossa relação mais sólida, real e importante. Enfim, se está procurando Parker, ela foi por ali.

– Obrigado.

Que se dane se esse não era o momento, decidiu ele, e foi procurá-la.

Ele a viu, junto com Laurel, dançando. Quando a música mudou, elas vieram em sua direção, de braços dados.

– Por que as mulheres podem dançar juntas, mas quando rapazes fazem isso parecem uns idiotas?

– Não parecem, não, vocês que pensam assim – disse Laurel. – Viu o Del?

– Ele foi pegar a sua... – E fez de conta que bebia num copo imaginário.

– Vou procurá-lo, não quero mais esperar. Quer uma bebida? – perguntou a Parker.

– Quero, obrigada.

Quando ficaram sozinhos, ele a pegou pelo braço.

– Ouça, podemos ir lá fora um minuto? Quero...

– Parker – chamou Linda, que surgiu ao seu lado com uma taça de champanhe na mão. – Você fez uma linda cerimônia. Deve ter trabalhado dias e noites para isso. Não é à toa que parece cansada.

– Pareço? – perguntou Parker, ironicamente amável. – Deve ser a iluminação. Eu estava mesmo pensando que este tom de vermelho, nesta luz, faz você parecer descarada. Quero dizer, descorada. Malcolm, você conhece a mãe da Mac, não é?

– Conheço, sim. Como vai?

Linda balançou a exuberante cabeleira loura e virou seu decote exagerado na direção dele.

– Muito bem, obrigada. Mas já nos conhecemos? Não acredito. Eu nunca esqueço um homem tão bonito.

Ela lhe estendeu a mão, inclinando o corpo para ele.

– Quando nos conhecemos?

– Quando me ofereceu um boquete.

Ao lado dele, Parker quase engasgou. Linda recuou, fuzilando a moça com os olhos.

– Você deveria ter mais cuidado com quem convida para sua casa.

– E tenho. A senhora pôde entrar só hoje, então aproveite. Vamos dançar, Malcolm. Quero mesmo dançar com você no casamento da minha amiga.

Ela o puxou para a pista e, em seguida, encostou a cabeça em seu ombro, sacudindo de tanto rir.

– Ah, você vai ser muito bem recompensado por isso na primeira oportunidade que tivermos. Foi...

Ela ergueu a cabeça, segurou o rosto dele com ambas as mãos e o beijou intensamente.

– Venha – chamou ele e a arrastou para longe da música.

– Mas quero...

– Só cinco minutos, caramba!

Ele percebeu que tinha gente por todos os lados. Puxou-a para fora do salão, descendo as escadas, ignorando suas objeções. Em seguida, empurrou-a para dentro da sala de ginástica. Ninguém iria entrar lá durante uma recepção de casamento.

– O que pensa que está fazendo?

– Escute. Só me escute.

– Estou escutando.

Ele respirou fundo.

– É, você me escuta, e é por isso que acabo dizendo coisas que nunca disse a ninguém, nem nunca tive a intenção de dizer. Só com você consigo ser eu mesmo, livre de qualquer máscara. E a sensação é muito boa.

– E por que não seria? Malcolm, quanto você bebeu?

– Provavelmente não o bastante. Nunca cheguei a esse ponto, com ninguém. Nunca achei que fosse bom nisso. E, caramba, é importante para mim ser bom em tudo o que faço.

Ele se afastou dela, tentando recuperar a respiração e o equilíbrio.

– Passei a primeira década da minha vida sem rumo, e estava tudo bem, era assim mesmo. Passei a maior parte da segunda puto com a porra do mundo e comendo o pão que o diabo amassou. Depois, tentei dar o meu melhor em tudo o que fazia, mas do meu jeito.

Ele passou a mão pelo cabelo.

– Dei o melhor de mim e me ferrei. Destino, má sorte, ou seja lá o que for. Tive uma segunda chance e fiz algumas mudanças. Mas sempre tive uma pessoa que era meu porto seguro.

– Sua mãe é uma mulher incrível.

– Com certeza. Hoje em dia, tenho um bom negócio. Sei como administrá-lo. Gosto do que faço. Não, adoro o que faço.

– É por isso que você é tão bom no que faz. Gostaria que me dissesse então qual é o problema.

– Não disse que havia um problema. Eu só... – Ele parou por um momento, olhando para ela. –... não esperava que fosse você, pode ter certeza.

– Do que está falando?

– Você disse que me amava.

– Você me ouviu?

Ela se virou e foi até o frigobar para pegar água.

– Claro que ouvi. Não tem nada de errado com a minha audição.

– Então optou por me ignorar.

– Não. Você me pegou de surpresa, Parker. Fiquei atordoado. Nunca imaginei que sentisse por mim o que sinto por você.

Ela baixou a água e seus olhos se voltaram lentamente para ele.

– O que sente por mim?

– É... Como foi mesmo que o Carter disse? Ele sabe como falar.

– Não quero as palavras de Carter. Não estou apaixonada por ele.

– Sinto que só consegui superar todos esses obstáculos que a vida me apresentou por causa de você. Você é a razão pela qual não morri. A razão pela qual estou aqui. Sinto...

Ele parou, xingou baixinho enquanto ela continuava parada ali, linda, perfeita, iluminada.

– Escute, tenho que usar algumas das palavras de Carter. Quando você ama alguém e esse amor é correspondido, mesmo que tudo esteja dando errado, parece que tudo se encaixa. Tudo se encaixou, Parker. É isso.

Ela pôs a garrafa de água num dos aparelhos de ginástica.

– Sempre imaginei que, quando esse momento acontecesse comigo, seria muito diferente.

Um ar de irritação passou pelo rosto dele.

– Não há poesia e luar. E estou usando essa porcaria de terno.

Ela soltou uma gargalhada.

– Estou tão feliz que esse momento tenha acontecido exatamente desta forma, com você, aqui, agora – disse ela, indo em sua direção.

– Ainda não terminei.

Ela parou.

– Ah, desculpe.

– Tudo bem. Nós precisamos fazer isso.

Ela arregalou os olhos.

– O que isso significa?!

Ele se sentiu completamente relaxado. *Amava* a forma como ela dizia aquelas palavras.

– Nossa, você só pensa em sexo. Quero dizer que precisamos... – Ele apontou para o teto, fazendo um círculo com o dedo.

– Acho que não vou conseguir decifrar esse gesto.

– Precisamos nos casar.

– Nós...

Ela deu um passo para trás e se sentou ao lado da garrafa de água.

– Nossa, meu Deus!

– Olhe, você me conhece e me ama assim mesmo, você sabe que não vou ajoelhar e recitar algo que algum cara morto escreveu séculos atrás. Droga.

Ele se aproximou e a puxou para si.

– Provavelmente eu poderia fazer melhor que isso. Agora sei como você é. Sei que não são apenas os detalhes, mas o que os detalhes fazem. O que está acontecendo lá em cima é uma festa ótima, mas o depois é o que importa. Você quer o que importa de verdade.

– Tem razão – disse ela em voz baixa. – É assim que sou. Mas não só com relação ao que quero.

– Se está procurando o pacote completo, o até que morte nos separe, então olhe para mim. Ninguém nunca vai amar você, ficar com você, entender você como eu. Ninguém, Parker.

As mãos dela estavam começando a tremer, então Parker segurou o rosto dele por um momento, olhando bem em seus olhos.

– Diga-me o que você quer.

Ele pegou suas mãos e entrelaçou os dedos nos dela.

– Quero uma vida com você, e agora meio que vou citar Jack e Del. Quero essa vida porque você é a Parker. Você é a pessoa, é tudo. Quero tornar o que temos ainda mais sólido. Quero, e agora sou eu mesmo que estou dizendo, fazer promessas para você e mantê-las. Amo você e quero prometer amá-la para o resto da minha vida.

Ele soltou um suspiro de alívio.

– O que me diz?

– O que digo? Eu digo sim!

Eufórica, ela riu e apertou as mãos dele com toda a força.

– Sim, Malcolm, precisamos fazer isso!

Ela o abraçou.

– Você é perfeito! Nem sei dizer por que, mas você é absolutamente perfeito.

– Pensei que Carter era o homem mais sortudo do mundo hoje. Ele acabou de cair para o segundo lugar.

Malcolm a puxou de volta e lhe deu um beijo apaixonado.

– Não trouxe nenhum anel ou algo parecido.

– Pois trate de arranjar logo um!

– Anotado.

Ele levou as duas mãos dela aos lábios e fez seus olhos brilharem ao beijá-las.

– Eu lhe devo uma dança.

– É, deve, sim, e eu quero muito dançar com você. Temos que voltar. É a noite da Mac.

– Vamos contar a eles amanhã, para não ofuscar a ocasião.

É, pensou Parker, ele sabia como ela era. Segurou seu rosto de novo e voltou a beijar o homem que amava. O homem com quem iria se casar.

– Consigo esperar até amanhã.

Eles voltaram, de mãos dadas, para a música, as flores, as luzes reluzentes. Aquela era a noite de Mac, pensou. E era também o início do seu felizes para sempre.

epílogo

Ano-novo, pensou Parker quando se sentou à mesa para recuperar o tempo perdido e pôr em dia o trabalho do escritório. Os feriados, as festas, os eventos, o casamento de Mac, tudo tinha contribuído para atrasá-la um pouco.

Isso sem contar seu próprio noivado, pensou, erguendo a mão para que a fraca luz do sol de inverno reluzisse em seu lindo diamante. Não era de admirar que tivesse saído um pouco do cronograma.

Tinha toda a tarde para cuidar disso, para acertar os ponteiros e virar a página do calendário de um ano tão importante.

Que diferença doze meses podiam fazer!

Quatro noivados e um casamento.

Um ano atrás, ela nem sabia que Malcolm Kavanaugh existia e, agora, em dez meses, iam se casar. Deus, tinha uma *tonelada* de planejamento, trabalho e pesquisa para fazer.

Ia se casar com o homem que amava, e o casamento seria de arrasar. Admirou o anel mais uma vez com um ar sonhador. Tinha passado sua primeira virada de ano com Malcolm. E aquilo era só o começo.

Esse, lembrou-se, era o motivo pelo qual não estava se concentrando em nenhum trabalho. Já estava com a síndrome da noiva.

Ligou o computador.

Trabalharia em uma casa silenciosa, sem ser interrompida, pensou.

A Sra. Grady devia estar acabando de fazer as malas para as férias anuais de inverno. Mac e Carter deviam estar fazendo o mesmo para sua lua de mel. Imaginou Del e Laurel, Emma e Jack, todos aconchegados em seus quartos, relaxando o dia inteiro.

E Malcolm – *seu* Malcolm – já tinha ido para a oficina, onde planejava retomar o trabalho, pelo menos em parte.

Hoje à noite teriam um baita jantar de despedida para os três viajantes. Depois disso, ela e seu Malcolm, só os dois, poderiam fazer uma rápida pausa de inverno na casa de praia, já que o movimento da Votos sempre caía muito no início do ano.

– Então, ao trabalho, Parker – murmurou ela. – Você não é a única noiva que precisa de atenção.

Conseguiu se dedicar ao trabalho quase uma hora antes da invasão.

– Por que está trabalhando? – perguntou Laurel, entrando no escritório de Parker com Emma e Mac.

– Porque é o que faço. Por que não está arrumando as malas?

– Já arrumei – respondeu Mac, fazendo um sinal de OK. – Florença, aqui vamos nós! Mas agora...

As três se aproximaram dela e a puxaram da cadeira.

– Você vem conosco.

– Vocês sabem como estou atrasada?

– Vão ser só cinco minutos, se tanto – estimou Emma.

– Podemos não ter nenhum evento por duas semanas, mas...

– O da noite passada foi ótimo, e sei bem que você já arrumou as malas apesar de faltarem dois dias para a viagem. Provavelmente já fez as malas de Mal também – disse Laurel.

– Não fiz, não. Só lhe dei uma lista de sugestões. Sério, só preciso de mais uma hora. Vamos todos jantar mais tarde de qualquer forma, não é?

– Temos coisas mais importantes para fazer agora.

Mac segurava firme o braço de Parker enquanto a conduziam para a escada.

– Você pode, mas eu...

De repente percebeu para onde a estavam levando.

– Vocês escolheram um vestido de casamento para mim!

– É uma tradição das mulheres da Votos – assegurou Emma, com uma palmadinha no bumbum de Parker. – Mandamos os homens sumirem esta tarde. Vamos ter uma festa de vestido de casamento da Parker.

– E como sempre, se ele não agradar, sem problemas, podemos trocar.

À porta da suíte da noiva, Laurel se virou bloqueando a passagem.

– Está pronta?

– Claro que estou. Espere.

Parker riu e pôs a mão no coração.

– Uau! Vai ser uma experiência... uma experiência muito, muito boa. Ajudei a escolher tantos vestidos e agora chegou a minha vez!

– E vai ficar linda! Abra a porta, Laurel, estou quase enfartando – disse Emma.

– Lá vamos nós.

Ainda com a mão no coração, Parker entrou. Então sua mão simplesmente desabou ao lado do corpo.

Seda branca que fluía do corpete sem alças de decote coração, que se estreitava na cintura e se abria numa saia volumosa. O estilo clássico de vestido de baile brilhava com um minucioso trabalho de contas e bordado, cintilando no corpete, caindo pelas laterais do corpo, circulando a barra e a cauda.

O corte e o estilo sem dúvida combinavam muito com ela. Mas não foi isso que deixou seus olhos cheios de lágrimas.

– É o vestido de noiva da minha mãe. Da minha mãe!

– A Sra. G. o tirou dos guardados – contou Emma, passando as mãos pelas costas de Parker.

– Ela era esbelta como você e quase da mesma altura – lembrou a Sra. Grady e enxugou de leve os olhos. – Pode querer escolher algo você mesma, algo novo, mas achamos que...

Parker balançou a cabeça e, sem conseguir falar, apenas se virou para envolver a Sra. Grady com os braços.

– Não posso tirar foto se estiver chorando – suspirou Mac e pegou os lenços, sempre à mão na suíte.

– Aqui. Todo mundo. Tomem champanhe, e vamos que vamos.

Laurel passou a mão no rosto molhado de lágrimas antes de servir.

– Obrigada – falou Parker, beijando as bochechas da Sra. Grady. – Obrigada a todas vocês. E, pelo amor de Deus, passem isso para cá.

Parker pegou a taça de champanhe com Laurel e aceitou o lenço que Emma lhe estendia.

– É lindo – prosseguiu. – Absolutamente lindo. Só o tinha visto em fotos. Vi como ela ficou linda nele, como ela e papai pareciam felizes. Ela se casou com meu pai neste vestido e agora vou ter ambos comigo quando me casar com Malcolm. É o melhor presente que vocês poderiam me dar. O melhor.

– Bom, pelo amor de Deus, trate de vesti-lo. Tire a roupa, Brown – ordenou Laurel.

– OK. É pra já.

– De costas para o espelho – ordenou Emma. – Não olhe até estar pronta.

Suas amigas a ajudaram a pôr o vestido, como Parker já tinha feito com cada uma delas.

– Vire-se, mas de olhos fechados. Quero arrumar a saia e a cauda.

Já pensando no buquê, Emma espalhou a barra e alisou a cauda. Olhou para Mac, que fez um sinal indicando que estava posicionada com a câmera.

– OK, já pode olhar.

No espelho, Parker viu em seu rosto o que tinha visto no de tantas outras noivas. A emoção, o deslumbramento, o brilho.

– Foi o vestido de casamento da minha mãe – murmurou ela. – E agora é meu.

– Parks... – falou Mac, que reposicionou a câmera e tirou outra foto. – Você está espetacular.

– Está feliz, isso sim! – exclamou a Sra. Grady, radiante. – Feliz e apaixonada. Nada mais perfeito para uma noiva.

– Sou uma noiva. Estou feliz e apaixonada. E estou espetacular!

– Deixe essa câmera, Mackensie – ordenou a Sra. Grady, pegando a sua. – Quero tirar uma foto de vocês quatro. Não pise na cauda! Pronto. Agora, pensem na brincadeira de Casamento.

Quando elas riram, a Sra. Grady bateu a foto.

– Vamos fazer um brinde. Peguem suas taças. Emma, você está entornando – declarou Laurel. – A sua está vazia!

– Foi o que me ajudou a parar de chorar.

Com a taça novamente cheia, Emma a ergueu junto com as amigas.

– A um ano monumental – propôs Laurel.

– E como! – acrescentou Mac.

– Aos nossos homens – prosseguiu Laurel –, que são uns sortudos por terem mulheres como nós. À nossa mãe.

– Não comecem – atalhou a Sra. Grady, já chorando de novo.

– À amizade.

– E à Votos – acrescentou Parker. – E às mulheres que dirigem essa empresa. Fazemos casamentos com amor, com estilo e com uma atenção toda especial a cada detalhe. Principalmente quando fazemos nossos próprios casamentos.

Elas riram e brindaram. Quando estavam bebendo, a Sra. Grady recuou um pouco e tirou mais uma foto. Começaram a falar de arranjos de cabeça, flores e cores dos vestidos que as outras usariam.

As suas meninas, pensou a Sra. Grady. Todas felizes, apaixonadas e espetaculares.

Às minhas meninas, pensou ela, erguendo sua taça num brinde solitário. Às noivas da Votos e seus finais felizes.

CONHEÇA OUTROS TÍTULOS DA EDITORA ARQUEIRO

Querida Sue

JESSICA BROCKMOLE

Março de 1912: Elspeth Dunn, uma poetisa de 24 anos, nunca viu o mundo além de sua casa na remota Ilha de Skye, na Escócia. Por isso fica empolgada ao receber a primeira carta de um fã, David Graham, um estudante universitário da distante América.

Os dois começam a trocar correspondências – compartilhando os segredos mais íntimos, os maiores desejos e os livros favoritos – e fazem florescer uma amizade que, com o passar do tempo, se torna amor. Porém a Primeira Guerra Mundial toma a Europa e David se oferece como voluntário, deixando Elspeth em Skye com nada além de esperanças de que ele sobreviva.

Junho de 1940: É o início da Segunda Guerra Mundial e Margaret, filha de Elspeth, está apaixonada por um piloto da Força Aérea Real. A mãe a adverte sobre os perigos de se entregar ao amor em tempos de guerra, mas a jovem não entende por quê. Então, durante um bombardeio, uma parede de sua casa é destruída e, de dentro dela, surgem cartas amareladas pelo tempo. No dia seguinte, Elspeth parte, deixando para trás apenas uma carta datada de 1915. Com essa única pista em mãos, a jovem decide ir em busca da mãe e, nessa trajetória, também precisará descobrir o que aconteceu à família muitos anos antes.

Querida Sue é uma história envolvente contada em cartas. Com uma escrita sensível e cheia de detalhes de épocas que já se foram, Jessica Brockmole se revela uma nova e impressionante voz no mundo literário.

Amigas para sempre

KRISTIN HANNAH

Katherine Mularkey tinha acabado de entrar na adolescência e já se sentia um desastre: não tinha amigas, usava aparelho nos dentes e óculos fora de moda. No entanto, quando a garota mais popular da escola se mudou para o outro lado da rua, sua vida mudou por completo.

Tallulah Hart era bonita, divertida, o centro das atenções. E, o melhor de tudo: assim como Kate, precisava de uma amizade verdadeira. Quando Tully foi obrigada a morar com a avó, as duas mantiveram contato por carta. Mesmo distantes, eram inseparáveis.

Fizeram faculdade juntas, se formaram em jornalismo e trabalharam no mesmo canal de TV. Depois uma se casou e teve filhos e a outra investiu cada vez mais na carreira. O foco de suas vidas mudou, mas algo essencial permaneceu inalterado: a amizade que as unia. Porém um único passo em falso irá pôr à prova esse laço inabalável.

Traição ou apenas um erro? Em *Amigas para sempre*, Kristin Hannah faz um retrato fiel de uma amizade complexa e duradoura e nos leva por uma história de amizade, companheirismo e perdão.

O melhor de mim

Nicholas Sparks

Na primavera de 1984, os estudantes Amanda Collier e Dawson Cole se apaixonaram perdidamente. Embora vivessem em mundos muito diferentes, o amor que sentiam um pelo outro parecia forte o bastante para desafiar todas as convenções de Oriental, a pequena cidade em que moravam.

Nascido em uma família de criminosos, o solitário Dawson acreditava que seu sentimento por Amanda lhe daria a força necessária para fugir do destino sombrio que parecia traçado para ele. Ela, uma garota bonita e de família tradicional, que sonhava entrar para uma universidade de renome, via no namorado um porto seguro para toda a sua paixão e seu espírito livre. Infelizmente, quando o verão do último ano de escola chegou ao fim, a realidade os separou de maneira cruel e implacável.

Vinte e cinco anos depois, eles estão de volta a Oriental para o velório de Tuck Hostetler, o homem que um dia abrigou Dawson, acobertou o namoro do casal e acabou se tornando o melhor amigo dos dois.

Seguindo as instruções de cartas deixadas por Tuck, o casal redescobrirá sentimentos sufocados há décadas. Após tanto tempo afastados, Amanda e Dawson irão perceber que não tiveram a vida que esperavam e que nunca conseguiram esquecer o primeiro amor. Um único fim de semana juntos e talvez seus destinos mudem para sempre.

Num romance envolvente, Nicholas Sparks mostra toda a sua habilidade de contador de histórias e reafirma que o amor é a força mais poderosa do Universo – e que, quando duas pessoas se amam, nem a distância nem o tempo podem separá-las.

Ligeiramente casados

MARY BALOGH

À beira da morte, o major Percival Morris fez um último pedido a seu oficial superior: que ele levasse a notícia de seu falecimento a sua irmã e que a protegesse – "Custe o que custar!".

Quando o honrado coronel lorde Aidan Bedwyn chega ao Solar Ringwood para cumprir sua promessa, encontra uma propriedade próspera, administrada por uma jovem generosa e independente que não quer a proteção de homem nenhum.

Porém Aidan descobre que, por causa da morte prematura do irmão, Eve perderá sua fortuna e será despejada, junto com todas as pessoas que dependem dela... a menos que cumpra uma condição deixada no testamento do pai: casar-se antes do primeiro aniversário de morte dele – o que acontecerá em quatro dias.

Fiel à sua promessa, o lorde propõe um casamento de conveniência para que a jovem mantenha sua herança. Após a cerimônia, ela poderá voltar para sua vida no campo e ele, para sua carreira militar.

Só que o duque de Bewcastle, irmão mais velho do coronel, descobre que Aidan se casou e exige que a nova Bedwyn seja devidamente apresentada à rainha. Então os poucos dias em que ficariam juntos se transformam em semanas, passadas na calmaria do interior e na agitação de Londres. Até que eles começam a imaginar como seria não estarem apenas ligeiramente casados...

Neste primeiro livro da série Os Bedwyns, Mary Balogh nos apresenta à família que conhece o luxo e o poder tão bem quanto a paixão e a ousadia. São três irmãos e três irmãs que, em busca do amor, beiram o escândalo – e seduzem a cada página.

Dançando sobre cacos de vidro

KA HANCOCK

Lucy Houston e Mickey Chandler não deveriam se apaixonar. Os dois sofrem de doenças genéticas: Lucy tem um histórico familiar de câncer de mama muito agressivo e Mickey, um grave transtorno bipolar. No entanto, quando seus caminhos se cruzam, é impossível negar a atração entre eles.

Contrariando toda a lógica que indicava que sua história não teria futuro, eles se casam e firmam – por escrito – um compromisso para fazer o relacionamento dar certo. Mickey promete tomar os remédios. Lucy promete não culpá-lo pelas coisas que ele não pode controlar. Mickey será sempre honesto. Lucy será paciente.

Como em qualquer relação, eles têm dias bons e dias ruins – alguns terríveis. Depois que Lucy quase perde uma batalha contra o câncer, eles criam mais uma regra: nunca terão filhos, para não passar adiante sua herança genética. Porém, em seu 11° aniversário de casamento, durante uma consulta de rotina, Lucy é surpreendida com uma notícia extraordinária, quase um milagre, que vai mudar tudo o que ela e Mickey haviam planejado.

De uma hora para outra todas as regras são jogadas pela janela e eles terão que redescobrir o verdadeiro significado do amor. *Dançando sobre cacos de vidro* é a história de um amor inspirador que supera todos os obstáculos para se tornar possível.

O duque e eu

JULIA QUINN

Simon Basset, o irresistível duque de Hastings, acaba de retornar a Londres depois de seis anos viajando pelo mundo. Rico, bonito e solteiro, ele é um prato cheio para as mães da alta sociedade, que só pensam em arrumar um bom partido para suas filhas.

Simon, porém, tem o firme propósito de nunca se casar. Assim, para se livrar das garras dessas mulheres, precisa de um plano infalível. É quando entra em cena Daphne Bridgerton, a irmã mais nova de seu melhor amigo.

Apesar de espirituosa e dona de uma personalidade marcante, todos os homens que se interessam por ela são velhos demais, pouco inteligentes ou destituídos de qualquer tipo de charme. E os que têm potencial para ser bons maridos só a veem como uma boa amiga.

A ideia de Simon é fingir que a corteja. Dessa forma, de uma tacada só, ele conseguirá afastar as jovens obcecadas por um marido e atrairá vários pretendentes para Daphne. Afinal, se um duque está interessado nela, a jovem deve ter mais atrativos do que aparenta.

Mas, à medida que a farsa dos dois se desenrola, o sorriso malicioso e os olhos cheios de desejo de Simon tornam cada vez mais difícil para Daphne lembrar que tudo não passa de fingimento. Agora ela precisa fazer o impossível para não se apaixonar por esse conquistador inveterado que tem aversão a tudo o que ela mais quer na vida.

Primeiro dos oito livros da série *Os Bridgertons*, *O duque e eu* é uma bela história sobre o poder do amor, contada com o senso de humor afiado e a sensibilidade que são marcas registradas de Julia Quinn, autora com 8 milhões de exemplares vendidos.

Reconstruindo Amelia

KIMBERLY MCCREIGHT

Você conhece a pessoa que mais ama no mundo? Kate Baron achava que sim até receber a devastadora notícia de que Amelia, sua filha de 15 anos, cometeu suicídio pulando do telhado do colégio particular onde estudava.

Poucos dias depois, entretanto, uma mensagem anônima em seu celular revela que a morte de sua filha talvez não tenha sido da maneira que as autoridades alegaram. Amelia pode ter sido assassinada?

Kate é advogada e está determinada a descobrir a verdade. Para isso, mergulha no passado da filha, recolhendo cada fragmento de e-mail, cada linha dos textos do blog, cada atualização de status do Facebook. Sempre um passo atrás da verdade, ela descobre um lado de Amelia que nunca imaginaria que existisse.

Este impressionante romance de estreia vai além de uma história sobre segredos e mentiras. Narra a busca de uma mãe tentando reunir cada detalhe possível para reivindicar a memória da filha que não pôde salvar.

Segredos e mentiras

DIANE CHAMBERLAIN

Cara Anna,

Já comecei esta carta várias vezes e aqui estou, começando-a novamente, sem fazer a mínima ideia de como lhe dizer

A carta não terminada é a única pista que Tara e Emy têm para entender o que levou sua amiga Noelle ao suicídio. As três eram inseparáveis desde a faculdade e tudo a respeito de Noelle – seu trabalho de parteira, a forma como se dedicava apaixonadamente a diversas causas sociais, seu amor pelos amigos e a família – se encaixava na descrição de uma mulher que amava a própria vida.

Só que havia muitas coisas que Tara e Emy desconheciam. Por exemplo, quem é Anna e por que Noelle nunca a mencionara.

Com a descoberta da carta e do terrível segredo que a motivou, as duas começam a desvendar a verdade sobre essa mulher forte, independente e gentil que entrou em suas vidas trazendo amor e compaixão, mas que também pode ser a responsável por muitas tristezas e ilusões.

Com delicadeza e equilíbrio, Diane Chamberlain constrói uma história sensível sobre amizade e relacionamentos e levanta a pergunta: até que ponto você seria capaz de perdoar alguém que ama?

CONHEÇA OUTROS TÍTULOS DA EDITORA ARQUEIRO

Queda de gigantes, *Inverno do mundo* e *Eternidade por um fio*, de Ken Follett

Não conte a ninguém, *Desaparecido para sempre*, *Confie em mim*, *Cilada*, *Fique comigo* e *Seis anos depois*, de Harlan Coben

A cabana e *A travessia*, de William P. Young

A farsa, *A vingança* e *A traição*, de Christopher Reich

Água para elefantes, de Sara Gruen

Inferno, *O símbolo perdido*, *O código Da Vinci*, *Anjos e demônios*, *Ponto de impacto* e *Fortaleza digital*, de Dan Brown

Uma longa jornada, *O melhor de mim*, *O guardião*, *Uma curva na estrada*, *O casamento*, *À primeira vista* e *O resgate*, de Nicholas Sparks

Julieta, de Anne Fortier

As regras da sedução, de Madeline Hunter

O guardião de memórias, de Kim Edwards

O guia do mochileiro das galáxias; *O restaurante no fim do universo*; *A vida, o universo e tudo mais*; *Até mais, e obrigado pelos peixes!*, *Praticamente inofensiva* e *O salmão da dúvida*, de Douglas Adams

O nome do vento e *O temor do sábio*, de Patrick Rothfuss

A passagem e *Os Doze*, de Justin Cronin

A revolta de Atlas e *A nascente*, de Ayn Rand

A conspiração franciscana, de John Sack

INFORMAÇÕES SOBRE A ARQUEIRO

Para saber mais sobre os títulos e autores
da EDITORA ARQUEIRO,
visite o site www.editoraarqueiro.com.br
e curta as nossas redes sociais.
Além de informações sobre os próximos lançamentos,
você terá acesso a conteúdos exclusivos e poderá participar
de promoções e sorteios.

www.editoraarqueiro.com.br

facebook.com/editora.arqueiro

twitter.com/editoraarqueiro

instagram.com/editoraarqueiro

skoob.com.br/editoraarqueiro

Se quiser receber informações por e-mail,
basta se cadastrar diretamente no nosso site
ou enviar uma mensagem para
atendimento@editoraarqueiro.com.br

Editora Arqueiro
Rua Funchal, 538 – conjuntos 52 e 54 – Vila Olímpia
04551-060 – São Paulo – SP
Tel.: (11) 3868-4492 – Fax: (11) 3862-5818
E-mail: atendimento@editoraarqueiro.com.br